명왕 오헌

마르시아스 심 소설집

문학동네

명옥헌

| 차례 |

마르시아스

월계수로 만든 둥근 승자의 관을 쓴 아폴론이 마르시아스에게 말했다.

"이제 신에게 도전한 네 오만에 대한 벌을 받을 차례다."

"좋다. 나는 패배자다! 너는 승리자인 천상의 신이지만 나는 지상의 신인 디오니소스의 친구이자 숲과 들판의 정령이며, 농부의 신이고, 사랑에 빠진 여자들의 애인이며, 패배자인 마르시아스다!"

마르시아스는 산양의 두 발로 걸어나와 인간의 가슴을 내밀고 소리쳤다.

"네가 신이라면 나는 예술가다!"

마르시아스는 프리기아 지방의 작은 하천과 좁은 초원에 살던 반인반수(半人半獸)의 정령(精靈) 사티로스 가운데 하나였다. 아주 불운했던 마르시아스는 저급하고 익살스러우며 어리석고 젊은 사티로스였다.

마르시아스의 종족인 사티로스는 그리스인들이 부르던 이름으로, 뒤에 로마인들은 사티로스 이외에도 이를 닮은 판과 실레노스라는 반신반인(半神半人)의 정령을 창조해냈다. 그러므로 디오니소스의 추종자며, 주정뱅이에 음탕하고, 숲속의 정령인 이들 세 무리를 모두 사티로스라 하여도 좋다. 프리기아 토착민의 농경신이었던 사티로스는 상체는 사람이며 하체는 산양의 모습을 한 목신(牧神)의 일종으로, 술과 농경의 신 디오니소스를 따라 동방 정복을 다녀오기도 했다. 머리카락은 뻣뻣한 고수머리에 텁수룩했으며, 이마에 조그마한 뿔이 났고, 매부리코에 산양의 귀와 꼬리가 달렸고, 발굽이 있었다. 언제나 숲속과 강가에서 요정을 쫓아다니거나 사람들에게 장난을 걸고 소란을 부렸다. 이들은 언제나 요정들에 둘러싸여 지냈다. 요정들이 추는 춤을 즐기며 플루트를 멋지게 연주했다.

사티로스와 깊은 관련이 있는 디오니소스 신은 탄생부터 의미심장한 신이었다. 뱀으로 변한 제우스가 역시 뱀으로 변해 도망치는 어머니 데메테르의 몸을 휘감고서 강제로 교미하여 페르세포네를 낳았다. 그 뒤 뱀의 형상으로 변한 제우스는 자기 딸 페르세포네의 몸 속으로 숨어들어 정을 통한 뒤 자그레우스를 낳는다. 질투 심한 헤라의 사주로 티탄 족에게 잡아먹힌 자그레우스의 심장을 아테나가 구해냈고, 제우스는 그 심장을 자신의 뱃속에 넣어두었다가 세멜레의 탯집에서 태어나게 했다. 이렇게 태어난 그가 술과 도취, 식물과 농경의 신이며 황홀의 신인 디오니소스였다. 다른 남신들과는 달리 천신이 아니라 지신으로 땅 위를 활동 무대로 하였던 디오니소스는 사티로스와 판, 그리고 실레노스를 추종자로 거느리고 있었다.

실레노스라 불리는 늙은 정령 역시 산 속에 사는 사티로스의 일종이었다. 말의 귀를 한 노인 모습으로 당나귀를 타고 다니며, 늘 술에 취한 주정뱅이 꼴을 했다. 헤르메스와 님프 사이에서 태어났다는 일설도 있지만 한편으로는 판의 아들이라거나, 우라노스의 피에서 생겨났다는 이야기도 있다. 또한 반인반마(半人半馬)인 켄타우로스의 아버지라 일컬어지기도 했다. 이들은 숲이나 초원에 묻혀 살면서 농경신의 역할을 담당했다. 능력이 뛰어난 실레노스는 곡물의 작황만이 아니라 인간의 운명을 예언해주기도 했다. 언젠가 프리기아의 왕인 미다스는 인간의 운명과 미래를 묻기 위해 산 속을 뒤져 실레노스 무리를 사로잡았다. 뚱뚱하고 미련스러우며 추악하게 생긴 그들에게 미다스 왕이 명령했다.

“인간에 대하여 다 아는 실레노스여, 인간에 대한 진실을 말하라!”

실레노스 무리는 저마다 황소눈을 쳐들고 들창코를 벌름거릴 뿐 아무도 말하려 하지 않았다. 미다스 왕이 다시 명령했다.

“인간의 미래에 대하여 네가 아는 진실을 어서 말하라!”

그러자 무리 가운데 하나가 두터운 입술을 열어 말했다.

“가련한 인간의 운명을 말한다면 그들은 더욱 가련하고 불행해질 뿐입니다.”

“어서 말하라. 나는 인간의 왕이다.”

퉁방울눈에 하나 가득 슬픔을 담은 무리 중의 하나가 왕의 청탁에 따라 인간의 운명을 말했다.

“그들은 태어나지 않는 것이 최선의 행복입니다. 다음에는 태어나더라도 일찍 죽는 게 불행 중 다행입니다. 그렇지 못하다면 슬픔과 한숨뿐입니다.”

실레노스는 어깨까지 늘어뜨린 곱슬머리로 추악한 얼굴을 가린 채 당나귀를 타고 천천히 숲과 초원을 지나다녔다. 누구와도 만나지 않았고, 들판에서 일하는 농부들을 저 멀리서 바라보고 있을 뿐이었다. 언제나 술취한 모습으로 딸기코를 하고 있는 그들은 디오니소스에게 주조술(酒造術)을 가르친 신의 스승이기도 했다.

또 한 무리의 사티로스인 판은 이마에 염소의 뿔이 돋아 있으며 귀는 커다랗고, 입은 웃을 때 아래로 뾰족해지고, 눈은 염소와 같았다. 종종 염소 다리와 커다랗게 발기된 성기를 드러낸 모습으로 숲속의 님프들을 쫓아다니곤 했다. 판은 신의 세계에서 국외자와 같은 존재로서, 사람들로부터는 별로 존경받지 못했으며 신들로부터는 비웃음의 대상이었다. 아버지가 누구인지는 분명하지 않은데, 많은 사람들이 헤르메스의 아들이라거나 목인(牧人)과 암염소 사이에서 태어난 아들이라고 했다. 판의 어머니가 누구인지도 알려져 있지 않다. 허리 위쪽은 사람의 모습이지만 염소의 다리와 뿔을 가지고 있으며, 염소의 털과 같은 머리카락에 얼굴도 염소의 생김새를 닮았을 뿐 아니라, 염소 같은 목소리를 가진 판의 진면목을 이해하는 신은 사자(死者)의 인도자인 헤르메스밖에 없었다. 판은 일반적으로 산과 들에 살면서 가축을 지키는 목양과 가축의 신이었다. 사티로스처럼 플루트 솜씨가 뛰어난 그는 늘 '시링크스의 플루트'라 불리는 팬플루트를 들고 다녔다.

어느 날 판은 시링크스 요정이 강에서 목욕하는 장면을 보고 첫눈에 반해 겁탈하려 달려들었다. 시링크스는 도망쳤고 판이 그 뒤를 따랐다. 실력 있는 사냥꾼인 판은 시링크스를 막다른 곳으로 몰았다. 시링크스는 손을 높이 들고 누구든 상관없이 도와주기만 하면 평생 동안 떠받들겠다고 애원했다. 그 근처에 흐르던 시냇물이 시링크스를 도와주었다. 시냇물이 물었다.

"나와 하나가 되고 싶으냐?"

"네, 그러고 싶어요."

시링크스가 애원했다. 그러자 시냇물은 시링크스를 갈대로 변신시켰다. 시링크스를 부둥켜안은 판의 손에는 갈대 한줌만이 잡혔다. 요정을 놓치게 된 판은 시링크스가 변신한 갈대를 잘라 차곡차곡 묶은 다음 밀납으로 봉해 악기를 만들었다. 그것이 '판의 플루트'란 뜻인 팬플루트였다. 판은 이 팬플루트 연주에 대단히 뛰어난 솜씨를 가지고 있었다. 연애를 즐겨 수많은 님프를 쫓아다닌 그는 특히 에코를 사랑했으나, 그의 사랑을 피해 도망치던 님프 에코는 몸을 숨겨 메아리로 변했다.

판은 흉내를 잘 내며 예언의 능력도 가지고 있었다. 그래서 신을 위험으로부터 구해주는 역할도 했다. 피폰에게 사로잡혀 모든 힘줄이 끊긴 채 꼼짝 못 하고 감금된 제우스를 구한 것도 판의 지혜였다. 제우스의 임기응변과 예측불허성, 그리고 다른 신의 영특함을 잘 알고 있었던 피폰은 델피네를 시켜 제우스와 수북이 쌓아놓은 제우스의 힘줄을 지키도록 했다. 무시무시한 모습을 한 델피네는 끊긴 힘줄 위에 앉아서 제우스를 감시하고 있었다. 친구인 판과 함께 제우스를 찾아 나선 헤르메스는 마침내 아무것도 할 수 없는 제우스를 동굴 속에서 발견했다. 힘줄 위에 앉아 있는 델피네도 보았다. 헤르메스가 판에게 속삭였다.

"델피네는 아무것도 무서워하지 않아. 난 저 괴물이 두려워."

우거진 숲의 신으로 헤르메스가 모르는 것에 대해서도 알고 있던 판은 델피네의 목소리를 유심히 들었다. 그런 다음 헤르메스에게 말했다.

"네 말이 맞아. 저 괴물은 무서워하는 것이 없어. 하지만 단 한 가지 자기와 비슷하게 생긴 것을 보면 무서워하지."

판이 델피네의 듣기 싫은 목소리를 그대로 흉내냈다. 그 소리에 먼저 헤르메스가 놀랐고, 뒤이어 델피네도 소스라치게 놀랐다. 헤르메스는 델피네가 한눈을 파는 사이 힘줄을 훔쳐 제우스에게 갖다 주고 동굴 밖으로 데리고 나왔다. 판이 델피네의 목소리를 흉내내며 괴물의 정신을 혼란스럽게 하는 동안 헤르메스는 제우스를 안전한 곳으로 피신시켰다.

춤과 음악을 좋아하는 명랑한 판은, 동시에 잠들어 있는 인간에게 악몽을 불어넣기도 하고 나그네에게 갑자기 공포를 주기도 했다. 판은 멀쩡하게 가만히 있다가 아무 이유 없이 끔찍한 비명을 지르곤 했다. 농부들은 그래서 들에 서 있던 소가 아무 이유 없이 날뛰기 시작하면 판이 발광을 하는 '판의 시간' 이라고 말했다. 판이 왜 그렇게 갑자기 비명을 지르는지 이유를 아는 사람은 아무도 없었다. 다른 사람에게 보이거나 들리지 않는 무언가를 보거나 듣는 능력을 가졌다고 여길 뿐이었다. 판은 불멸의 신은 아니었다. 신 중에서 인간의 특권인 유한한 목숨을 가진 유일한 신이었다. 먼 뒷날 넓은 바다 위를 지나던 한 뱃사람이 하늘에서 들려오는 소리를 들었다. 판이 죽었다는 소식을 온 세상에 알리라는 계시였다. 그 뱃사람의 이야기를 통해 사람들은 판의 죽음을 알았다. 물론 가끔 판을 무시하고 싫어한 사람도 있었지만, 대부분의 사람은 미치광이 같고 익살스러운 판을 좋아했기에 그 죽음을 몹시 슬퍼했다.

그러한 판과 실레노스의 원형인 사티로스는, 그중에서도 유난히 여자를 탐하는 호색한이었다. 붉고 커다랗게 발기한 남근을 자랑스럽게 휘두르며 뛰어다니다가 님프를 덮치기 일쑤였다. 분별 없고 형편없는 난봉쟁이였던 사티로스는 그렇게 추태를 부렸지만 사랑에 성공하기보다는 실패하는 경우가 많았다.

리비아와 바다의 신 포세이돈이 정을 통해 낳은 아들 벨로스에게는 아이깁토스와 다나오스라는 쌍둥이 형제가 있었다. 이 쌍둥이 형제는 서로를 증오하기로 유명했다. 이중 다나오스는 아이깁토스를 피해 쉰 명의 딸과 함께 그리스에 도착하여 아르고스 근처에 배를 댔다. 갈증이 나서 이나코스의 강물을 마시려고 했지만 온통 소금물이었다. 이나코스가 딸 이오를 그리워하며 흘린 눈물이 강물을 오염시켰기 때문이었다. 다나오스는 영리한 막내딸 아미모네에게 물을 길어오도록 했다. 아미모네는 영리하고 아는 것이 많은 사냥꾼이었다. 냄새로 물을 찾아낼 수 있었고, 마셔도 괜찮은 물인지 아닌지를 알 수 있었다. 아미모네는 숲으로 들어가 코를 들고 물을 찾았다.

한참 동안 헤매다 보니 어디선가 물 냄새가 났다. 덤불을 지나면 물이 있다는 신호였다. 아미모네는 땅을 파서 우물을 만들려고 창을 꺼내들었다. 그런데 막상 찾아간 곳은 물이 나올 만한 장소가 아니었다. 그곳 덤불 뒤에는 사티로스가 누워 잠자고 있었다. 아미모네는 창으로 사티로스를 찔렀지만 털로 감싸인 배를 뚫지 못했다.

그 사티로스는 사티로스 중에서도 아주 어리석고 미련한 놈이었다. 어느 농부의 집에 점심 초대를 받았다가 소금에 절인 생선을 잔뜩 먹었다. 몹시 심한 갈증에 시달리던 그는 어처구니없게도 꿀을 훔쳐먹었다. 꿀 때문에 갈증은 더 심해져 참을 수 없을 정도가 되었다. 그렇지만 어디에도 물이 없었다. 주변에 물이라고는 이나코스의 소금 강물뿐이었다. 도저히 갈증을 참을 수 없어 급기야 하늘에서 비구름을 끌어내려 다 마셔버렸다. 겨우 갈증이 가셔 느긋하게 잠을 자고 있었는데 아미모네가 그 사티로스의 뱃속에 들어 있는 물 냄새를 맡은 것이었다. 창에 찔려 잠에서 깬 사티로스는 아미모네를 보자 다짜고짜 달려들며 겁탈하려 했다. 달콤한 낮잠이 불러일으킨 욕정을 아미모네에게 나누어주려 했다. 아미모네는 물 냄새를 맡고 창도 잘 던졌지만 사나운 털북숭이 사티로스의 팔에 안겼을 때와 같은 경우에는 어떻게 대처해야 하는지 알지 못했다. 그래서 큰 소리로 도움을 요청했다.

마침 근처에 포세이돈이 있었다. 사라진 비구름을 찾아다니는 중이었다. 하늘에 떠돌아다니는 물이나 땅에 흐르는 물이나 다 포세이돈의 소유였다. 포세이돈은 비명 소리를 듣고 급히 뛰어가 사티로스를 발로 차 쫓아버리고 아미모네를 구했다. 어깨를 떨며 아미모네가 말했다.

"고맙습니다."

그러자 포세이돈이 대꾸했다.

"말만으로는 안 돼!"

"그럼 어떻게 해야 되는데요?"

포세이돈은 아미모네를 원한다고 말했다. 아미모네가 다시 물었다.

"당신은 누구신데요?"

포세이돈은 자신을 소개했다. 배에 물이 가득 차서 출렁거리는 털북숭이 사티로스보다는 바다의 신이 더 좋았던 아미모네는 증조할아버지가 되는 포세이돈의 사랑을 받아들였다. 포세이돈과 아미모네가 사랑을 나눌 때 신의 발길질에 배를 다친 사티로스는 출렁이는 배를 움켜쥐고 풀숲으로 도망쳤다.

미천하고 음탕한 사티로스는 때로는 그 형태를 신에게 빌려주기도 했다. 사티로스로 변신해 자신의 색욕을 채운 신은 다름아닌 제우스였다.

카드메이아를 지배하던 닉테우스라는 왕이 있었다. 닉테우스는 지독한 탐미주의자여서 아름다운 대상만 보기를 원했다. 순수하고 깨끗하고, 특별하며 다른 것과 조화를 잘 이루는 것만 좋아했다. 비뚤어지고 끈적거리고, 못생기고 듣기 싫은 소리가 나는 모든 대상은 보기만 해도 몸이 아플 정도였다. 불순한 것을 경멸하는 닉테우스에게는 외동딸 안티오페가 있었다. 닉테우스는 딸이 아름다운 것을 원하면 무엇이든 구해주었다. 안티오페 주변의 물건은 모두 잘 어울렸다. 색깔, 모양, 소리, 냄새, 촉감이 조금이라도 어긋남이 없었다. 안티오페는 아름다움 속에 살면서 교양 있게 자라났다.

그러던 어느 날 아름다운 청년과 사랑에 빠졌다. 그 멋진 청년은 교양 있는 에포페우스였다. 두 사람은 사이가 좋았을 뿐만 아니라 잔치나 축제를 벌이기 좋아했다. 그릇과 음식과 장식 등 모두가 완벽하게 조화를 이룬 축제였으며, 축제의 절정에는 언제나 아름다운 옷으로 치장한 안티오페가 등장했다. 하지만 오래지 않아 안티오페의 눈에 모든 것이 달라 보이기 시작했다. 멋진 아버지의 아름다운 딸이자 훌륭한 신랑의 우아한 신부였던 안티오페는 아름다운 대상에 더이상 아무런 매력도 느끼지 못했다. 사실 안티오페는 신랑인 에포페우스를 진정으로 사랑한 것이 아니라 사랑한다고 생각했을 뿐이었다. 평온한 생활에 화가 났고, 조화는 짜증스럽기만 했다. 안티오페는 어느 누구의 손길도 닿지 않아 모든 것이 있는 그대로 다듬어지지 않은 자연 속으로 갔다. 완벽하게 단장해놓은 성 안의 정원과는 달리 산 속은 거칠고 지저분한 자연 그대로였다. 썩은 나무나 기생충에 시달리는 고슴도치도 있었다. 제대로 걷지 못하는 오리와 날지 못하는 수탉도 있었다. 산 속에서는 인위적인 조화란 아무런 의미가 없었다. 오직 강하고 자신 있는 존재만이 살아남았다. 그곳이 안티오페를 유혹했다.

어느 날 제우스가 땅을 내려다보다가 안티오페를 보았다. 보자마자 가슴이 설레어 헤르메스를 불렀다.

"어떻게 하면 안티오페의 마음을 사로잡을 수 있겠느냐?"

제우스가 헤르메스에게 물었다. 헤르메스는 정신의 지휘자요 영혼의 인도자로 죽은 사람의 영혼을 지하세계로 데려가는 일을 했다. 그래서 인간의 고통을 알았다. 죽은 사람의 영혼이 무엇을 제일 애석해하는지도 알았다. 그것이야말로 생전에 미처 꽃피우지 못한 안타까운 소망이라는 사실을 잘 알고 있었다. 인간의 얼굴에 확연히 드러나는 이루지 못한 소망을 읽어낼 수 있었던 헤르메스가 제우스에게 조언했다.

"흉측하게 되세요. 아주 못생기고 악취를 풍기며 절룩거리는 모습으로 변하세요."

제우스는 헤르메스의 말을 그대로 따르기로 하고 교활하고 볼썽사

나운 사티로스로 변신했다. 털이 텁수룩하고 어디 한 구석 깨끗한 데가 없는 모양이었다. 안티오페는 숲을 산책하다 사티로스로 변한 제우스를 만났다. 사티로스는 안티오페와 얼마 떨어지지 않은 거리에 서서 움직이지 않았다. 눈을 똑바로 뜨고 시선을 떼지 않았다. 안티오페도 꼼짝하지 않고 사티로스를 유심히 관찰했다. 두려웠으나 도망치지 않았다. 비명을 지르고 싶었지만 소리가 나오지 않았다. 사티로스가 손톱 긴 손을 안티오페에게로 뻗었다. 그러자 그 뒤 모든 것이 완전히 변했다. 안티오페는 사티로스와 가깝게 지내면 위험하다는 걸 잘 알았지만 가슴을 답답하게 하는 지루함에서 벗어나기 위한 최선의 방법으로 사티로스를 택했다.

그래서 사티로스와 사랑을 나눴다. 둘은 날마다 만났다. 안티오페는 상대가 제우스라는 사실을 전혀 눈치채지 못했다. 그저 산 속에서 만난 지저분하고 흉물스러운 사티로스라고 생각했다. 사티로스의 거칠고 격정적인 태도에 휘둘리면서도 그로부터 벗어나지 못했다. 날마다 못생기고 털이 무성한 얼굴과, 거친 포옹에 이은 사랑의 행위를 기다렸다. 여러 날이 지나자 사티로스의 입에서 풍기는 역겨운 냄새까지도 좋아하게 되었다.

사티로스와 사랑의 행위를 마치고 숲에서 돌아오면 안티오페는 불안했다. 신랑을 속이고 있다는 점이 마음의 부담이 되었다. 혹시 못생긴 애인과의 밀애가 들키지나 않을까 걱정했다. 안티오페는 아버지와 남편을 다 사랑했지만 그들과 점점 더 사이가 벌어지고 있었다. 마음이 아팠으나 어쩔 수 없었던 안티오페는 예언자를 찾아갔다.

"이제 어떻게 해야 하나요?"

마음 아파하는 안티오페에게 예언자가 경고했다.

"조심해야 해, 안티오페. 흉측한 상대와의 만남에는 고통이 따르는 법이야."

하지만 안티오페는 고통이 무엇인지 몰랐다. 평안한 온실 속에서만 살아왔던 안티오페로서는 고통을 경험하거나 느껴본 적이 한 번도 없었다.

"고통이 뭐지요?"

"고통은 말로 표현할 수 없어."

"그럼 뭐가 고통인지 어떻게 알지요?"

"고통을 받으면 알 수 있지."

"지루한가요?"

"아니, 지루하지는 않아. 끔찍하지."

"지루함보다 더 끔찍한 게 있다는 말은 믿어지지 않아요."

안티오페는 예언자의 경고에도 조심하지 않았다. 날마다 숲으로 찾아가 못생기고 변덕이 심하며, 저질이고 교양이라고는 조금도 없는 사티로스를 만났다. 그 흉물스러움이 안티오페를 유혹했지만 거부감도 주었다. 목을 끌어안은 채 천박한 말을 지껄이면 진저리가 쳐졌다. 한편으로는 사티로스를 사랑했지만 다른 한편으로는 역겹게 여겼다. 사티로스와 사랑을 나누고 난 다음 안티오페는 청결하고 아름다운 집으로 어서 돌아가고 싶은 생각뿐이었다. 그렇지만 일단 집으로 돌아오면 다시 지루해져 죽을 지경이었다. 안티오페는 갈등에 시달리며 하루하루를 보냈다. 금지된 것을 향한 호기심과 편안한 아늑함 사이를 오락가락했다. 그런 긴장은 안티오페를 오히려 아름답게 해주었다. 모순된 상황 속에서 지속적으로 긴장을 풀지 않는 생활이 안티오페를 더욱 매혹적으로 만들었다. 그러던 어느 날 안티오페는 임신한 사실을 알았다. 뱃속의 아이가 못생기고 거칠며 교양 없는 사티로스의 아이라는 사실도 알았다. 덜컥 겁이 났지만 어쩔 수 없었다. 자신이 낳을 자식이 사티로스처럼 흉물스러우리라는 건 의심의 여지가 없었다. 안티오페는 멀리 도망치기로 작심하고 사티로스와 작별하려고 마지막으로 숲을 찾았다. 안티오페가 말했다.

"당신의 아이를 가졌어요."

털북숭이 사티로스가 말했다.

"쌍둥이를 낳게 될 거야. 네 몸 속에 쌍둥이가 들어 있어."

"그걸 어떻게 아세요?"

"난 다 알 수 있지."

"당신은 누구시죠?"

"그런 질문은 아주 위험한 짓이야."

"도대체 누구세요. 더럽고 텁수룩한 그 털 속에 누가 숨어 있는 거죠?"

"진짜 내 모습을 보고 싶으냐? 멋진 모습을 진정으로 보고 싶단 말이냐?"

그 말에 안티오페는 소스라치게 놀라 숲을 빠져나왔다. 뒷날 안티오페는 사티로스와의 사랑으로 쌍둥이 아들 암피온과 제토스를 낳고, 그들에 의해 처형장에서 구출된다.

어머니를 찾아다니던 암피온과 제토스는 카드메이아에 도착했다. 한 번도 와보지 않은 고장이었는데, 마침 카드메이아의 성 안은 온통 흥분의 도가니였다. 쌍둥이는 사람들에게 물어보았다.

"무슨 일입니까?"

"오늘 저녁에 디오니소스를 위한 축제가 벌어진답니다. 저기 언덕 위에서 축제가 거행되는데 여자만 참석할 수 있지요. 오늘 디오니소스를 위한 축제에는 아주 특별한 제물이 바쳐진답니다. 그래서 이렇게 흥분하는 겁니다."

암피온과 제토스는 여자 옷으로 갈아입고 언덕 위로 올라갔다. 눈앞에 펼쳐진 장면은 끔찍했다. 끌려나오는 황소의 뿔에는 제물로 바쳐질 한 여인이 묶여 있었다. 그 여인은 바로 두 사람의 어머니인 안티오페였다. 절정의 순간 암피온과 제토스가 뛰어, 힘이 장사인 제토스가 황소를 붙들었고 암피온이 안티오페를 풀어주었다.

안티오페의 운명은 모두 디오니소스의 계획이었다. 디오니소스는 안티오페의 내면에 잠들어 있던 광기를 일깨워냈던 것이다. 디오니소스는 인기 있는 신이었고, 그의 신자는 거의 여자들이었다. 그들을 마이나데스, 곧 '열광하는 여자들' 이라 했다. 그들은 산 속에서 흥에 겨워 황홀한 상태로 춤을 추었다. 그리고 의식을 거행했다. 의식에는 고기를 찢어발기는 행위도 포함됐는데 그 고기가 사람의 고기일 때도 있었다. 테베의 왕 펜테우스는 디오니소스에 대한 숭배를 중지시키려다가 열광한 여자들의 분노를 사 갈기갈기 찢기고 말았다. 신 가운데 지루함을 못 참는 신이 있다면 그는 단연코 디오니소스다. 디오니소스는 지루함에 대해서 질색했다.

디오니소스의 추종자였던 사티로스 역시 지루함을 참지 못하는 성미였다. 그는 안정과 조화에 상반되는 존재였다. 인간의 본성에 기인한 욕정과 부조화의 상징이며, 이성에 반하는 감성의 표본이었다. 이처럼 경멸의 대상일 뿐 별볼일 없는 사티로스 가운데 하나였던 마르시아스는 경망스럽고 오만불손하고 어리석은 놈이었다.

자, 이제 그 한심한 마르시아스의 불운한 삶을 이야기하자!

신 중의 신인 제우스의 딸로서 전쟁과 기예(技藝)의 수호신인 팔라스 아테나 여신이 어느 날 숲속을 걷다가 긴 대롱처럼 생긴 한 토막의 뼈를 발견했다. 개미들이 완전히 속을 비워놓아 반지르르 윤이 나는 깨끗한 뼛조각이었다. 아테나는 뼈에 손가락을 찔러넣어 구멍을 뚫었고, 그것이 최초의 플루트가 되었다. 그후부터 플루트는 아테나가 처음 발명했다고 전해졌다. 물론 그 대롱처럼 생긴 뼈로 만들어진 플루트는 요즘 우리가 보는 플루트하고는 전혀 다르게 생겼다. 관 속에 종이를 끼워넣고 관을 불면 종이가 바르르 떨리면서 삑삑거리는 소리를 내고, 양쪽 관을 어떻게 조각하느냐에 따라 다른 소리가 나는 정도였다. 디오니소스의 축제에 주로 쓰였던 이 악기는 요즘의 오보에나 클라리넷과 같았는데, 당시에는 그것을 '아울로스' 라 불렀다. 팔라스 아테나 여신은 악기 제작 솜씨가 리라를 만든 헤르메스와는 비교도 안 될 정도로 탁월하다는 평가를 받았다.

아테나는 자신의 발명품을 선보이려고 올림포스 정상에 신을 모아놓고 우아하게 플루트를 연주하기 시작했다. 물론 더할 나위 없이 감미로운 선율이 흘렀다. 글자 그대로 신의 음악이었다. 그렇지만 모든 신의 어머니고 제우스의 아내이자 누이동생인 헤라와 사랑의 신 아프로디테는 아테나를 외면한 채 서로 쿡쿡 찌르며 키득거렸다. 아테나는 몹시 당황해 물었다.

"무슨 일이에요? 내 연주가 이상한가요?"

하지만 아무도 대답해주지 않았다. 헤라는 헤라대로 아프로디테는 아프로디테대로 아테나를 시기하고 있었기 때문에, 그들로서는 비웃음에 족했다. 솔직하게 아테나의 결점을 이야기해줄 상대가 아니었다.

지혜와 전승(戰勝)의 여신인 아테나는 원래 제우스의 머리에서 무장한 채로 솟아 출생했다. 헤라의 질투를 피해 제우스가 그녀를 잉태한 메티스를 삼켰기 때문이었다. 또한 아테나와 아름다움의 본질로 경합하는 아프로디테는 아테나와는 달리 육체적 아름다움을 상징하는 여신이었다. 하늘의 신 우라노스의 성기가 지중해에 떨어져 생긴

물거품으로부터 출생하여, 서풍에 떠밀려 키프로스 섬에 도착한 아프로디테는 계절을 주관하는 호라이 여신들의 영접을 받으며 신들의 향연이 벌어지는 올림포스로 인도되었다. 제우스를 비롯한 모든 신들은 아프로디테의 요염한 자태에 놀라움을 감추지 못했다. 금발에 갈색 눈을 가진 여신의 피부는 상앗빛으로 빛났다. 완벽한 조화를 이룬 육체는 아름다움의 표본이었다. 운명을 관장하는 모이라이 여신들이 아프로디테에게 아름다움과 사랑, 항해하는 배와 선원들을 수호하는 직분을 맡겼다. 아무도 이의를 제기하지 않는 가운데 아프로디테는 화려하게 올림포스에 등장했던 것이다.

'저들이 이상한 게 아닐 거야. 무언가 내가 잘못했을지도 몰라.'

다른 신과 달리 문제를 자기 탓으로 돌릴 줄 알았던 아테나는 그렇게 생각했다. 사실 그러한 점은 전혀 신답지 않았다. 모든 신은 아주 이기적이고 탐욕스러우며 자신의 실책과 패배를 인정하지 않는 존재였다. 아테나는 출생의 과정처럼 부유함이나 권력보다는 지혜를 소중하게 여기는 여신이었다. 전장에서의 승리는 권력적 배경보다는 지혜와 용맹성에 기인하므로, 아테나는 자신의 결점을 스스로 찾아내려는 깊은 사려를 지니고 있었다.

어느 날 아테나가 다시 플루트를 불고 있는데 장난꾸러기 에로스가 그것을 보고 웃었다. 에로스는 아프로디테와 아레스의 아들이었다. 올림포스 신들 가운데 가장 추하고 절름발이인 대장장이 헤파이토스의 부정한 아내였던 아프로디테가 아레스와 사랑하여 낳은 네 자식 가운데 막내아이라는 것이었다. 사랑과 전쟁이 사랑의 열매를 맺으려고 한몸이 되었던 셈이었다. 그러한 에로스는 영원한 젊음을 지녀서 언제나 혈기왕성했다. 무엇이든 주저하는 법이 없었고, 의구심도 없을 뿐만 아니라 인간은 물론 신에 대해서도 일체의 존경심이 없었다.

핏기 있고 도전적인 눈빛은 제우스 앞에서도 꺾이지 않았다.

아테나는 에로스마저 왜 웃는지 역시 알지 못했다. 그래서 아테나는 땅으로 내려가 높은 산 위에 있는 청명한 호수를 찾아갔다. 수면 위로 몸을 숙인 채 똑같은 음악을 다시 한번 연주했다. 이번에는 자신만을 위한 연주였다. 연주하는 동안 수면에 비친 자신의 모습을 눈여겨볼 수 있었다. 그제서야 아프로디테와 헤라가 웃은 이유를 알았다. 연주를 하는 동안 자신의 두 볼이 붉으락푸르락거리며 잔뜩 부풀어올랐고, 코는 보기 흉하게 벌름거렸다. 음악 소리는 아름다웠지만 연주자는 형편없는 몰골로 변했다. 이렇게 흉한 몰골로 연주할 수는 없다고 생각했다. 플루트를 연주하는 것이 자신에게 어울리지 않고, 어쩌면 여성에게 맞지 않는다고 생각하자 그것에 대한 호감도 사라졌다. 화가 난 아테나는 플루트를 집어던지며 저주를 퍼부었다.

"어느 누구든지 이 플루트를 연주하는 자는 불행한 일을 겪게 될 것이다!"

지혜로우며 사람들에 대해 호의적이었던 아테나로서는 좀체 볼 수 없는 무분별한 행동이었다. 그녀도 역시 여자였던 것이다. 아테나는 어느 누구와도 깊은 관계를 맺으려 하지 않았지만 뭇 남자들한테 선망의 대상이 되기를 원하는 점은 다른 여자와 다르지 않았다. 트로이의 왕 프리아모스의 아들 파리스가 가장 예쁜 여신에게 바치는 황금사과를 세상에서 가장 아름다운 여인을 만나게 해주겠다고 약속한 아프로디테에게 주자 아테나는 몹시 격분했다. 그 자리에서 당장 트로이를 멸망시키려다 제우스의 만류로 포기했다. 하지만 나중에 트로이 전쟁이 나자 아테나는 그리스를 편들었다.

한번은 아름다운 메두사가 자기는 적어도 아테나만큼, 혹은 그보다 더 아름답다고 떠벌리고 다녔다. 그 말을 들은 아테나는 메두사를 흉물스러운 괴물로 바꾸어버렸다. 이처럼 거만하고 질투와 복수심이 강한 신이기도 했던 것이다.

불운하게도 마르시아스가 마침 그 저주받은 플루트가 떨어진 길가를 지나가고 있었다. 별로 똑똑하지는 못했지만 마음만은 태평하기 그지없는 녀석이었다. 길을 지나가다가 떨어져 있던 플루트에 걸려 넘어졌다.

"나를 넘어뜨렸으니 이건 내 거야."

마르시아스는 플루트를 주워 힘껏 불어보았다. 사실 음악에 대해 전혀 알지 못했고, 플루트를 어떻게 연주해야 하는지는 더더욱 몰랐다. 그런데도 플루트에서는 기막히게 아름다운 선율이 흘러나왔다. 신의 악기였기 때문이었다. 그 플루트에 저주가 내린 것도 모른 채, 마르시아스는 이전에 미처 발견하지 못한 자신의 재능이 아름다운 음률을 만들어냈다고 굳게 믿었다. 그래서 농부들이 있는 들판으로 가서 플루트를 연주했다.

"정말 너무나 훌륭해요!"

사람들은 감동한 나머지 벌린 입을 다물지 못했다. 그 가운데 한 농부가 말했다.

"당신처럼 아름다운 연주를 할 수 있는 자는 음악의 신인 아폴론뿐일 거예요."

마르시아스는 그 말에 아니라고 했어야 옳았다. 적어도 그 말을 듣고 나서 플루트라도 집어던졌어야 했다. 하지만 그렇게 하지 않았다. 거만하게 칭찬을 그냥 듣고만 있었다. 오히려 그 말에 고무되어 더욱 열심히 연주 연습을 했으며 그날 이후 더 많은 곳으로 연주 여행을 다녔다. 마르시아스는 신기에 가까운 솜씨로 신들의 슬픔을 플루트 연주로 위로하기도 했다. 그렇지만 그는 언제나 프리기아의 토착 농경

민들을 위해 숲과 개울의 정경을 담은 음악을 연주했고, 그러한 자신의 활동을 성스러운 의무로 여겼다. 이제 농부들은 세상의 어떠한 음악보다도 마르시아스의 플루트 연주를 사랑했다. 음악의 신인 아폴론의 리라 연주가 있더라도 마르시아스의 연주에 갈채를 보낼 거라고 말했다. 오만해질 대로 오만해진 마르시아스는 심지어 이렇게 자랑하기까지 했다.

"나처럼 연주할 수 있는 이는 아폴론뿐이다!"

신의 이름은 들먹이지 않는 것이 현명했다. 그랬다가는 공연히 그들을 자극해서 좋지 않은 일이 생기기 때문이었다. 모든 신들이 그렇지만 그 가운데에서도 아폴론은 자신을 무시하는 인간의 오만에 대해 용서가 없었다.

에우리토스는 헤라클레스에게 활쏘기를 가르쳤다고 전해질 정도로 인간 중에서 활을 잘 쏘았다. 에우리토스는 분수를 모르고 아폴론에게 활쏘기 경쟁을 하자고 덤볐다. 경기에 진 에우리토스는 아폴론에게 맞아 죽었다. 니오베는 자신은 아들딸을 각각 일곱씩 두었지만 레토는 겨우 하나씩 가졌을 뿐이라고 방정맞은 말을 한 죄로 아폴론과 아르테미스의 화살에 의해 모든 자식을 잃었다. 니오베가 그러한 불행에 빠진 이유는 자신의 오만 때문이었다.

니오베는 탄탈로스의 아들인 펠롭스의 동생으로, 약하고 예술을 좋아하는 암피온과 결혼했다. 어느 누구한테도 존경이나 두려움을 나타내지 않고 거만하기 이를 데 없었던 니오베는 암피온과의 사이에 일곱 명의 아들과 일곱 명의 딸을 두었다. 어느 날 테베에서 레토 여신을 기리는 큰 축제가 열렸다. 티탄 신족인 레토는 제우스와 사랑해 아폴론과 아르테미스를 낳았다. 레토는 제우스의 사랑을 받고 임신한 뒤 헤라의 질투심을 피해 떠돌다가 겨우 델로스에서 몸을 풀고 쌍둥이 오누이를 낳았던 것이다. 먼저 태어난 여자아이가 달의 신이며 처녀와 수렵의 신인 아르테미스고 뒤이어 아폴론이 태어났다. 태어나자마자 많은 신들과 아버지인 제우스로부터 인정받은 아폴론은 운동과 음악에 능하고 올림포스에서 제우스 다음가는 권력을 누리고 있었다. 생김새도 빼어나 신들 중 가장 미남이었으며, 키가 컸고, 부드럽게 굽이치는 고수머리에 덮인 이목구비는 아름답게 조화를 이루고 있었다. 레토는 두 명의 신을 자식으로 둔 걸 아주 자랑스러워했다. 해마다 레토와 그 자식을 칭송하는 축제가 벌어졌다. 백성들이 온 거리를 누비며 위대한 레토의 업적을 기렸다.

"레토 여신이여! 당신은 세상에서 가장 귀한 존재요, 이 세상에서 가장 자랑스러운 어머니입니다. 어느 누구도 당신과 비교될 수 없습니다."

하필이면 그날 니오베는 시내에 나갔다가 길에서 군중의 함성을 듣고는 고개를 가로 저었다. 시기심을 억누를 수 없었던 니오베가 군중 앞으로 뛰쳐나가 외쳤다.

"테베의 백성들이여, 내 말을 잘 들어보시오! 이 세상에서 가장 자랑스러운 어머니는 레토가 아닙니다! 도대체 어떻게 그런 말을 할 수 있습니까? 레토가 어떻게 생겼는지 본 사람이 있습니까? 한 번도 모습을 드러낸 적이 없었어요. 아마 그럴 만한 이유가 있을 겁니다. 레토의 자식을 한번 보세요! 두 명뿐이지요. 게다가 아폴론은 여자같이 나약하고 아르테미스는 남자처럼 거칠어요. 아들은 머리를 길게 기르고 수염도 없는가 하면 딸은 머리가 짧고 입술 위에 수염이 나 있지요."

백성들은 그만 하라고 외쳤다. 신의 노여움을 사서 니오베뿐만 아니라 테베 전체가 벌을 받게 될 거라며 아우성쳤다. 하지만 니오베는 거침없이 말을 이었다.

"이 세상에서 가장 행복한 어머니는 바로 나예요. 자식을 열넷이나 낳았어요. 아들 일곱에 딸이 일곱이지요. 모두 아폴론과 아르테미스보다 훨씬 낫지요."

사람들은 기겁을 하며 니오베를 헐뜯었다. 사실 레토가 그렇게 큰 축제를 벌일 정도로 대단한 여신은 아니었다. 사람들은 아폴론이나 아르테미스를 두려워했던 것이다. 사람들 눈에는 보이지 않았지만 군중 속에는 레토도 있었다. 눈물을 머금고 울면서 아폴론과 아르테미스를 불렀다.

"너희들도 들었느냐? 우리는 모욕을 당했다. 너희의 어머니가 모욕을 당했단 말이다. 너희 둘도 망신을 당했다. 우리를 비웃은 니오베를 이제 어떻게 하겠느냐?"

아폴론과 아르테미스는 서로의 얼굴을 바라보며 모종의 결심을 했다. 활과 화살로 동정심이나 망설임 없이 니오베의 딸과 아들을 모두 죽였다.

신에 대한 인간의 오만에 유난히 가혹했던 아폴론은 테베를 공격한 플레기아스를 타르타로스에 처넣었고, 트로이 성벽을 쌓은 품삯을 달라고 하자 약속을 지키기는커녕 신의 귀를 잘라버리겠다고 위협하며 나라 밖으로 내쫓은 라오메돈 왕의 처사에 분개해 라오메돈의 왕국에 전염병의 화살을 쏘아 보냈다. 아폴론은 질병의 신이자 의술의 신이기도 했기 때문이다.

자신의 신전 사제인 크리세스의 딸 크리세이스를 납치해간 아가멤논을 벌하기 위해서는 그리스군 진영으로 질병의 화살을 쏘아댔다. 또한 그리스군에 앙심을 품은 아폴론은 그리스군의 맹장인 아킬레스를 죽였다. 트로이 전쟁이 막바지에 이르렀을 때 아킬레스는 파리스가 쏜 화살을 맞고 죽었다. 파리스는 소위 아킬레스건이라 불리는 발 뒤꿈치 부분만 빼고는 온몸이 완벽했던 아킬레우스의 급소를 정확히 조준할 만한 명사수가 아니었다. 파리스는 시위를 당겼을 뿐 궁술의 신인 아폴론이 화살의 방향을 조정했던 것이다.

그런 아폴론이니만큼 방자한 마르시아스의 언동에 분통이 터지지 않을 리 없었다. 마르시아스가 자신의 이름을 떠벌리고 다닌다는 소리를 올림포스 산 위에서 들은 아폴론은 그 행동을 지켜보다가 마침내 땅으로 내려왔다.

"이 녀석, 마르시아스! 네가 나처럼 연주할 수 있다고 생각한다면 어디 한번 대결해보자. 난 리라를 연주할 테니 넌 대롱처럼 생긴 뼈로 된 그 괴상한 플루트를 연주해보아라."

마르시아스는 그 제의에 흔쾌히 응했다. 두번째 실수였다. 아폴론은 태양의 신일뿐더러 음악의 신이었으며 리라의 명연주자였다. 아폴론의 리라는 제우스와 요정 마이아의 아들로 제우스의 전령인 헤르메스가 만든 악기였다. 음악은 바로 신들의 전령이었다.

아폴론의 형제뻘인 헤르메스는 정말 마음씨가 좋은 착한 신 가운데 하나였다. 그는 신의 전령이었고 불의 신이며, 도둑의 신, 상인의 신, 중개인의 신이기도 했다. 제우스는 올림포스에서 내려와 아틀라스의 예쁜 딸인 마이아의 동굴로 숨어들어 마이아를 깊이 사랑했다. 정말로 사랑하는 한 쌍의 연인이었던 그들 사이에서 헤르메스가 태어났다. 헤르메스는 태어날 때부터 아주 특별한 아기였다. 아침에 태어났는데 점심때 벌써 다 자라 기저귀를 벗고 요람에서 버둥대다가 동굴 밖으로 기어나갔다. 동굴 앞에 가만히 선 채 온몸에 햇살을 받으며 이 땅에 태어난 첫날 무엇을 할지 곰곰이 생각했다. 그렇게 생각에 잠겨 있을 때 바다거북 한 마리가 엉금엉금 기어왔다. 헤르메스는 거북에게 호감을 가졌지만 거북은 싫은지 멀뚱멀뚱 쳐다보기만 했다. 화가 난 헤르메스는 다짜고짜 거북을 잡아 목을 졸라 죽였다. 그러고 신의 힘으로 거북의 튼튼한 등판을 떼어내 깨끗이 씻은 다음 그 안에 앉아 노래를 불렀다. 그런데 등판 안에서 노래를 부르니 밖에서 부를 때보다 더 좋은 소리가 났다. 그래서 등판에 줄을 매달아야겠다고 생각했다. 그때 마침 소 몇 마리가 걸어왔다. 헤르메스로서는 처음 보는 동물이었으니만치 무척 신기했다. 목을 조르는 데 재미를 느낀 참이라 소 한 마리를 다시 목졸라 죽였다. 죽은 소에서 창자를 꺼내 깨끗이 씻은 다음 비비 꼬아 현을 만들었고, 그 현을 거북의 등판에 걸어 리라를 만들었다. 바로 그 첫날 아폴론 앞에서 리라를 연주하여 아폴론을 미묘한 음색에 빠져들게 했다. 그런 후에 아폴론의 소를 훔쳐 노여움을 샀던 데 대한 화해의 의미로 리라를 넘겨주었다. 헤르메스는 답례로 뱀이 감긴 지팡이 케리케이온을 선물로 받았다.

아폴론이 자신과 뮤즈들의 성지인 파르나소스에서 리라를 연주하면 아홉 명의 뮤즈는 그 곡조에 맞춰 노래를 부르고, 다른 신들은 암브로시아를 먹고 넥타를 마시면서 자기들이 목도한 천상과 지상, 바다에서 일어난 온갖 일들에 대하여 이야기하는 연회가 벌어졌다. 리라의 줄이 아홉 개인 까닭은 아홉 명의 뮤즈를 나타내기 위함이었다.

연주 시합을 벌이게 된 마르시아스와 아폴론은 평가단을 초빙하기로 했다. 산의 신 트몰로스와 프리기아의 왕 미다스가 평가단으로 초청에 응했다. 트몰로스는 스스로 예술에 대해 조예가 깊다고 착각하는 살이 통통하게 찐 늙은 아첨꾼이었다. 나이 많은 산신은 산비탈에 자리를 잡고 앉아 조금이라도 더 잘 들을 욕심으로 귓속에서 자라나 어깨를 덮고 있던 나무를 다 뽑아버렸다. 오직 머리카락 대신 기르고 있는 참나무만 남겨놓아 트몰로스의 관자놀이에는 도토리가 잔뜩 매달려 대롱거렸다. 산신 트몰로스와는 달리 미다스 왕은 공평하고 강직할뿐더러 혹독한 비평으로 유명했다.

"이제 심판할 준비가 되었소."

산신과 미다스 왕이 마르시아스와 아폴론에게 말했다. 먼저 아폴론이 리라를 연주했고 이어서 마르시아스가 플루트를 꺼내들고서 한 곡조 멋들어지게 불었다. 마르시아스의 플루트 가락은 미다스의 귀에는 그렇게 아름답게 들릴 수 없었다.

그러나 스스로 품위 있고 품격이 높다고 생각하지만 실제로는 형편없는 아첨꾼 트몰로스는 달랐다. 마르시아스의 플루트 소리를 다 들은 트몰로스 산신은 고개를 돌려 아폴론 신을 바라보았다. 그가 고개를 돌리자 트몰로스 산의 나무라는 나무는 모두 아폴론을 향했다. 아폴론은 파르나소스의 월계수로 금발을 질끈 동여맨 채 보라색 옷자락을 끌며 서 있었다. 왼손에는 힌두스 상아 무늬가 박힌 리라를, 오른손에는 리라의 활을 들고 있었다. 트몰로스는 아폴론의 리라 연주가 낫다고 판정하며 호들갑을 떨었다.

"멋있어요. 아폴론 님! 너무 멋있어요. 더 생각할 필요도 없이 오늘의 승리자는 아폴론 님이시죠. 승리는 당연히 아폴론 님 겁니다."

주위에서 구경하던 청중들도 모두 나이든 산신의 판정에 동의했다. 그렇지만 엄격하고 강직하며 정확하게 비평하는 미다스 왕의 생각은 달랐다.

"이걸 어떻게 해야 하나. 솔직히 말해도 되는 겁니까?"

아폴론이 대답했다.

"물론, 그래야지."

"좋아요. 그렇다면 저의 비평을 말하지요. 솔직히 말한다면 더럽고 못생긴 사티로스 마르시아스가 아폴론 님보다 조금 더 잘 연주하는 것 같습니다."

미다스는 손에 닿는 것은 무엇이든지 황금으로 변한다는 이야기의 주인공으로 프리기아 왕국의 건설자인 고르디오스의 아들이었다. 미다스의 판정에 화가 난 아폴론이 소리쳤다.

"네 이놈, 귀머거리 무식쟁이 미다스야! 너는 음악의 신이 연주하는 리라 소리와 겨우 목신인 사티로스 마르시아스가 부는 플루트 소리도 구별하지 못하는 하찮은 귀를 달고 있구나. 그 보잘것없는 조그만 귀로 무슨 음악을 듣겠느냐!"

마르시아스의 고향 프리기아의 왕인 미다스로서는 프리기아의 농부들과 같이 마르시아스의 익살스럽게 유쾌하며 맑고 자유분방한 음악에 감동할 수밖에 없었다. 그에 비해 아폴론의 음악은 질서의 음률로 이루어져 있었다. 태양의 힘을 상징하는 아폴론이 음악의 신으로 숭배되고 있다는 것은 태양의 주기에 의해 일 년의 활동이 결정되는 농경사회의 질서가 삶의 근본 원리와 같기 때문이었다. 지성과 문화, 이성과 질서를 지향하는 아폴론의 음악에 비해 반인반수의 정령인 마르시아스는 자신이 살고 있는 프리기아의 작은 하천과 좁은 초원의 싱그러움을 가득 담은 선율에 자신이 추종하는 디오니소스의 야성과 자연성, 도취와 광란의 정조를 연주했던 것이다.

미다스는 자신의 비평에 자신만만했다. 마르시아스의 연주가 더 훌륭하다고 판정했다.

"아폴론의 리라 연주보다 마르시아스의 플루트 연주가 한결 뛰어난 게 사실입니다. 마르시아스야말로 음악의 신인 아폴론을 능가했습니다."

그러자마자 미다스는 벌을 받았다. 아폴론이 미다스의 귀를 당겨 커다랗고 길쭉하게 만들어버렸다. 잡아늘인 귀 안에 소복하게 털이

자라도록 한 다음 머리 양쪽에 달린 귀가 이쪽저쪽으로 움직이도록 만들었다. 이제 미다스의 귀는 당나귀 귀와 비슷한 모양이 되었다. 그래도 화가 덜 풀린 아폴론은 미다스의 당나귀 귀를 잡아당겨서는 경연장 밖으로 내쫓아버렸다.

"내 연주를 너 따위가 어떻게 생각했는지는 듣고 싶지도 않아. 내 연주도 제대로 듣지 못하는 그런 귀를 가지고서야."

그 뒤부터 미다스 왕은 커다랗고 우스꽝스럽게 생긴 당나귀 귀가 부끄러워 늘 보라색 모자를 눌러쓰고 다녔다. 그렇게 다른 사람에겐 귀를 숨길 수 있었지만 이발사에게만은 그럴 수 없었다. 미다스 왕은 이발사에게 명령했다.

"다른 사람에게는 절대로 말하지 말라. 약속할 수 있겠지!"

이발사는 그렇게 하겠다고 약속하긴 했으나 미다스 왕의 귀가 당나귀 귀라는 사실을 말하고 싶어 죽을 지경이었다. 그렇지만 감히 왕의 명령을 거역하고 왕의 비밀을 발설할 수 없어 속을 끓였다. 결국 견디다 못한 이발사는 누군가에게 말하고 싶은 충동을 억제하지 못하고서 들판으로 나가 땅에다 구덩이를 파고는 그 안에 조그만 목소리로 속삭였다.

"땅속의 뿌리야, 내 말 좀 들어봐. 미다스 왕의 귀는 당나귀 귀란다."

말을 마치고는 흙으로 다시 구덩이를 메웠다. 그제야 그는 집으로 돌아와 편히 잠들 수 있었다. 이발사가 잠든 사이 그의 목소리가 묻힌 구덩이에서는 갈대가 돋아나기 시작했다. 키 높이로 다 자란 갈대는 엉뚱하게도 온 세상에 왕의 비밀을 퍼뜨렸다. 남풍에 흔들려 잎사귀를 부빌 때마다 제 뿌리가 박힌 땅속에 묻힌 목소리를 들판 저편으로 속삭였다.

"미다스 왕의 귀는 당나귀 귀다……"

미다스 왕과 트몰로스를 내쫓은 아폴론은 정말 음악에 조예가 깊은 심판관을 불러 심사를 맡기자고 제의했다. 이에 예술과 학문의 여신인 뮤즈가 한자리에 모였다. 그들은 누가 더 연주를 잘하는지 판가름해야 했다. 음악을 연주하기 전에 아폴론이 한마디 했다.

"나는 신이고, 마르시아스 너는 천하고 더러운 반인반수니 경기 규칙은 내가 정하겠다. 우리 둘 중 패한 자는 승리한 자의 어떤 요구에도 따라야 한다."

마르시아스는 그 말에도 동의했다. 이번에는 달리 선택의 여지가 없었다. 한편으로는 제우스의 큰아들인 아폴론이 그런 조건을 제시한 것에 대해 우쭐했다. 어리석게도 미천하고 더러운 자신이 위대한 신을 압도할 수 있다고 생각했다. 위대한 레토의 아들을 이길 수 있으리라 자신했던 것이다. 드디어 아폴론이 리라를 연주하고, 마르시아스는 플루트를 불었다. 어쨌든 처음에는 마르시아스에게 전혀 불리해 보이지 않았다. 둘의 연주를 듣고 뮤즈들이 말했다.

"누가 더 훌륭한 연주자인지 정말 구별할 수 없어요. 똑같이 훌륭해요."

심판관인 뮤즈들은 모두 제우스와 기억의 여신인 므네모시네 사이에서 태어난 여신들이었다. 이들은 모두 학예의 신으로 서사시를 관장하는 칼리오페, 역사를 관장하는 클레이오, 음악과 서정시를 맡은 에우테르페, 합창과 무용을 맡은 텔프시코레, 가요와 연애시를 다루는 에라토, 비극을 관장하는 멜포메네, 희극과 목가를 관장하는 탈레이아, 찬가와 영웅시를 다루는 폴리힘니아, 천문과 천상의 음악을 맡고 있는 우라니아였다. 뮤즈들은 저마다 길고 풍성한 머릿단을 드리우고, 단단하고 달콤한 복숭아 모양의 젖가슴을 손으로 가리고서 심판관석에 앉아 있었다. 이들 가운데 칼리오페와 탈레이아는 아폴론의 연인 중에서 유명한 뮤즈였다. 뒷날 칼리오페는 아폴론에게 오르페우스를 낳아주었다. 오르페우스는 부모의 핏줄을 증명하듯 그리스 최고의 음악가가 되었다. 그가 아폴론에게서 받은 리라를 켜면 사람은 물론 신들과 짐승, 식물과 바위까지도 황홀경에 빠져들어 그의 음악을 즐겼다. 또한 탈레이아는 올림포스의 춤꾼들인 코리반테스 형제를 낳았다. 이들 뮤즈와 마르시아스를 둘러보며 아폴론이 말했다.

"그렇다면 경기 규칙을 바꾸자. 마르시아스, 너는 이제부터 내가 하는 대로 따라해라. 네가 그렇게 하고도 나만큼 훌륭한 연주를 한다면 내가 진 것으로 하겠다."

마르시아스로서는 이번 제안에는 자신이 없어 머뭇거렸지만 결국 동의하고 말았다. 오른쪽 어깨에서 가슴을 지나 왼쪽 허리로 드리우고 있던 가죽띠를 다시 여민 아폴론은 리라를 거꾸로 돌려 왼손으로 연주하기 시작했다. 그러면서 마르시아스에게 말했다.

"너도 네 악기를 거꾸로 돌려서 연주해라, 마르시아스! 그리고 한 가지 더 있다!"

리라를 연주하며 노래를 부르던 아폴론이 말을 이었다.

"이렇게, 나처럼 연주하면서 노래를 불러라!"

어느 누구도 플루트를 연주하면서 노래를 부를 수는 없다. 리라를 연주할 때나 가능한 일이었다. 또한 오른손으로도 왼손으로도 연주가 가능한 리라와는 달리 플루트는 거꾸로 들고 불면 아무 소리도 나지 않았다. 그것은 신도 할 수 없는 일이었다. 신도 세상의 이치를 자신의 의지대로 이끌지는 못하는 법이었다. 아폴론의 요구는 신들의 특권인 억지에 불과했다.

결국 마르시아스는 연주 시합에서 지고 말았다. 마르시아스는 자신의 플루트를 매만지면서 희미하게 웃음짓고 있었다. 산양의 하체로 대지를 딛고, 사람의 상체로 하늘을 향해 서서 승리자인 신을 오만한 모습으로 바라보았다. 더럽게 헝클어진 곱슬머리가 두터운 입술과 매부리코에 달라붙어 있었지만 그의 눈은 환희로 빛나고 있었다.

"나는 경기에서 패배했다!"

마르시아스가 승리자와 뮤즈들 앞에서 자인했다.

"그러나 연주에서 패배하지는 않았다!"

그 마지막 말이 아폴론으로 하여금 내면에 남아 있던 신으로서의 아량마저 던져버리게 했다. 아폴론은 싸늘하게 웃으며 패자의 교만한 자존심을 인정했다. 넓은 가슴과 벌어진 어깨에 얹힌 아폴론의 얼굴은 능멸의 조소로 물결쳤다. 뮤즈들이 승리자를 위한 월계관을 아폴론의 잘 다듬어 윤기 나는 머리에 씌워주었다. 영예와 완전한 승리를 뜻하는 것이었다. 월계관은 어느 쪽에서 보아도 완전한 구형인 원형으로 승자의 영예만이 아니라 신의 전능을 나타냈다.

또한 아폴론에게 있어서 월계관은 각별한 의미를 가지고 있었다. 한때 아폴론은 강의 신인 페네이오스의 딸 다프네를 사랑했었다. 이건 아프로디테의 장난꾸러기 아들 에로스의 복수였다. 예전에 아폴론이 에로스와 다툰 적이 있었다. 아폴론은 항상 어린아이 모양으로 장난질에 부지런한 에로스가 자신의 무기인 활을 가지고 있는 걸 마땅치 않게 여겨 말했다.

"넌 횃불을 가지고 사랑의 불장난이나 하지 어린아이 녀석이 건방지게 내 명예가 걸린 활을 가지고 노느냐. 활은 어른들이 전쟁에서 쓰는 중요한 무기야!"

이 말에 분개한 에로스는 아폴론을 비웃으며 소리쳤다.

"이것 봐. 내가 자네보다 훨씬 훌륭한 사수야!"

"가소롭구나. 화살과 활을 만들어낸 내 앞에서 감히 훌륭한 사수라는 자랑을 할 수 있단 말인가?"

아폴론이 발끈하며 에로스를 옆으로 거칠게 밀었다. 에로스는 자존심이 무척 상해 반드시 복수하겠다고 결심했다.

"두고 봐! 네 화살은 겨우 괴물을 겨냥하지만 내 화살은 사람의 심장을 겨냥한다는 걸 보여주지!"

에로스는 화살통에서 황금 화살과 납 화살을 하나씩 꺼내 손에 들고 있다가 어느 날 숲속을 지나던 아폴론이 어느 님프에게 가까이 다가가는 것을 보고 화살을 메겼다. 얼른 사랑을 불러일으키는 황금 화살로 아폴론의 심장을 맞추고, 이어서 사랑을 혐오하는 납 화살로 님프를 맞췄다. 그녀는 강의 요정으로 눈부시게 아름다운 처녀 다프네였다. 다프네에 대한 아폴론의 사랑은 불타오르듯 뜨겁게 달궈졌지만 다프네는 아폴론을 너무나 혐오했다. 다프네는 사랑이란 말조차 싫어하는 처녀가 되었다. 이전에도 다프네는 아폴론의 쌍둥이 누이인 아르테미스처럼 순결을 지키고 숲속에서 사냥을 하며 뛰어놀기를 즐길 뿐 남자에 대해서는 관심이 없었다. 아폴론은 다프네를 보자 한눈에 사랑에 빠졌다. 아폴론은 자신이 제우스의 아들 아폴론임을 밝히며 즉시 청혼했다.

이 얼마나 기막힌 운명인가! 님프가 아폴론의 사랑을 받는다는 사실은 환상적인 일이었다. 불멸의 신들 세계에도 엄연히 계급이 존재했다. 인간과 마찬가지로 불멸의 신 사이에도 높은 지위에 있는 신이 따로 있었다. 아폴론은 그중에서도 높았다. 그렇지만 가슴에 납 화살을 맞은 다프네는 아폴론의 사랑에서 벗어나려고 발버둥쳤다. 가슴 가득 밀려드는 혐오감 때문이었다. 다프네의 꽁무니를 졸졸 따라다니던 아폴론은 무슨 일이 일어났는지 짐작하고 소리쳤다.

"아무 짓도 하지 않겠다. 우리 사이에 일어난 일을 설명해주마. 하고 싶은 말은 화살의 독이 풀릴 때까지 기다렸다가 다시 만나자는 것뿐이다. 에로스가 네 심장에 납 화살을 쏘아서 혐오감을 갖게 된 거고, 난 황금 화살을 맞아서 열병을 앓고 있는 거다."

그렇지만 다프네는 아폴론이 자신의 목숨을 앗아가버리기라도 할 것처럼 혼비백산했다. 순결을 지키는 것 이외에는 다른 관심이 없는 다프네는 도망칠 뿐이었다. 도망치는 다프네를 아폴론이 뒤쫓아갔다. 둘의 거리가 점점 가까워져 아폴론의 손이 어깨에 닿을 즈음, 강이 있는 절벽까지 달려간 다프네는 더이상 어찌할 바를 몰라 망설이다가 강을 향해 소리쳤다.

"도와주세요, 도와주세요. 저는 쫓기고 있습니다!"

다프네는 아버지인 페네이오스에게 자신을 구원해달라고 빌었다. 강의 신인 페네이오스는 겁먹은 딸의 애처로운 모습을 보다 못해 그녀를 월계수로 변신시켜주었다. 아폴론이 다프네를 따라잡아 품에 안았을 때 그녀의 다리는 이미 월계수의 뿌리로, 몸은 줄기로, 팔과 다리는 가지로, 머리카락은 잎으로 변해 있었다. 아폴론은 사랑하는 연인을 영원히 잃고 말았다. 슬픔을 이기지 못한 아폴론은 자신의 사랑을 거부하고 월계수로 변한 다프네를 잊지 못해 머리에 항상 월계수 가지를 엮어 만든 왕관을 쓰고 다녔다.

월계수로 만든 둥근 승자의 관을 쓴 아폴론이 마르시아스에게 말했다.

"자, 승리자가 패배자를 마음대로 할 수 있다고 약속했지. 승리자는 바로 나다!"

"좋아!"

"이제 신에게 도전한 네 오만에 대한 벌을 받을 차례다."

"좋다. 나는 패배자다! 너는 승리자인 천상의 신이지만 나는 지상의 신인 디오니소스의 친구이자 숲과 들판의 정령이며, 농부의 신이고, 사랑에 빠진 여자들의 애인이며, 패배자인 마르시아스다!"

마르시아스는 산양의 두 발로 걸어나와 인간의 가슴을 내밀고 소리쳤다.

"네가 신이라면 나는 예술가다!"

플루트를 움켜쥔 마르시아스는 조금도 두렵지 않은 태도였다. 그런 마르시아스의 당당한 모습을 바라보며 아폴론이 말했다.

"나는 너를 가문비나무에 매달고 산 채로 가죽을 벗기겠다. 신과 한 약속을 거부하지는 않겠지?"

"좋아!"

마르시아스는 치렁치렁한 곱슬머리를 흔들며 대답했다. 아폴론은 마르시아스를 덥석 들어 가문비나무에 거꾸로 매달고 산 채로 가죽을 벗기려 준비했다. 신에게 도전했던 반인반수의 최후를 보여주기 위해 구경꾼들을 불러모았고, 자신을 도와줄 솜씨 좋은 칼잡이를 달려오도록 했다. 마르시아스의 동료인 사티로스들과 평소에 그의 연주에 감동해 그와 같은 연주자가 되기를 바라던 음악가들이 주위로 몰려들었다.

준비는 다 되었다. 커다란 가문비나무가 선 숲속은 울창한 가문비나뭇잎 사이로 들이치는 가을빛으로 어슴푸레 빛나고 있었다. 한가운데 알몸의 마르시아스가 거꾸로 매달려 있고, 그 둘레를 뮤즈와 몰려든 구경꾼이 에워싸고 있었다. 아폴론은 마르시아스가 들고 있던 괴상하게 생긴 플루트로 마르시아스의 피부를 벗기기 시작했다. 뮤즈들은 깔깔거리며 그런 모양을 즐겁게 바라보고 있었다. 그 여신들은 세상만사를 모두 미적인 차원에서 받아들이기 때문에 마르시아스의 비명 소리도 음악 소리로 여기며 들었다. 그러나 누구보다도 그런 참혹한 형벌을 아름다움 자체로 받아들이고 있는 자는 고통에 처한 마르시아스 자신이었다. 마르시아스는 산 채 가죽이 벗겨지고 수족이 잘려나가는 고통 속에서도 맑게 반짝이는 눈빛으로 자신의 운명을 화려한 비명으로 노래했다.

참다운 예술가가 된다는 것은 신에게 도전하는 것이고, 그리고 참패하여 살갗이 벗겨지는 고통을 당하고, 그러한 자신을 고스란히 드러내보이는 행위라는 사실을 마르시아스는 당당하고 처연하게 증명했다. 그러기 위해 모든 사람들 앞에 거꾸로 매달려 산 채로 껍질을 벗기는 형벌을 받고 있는 것이었다.

더없이 아름다운 청년의 모습을 한 아폴론은 금발의 머리에 월계관을 쓰고서 무릎을 꿇고 앉아 마치 무슨 예술이라도 하듯이, 마르시아스의 가슴녘 살가죽을 꼼꼼히 벗겨내고 있었다. 그 뒤편에 선 칼잡이는 앞치마를 입은 옷차림으로 날선 칼을 들어 마르시아스의 털북숭이 다리 가죽을 능숙한 솜씨로 벗겨냈다. 주위에 몰려든 모든 사람이 그 광경을 바라보고 있었다. 마르시아스의 친구인 또다른 사티로스가 불쌍한 마르시아스의 피를 받기 위해 물동이를 들고 서 있었다. 그렇지만 마르시아스의 고통은 아무도 위로할 수 없었다. 가련한 예술가의 고독은 그 누구도 달래줄 수 없는 것이었다.

평소 마르시아스를 따르며 그와 같이 훌륭한 연주자가가 되리라 다짐했던 어린 음악가는 예술가가 된다는 의미를 알게 된 뒤 잔뜩 겁에 질려 있었다. 반대편에 선 젊은 연주자는 차마 그 고통스런 장면을 마주하지 못한 채 허공을 쳐다보며 저만의 음악에 몰두하고 있었다. 그로서는 위대한 예술가가 겪어야 하는 외로움과 고통을 감히 맞이할 자신이 없었다. 붉은 볼을 한 젊은 연주자는 곱슬머리와 이마를 뒤로 젖힌 채 슬픈 선율의 연주를 멈추지 않았다. 두려움에 떨고 있는 어린 아이 뒤편에는 딸기코를 한 노인이 있었다. 노인은 음악과 술을 즐기는 숲의 정령 실레노스 가운데 하나였다. 그는 마르시아스의 음악이야말로 아폴론에 버금간다고 여기던 뛰어난 팬플루트 연주가 가운데 한 사람이었다. 실레노스 노인은 금박으로 수놓은 화려한 왕관을 쓰고, 당당한 모습으로, 골똘히 마르시아스의 고통에 찬 신음과 입가에 비치는 희미한 웃음을 지켜보고 있었다. 노인은 생각하고 있었다.

'나는 과연 음악가로서 내 할 일을 다했는가? 자신에게 도전해보았는가? 살갗을 벗겨내는 아픔도 감내해보았는가?'

그러면서 실레노스 노인은 고개를 주억거렸다. 그는 마르시아스의 영예로운 자존심을 찬양하고 있었다. 마르시아스의 눈은 밝게 빛나고 있었으며 늘어뜨린 팔은 반항할 뜻도 거부할 뜻도 없어 보였다. 마르시아스의 피는 아폴론의 붉은 장화가 밟고 있는 땅으로 떨어져 흘러가고 있었다. 작고 흰 개가 땅으로 떨어져내린 그의 피를 핥고 있었지만 마르시아스는 마냥 행복한 표정이었다. 그는 이제 자신이 할 일을 다했음을 알고 있었던 것이다.

아폴론은 마르시아스의 껍질을 깡그리 벗겨버렸다. 이로써 그의 몸은 전체가 하나의 상처로 된 붉은 살덩이로 변하여 피가 흐르지 않는 곳은 한 군데도 없었다. 신경의 가닥도 하나 남김없이 밖으로 드러나 보였다. 껍질이 벗겨졌으니 핏줄 뛰는 모양이 드러나 보이는 것도 당연했다. 벌떡벌떡 뛰는 내장 기관과 가슴속의 허파도 훤히 들여다보였다. 사티로스의 일종으로 들판을 누비고 다니던 판 무리는 마르시아스를 위해 눈물을 흘렸다. 같은 사티로스들은 물론 그가 사랑했던 요정들, 산에서 양떼나 뿔 달린 가축을 돌보던 목동들까지도 마르시아스를 가엾게 여겨 눈물을 뿌렸다. 기름진 땅은 눈물로 젖었고, 젖은 땅은 끊임없이 떨어지는 눈물을 깊숙이 빨아들였다. 땅은 그 눈물로 샘을 지어 땅 위로 용솟음치게 했다. 샘에서 솟은 물은 시내가 되어 둑을 따라 바다로 흘러갔다. 시냇물은 온 프리기아 땅에서도 가장 맑았는데, 뒷날 농부들은 그 시내를 '마르시아스의 강' 이라 불렀다.

아폴론은 합류하는 강의 물소리가 들려오는 동굴 속에 마르시아스의 벗겨진 가죽을 매달아두었다. 어두운 동굴에 매달린 마르시아스의 살가죽은 오래도록 썩지 않고 세월이 흐를수록 빛을 발했다. 동굴 앞으로 흐르는 강물은 암흑에서 암흑으로 가는 통로였으며 동굴에서 새어나오는 희미한 빛만이 강물 위에 반사되고 있었다. 동굴 속에 매달린 마르시아스의 가죽은 그의 고향인 프리기아 농부들이 부르는 음악이 흘러들어오면 진동했지만 아폴론을 찬양하는 음악에는 전혀 움직이지 않았다.

아아, 이제 마르시아스의 이야기를 마친다. 들었는가, 사람들아!

마르시아스의 삶은 불운하기는 했으나 무의미하지 않았다. 그는 신이었으며 인간이었고, 인간이었으며 짐승이었다. 아니다! 그는 신이 아니었으며 인간도 아니었고, 인간이 아니었으며 짐승도 아니었다. 그는 단지 마르시아스라는 예술가 그 자신이었다.

신금오신화 제3편

열두 신장이 잡된 도깨비를 꾸짖은 이야기

갖가지 도깨비가 산지사방에 출몰하여 인간세상을 어지럽히니 사람들은 태반이 기를 잃고 생활은 나날이 쇠퇴하였다. 그런 와중에서도 어느 산 높고 물 맑은 나라의 참상은 더욱 처절했다. 나라는 두 동강이 났는데, 배부른 도깨비들이 굶주린 사람들의 등에 올라앉아 꽃타령을 합창하며 도깨비세상을 구가하고 있었다. 신음 소리 울음소리가 하늘나라에까지 메아리치니 하느님은 이를 슬피 여겨 열두 신장을 천계로 불러모아 추상같은 명을 내렸다.

"즉시 저 나라에 내려가 도깨비를 소탕하라."

이 이야기는 내가 지어낸 것이 아니라 어느 복화술사로부터 들은 이야기다. 아는 사람은 다 알겠지만 복화술사란 입을 움직이지 않고 이야기하는 사람이다.

내가 몇 해 전 청량리 정신병원 근방에 살던 때였다. 나는 낮에 잠자고 밤에 책을 읽는 습관이 있어서 새벽녘이 되면 심한 시장기를 느꼈다. 그래서 그때만 되면 순두부를 사먹으러 청량리 역전으로 나가곤 했다. 어두운 새벽 거리를 걸어 청량리 역전에 나가면 밤차 손님을 기다리는 순두부 장수들이 역 광장에 늘어서 있게 마련이다. 내가 그 복화술사를 만난 곳도 바로 그곳이었다. 흰 김덩이가 무럭무럭 피어오르는 순두부 손수레의 나무의자에서 우리는 우연히 만났다.

"어때 재미있지 않소?"

이야기를 마친 그는 소주잔을 만지작거리며 내게 말했다. 물론 입술은 조금도 열지 않은 채였다. 나는 잠자코 듣고만 있었다.

"하지만 어디 가서 떠벌릴 만한 이야기가 아니오. 나와 같이 복화술을 터득하기 전에는."

나는 그 이야기의 대부분을 잊어버리고 말았다. 그런 이야기란 세상을 살아가는 데 한푼어치의 가치도 없다는 것을 너무나 잘 알고 있었기 때문이다. 하지만 몇 해가 지나 기억마저 아리송해진 지금, 불현듯 그 이야기를 세상 사람들에게 들려줘야겠다는 생각이 들었다. 그러나 정작 재미있는 대목은 망각의 거름종이에 여과되었고 포복절도할 비유는 내 둔한 머리에서 희석되어 이렇듯 싱거운 이야기가 되고 말았다.

귀신이라는 것은 으스스하고도 귀엽고, 흉포하고도 친근하고, 무섭고도 우습고, 슬기롭고도 야속하고, 엉큼하고도 앗쌀하고, 있는 듯하고도 없으니, 그야말로 천하에 대적할 자가 없다.

대체로 그것은 산 사람이 가까이할 존재는 아니나 예로부터 수많은 귀신이 전해져오니 모른다 할 수도 없다. 우물에 빠져 죽은 우물귀신, 물에 빠져 죽은 물귀신, 처녀가 죽어서 된 손말명, 총각이 죽어서 된 몽달귀, 집안 조상의 혼령이나 그 집에서 선대로부터 위해오는 터줏귀신 부리, 마마를 앓다가 죽은 어린 계집애귀신 태주, 젊어서 죽은 아내가 세상에 미련이 남아 후처에게 해를 끼치는 귀신 미명귀, 호랑이 밥이 되어 죽은 사람의 귀신 호귀, 죽은 뒤 지노귀새남을 하지 못한 혼령 날망제, 천년 묵은 여우가 변하여 된 매구 따위가 있는가 하면, 사는 곳과 생긴 꼴과 하는 짓도 요상하기 그지없다. 나무에 붙어 있는 나무귀신, 굴뚝에 붙어 있는 굴뚝귀신, 우물이나 샘에 사는 물할미, 집을 지키는 성주, 뒷간을 지키는 주당이 있고, 장독귀신, 뒤주귀신, 부뚜막귀신, 달걀귀신, 멍석귀신, 장대귀신이 있으며, 정월 초하

룻날 밤에 아이가 벗어놓은 신을 신고 가는 앙괭이, 날수에 따라 사방으로 다니면서 사람의 활동을 방해하는 손과 오작귀, 사람에게 씌어서 몹시 앓게 하는 청계와 저퀴, 먹이가 있는 곳으로 앞장서서 범을 인도하는 창귀, 자는 사람을 놀라게 하는 가위, 제삿날 찾아오는 생령, 무당이 섬기는 귀신 구능, 여자만이 섬기는 귀신 다이주, 짐승 모양을 한 나티, 모질고 악한 두억시니, 떠돌아다니는 못된 귀신은 뜬것이라 하고 무엇인지 모르는 귀신은 목두기라 하는데, 그중에서도 아주 잡된 귀신이 있으니 그놈이 바로 도깨비다.

이 도깨비란 놈은 대체로 동물이나 사람의 형상을 한 같잖은 귀신이다. 흠허기로서 일종의 잡신이지만 음귀와 같은 귀신과는 질이 다르다. 도깨비는 인체가 죽은 뒤에 생기는 것이 아니고 사람들이 일상생활에서 용구로 쓰다가 버린 물체에서 생성되는데 월경의 피가 빗자루에 묻거나 낡은 그릇에 묻으면 그것이 모두 도깨비가 된다. 또 이놈은 대체로 썩은 것을 좋아하고 신선하고 깨끗한 것을 꺼리며 밝은 곳을 피해 어둡고 축축한 곳을 골라 살고, 성질이 음하기 때문에 오래된 우물이나 허물어진 절간, 사람이 살지 않는 집, 어두컴컴한 동굴, 등걸 썩은 고목, 으스스한 골짜기, 썩은 절구통 같은 곳에 모여 살다가 밤이 되면 슬며시 나와 활동을 시작한다. 그러므로 낮도깨비란 있을 수 없는 존재를 가리키는 말이다. 하여튼 이놈은 초인적인 괴력으로 여러 가지 못된 장난을 하는데, 황소를 지붕 위에 올려놓고, 솥뚜껑을 솥 속에 넣으며, 큰 산을 움직이고, 큰 바위를 굴리고, 많은 물을 단숨에 마시기도 한다. 심술궂은 일도 보통이 아니다. 논에 개똥을 가져다 놓고, 밤 사이에 가구를 엎어놓고, 국수를 산에다 버리기도 하며, 건어나 궤를 훔쳐가기도 하고, 아녀자의 정조를 노리는 경우도 있다.

도깨비의 형태는 독각귀(獨脚鬼)라는 말처럼 다리가 하나밖에 없는 것이 대부분으로, 키가 커서 아랫부분은 보이나 윗부분은 보이지 않아 얼굴을 알 수 없으며, 씨름을 할 때에는 다리를 감아야 넘어지는데 왼쪽 다리로 감아 왼쪽으로 넘겨야 한다. 이런 까닭에 도깨비를 일러 독각대왕이라 부르지만 도깨비는 독각귀만 있는 것은 아니다. 산에 사는 도깨비는 산도깨비, 물에 사는 도깨비는 물도깨비라 하고, 계곡에 사는 도깨비는 용망상이라 하며, 나무와 돌에 사는 도깨비는 기망량이라 한다. 만물을 해치는 도깨비, 만물에 붙어사는 도깨비, 만물을 괴롭히는 도깨비, 만물을 유혹하는 도깨비가 각각 그 이름이 다르며, 헛도깨비는 헛것, 허깨비, 또는 어덕서니라 불린다.

도깨비에 대한 설화는 아직도 많은 사람들이 은연중에 믿고 있다. 그 단적인 예로 밤에 산길이나 들길을 혼자 걸을 때 은근히 두려운 생각이 들거나 압박감에 사로잡히는 것은 도깨비를 의식하기 때문이다. 그러나 그러한 두려움이 단지 두려움으로 그친다면 얼마나 좋으련만, 우주 시대를 표방하는 21세기가 코앞에 닥친 오늘날에도 예전에 볼 수 없었던 기기묘묘한 도깨비들이 백주대로를 횡행하니 어찌 하늘인들 유심치 않을 수 있겠는가.

갖가지 도깨비가 산지사방에 출몰하여 인간세상을 어지럽히니 사람들은 태반이 기를 잃고 생활은 나날이 쇠퇴하였다. 그런 와중에서도 어느 산 높고 물 맑은 나라의 참상은 더욱 처절했다. 나라는 두 동강이 났는데, 배부른 도깨비들이 굶주린 사람들의 등에 올라앉아 꽃타령을 합창하며 도깨비세상을 구가하고 있었다. 연이은 도깨비의 난동에 사람의 고혈이 냇물처럼 흘렀고 뼈와 가죽이 맞붙은 사람들은 죽지 못해 살아가고 있었다. 그 신음 소리 울음소리가 하늘나라에까지 메아리치니 하느님은 이를 슬피 여겨 남섬부주(南贍部洲)의 사방 여러 섬에 흩어져 살고 있는 열두 신장을 천계로 불러모아 추상같은 명을 내렸다.

"즉시 저 나라에 내려가 도깨비를 소탕하라!"

하늘나라에는 인간세계를 다스리는 하느님이 계시고 그 밑에 도깨비를 관장하는 나부(魑付)가 있다. 나부에는 동물 형상을 한 열두 장수가 있는데, 하나같이 기골이 장대하고 힘이 억세며 더러운 것을 보면 참지 못하는 성미였다. 이 열두 장수는 외적의 침입에서 나라를 지켜주기도 하고 때로는 질병을 없애주기도 하고 복을 내리기도 하며, 사람들과 가깝고 친근하여 사람들의 삶에 닥친 위험과 두려움을 물리쳐주는 존재였다. 그래서 사람들은 오래도록 살고 싶은 심성과 복록을 받고자 하는 마음, 마귀를 싫어하여 쫓고자 하는 마음, 또 자연에 순종하고 순리대로 살고자 하는 마음을 이 열두 장수에게 빌었다. 사람들은 이 열두 장수를 나열하여 방위와 시간을 나타내는가 하면 이 열두 장수를 본떠 열두 가지 동물의 띠를 만들기도 했는데, 그들을 일러 십이 아차대장이라고도 했고 십이 신왕이라고도 했고 십이지신장(十二之神將)이라고도 했고 열두 신장이라고도 했다.

나부에 모여 하느님의 명을 받은 열두 신장이 병장기로 무장하고 나서니 상서로운 기운이 그들을 휩쌌다. 어떤 신장은 갑옷을 입고 어떤 신장은 평복을 입고 제각기 병장기를 들었는데, 그 의복은 오방색이라, 동쪽을 지키는 푸른색, 서쪽을 지키는 흰색, 남쪽을 지키는 붉은색, 북쪽을 지키는 검은색, 중앙을 지키는 누런색으로 제각기 기세가 등등하였다. 그리하여 열두 신장이 구름을 헤치고 그 산 높고 물 맑은 나라를 내려다보니, 아니나 다를까 사람들이 겪는 끔찍한 참상은 차마 두 눈 뜨고 보기 어려울 지경이었다.

"오랫동안 매를 들지 않았더니 별 신기한 도깨비가 다 생겨났구나."

열두 신장은 모두 눈을 부릅뜨고 이를 갈며 소리쳤다.

"말이 필요없다!"

구름 아래로 그 산 높고 물 맑은 나라의 수도가 환히 내려다보였다. 그곳에서는 바야흐로 도깨비잔치가 한창이었다. 그 도시에는 도시 한가운데로 흐르는 커다란 강이 있었고, 강 한가운데엔 섬이 있는데, 그 섬에는 세 개의 도깨비소굴이 우뚝 솟아 있었다. 애당초엔 보물을 쌓아두려 지은 보물창고였으나 날로 기세가 등등해진 도깨비들이 그곳을 차지하니, 결국 보물창고가 도깨비소굴로 변하고 말았던 것이다. 날씨 화창하고 바람 선들선들하여 놀기 좋은 날, 그 세 개의 도깨비소굴에 사는 세 무리의 도깨비가 저마다 신기한 재주를 뽐내며 잔치마당으로 나선다.

첫번째 도깨비가 나온다. 국회소굴의 대문을 활짝 열어젖히고 위풍도 당당하게 양양(良良)도깨비가 나온다. '민권은 순간이고 정권은 영원하다'라는 팻말을 앞세우고 으스대며 나온다. 가슴에는 똥배지가 찬연하고, 한 손에는 폭탄주 한 손에는 돈보따리를 들고 성큼성큼 나온다. 모가지엔 바싹 똥심을 주고 눈깔엔 시뻘겋게 핏발을 세우고 거들먹거리며 나온다. 다리는 휘청거리지만 아가리질은 여전하다.

"어어…… 세상 조오타! 거참, 아무리 생각해도 우리나라 대통령감은 난 거 같애. 유들유들하고 반질반질한 게. 정치란 유들유들이야. 손해가 되면 놀람결에 숨고 이득이 되면 잽싸게 끼어붙고, 센 놈은 긁어주고 약한 놈은 짓밟아누르고, 소리는 크게 지르고 뒷일은 말발로 때우고. 세상만사 유머러스하게. 아아…… 조오타!"

두 개의 뿔에 새 같은 주둥이에 파란 머리털, 붉은 눈깔이 틀림없는 도깨비다. 재주 또한 출중하여, 동인 서인 남인 북인 노론 소론 시파 벽파로 가르고 찢는 재주는 심김(沈金)을 뺨치고, 당리당략 권모술수는 남심(南沈)을 턱치는 놈이다. 커어억, 크게 한번 개트림을 한 다음 술잔을 치켜들며 또다시 씨부렁거리는데,

"내 늘 술집에 다니지만, 참 쌍년들! 그년들도 인권이 있다고 지랄이고 그년들도 국민이라고 아가리질이니, 참 내! 그런 것들을 위해 정치를 한다는 나도 쓸개가 쉬어터졌지. 그런 것들도 한 표 나도 한 표 하는 걸 보면 민주주의란 개판이야, 개판! 쓰레기 치우는 놈도 한 표 똥 치우는 놈도 한 표, 식모도 한 표 사모님도 한 표, 농사꾼도 한 표 대통령도 한 표, 호스티스도 한 표 교수도 한 표, 구두닦이도 한 표 나도 한 표, 이건 정말 불공평해!"

하며 주사를 늘어놓는다. 구름 위에서 그 꼴을 지켜보던 쥐신장과 소신장이 삼지창과 반월도를 꼬나잡으며 욕을 하는데,

"내 저 양양도깨비란 놈의 배를 갈라 개에게 던져주리라!"

하였다.

이번에는 경제인소굴의 문을 열고 두번째 도깨비가 나온다. 재재(財財)도깨비가 나온다.

'유착의 능선을 넘어 농락의 고지로'라는 팻말을 앞세우고 어기적거리며 나온다. 수표, 어음, 현금, 달러, 채권, 주식, 땅문서, 집문서를 줄줄이 꿰어차고 씨근덕거리며 나온다. 이놈은 뭐가 그리 좋은지 연방 싱글벙글 웃으며 노래를 불러쌓는다.

> 아들아 내 아들아 애비 닮은 내 아들아
> 강을 사서 물려주랴 산을 사서 물려주랴
> 시류에 따라야지 가진 돈 안 뺏기고
> 눈치코치 빨라야지 한푼이라도 더 챙긴다

아들아 내 아들아 애비 닮은 내 아들아
달을 사서 물려주랴 해를 사서 물려주랴
밀착해야 오래 살고 결탁해야 많이 버니
거부(拒否)하는 거부(巨富) 없고 장자(壯子) 같은 장자(長子) 없다

아들아 내 아들아 애비 닮은 내 아들아
돈을 모아 물려주랴 첩을 모아 물려주랴
전문경영인을 믿지 마라 이쁘다고 키워주면
인간도 되기 전에 말아먹으려고 덤빈다

그 지랄을 본 호랑이신장과 토끼신장은 언월도와 작두날을 쳐들며 대갈일성,

"내 저 재재도깨비란 놈의 썩은 호박을 쪼개서 사과밭에 묻으리라."

하였다.

세번째 도깨비가 나온다. 방송소굴에서 기어나온다. 논논(論論)도깨비가 나온다.

'음직을 부활하여 대를 이어 아부하자' 라는 팻말을 곧추들고 잔치판으로 나온다. 족제비 눈깔을 왼쪽으로 굴리고 오른쪽으로 굴리고 개코를 킁킁거리며 궁둥짝에 촌지주머니 하나 크게 달고 나온다. 댓발이나 되는 혓바닥을 쉴새없이 날름거리는 꼴이 분명코 도깨비다. 두 손바닥을 싹싹 비비며 해해거리는데,

"곡필아세는 난세를 태평성세로 이끄는 명철한 치세술이요, 감언이설은 민중을 구도하는 고고한 학설이다. 알—겠느냐?"

그 발광을 내려다보던 용신장과 뱀신장은 청룡도와 쇠깍지를 어루만지며,

"내 저 논논도깨비란 놈의 혀를 잘라 소금에 절이리라!"

하였다.

이렇듯 세 개의 도깨비소굴에 살고 있는 잡된 도깨비들이 저마다 신기를 뽐내며 잔치판에 모여들자, 강호에 묻혀 있던 무수한 도깨비와 죽림에 은둔해 있던 수많은 도깨비들이 이제 제 세상 만났다고 한결같이 몰려들어 각기 그 기능을 자랑한다. 어떤 놈은 휘파람을 불고, 어떤 놈은 비파를 뜯고, 어떤 놈은 퉁소를 불고, 어떤 놈은 노래를 부르고, 어떤 놈은 춤을 추고, 어떤 놈은 피리를 불고, 어떤 놈은 그냥 기뻐하고, 어떤 놈은 마냥 기뻐하고, 어떤 놈은 까닭없이 기뻐하고, 어떤 놈은 요란하게 뛰노는데, 그 장관이 가히 가관이다.

노는 꼴은 그렇게 각각이로되 마음만은 한결같아서 어느 음풍농월에 출중한 도깨비가 좌중을 헤치고 나오더니 물똥이 가득 찬 골통을 어루만지며 한참 동안 뜸을 들인 뒤, 앵금을 뜯어 곡을 타며 노래를 부르는데,

영묘한 도깨비들 뛰어난 괴력으로 세상을 제패하고 이 잔치를 벌였구나
온누리의 도깨비 한데 모이니 하나같이 엄연한 신선일세
아아, 즐거운 도깨비세상 천만년을 전하리라
강물에 먹을 풀고 숲으로 붓을 삼아 하늘에 쓰노니
천년 동안이나 이 복조 길이길이 누리소서

이마빡에는 문화라고 써붙이고 배꼽에는 예술이라고 써붙였으니

그 차림새로도 문화를 빙자하여 호사도락을 일삼고 예술을 빙자하여 풍기문란을 조장하는 도깨비인 줄 금방 알 수 있다.

또 나온다. 도깨비를 헤치고 도깨비가 나온다. 한쪽 손에는 올가미, 한쪽 손에는 화이트 리스트를 들고 찰찰(察察)도깨비가 나온다. 오른쪽엔 곤봉, 왼쪽엔 리볼버, 솔개 눈에 사냥개 코, 살금살금 나온다. 주둥이엔 핏자국, 아가리엔 핏내를 팍팍 풍기며 잽싸게 달려나온다.

"인신매매범은 분명코 좌익이요 환경오염사범은 마땅히 용공이다. 이렇게 좋은 세상 어떤 놈이 칭얼대느냐? 눈 있는 자 눈을 감고, 귀 있는 자 귀를 닫고, 코 있는 자 코를 막고, 입 있는 자 입 닥치고 찍소리를 말아라. 숨소리도 내지 마라. 방귀도 뀌지 마라. 오줌도 싸지 마라. 똥도 싸지 마라. 쑥덕거리는 놈은 줄줄이 엮어다가 비행기태우기, 통닭구이, 날개꺾기, 물고문, 전기고문, 볼펜고문, 몽둥이찜질, 모포말이, 잠 안 재우기, 마누라 밑구멍 그리기를 실시할 것이니 한 놈도 옴짝달싹을 말아라. 까부는 놈은 관절이란 관절은 모조리 뽑아버릴 테다."

하며 재주를 넘으니, 참으로 노덕술이 무색한 놈이다. 그러다가는 품속을 뒤져 종이 한 장을 꺼낸다. 대문짝만한 현상수배문이다. 복화술사 현상수배문이다.

현상수배

이름, 나이, 성별 : 모름
본적, 주소, 소재 : 모름
직업 : 복화술사

위 자는 하느님과 내통하며 사람들을 사랑하는 흉악한 자로서 도깨비나라의 전복을 꾀하는 자임. 정신건강이 뛰어나 절대 자살할 자가 아니며, 신체가 튼튼하고 운동신경이 민첩하여 실족사 추락사할 가능성이 전혀 없고, 수영 실력이 탁월하여 익사할 가능성도 전혀 없음.

위 자의 거처를 신고하거나 사로잡는 자는 포상함은 물론 도깨비와 동등한 대우를 보장함.

신고처 : 도깨비나라 대인정보부

그것을 본 도깨비들이 주먹을 휘두르며 복화술사 타도를 외친다. 기가 살아난 찰찰도깨비가 공포탄을 빵빵 쏘아대니 도깨비란 도깨비, 도깨비 닮은 도깨비, 사기충천하여 구호를 연호한다.

하느님은 복화술사의 반도깨비 행위에 대한 방조를 즉각 중지하라!

중지하라! 중지하라! 중지하라!

고문폭압기구 나부를 즉각 해체하고 열두 신장을 처단하라!

처단하라! 처단하라! 처단하라!

도깨비나라의 번영을 백안시하는 하느님은 자폭하라!

자폭하라! 자폭하라! 자폭하라!

신명이 올라 깩깩 소리를 지른다. 곱사춤 병신춤 자라춤을 추며 너풀너풀 돌아간다. 그 야단질을 내려다보던 말신장은 칠성판을 들어 보이며 흥분하여 가로되,

"내 저 찰찰도깨비란 놈에게 칠성판의 참맛을 보여주리라."

하자, 양신장은 더욱 흥분하여 왼손에는 쇠사슬을 감아쥐고 오른손에는 불에 달군 인두를 쳐들고서,

"이 쇠사슬로 꽁꽁 묶고 불인두로 지진 다음 지네밭에 던지리라."

하였다.

또 한 놈이 나선다. 깜찍한 놈이 나선다. 관관(官官)도깨비가 나선다.

'이를 물고 버티자. 5공이 6공 되고 6공이 7공 된다'라는 팻말을 앞세우고 살살거리며 나온다. 조심조심 나온다. 여차하면 되돌아서려고 가만가만 나온다.

얼마나 비벼댔는지 손바닥은 대리석처럼 반질반질하고 허리는 낭창낭창 천안삼거리의 능수버들이요, 주둥이는 웃지 않아도 벌어지고 고개는 연신 굽신거리는데, 발바닥은 솥뚜껑만해서 짓밟고 자근자근 다지고 꼭꼭 짜고 납작하게 누르기에 그만이라, 조병갑이 불알에 붙은 밥풀까지 떼어먹을 놈이다. 판공비로는 첩살림 차리고 제 땅 앞으로 길 내고, 양두구육에 이골이 난 놈이다. 자아, 가족계획을 실시하자. 없는 놈의 씨는 불경하니 쫄짜들 모이는 곳마다 찾아다니며, 니 불알 까면 예비군훈련 빼줄게. 니 불알 까면 아파트분양 추첨권 줄게. 니 불알 까면 의료비 감면 혜택 줄게. 니 불알 까면 농기계 구입자금 융자해줄게. 있는 놈의 씨는 고귀하니, 십남십녀 이복삼복 백 손을 이룩하시옵소서. 낙찰금액 귀띔해주고 뒷돈 받아 계집 끼고 술 처먹다가 집에 들어가서는, 이 자식아 공부 열심히 해! 역사란 몇몇 사람이

이끌어나가는 거야, 임마! 이 아버지를 봐! 말재간도 뛰어나다. 기억이 없습니다. 생각이 나지 않습니다. 검토하겠습니다. 저는 모릅니다. 저는 모릅니다. 그런 대가리로 벼슬자리 지키려고 비비대고 버티느라 마음고생이 막심한 놈이다.

좌중 앞에 나서서 얌전하게 절을 올린 관관도깨비, 두 주먹을 불끈 쥐며,

"만장하신 도깨비 여러분! 민주를 외치는 자 매국노요, 자주를 외치는 자 빨갱이요, 통일을 외치는 자 금치산자니, 이런 자들은 격리수용함과 아울러 삼족의 동태를 감시하고 친구 애인의 사돈의 팔촌의 처삼촌까지 문초하겠습니다. 여러분은 조금도 염려 마시고 그저 도깨비 본연의 업무에만 매진하시기 바랍니다. 턱주가리 쳐들고 대드는 놈은 워커발로 조지고, 책 펴들고 따지는 놈은 권총으로 위협하고, 주먹 쥐고 외치는 놈은 지랄탄으로 섬멸하여, 있느니 강산이요 삼면이 바다니 어디에선들 죽이지 못하겠으며, 죽은 놈이 무슨 말이 있겠습니까. 도깨비 여러분은 저만 믿어주십시오."

그 병신육갑을 내려다보던 원숭이신장과 닭신장은 쇠갈고리와 소금물에 축인 참나무 몽둥이를 휘두르며 통분하여 대갈일성,

"저런 버러지만도 못한 놈! 이제 저 관관도깨비에게 물빠따의 참맛을 보여주리라."

하였다.

도깨비란 도깨비, 야무진 도깨비 무른 도깨비, 단단한 도깨비 물렁한 도깨비, 모두 함께 노래하며 춤춘다. 그러자 그중에서 한 마리의 도깨비가 뛰어나와 구성지게 노래를 부르는데,

치맛바람 소슬하니 촌지가 우수수 하구요오

결식아동 눈을 감고 햇살만 실컷 먹누나아
어랑어랑 어어야 어어야 디야
도깨비세상이로다아

똥 묻은 수염은 석 자요 뒤집어쓴 안경은 짝짝이라, 한쪽은 돋보기요 한쪽은 졸보기인데, 똥은 크게 보고 글씨는 작게 보고, 촌지봉투 받을 때는 돋보기로 보고 학생을 가르칠 때는 졸보기로 보고, 큰 골은 체면용이요 작은 골로만 사도를 행하는 도깨비다.

"국어는 '위 순찰ㅅ경긔 엇더ᄒᆞ니잇고' 가 '어와 성은이야 갸디록 망극하다' 로 발전하고, '성군이셨다' 가 '이렇게 우린 이 강산을 노래 부르네' 로 변모하였으니 꿈을 일찍 포기할수록 만족한 삶을 얻는다는 것을 인지하라. 뭐 하냐? 적어 적어, 응? 공부할 때 해. 1 곱하기 1도 1이요 1 나누기 1도 1이니, 이는 곧 변화의 무의미함을 말하는 것이다. 수학적으로 생각하더라도 하늘보다는 땅이 가까우니 날기보다는 기는 요령을 숙지할 것. 만유인력이 존재하는 한 누워서 기다려도 사과가 떨어질 것이며, 삼권분립이란 국가 권력이 민권 · 주권 · 생존권과 완전분립돼야 함을 말하는 것이며, 국토란 남한과 그 부속도서이며, 영어는 I love U. S. A. 윤리를 하자. '착한 사람이 되어라,' 이건 시험에 안 나오고, '용기 있는 사람이 되어라' 에에…… 여기서 말하는 용기란 불의를 보고도 참을 줄 아는 용기를 말한다. 알겠나? 이건 출제 가능성이 높으니까 빨간 볼펜으로 똥그래미! 이상 수업 끝!"

가르치기를 이다지도 훌륭하게 가르치니 그 새끼도깨비는 심기일전 일취월장 청출어람 괄목상대, 가일층 발군의 재주를 습득하여, 기다리고 기다리던 우등생이 나온다. 혼자 보기 아까운 놈이 나온다. 한 손에는 육법전서 한 손에는 전달사항, 뒤꽁무니에 영장다발을 꿰차고 지루하게 나온다. 법리 해석은 무리 해석으로 양심은 앙심으로 들이조지는 우등생이 나온다.

"고시에 패스하고 나니 이제야 세상을 훤히 알 것 같구나. 자고로 인간이란 고시 붙은 자와 고시 못 붙은 자로 나뉘고, 육법이란 싸움 말리며 뜯어먹는 법과 흥정 붙이며 짜먹는 법으로 나뉜다."

하고 정연한 법논리와 조리 있는 말솜씨로 제 뜻을 실어 펴는데,

"내 일찍이 흑운의 뜻을 품고 시커먼 공부방에서 이를 갈며 공부하여 시커먼 제복을 하사받았으니, 내 출세길에 어정거리는 놈은 가차없이 시커먼 감방으로 보낼지니라. 유전무죄요 무전유죄라는 기본법률상식도 숙지하지 못한 가난뱅이들은 일반법에 앞서는 특별법, 특별법에 앞서는 도깨비법률에 의거하여 한 놈도 남김없이 금고다 징역이다 사형이다! 땅! 땅! 땅!"

"너만 재주 있냐, 나도 재주 있다. 나 또한 국방의 의무가 있으니 쫄짜 걱정 바이 없고 납세의 의무가 있으니 술값 걱정 바이 없다."

하며 장학생이 나온다. 정수리에서 발바닥까지 별딱지 훈장 포장 약장 상장을 줄줄이 달고, 쌍권총을 차고, 볼록 튀어나온 술배를 지휘봉으로 톡톡 두들기며 스승에게 배우고 스스로 갈고 닦은 재주를 마음껏 자랑한다.

"군대가 생활의 방편이요 출세의 구름판이라는 것을 모르고 평화를 수호하느니 국토를 수호하느니 하는 놈들은 열심히 싸우도록 부추기고, 나는 뒤로 돌격! 정치나 총검술이나 그게 그거지, 뭐! 전방에서 갈고 닦은 패기 후방에서 발휘하자. 이게 어디 고도리로 딴 별이냐! 꼽냐? 아니꼬워? 꼬우면 니도 별 달지?"

또 한 놈이 나온다.

"나도 또한 재주 있다."

하며 모범생이 나온다.

남에겐 설탕 바른 밀반죽 주고 저는 우황청심환을 장복하여 힘은 드세고, 사례비 보조비 임상연구비 랜딩비 특별지원장학금 특별지원 연구비 경조비 학술대회찬조비로 턱은 두 겹 턱이요 배는 곱 배라, 턱 보면 병명은 몰라도 재산 정도는 착오 없이 알아내는 기막힌 재주꾼이다. 없는 놈은 뒷줄로 미루고 돈푼깨나 있는 놈은 없는 병도 만들고, 약 먹을 건 주사 놓고 주사 놓을 건 째고, 멀쩡한 곳도 자르고 썰고, 가위 넣고 꿰매고, 없는 놈의 피는 뽑아도 뽑아도 또 생기니 자꾸 뽑고, 있는 놈의 힘은 쓰면 쓸수록 더 생기니 그 힘을 한데 모아, 지참금 적은 계집은 두들겨패서 내쫓고 무능한 장인은 메어꽂고, 뻔뻔스러운 장모는 엎어치고, 그래도 남아도는 주체할 수 없는 힘을 혓바닥에 실어 만장한 도깨비들에게 제 소신을 피력하는 바,

"죽고 사는 것은 자연도태의 불가결한 현상입니다. 우성 열성이 모두 의료 혜택을 받아 생명을 연장하게 된다면 종내 지구는 병신 바보 팔푼이 병자들로 가득 찰 것이니, 현대의학의 발달은 우리 도깨비들을 위한 것이라 아니 할 수 없습니다. 히포크라테스 선배도 인체는 물 불 공기 흙이라는 네 가지 원소로 되어 있다며 병을 낫게 하는 것은 자연이라 하였으니, 이는 탁견 중의 탁견이올시다. 저의 의술은 재화와 교환하기 위한 상술이지 자연도태를 억제하는 인술이 아닌 것입니다. 괜히 아는 체 나서는 자, 죽도록 일하면서도 그 대가를 찾아먹지 못하는 자, 이런 열성들은 자연의 위력에 의해서 도태되는 세상을 이룩하여 우리 도깨비들의 천국을 실현하는 데 미력하나마 헌신하겠습니다."

하고는 물러난다.

도깨비가 갈라진다. 도깨비가 두 쪽으로 갈라지고 그 사이로 도깨

비가 나온다. 볼 만한 도깨비가 나온다. 유유(有有)도깨비가 나온다. 눈깔엔 요기, 주둥이엔 교기, 허리엔 색기를 팍팍 풍기며 빼딱빼딱 나온다. 도깨비 중에서도 흉악하기로 이름난 암도깨비가 나온다.

음식이란 음식은 외제만 처먹으니 일제 고추장 일제 된장, 홍콩산 간장 홍콩산 김치, 일제 인삼, 중국산 청심환, 미제 보신탕, 영국제 개껌, 독일제 개밥, 스웨덴제 개팬티. 옛날 도깨비들로서는 미처 꿈도 꾸지 못할 재주다. 쌀도 외제쌀만 처먹으니 주둥이로 생똥쌀, 장마통의 물쌀같이 밀려드는 미국쌀 등쌀에 농촌은 쌀쌀, 농사꾼은 피똥쌀. 주둥아리만 가지고 호텔에서 시켜먹고, 옷이란 옷은 외제만 처입으니 몸뚱어리와 줄자만 국산이요 디자인에서부터 가봉까지 파리에서 만들어 비행기로 부쳐오고. 집 단장에 골몰하여 땅과 측량기사만 국산이요 설계도도 자재도 이탈리아에서 구입하여 배로 실어오고. 가구란 가구는 몽땅 외제일색이라, 호주산 스왈롭스키 크리스털 샹들리에, 이탈리아산 카시나 장롱, 스칸디나비아 원목으로 만든 이탈리아제 수공 가구, 프랑스제 소파에 앉아 코딱지 파고, 페르시아산 카펫에 누워 치질 만지고, 대리석 탁자에 기대어 코냑 마시면서 춘화 감상하고. 식기는 영국산 웨지우드 크리스털, 커피 세트는 독일산 후첸로이터, 이탈리아산 비안코 대리석으로 바닥을 꾸미고, 일제 벽지로 벽을 바르고, 거실 한가운데 액자 하나 걸었는데, 山雄鬼猛(산웅귀맹).

창문 열면 보이느니 외국산 정원수라, 모과나무에 파인애플 열리고, 매화나무에 히아신스 피고, 소나무에 레몬이 주렁주렁 열리고, 옥상 정원에는 시베리아산 잔디가 시퍼렇고. 아빠는 포드 콘티넨탈, 엄마는 사브9000 컨버터블, 아들은 벤츠 560SEL, 딸은 BMW750i, 프랑스산 변기, 스위스산 비데. 연못에는 콩고산 열대어, 조롱에는 핀란드산 앵무새가 있어 그 앵무새가 부리를 열고 지저귀는데, '너는 거품

에 싸여 나왔니 거품에 묻어 나왔니?'

상패와 공로패가 늘늘진진. 부동산투기경진대회 우승, 철거대책반 급습 공로패, 외제상용경진대회 우승, 국산품매몰궐기대회추진 공로패, 퇴폐업소 개근상. 부정입학양성화추진위원회설립준비위원회창설촉진 공로패. 컬러 텔레비전은 소니, 냉장고는 웨스팅 하우스, 세탁기는 후버, 진공 청소기는 필립스, 오디오는 인피니트 스피커에 마크 레빈슨 앰프에 토렌스 리프런스 턴테이블, 먼지에 덮여 있는 콤팩트 디스크도 몽땅 외제, 비디오테이프는 몽땅 포르노. 싸카 주연 〈비둘기의 호기심이 늑대를 덮쳤다〉 나나 주연 〈사이와 사이 사이〉 로리타 주연 〈뻐꾸기는 밤낮으로 울었다〉 올가 주연 〈뼈와 살이 녹는 밤〉. 서가에는 전화번호부만 달랑 꽂혀 있고.

웅변학원 보내면 다 국회의원 되는 줄 알고 웅변학원 보내고, 미술학원 보내면 다 화가 되는 줄 알고 미술학원 보내고, 글짓기학원 보내면 다 문호 되는 줄 알고 글짓기학원 보내고. 여름 휴가는 하와이 골프 투어 아니면 사이판 윈드서핑 투어, 겨울 휴가는 알프스 스키 투어 아니면 알래스카 흑곰사냥 투어. 며느리는 네팔에서 들여오고 사위는 튀니지에서 수입하고. 이름도 모두 서양식으로 고쳐 마더포커 킴, 모오란 리, 프릭 박, 딜도 초이, 퀸 정, 로미오 강. 아침인사는 Lick my ass! 낮인사는 Up your ass! 저녁인사는 Fuck you! 밤인사는 Go to hell! 여보 내 오줌은 노리끼리한 게 미제 같애. 당신 똥은 파리족족한 게 프랑스제 같애.

참으로 도깨비다. 흉악한 암도깨비다. 큰 골은 배정자 작은 골은 깜동으로 무장한 암도깨비가 수도깨비의 불두덩을 툭툭 치며 나온다. 눈꼬리를 할끔할끔 코방귀를 살살 날리고, 손가락을 까닥까닥 엉덩짝을 살래살래 흔들고, 몸서리치도록 암내를 풍기며 나온다. 그러자 수

도깨비란 수도깨비들 구멍이란 구멍을 모두 벌름벌름거리고 헛물을 질질 흘리며 아랫도리를 움켜잡는다.

이렇게 요란하게 나왔으니, 제딴에는 뭔가 고상하게 한마디 하고는 싶으나 모가지 위에 달고 다니느니 요강이요, 그 안에 든 것이라고는 똥덩어리하고 거시기 생각밖에 없는지라 한숨을 폭 내쉬며 하는 말이,

"이상한 물건이 많이들 나왔건만 순전히 국산뿐이로구나. 나는 뜨끈뜨끈하고 크고 힘줄이 툭툭 불거진 외제가 좋더라. 하아……."

이런 만고에 다시 없을 더러운 꼴을 목격한 개신장은 하도 어이가 없어 허허 웃더니만, 한 손에는 도끼를 쳐들고 또 한 손에는 활을 쳐들어 보이며 가로되,

"내 저 유유도깨비의 도끼자리를 도끼로 콱 찍은 다음, 제 소원대로 뜨끈뜨끈한 이 불화살을 도끼자리에 박아주리다!"
하였다. 돼지신장도 너무너무 기가 막힌지라 철퇴를 휘두르며 통분하여 가로되,

"나는 저 유유도깨비의 도끼자리에 쇠가시가 툭툭 불거진 이 철퇴를 박아주리라."
하였다.

이어서 마지막 도깨비가 나온다. 신기한 놈이 나온다. 엄청난 놈이 나온다. 한 손에는 염주 한 손에는 십자가, 앞춤에는 피스톨 뒤춤에는 쌍절권을 꽂고 종종(宗宗)도깨비가 나온다. 당선기원법회 조찬기도회에서 눈깔 감고 중얼거리던 그놈이 나온다.

살보시를 많이 받아 기력이 쇠했는지 연보돈을 많이 삼켜 오장이 상했는지 구공으로 추깃물을 질질 흘리며 나온다. 부처 안 믿는 놈 목련존자 단체관람, 예수 안 믿는 년 엑소시스트 단체관람.

부처 덕에 공기 좋은 산사에서 보살 젖통 주물떡거리며, 비구는 법당에 앉아 용두질 비구니는 목탁채로 오나니. 쌀 없으면 쌀목탁, 고기 없으면 고기북. 잿밥 도끼나물 칼나물을 포식하고 모가주(毛加酒)에 잔뜩 취해, 나미아미타불 관세음보살.

예수 이름으로 예수 이름으로! 헐벗은 자는 교접법으로 인도하고 억눌린 자는 색도로 구제하고 신음하는 자는 방중술로 구원하고. 성전을 짓는 데 네깟놈의 목숨이 무어냐, 사랑이 무어냐 믿음이 무어냐, 내 오로지 소망밖에 없으니 내 총알을 받아라! 한 알의 밀알이 땅에 떨어져 죽지 아니하면 그대로 있거니와 죽으면 많은 열매를 맺느니라. 주님의 종이 되거라. 반석이 되거라. 빛과 소금이 되거라. 범사에 감사하라. 그대의 돈은 내게로 그대의 목숨은 주님에게로. 그대여 안녕! 주님을 위하여, 탕! 아멘!

부처는 부자 돌림과는 찰떡궁합이라 부정 부패 부조리 부도덕은 극락왕생. 자비는 자자 돌림과는 상극이라 자유 자주 자조 자립은 팔열지옥 팔한지옥 나락전전. 구도자의 본분은 목탁 소리에 잊어버리고 사해대중의 절규는 바라춤에 날려보내고, 속세의 빈부격차란 범패 소리만큼이나 오묘한 우주의 섭리라. 면벽하고 앉아 염원하느니 중이라도 좋으니 풍족한 향락을 비나이다, 사리가 안 나와도 좋으니 백수까지 누리길 비나이다. 아제아제 바라아제 바라승아제 모제사바하.

주일헌금 십일조헌금 감사헌금 목적헌금 사례비 수양회비 거마비 특별기도사례비 개발비 아득바득 긁어모아 땅 사고 차 사고 집 사고 회사 사고. 교회 팔아 권리금 받고. 안 되면 사기치고. 이놈의 백성은 무슨 놈의 원죄가 그다지도 많은지 느느니 성전이요 휘황하노니 십자가라, 아예 천국과 이 나라를 싹 바꾸지. 독재도 파쇼도 주님의 뜻이요 종속도 매판도 주님의 뜻이요, 분단도 식민도 주님의 뜻이어라. 아베 마리아!

특보! 오! 지상 최대의 급뉴스!!! 아멘! 마리나타! 예수님 공중강림! 1992년 10월 나팔절! 성도 휴거! 휴거 후 칠 년간 하나님 진노의 날! 칠 년 대환란기! 1999년 10월 이전 예수님 지상 재림! 지구촌 불심판! 그후 천년 왕국! 천국이냐 지옥이냐! 사랑하는 성도들이여! 멀지 않아 그리스도께서 오실 것입니다. 주님 영접할 준비 속히 합시다. 때가 매우 급하며 시간이 없습니다. 지금은 자다가 깰 때입니다. 하나님께서 친히 알려주시고 보여주신 종말의 소식을 믿고 때를 받아들이십시오. 주께서 말씀하십니다. 너희는 때를 의심하지 말라. 때를 알고 준비하는 자가 복되도다! 할렐루야!!!

우바이 우바새 한데 모여 독경할 때 곗돈 계산하고, 기도할 때 젓통 훔쳐보고, 설법할 때 손톱 깎고. 남들에게 돈을 꿔줄망정 빌리지 않게 하시길 비나이다. 시어머니는 죽을망정 남편은 승진하게 하시길 비나이다. 조카는 대학 떨어질망정 우리 아이는 붙게 하시길 비나이다. 썩은 차일망정 외제차 타게 하시길 비나이다. 나미아미타불 관세음보살.

주님의 어린 양 늙은 양, 털 깎은 양 털 빠진 양 한데 모여, 예수 덕에 연애하고 예수 덕에 결혼하고, 예수 덕에 호구하고 예수 덕에 벼슬하고. 하늘에 계신 우리 아버지, 우리 어린 양을 어여삐 여기시와 남들이 잠바 입을 때 우리는 양복 입게 하시옵고, 남들이 자장면 먹을 때 우리는 볶음밥 먹게 하시옵고, 남들이 전문대학 갈 때 우리는 종합대학 가게 하시옵고, 남들이 중소기업 갈 때 우리는 대기업 가게 하시옵고, 남들이 즉사할 때 우리는 찰과상만 입게 하시옵고, 전격적인 은총을 내리소서. 은총보다는 금총, 금총보다는 돈벼락을 와장창 내리소서. 아멘!

놀랍다. 놀라운 도깨비다. 참으로 전용해 찜쪄먹을 도깨비다. 아가빠리로는 독경 똥구멍으로는 찬송, 손짓 발짓 눈짓 고갯짓으로 온 도깨비들의 혼을 쏙 뺀다. 그렇게 도깨비들의 정신을 홀망 아리딸딸하게 한 다음, 턱 하니 앞에 나서더니,

"이 우매한 짐승들이여! 부자가 천국에 들어가기는 낙타가 바늘구멍에 들어가기요, 부자가 극락에 가려면 노잣돈을 두둑이 내야 하는 법! 투자하라, 투자하라! 내세에 투자하라! 부처와 예수는 브랜드 중에서도 유명 외제 브랜드니 안심하고 투자하라! 심은 자는 거두리라. 심은 대로 거두리라!"

그 기막힌 짓을 내려다본 열두 신장,

"세상이 어지러우니 참으로 신출귀몰한 놈이 다 나서는구나. 하지만 저 종종도깨비놈도 이제 곧 하늘의 뜻이 무엇인지 깨닫게 되리라."

하며 아랫입술을 치민다.

대단한 도깨비다. 대단키가 전무후무한 종종도깨비다. 아가리질을 멈추지 않는다. 십자가로 하늘을 찌르고 주장자로 땅을 두드리며 게거품을 문다. 저마다 흉악하고 재주 날래기를 자부하던 도깨비들마저 혓바닥을 댓 발씩이나 내물며 정신을 잃는다. 이렇게 도깨비들이 반정신을 잃고 있을 시에, 열두 신장은 각기 병장기를 움켜쥐고,

"도깨비가 도깨비를 현혹하니 이는 참으로 만(蠻)은 만으로 무찌르고 적(敵)은 적으로 다스린다는 중화의 외교술이 무색하고, 마키아벨리의 이론이 우습구나. 백세에 다시 없을 호기 중의 호기니 어찌 잠시를 지체하리요."

하며 내리 달린다. 열두 신장이 내리 달린다. 벼락치는 소리를 내며 하늘을 열고 단숨에 내리친다. 단숨에 내리쳐서 도깨비란 도깨비는

모조리 잡아 엮는다. 어떤 놈은 침을 질질 흘리다가 잡히고, 어떤 놈은 깜빡 졸다가 잡히고, 어떤 놈은 얼떨결에 잡히고, 어떤 놈은 수작하다 잡히고, 어떤 년은 새침떨다 잡히고, 어떤 년은 잡히지 않으려다 잡히고, 어떤 년은 잡히는 줄도 모르고 잡히니, 싸그리 모조리 깡그리 남김없이 잡혔다. 이렇게 모든 도깨비를 사로잡아 줄줄이 엮어놓으니, 울긋불긋한 도깨비가 섬에 하나 가득하고 메스꺼운 노린내가 천지에 진동했다.

그때에 웬 오묘한 소리가 들려온다. 무슨 소린 줄도 모를 소리가 들려온다. 끙끙거리고 학학거리니 울음소리도 같고 웃음소리도 같은데 도무지 알 수 없는 소리다. 깜짝 놀란 열두 신장이 좌우를 둘러봐도 있느니 줄줄이 엮어놓은 도깨비뿐인지라, 더욱 눈을 크게 뜨고 자세히 살펴보자 분명코 저편 잔디밭 구석에서 들려오는 소리다. 이는 참으로 해괴망측한 일이 아니라 할 수 없다. 암수 두 도깨비가 의복을 홀라당 벗어던지고 어우닥질을 벌이는데, 아주 삼매경에 빠져 있다. 꼬리를 빳빳이 세운 수도깨비란 놈은 새파란 엉덩이로 절구질이 한창이고 아래에 깔린 암도깨비란 년은 두 다리로 하늘을 받치고 두 손으로 땅을 쥐어뜯으며 요분질에 여념없다. 기가 막힌 열두 신장이 찬물 한 동이를 떠다가 콱 퍼부으니 질겁을 한 두 년놈 앗 차가라 떨어지며, 년은 놈의 빤스를 아가리에 쑤셔넣고 놈은 년의 브라자를 대가리에 뒤집어쓰는데, 그들은 다름아닌 불감선생(不感先生)과 부유여사(富有女史)였다.

돼지신장이 앞으로 썩 나서서 불감선생을 문초하는데,

"네 이놈, 이다지도 뻔뻔스러운 것을 보니 네놈은 종종도깨비가 틀림이 없으렷다. 저도 밥먹고 똥싸면서 만민중을 외면하고 저만이 고고하고 초연한 척하는 종종도깨비가 네놈이 아니더냐?"

그러자 모가지에 브라자를 걸친 불감선생은 부들부들 떨면서 발명하여 가로되,

"아니옵니다 아니옵니다. 저는 절대 종종도깨비가 아니옵니다."

돼지신장이 더욱 크게 꾸짖어,

"한낱 굼벵이 같은 미물도 사람을 위해 거름을 만들거늘, 명색이 구도자로서 저의 소명을 저버리고 무위도식 시위소찬하며 일신의 안온과 해탈을 꾀하는, 굼벵이보다 못한 종종도깨비가 네놈이 참말로 아니더냐?"

"네에, 참말로 아니옵니다."

"그럼 너는 삶을 풍요롭게 하라고 마련한 극락과 천당의 실상을 왜곡선전하여 사람들로 하여금 오히려 현실을 조소케 하고 외면케 한 적이 없었더란 말이냐?"

"없사옵니다 없사옵니다. 절대로 없사옵니다."

"그럼 너는 사람을 사람으로 보지 아니하고 옷차림새로 그를 분별한 적은 없었더냐?"

"맹세코 그런 적이 없사옵니다. 저는 승복을 입었건 사제복을 입었건, 군복을 입었건 넝마를 입었건, 한복을 입었건 양복을 입었건, 언제나 사람을 사람으로 볼 뿐이옵니다."

"그럼 너는 기도하는 사람과 기도하지 않는 사람을 차별하여 능멸한 적은 없었더냐?"

"없사옵니다 없사옵니다. 저는 합장을 하건 거수경례를 하건, 기도를 하건 기도를 안 하건 똑같은 사람으로 사랑할 뿐이옵니다."

"그럼 너는 어떻게 삶을 살아갈 것인가는 고민치 않고 오히려 삶을 가벼이 여기며 내세의 영생만을 꿈꾸는 광신자는 아니더냐?"

"아니옵니다 아니옵니다. 저는 결사코 그런 미신에 빠져본 적이 없

사옵니다."

"그럼 너는 헛것에 미쳐 부처가 나타나도 알아보지 못하고 예수가 나타나 설교를 한대도 곧이듣지 않을 독선과 아집에 젖은 놈은 아니더냐?"

"아이고 저는 절대 그렇지 아니하옵니다."

"그럼 너는 모든 사람은 종교 앞에 자유롭고 평등하며 그 어떠한 신앙도 스스로 선택하고 거부할 권리가 있음을 아느냐?"

"네, 네, 그것은 잘 알고 있사옵니다."

"그런데도 불구하고 순진무구한 자식들에게 자신의 신앙을 일방적으로 강요하며 지고한 종교의 자유를 근본적으로 유린하는 그런 아비는 아니더냐?"

"아니옵니다 아니옵니다. 맹세코 아니옵니다."

이러할 즈음, 찬물을 홈빡 뒤집어쓴 부유여사는 사지를 달달 떨고 이빨을 딱딱 부딪치며 옷을 주워 입는데, 그 몸이 그야말로 조각이다. 성형외과 의사의 빼어난 조각이다. 매독에 걸려 머리카락이 홀랑 빠진 대가리엔 돼지털을 심고, 허허벌판 사타구니엔 생쥐수염을 심어 두 가닥으로 종종머리를 땋아 빨간 리본을 달고, 한쪽 눈깔은 마릴린 몬로, 한쪽 눈깔은 시시 스페이섹, 코는 오징어뼈를 넣어 바브라 스트라이샌드처럼 높이고, 입은 그레타 가르보처럼 찢고, 낯짝의 주름이라는 주름은 모두 팽팽하게 당겨 잠잘 때에도 눈깔 뜨고 자고, 젖통은 부풀리고, 허리는 줄이고, 엉덩짝은 당겨올리고, 종아리는 깎아내고, 이쁜이수술도 미제 가위로 짜르니 짤라짤라, 일제 실로 꿰매니 쫄기노쫄기노.

보석은 몽땅 외제. 아스프레이 아니면 티파니 아니면 부세롱 아니면 모부신인데, 머리핀은 캣아이, 목걸이는 드롭다이아몬드, 브로치는 스피넬, 한쪽 귀걸이는 에메랄드, 한쪽 귀걸이는 하와이안펄, 황금 팔찌에 스타루비를 박고, 백금반지에 블루비취를 박고, 코걸이는 사파이어, 배꼽걸이는 히데나이트, 단추는 노블오팔 블랙오팔 파이어오팔, 똥빛이 번쩍번쩍 개기름이 번질번질. 옷이란 옷은 몽땅 밀라노 패션으로 칠갑을 했는데, 팬티는 지안 후랑코 훼레, 브래지어는 마리우치아 만델리, 스타킹은 니노 체루티, 벨트는 훼데리코 바노, 치마는 비토 나찌, 슈트는 쏠레시티, 스카프는 줄리아노 테소, 모피 코트는 마르니, 고슴도치 목도리에 스컹크가죽 하이힐, 옴두꺼비모자에 메추리깃털장식, 블라우스는 레오나르드, 원피스는 니나리치, 손수건은 바티스토니, 수건은 프라테시, 가방은 모라비토 악어가죽, 핸드백은 페라가모 악어가죽, 구두는 이탈론 콜롬보 악어가죽, 구두약은 키위, 손목시계는 바체론 콘스탄틴, 발목시계는 피아제.

있느니 돈이요 남느니 시간이라 방구석에 누워, 하느니 얼굴 단장 몸단장 밝히느니 옆집 총각 불알 만지기. 쑥탕 난탕 터키탕 사우나탕 한증막 꽃탕에서 익힌 살결이라 보들보들하기가 암캐 거시기요, 소오줌 맛사지 호박 맛사지 살모사알 맛사지로 다듬은 살결이라 매끈매끈하기가 암돼지 똥구멍이다.

말신장이 칠성판을 메고 앞으로 나서며 부유여사에게 힐문하는데,

"너는 이처럼 남자를 홀라당 벗기기 좋아하며, 온갖 보석 온갖 액세서리로 온몸을 꽁꽁 묶길 좋아하니, 필시 찰찰도깨비가 틀림이 없으렷다?"

그러자 부유여사는 턱주가리를 발발 떨며,

"아니옵니다 아니옵니다. 절대로 아니옵니다."

이번에는 소신장이 반월도를 꼬나쥐고 나서서,

"그다지도 잘 벗고 잘 흔들고 뭇 사람의 정신을 기롱하는 걸 보니

너는 분명코 치치올리나 못지않은 양양도깨비로구나?"

"아니옵니다 아니옵니다. 절대로 아니옵니다."

이번에는 호랑이신장이 언월도를 앞세우고 나서며,

"그럼 너는 자연녹지에 호화주택을 짓고 절대농지에 공장을 세우고, 자연을 훼손하고 환경을 오염시키며 공해를 유발하는 재재도깨비가 아니더냐?"

"아니옵니다 아니옵니다. 저는 본시 암컷으로 태어나 배운 것이 없거늘 무슨 재주로 그런 짓을 하오리까. 저는 단지 강도동 절도맨션 10동 18호에 사는 부유여사이옵니다."

하고 실토하자, 개신장이 성큼 나서서 도끼와 활을 쳐들어 보이며,

"옳타꾸나! 이제 보니 네가 바로 유유도깨비로구나. 날이면 날마다 외제 처먹고 외제 처바르고 외제 처입고 외제차 타고, 외국에 별장 사놓고 외국으로 쏘다니며 호화판 해외쇼핑 여행이나 일삼으며, 호화혼수에 호화판 주말 파티에 음욕이나 자행하는 유유도깨비가 바로 너로구나."

하니, 부유여사 눈깔을 들어 개신장을 쳐다본다. 쳐다보니 모르긴 모르되 얼추 사내의 행색인지라. 옳지! 사내라면 자신있다. 정신을 수습하여 변명하여 가로되,

"제가 유유도깨비인 것은 틀림이 없사오나 저의 행실을 음욕이라 매도하심은 전후를 살피지 않은 가혹한 처사이옵니다. 예부터 충절각이 있음은 간신 역적이 많았음을 뜻하는 것이옵고, 열녀비가 있음은 음행 간통이 흔했음을 뜻하는 것이오니, 삼종지도 칠거지악으로도 다스리지 못한 본연의 성정을 어찌 음욕이라 단정하시나이까."

하며 빤빤스럽게도 고개를 쳐들어 따진다. 그러자 개신장은 분기탱천하여 또다른 죄목을 들추어 책문하는데,

"남들은 사회와 미래를 위해 열심히 일하거늘, 너는 어찌 일신의 향락에 정력을 허비한단 말이더냐. 그래 너는 여권신장 소비자보호라는 말도 들어보지 않았더란 말이냐."

"일찍이 부창부수 여필종부는 들은 적이 있사옵고, 오르가슴 펠라치오라는 외래어에서부터 좌삼우삼 구박일심이라는 금구는 익히 들어 실천하고 있사온즉, 여권신장 소비자보호라는 말은 듣느니 첨이옵고 모르느니 이와 같사옵니다. 자고로 암컷이 나서지 말라는 것은 만고불변의 가르침이옵고, 개가 타도 괜찮고 원숭이가 타도 까딱없던 우주선이 여자 우주인이 타자 폭발하니, 이는 필경 암컷은 종족보존에나 힘쓰라는 하늘의 뜻이 아니옵고 그 무엇이라 하겠사옵니까. 저는 오직 이 한 몸을 불살라 하늘의 뜻을 따르옵나니, 상 주지 못할망정 나무라심은 또 무엇이옵니까."

이렇게 맹랑하니, 열두 신장은 모두 어이없어 부유여사 앞에서 물러선다. 언월도를 움켜잡은 호랑이신장이 불감선생을 힐문하여 가로되,

"네 이놈! 추호의 거짓도 없이 대답해야지 그러지 않았다가는 내 이 갈귀창으로 네놈의 곤지를 쑤셔주리라. 네놈은 필시 물타기증자, 증권시장조작, 고리대금업, 대규모부동산투기, 금융권여신과점, 특별외화대출, 문어발식 기업확장 등을 자행하여 상도덕을 문란케 하고 국가경제를 위협하며, 동해물과 백두산이 마르고 닳도록 재벌공화국을 번성시키려 획책하는 재재도깨비가 아니더냐?"

"아니옵니다 아니옵니다. 저는 죽어도 재재도깨비가 아니옵니다."

"그럼 너는 노동자의 권익을 짓밟고, 급기야는 노사분규가 발생토록 방치하고, 위장폐업한 다음 노동자를 무더기 해고하고서는 빼돌렸던 돈으로 로봇을 구입하여 노사분규 없는 무인공장을 경영하는 악덕

기업인이 아니더냐?"

"아니옵니다 아니옵니다. 아무리 돈이 좋고 공사간 어딜 가나 돈만 있으면 통한다는 세상이지만 저는 절대 그런 도둑놈이 아니옵니다."

"그럼 너는 유전진화학을 응용하여 동물과 인간을 합성한 신종 생물을 창조 사육하는가 하면 복제인간을 창출하여 새로운 노예인간을 대량생산한 적은 없었더냐?"

"없사옵니다. 그건 참으로 금시에 초문이옵니다."

"그럼 너는 미생물공업에 자금을 투입하여 신종 병원균을 대량배양한 다음, 새로운 질병을 유포하고 그 특효약을 독점판매한 적은 없었더냐?"

"결사코 그런 적이 없사옵니다."

"그럼 너는 핵전 필수식품인 명태와 김과 감자를 매점매석하는가 하면 지하에 대규모 핵전대피타운을 건설한 다음, 군부와 결탁하여 핵전을 유발하고서 명태와 김과 감자를 고가 판매할 뿐만 아니라 지하타운의 주택을 고가 분양한 적이 없었더냐?"

"저는 시켜도 그런 짓은 못 하옵니다."

이렇게 묻는 말마다 거부 반응을 보이니,

"혓바닥을 잘 놀리는 것을 보니 네놈은 논논도깨비로구나?"

해도,

"아니옵니다."

"아니옵니다를 되뇌는 것을 보니 네놈은 필시 관관도깨비렷다?"

해도,

"아니옵니다."

"그럼 대체 너는 무엇 하는 놈이냐?"

"저는 암산이라 하옵니다."

"암산이라니?"

"네, 그것이 제 아호이옵니다."

"그럼 그 암산은 승산 제산 전표산 상업계산 하는 암산이냐 아니면 질산 염산 황산 하는 암산이냐?"

"그게 아니옵고 선인들이 많이 쓰시던 바위 암(巖) 뫼 산(山)을 모아 아호를 만들었으니 별다른 뜻은 없사옵고, 달리는 재곡이라 부르옵니다."

"좋다! 그럼 그 재곡은 가곡 소야곡 회소곡 새하곡 하는 재곡이냐, 계곡 협곡 심산유곡 하는 재곡이냐?"

"그런 뜻이 아니옵고 집 재(齋) 굴 곡(谷)을 모아 재곡이라 하옵니다."

"이런 무식한 놈! 문인 학자 예술가들도 맨숭맨숭 본 이름을 쓰며 우리 글을 아끼는 세상에 어찌 너 같은 날파리들이 아호랍시고 똥멋을 부리더란 말이냐."

"그것은 너무나 시대착오적인 비방이옵니다. 자고로 현대는 직업에 귀천이 없는 세상이온데 어찌 저라고 아호를 쓰지 말라는 법이 있겠사옵니까."

"이런 무식한 놈! 지금은 본 이름을 써도 하나 욕될 것이 없는 세상이 아니더냐. 그런데 지금에 와서 아호를 쓰고 지랄하는 너 같은 놈은 필시 주인이 하는 짓이라면 그 의미도 모르고 붙좇는, 노예 근성과 종놈 습성이 몸에 밴 쌍놈의 씨일 것이다. 이런 바닥 쌍놈 같으니라고."

"그러나 그런 아호는 상용하는 것이 아니옵고, 남들은 늘상 저를 일러 불감선생이라 부르옵니다."

그러자 쥐신장이 성큼 나서더니,

"옳타꾸나! 네놈이 바로 불감선생이로구나. 네놈이 바로 국회단상에서 '불혹(不惑)의 나이 운운' 하는 것을 '불감(不感)의 나이 운운' 하고 읽어 신성한 국회를 웃음바다로 만든 그 무식한 양양도깨비로구나. 내 오늘 이 삼지창으로 네 모가지에 붙은 그 무식의 근원을 궤멸해줄 터인즉, 어서 그 석고대가리를 쑥 내밀어라!"

하며 삼지창을 치켜드니, 불감선생은 코를 땅에 박고 꼬리와 다리를 발발 떨며 가로되,

"살려주시옵소서 살려주시옵소서. 무식한 것이 죽을 죄라면 어찌 죽을 놈이 저뿐이겠사옵니까. 어떤 의원은 두 번씩이나 이재민(罹災民)을 나재민(羅災民)이라 읽었사옵고, 각하께서는 미당(未堂) 선생을 말당(末堂) 선생, 말당 선생 하고 불렀사오니 죽기로 쳐도 그분들이 우선이옵고, 불감이나 불혹이나 그 뜻은 오십보 백보라 무식하기로 쳐도 저는 말석에 끼기가 어렵사옵니다."

하고 물귀신전술을 구사하니 쥐신장은 삼지창을 내리며,

"그럼 네놈이 양양도깨비임은 틀림이 없으렷다."

"네, 네."

"그럼 너는 불미한 과거를 청산하기는커녕 집권 연장에만 혈안이 되어 있는 여당이 분명하렷다?"

"아니옵니다 아니옵니다. 국민의 이익을 도외시하는 그런 정당이 어찌 정당이라 할 수 있겠사옵니까. 저는 절대로 여당이 아니옵니다."

"그럼 너는 이합집산을 똥싸듯 하며 당리당략에 빠져 만민을 우롱하고 지역감정을 부추기는 야당이로구나?"

"아니옵니다 아니옵니다. 저는 야당이 아니옵니다. 자기 자신만으로는 집권할 수 없는 게 야당의 현실이고, 그래서 이미 집권의 꿈이 사라진 그런 야당은 야당으로서의 정치적 역할도 수행해나갈 수 없을

뿐더러 엄밀히 말해서 정당도 아니옵니다. 또한 자기 야망을 위해서는 언제나 자기 말을 뒤집을 수 있는 그런 놈들과 어찌 제가 어울릴 수 있단 말이옵니까."

"그럼 너는 무소속이로구나?"

"아니옵니다. 아무리 무소속이 속 편한 세상이라 할지라도 저는 결코 무소속이 아니옵니다."

"그럼 너는 뭐냐?"

"남들은 저를 일러 철새라고도 하옵고 사쿠라라고도 하옵고 봄이 오면 찾아오는 꽃바람이라고도 하옵니다. 국회의원이란 어차피 인기직종이니만큼 여기저기 날아다니며 매스컴을 타는 것이 저의 인기관리 전략이며, 스타적 기질과 주례업무야말로 저의 유일한 정치역량이옵니다."

그러자 소신장이 반월도를 들고 나서며,

"네놈이야말로 오적보다 더한 매국노요 도깨비 중에서도 상도깨비로구나."

그러자 불감선생 도리질하며,

"제가 도깨비니 상하를 가려 무엇 하오리까마는 오적에 비하심은 심히 유감스러운 처사이옵니다."

"어쭈 이놈이? 역사의 평가란 언제나 뒷날에 내려지는 것이니, 이완용도 설마 자신이 만고의 역적이 될 줄이야 알았겠느냐. 그래서 성현께서는 늘 뒷사람을 두려워하라고 일렀거늘, 네 지금은 도깨비들에 둘러싸여 제 꼴을 분별치 못하지만 네놈의 흉악한 꼴은 이미 세상 사람들이 다 알고 있느니라. 그러기에 의로운 이는 앞을 보고 걷고 너 같은 상도깨비는 늘 발 밑만 보고 걷는단 말이다."

"그러나 오늘이 있음에 내일이 있는 것이옵고, 오늘이 중함에 내일이 중한 것이오니, 어찌 아이가 두려워 오늘을 그르치겠사옵니까."

"이 미련한 도깨비놈아! 현실이 그리 중해 도둑질을 일삼는다면 아이들에게 바른생활은 뭣 하러 가르치겠느냐. 어릴 때부터 도둑질 강도질을 가르칠 일이지."

"하지만 이 나이 먹도록 배운 것이 그것뿐인데 어찌하겠사옵니까. 역사란 어린아이가 쓰는 것이 아니오라 어른이 쓰는 것이오니 아마 뒷사람도 제 심정을 헤아려주지 않을까 사료되는 바이옵니다."

"야, 이놈아, 더러운 소리 좀 작작 해라. 나잇살 처먹은 것이 그다지도 세도거리고 핑곗거리라면 칠십까지 산 이완용은 어이하여 역적으로 남고 스무 살 어린 나이에 죽은 논개는 어이하여 의녀로 남았더란 말이냐. 윤봉길 의사는 스물다섯 해를 살고 안중근 의사는 서른한 해를 살아도 의인으로 거룩한 뜻과 이름을 후세에 남겼으니, 너는 어찌 나이 처먹었음을 핑계로 삼는단 말이냐. 다 죽는단 말이다, 이놈아! 뜻있게 살기에도 부족한 삶을, 그래 그다지도 더럽게 살아 무엇 한단 말이냐. 만고에 더러운 이름을 남길 네놈의 피로 내 반월도를 더럽힘은 심히 마뜩찮은 일이나, 내 너를 위해 그 더러운 삶을 마감해주리라."

하니, 불감선생 깜짝 놀라 도깨비소굴에서 갈고 닦은 재주를 발휘하여 줄을 타고 빽을 쓴다.

"선생님의 고향은 어디여라우? 전라도랑개? 경상도라예?"

참으로 신출귀몰 기기묘묘, 장대귀신이 부러지고 모포귀신이 찢어지고 드라큘라가 피를 뿜으며 까무라칠 재주다.

"선생님의 성자는 어떠하옵고, 학교는 어디 나오셨으며, 취미는 무엇이옵고, 좋아하는 색깔은 무엇이오며, 즐겨 하는 체위는 무엇이옵고, 감동한 소설은 무엇이오며, 발가락은 어떻게 생기셨사오며, 어디서 오셨사옵니까? 남산에서 오셨사옵니까, 남영동에서 오셨사옵니까?"

그러자 소신장이 분기탱천하여 호령하되,

"이 더러운 놈! 나는 이 땅을 사람들이 살기 좋은 세상으로 만들려고 하늘나라의 나부에서 내려왔느니라."

그러자 불감선생 납작 엎드리며,

"아이고 아자씨! 이렇게 만나게 되어 반가웁기 그지없사옵나이다. 제 동생놈이 나부(羅府)에 있사옵고, 제 아들놈의 친구의 고모 되는 이가 나이팅게일 상을 받았사옵고, 제가 좋아하는 배우가 나스타샤 킨스키이옵고, 제가 수집한 명화가 죄다 나부(裸婦)이옵니다. 그런데 아자씨의 함자는 어떻게 되시옵니까?"

그러자 소신장은 반월도를 고쳐잡으며 더욱 소리 높여,

"에이, 더러운 놈! 나는 네놈의 목을 베러 내려온 소신장이다. 그만 아가리를 닥치고 어서 모가지를 길게 빼라."

"아이고 삼촌, 제 마누라가 소띠이옵고, 제 딸년의 시누이가 비후까스 먹다 죽었사오며, 제 불알친구가 사장이옵고, 제 비서네 옆집에 해군 본부 주궤장이 살고 있사오며, 제가 좋아하는 음식이 육개장이옵고, 늘 초장 간장을 즐기옵고, 가슴에는 심장 아랫배에는 신장이 엄연하게 달렸사오니, 참으로 신장님과 저는 삼촌지간도 무시 못 할 삼촌지간이옵니다."

하자 소신장은 벽력같은 소리로,

"그따위 도깨비수작 마라!"

하고 금방이라도 반월도를 내리칠 기세인지라, 불감선생은 오줌마려운 개새끼처럼 낑낑대더니,

"아차차, 그럼 신장님은 우익이옵니까, 좌익이옵니까?"

하고 매달린다.

"나는 오른쪽 날개도 왼쪽 날개도 아니다. 꼬리도 대가리도 등도 배도 아니다. 나는 그 모든 것이다."

하니,

"어쨌든 저와는 상극이니 혹시 좌익이 아니옵니까?"

한다. 그러자 소신장,

"네놈을 반대한다 해서 어찌 좌익이란 말이냐? 나와 같이 부패를 척결하고 폭력을 엄단하고, 부조리를 일소하고 도덕성을 정립하여 보다 나은 자유민주주의를 구현하며, 자본주의 경제원칙을 통해 각자가 경제 주체가 되어 능력과 성실성에 따라 일한 만큼의 대가를 받고, 그리하여 소득의 형평분배와 사회보장제도를 이루어, 보다 나은 자본주의 국가를 이룩하려는 사람은, 굳이 좌우로 갈라 분별한다면 당연히 우익이다. 우익 중에서도 진우, 진우 중에서도 극우, 극우 중에서도 극극우, 알맹이요 고갱이다!"

하자,

"그럼 제가 좌익이란 말이옵니까?"

하니,

"네놈은 좌익도 우익도 아니다. 그만 아가리 닥치고 반월도를 받아라!"

"그럼 저는 대체 뭐란 말이옵니까?"

하고 불감선생이 모가지를 빼며 묻자,

"도깨비지 뭐냐!"

하고 소리친 소신장이 반월도를 내리치니 불감선생의 대갈통은 땅바닥에 떨어져 뒹굴고, 모가지에선 시퍼런 피가 굴럭굴럭 흘러나온다. 부유여사의 뱃가죽이 도끼날에 찢어지고, 재재도깨비의 골통이 언월도에 쪼개지고, 논논도깨비의 혀가 청룡도에 잘리고, 찰찰도깨비의 몸뚱어리가 칠성판에 묶여 바다에 던져지고, 관관도깨비의 사지가 사방에 흩어지고, 종종도깨비가 한 매에 죽어 나자빠져, 그 시체가 산을 이루었다. 도깨비란 도깨비는 모두 손이 발이 되게 비손을 하였으나 열두 신장은 한 놈도 남김없이 버력을 내려, 도깨비 닮은 도깨비, 도깨비 비슷한 도깨비까지 씨를 말리니, 그들의 앙을 치름이 이와 같았다.

복화술사의 이야기는 이렇게 끝난다. 그러나 나는 마음이 아팠다. 이야기의 재미를 떠나서 누군들 도깨비의 횡포에 통분치 않으리요마는, 그래도 그 끝이 이와 같으니 어찌 사람으로서 연민의 정이 없을 수 있겠는가.

각 나라마다 그 나라 고유의 도깨비가 있는데, 이웃나라 중국에는 소(魈)라는 도깨비가 있다. 중국 진나라 사람 갈홍은 그의 저서 『포박자』에서 '도깨비는 모양이 어린애와 같고 외발로 뒷걸음질쳐 걸으며 밤을 좋아하고 사람을 해치는데 그 이름을 소라 한다' 고 하였으니 이런 도깨비를 산소(山魈)라고 하는데, 산소는 발이 하나밖에 없고 그것도 뒤꿈치가 앞을 향해 있으며 뒤쪽으로 달린 발가락은 셋이다. 수놈은 산공(山公)이라 하며 사람을 만나면 반드시 돈을 달라고 조르며, 암놈은 산고(山姑)라고 하는데 사람을 만나면 연지나 분을 달라고 보챈다. 중국에 사는 또다른 도깨비인 치미(魑魅)의 일종 곽원(玃猿)은 키가 다섯 자가량 되고 형상은 원숭이와 비슷한데 인간처럼 걸어다니며 빨리 뛸 수도 있다. 이놈은 울창한 숲속에 몸을 숨기고 있다가 산길을 가는 부녀자를 노린다. 특히 미녀를 판별할 줄 알아 행인들이 긴 밧줄을 잡고 서로 떨어지지 않게 걷는데도 어느 사이엔가 미녀를 낚아채간다. 또한 망량(魍魎)의 일종인 귀탄(鬼彈)은 강물 속에 숨어 형태를 나타내지 않고서 사람 소리 같은 아우성을 지르며 사람을 해친다. 중국과는 달리 물이 많은 일본에는 갓바〔河童〕라는 도깨비가 있는데, 밤이면 어린아이나 발가벗은 처녀의 모습을 하고 여울목 암초에 올라앉아 지나가는 어린아이나 여인네, 늙은이나 술취한 사람의 정신을 빼앗아 물 속으로 끌고 들어간다.

이런 일본의 갓바나 중국의 소, 치미, 망량과는 달리 우리나라의 도깨비는 절대 사람을 해치지 않는다. 우리나라의 도깨비는 다른 나라 도깨비와 달리 사람에게 악한 일만 하는 것이 아니고, 잘만 사귀면 그 신통력으로 금은보화를 가져다 주는 등 기적적인 도움을 행하기도 한다. 그는 착한 사람과 사귀길 좋아하며 때론 슬픔에 젖기도 하고, 사람의 청을 거절하지 못해서 간청하면 돈을 가져다 주기도 하는 다정다감한 성품을 가지고 있으며 어느 적엔 사람의 꾀에 속기도 한다. 최근엔 서양도깨비들이 몰려와 우리 도깨비의 품성을 포악하게 만들었다고는 하나, 서양도깨비라고 어디 다 나쁜 도깨비만 있을 것이며, 아무리 서양도깨비의 못된 물이 옮았더라도 우리 도깨비에게는 우리 도깨비의 천성이 남아 있을 것이니 어찌 반성의 여지가 없겠는가.

그래서 나는 그 이야기의 끝이 너무 가혹하다고 여겼다. 다행히 내게는 대단치는 못하나 이야기 꾸미는 재주가 있어 그 이야기의 끝을 나름대로 고쳐보았다. 아마 세상사람들도 내가 고친 뒷부분을 읽으시고 그 뜻이 옳다고 여길 것이다.

이야기는 다시 복화술사가 들려준 이야기의 뒷부분으로 거슬러올라간다. 소신장이 불감선생을 꾸짖는 대목이다.

"네놈은 좌익도 우익도 아니다. 그만 아가리를 닥치고 반월도를 받아라!"

"그럼 저는 대체 뭐란 말이옵니까?"

하고 불감선생이 모가지를 빼며 묻자,

"도깨비지 뭐냐?"

하고 소리친 소신장이 반월도를 들어 내리치려 하니, 불감선생은 그제야 제 이마를 꼬집어뜯으며 흐느껴 운다. 소신장은 햇살에 번쩍이는 반월도를 고쳐 잡으며,

"간교한 술수를 부리지 마라. 내 너와 같이 우익의 탈을 쓴 도깨비들의 술수를 속속들이 알고 있느니라. 이제 네 정체를 스스로 깨달았거든 의연히 내 칼을 받아라!"

그러자 불감선생은 정색을 하고 고개를 들어, 열두 신장을 둘러보며 간곡하게 제 소원을 말하는 것이었다.

"저 같은 놈, 죽음으로써 죄를 사할 수만 있다면 그보다 더 즐거운 일이 어디 있겠사옵나이까. 하지만 세상에 태어나 소위 정치가란 이름을 얻고서도 단 한 번 옳은 뜻을 펴지 못하고 이렇게 죽게 되었으니 이 어찌 작은 슬픔이라 하오리까. 제 비록 실천하지는 못했으나 가슴에 담고 있는 뜻이 있사오니, 죽는 마당에 그 속마음이나 털어놓아 다른 도깨비들의 타산지석으로 삼고자 하나이다. 열두 신장께오서는 이 가련한 놈을 어여삐 여기시와 은혜를 베푸소서."

하니, 열두 신장은 쾌히 허락했다. 그래서 불감선생이 말을 시작하는데, 뜻은 곧고 진솔하여 참으로 사람을 감동시킬 만했다.

"제 비록 도깨비노릇으로 일생을 더럽혔사오나 이제 죽음을 앞에 놓고 어찌 거짓으로 신령을 속이리오. 오직 가슴에 담고 있던 참말만을 할지니, 누구도 그 진실됨을 의심치 마옵소서. 맨 처음, 정치에 대

해서 말하나이다. 아무리 더럽느니 썩었느니 하지만 오늘날과 같이 다양한 의견과 이해가 뒤얽힌 사회에서는 정치의 역할이 그 무엇보다 중하다 할 것이나이다. 이전이 신화와 종교의 시대였다면 이제는 정치의 시대이며, 신화와 종교의 역할을 대신하여 정치의 시대를 이끌어나갈 수 있는 보다 나은 정치제도는 바로 자유민주주의라는 정치제도이나이다. 자유민주주의야말로 인류가 유구한 세월을 거치면서 부단히 세공해온 정치제도의 결정이며, 인간이 그들의 도덕률만큼이나 소중하게 보존 발전시켜야 하는 무형의 자산이나이다. 그리고 정치에 못지 않게 절실한 것이 또 있나이다. 그것은 바로 오욕의 과거를 스스로의 힘으로 청산하는 법치의 실현이나이다. 반성할 것은 반성하고 사죄할 것은 사죄하고, 죄지은 자는 마땅히 벌을 줘야 할 것이며 억울한 자는 그 억울함을 풀어줘야 하나이다. 불행했던 과거 청산을 정치에 떠넘겨서만은 아니 되나이다. 많은 사람이 죽고, 다치고, 삶을 짓밟혔으며, 그 범인이 번연히 살아 있는데도 그 살인마를 법의 심판대에 세우지 못한다면 이 나라의 법률은 대체 어디에다 쓰는 법률이겠사옵니까. 마땅히 범죄 사실을 가려내야 하나이다. 그러나 벌 주기보다는 용서함을 취해야 하고 벌 받기보다는 반성해야 하는 것이나이다. 또한 용서하고 화해하는 것은 당연히 적법한 절차나 그에 상응하는 국민적 합의에 의해 이루어져야지, 그렇지 않고 몇몇 사람의 독단이나 이해에 의해서 이루어져서는 아니 되나이다. 더불어 이룩해야 할 것이 있으니, 그것은 역사의식의 함양이나이다. 물은 반드시 위에서 아래로 흐르는 것이라, 과거를 생각함은 곧 오늘을 생각함이요, 과거를 단죄함은 곧 오늘을 단죄함이요, 과거의 올바른 청산이야말로 오늘과 내일을 바로잡는 일이라 아니 할 수 없나이다. 우리는 청산하지 못한 오욕과 좌절의 과거를 넝마처럼 걸치고 있나이다. 제 나라를 다스리던 식민관청에서 준 상과 벼슬을 은연중에 과시하는 썩어빠진 자들이 상기에도 존재하니, 그들의 국가관이 어찌 곧기만을 기대할 수 있겠나이까. 제 나라를 다스리던 남의 나라 군복을 제 나라 군복으로 갈아입은 자들이나, 뚜렷한 국가관도 없이 우연히 군사학교에 들어간 자들에게 또한 무슨 올바른 군인정신을 기대할 수 있겠나이까. 마음 같아서는 이들을 모두 동해에 수장하여 의로운 고혼을 달래주고, 후세인의 처세에 귀감이 되도록 하였으면 좋겠으나, 오욕의 역사를 극복의 역사로 전환하는 이 시점에 어찌 죄를 매로만 다스릴 수 있으리요. 또한 단죄할 자는 늙은이뿐만 아니나이다. 겉은 젊되 속은 늙어 꼬부라진 젊은이들이 도처에 흘러넘치고 있으니, 실은 이들이 더 큰 문제라 하겠나이다. 도깨비도 수풀이 있어야 재주를 부리는 법, 오늘의 도깨비장난을 어찌 도깨비 탓으로만 돌릴 수 있으리요. 남들이 피땀 흘려 이룩해놓은 민주열차에 무임승차하여 무위도식하고 수수방관하는가 하면 오히려 뜻있는 자들을 냉소하며 자신의 비겁을 합리화하는 자들이 그들이라 하겠나이다. 현실에 대해 고민도 비판도 하지 않는 것은 현실에 대한 애정의 결핍 때문이니, 이는 마땅히 패배주의자의 속성이라 할 것이나이다. 도깨비를 보고서도 비켜서는가 하면, 영달을 꾀하고자 도깨비와 사귀려 날뛰는 자들이 있으니 이들은 참으로 기회주의자라 아니 할 수 없나이다. 이들 또한 마땅히 반성하고 부활하는 자리가 마련돼야 할 것이나이다. 이러한 자들이 있기 때문에 도깨비가 창궐하고 도깨비놀음에 늘 속아넘어가는 것이나이다. 좌우 이념대결을 조장하는 도깨비장난에 뜻있는 사람들마저 자신들의 민주 역량을 낭비하고 분산하니, 이것을 어찌 민족성의 맹점을 이용한 도깨비들의 가증스러운 술책이라고만 탓하겠으며, 뜻있는 사람들마저 그러하니 무지몽매한 사람들의 사분오열과 감정대립은 일러

무삼하리요. 이어서 지역감정 문제를 짚어봐야 하겠나이다. 소위 국회의원이라고 하는 자들마저도 주민등록표에서 본적지 난을 없애야 한다는 망언을 할 정도이니 작금의 지역감정이야말로 보통 심각한 문제가 아니나이다. 대저 본적지를 숨기고 고향 사투리를 버려야 정치가 되는 나라라면 세상에 그런 나라에서 정치는 해서 무엇 할 것이며, 화합은 논해서 무엇 하오리까. 이러다가는 종내 족보를 불사르고, 성씨를 통일하고, 산모를 모두 일정한 장소에 운집시켜 분만하는 일이 없으리라 어느 누가 장담할 수 있사오리까. 입에 담기도 더러운 이 지역감정이라는 것이야말로 애향심을 코뚜레로 삼아 자기의 이득 찾기에 골몰하는 도깨비들의 술수에서 비롯된 것이나이다. 사람을 사람으로 보지 아니하고 유권자나 표딱지로 보는 도깨비들의 장난이나이다. 상하 좌우가 모두 이런 도깨비놀음에 휩쓸려다니니, 평상시에는 똑똑하던 사람도 선거철만 되면 멍청이가 되어 패패로 갈라지고 뿔뿔이 흩어져 다 된 밥에 재를 뿌리고 다 된 국솥에 코를 빠뜨리는 것이나이다. 이러한 정치 사회 문제만이 아니라 그만큼 중요한 것이 또 있으니, 이는 바로 경제 문제이나이다. 경제란 소득과 소비를 함께 이르는 말이니, 경제 발전에 반드시 배행해야 하는 것이 있나이다. 그것은 공정한 소득 분배와 공정한 소비 분배, 즉 소득의 균등분배에 뒤따르는 향락과 향수의 기회 균등이나이다. 이는 참으로 인간의 살고자 하는 본능과 놀고자 하는 본능의 동시 충족이라 할 것이나이다. 식성이 같은 사람끼리 한 식탁에 둘러앉아야지 조화와 즐거움이 방만할 것이니, 이 어찌 가벼이 생각할 일이겠나이까. 분열과 불목좌시는 바로 식성이 전혀 다른 사람들이 한 식탁에 마주 앉아 자기 주장만 외치며 평화를 희구하는 데서 비롯되나이다. 그래서 우리는 기회의 균등뿐만 아니라 결과의 평등을 이룩하여 상대적 빈곤을 해소해야 하나이다.

대저 공기의 자리바꿈을 바람이라 하온대, 그 자리바꿈이 순조롭고 온화할 적엔 순풍이라 하옵고 그 자리바꿈이 갑작스럽고 무분별할 적엔 돌풍이라 하나이다. 사회도 마치 대기와 같아서 갖가지 계층이 있고, 또 그 계층은 영속적으로 자리바꿈을 진행하나이다. 치솟기를 갈구함은 모든 사람들의 염원이겠으나, 모든 사람들이 일시에 준동하여 책임을 저버린 상승욕구라든가 철학 없는 성취욕과 같은 무분별 무질서의 기류를 탄다면 사회는 반드시 혼란이 일어나고 늘 투기와 도박이 횡행하게 될 것이나이다. 또한 오늘날의 계층 분간은 대개 그 재산 정도에 있음이니, 재물의 많고 적음으로 계층을 분류하고 인생의 성패를 가리는 참으로 가련코도 무서운 세상에서 우리는 살고 있나이다. 그 근저에는 반드시 정신건강의 악화라는 이유가 내재해 있나이다. 대체로 이러한 물질만능의 사고방식은 교양의 절대 결핍, 정신문화의 열악함, 그리고 종교적 심성의 피폐에서 비롯된다고 할 수 있나이다. 이 때문에 문화와 종교의 건강함이 더욱 요구되는 것이나이다.
해야 할 말은 한이 없으나 이제 마지막으로 하나됨에 대해 말하나이다. 우리의 현실을 직시할 때 우리는 자신과 다른 생각을 가진 사람의 존재도 인정하지 않을 수 없는 처지나이다. 단적으로 말해서, 통일을 원치 않는 국민도 국민이고 존중할 수 없는 의견도 의견이나이다. 통일이란 모두를 위한 통일이고, 통일은 모두가 함께 노력해야만 이룩할 수 있는 것이기 때문이나이다. 그래서 우리는 상대방이 자신과 다른 의견을 가지고 있더라도 그가 왜 그러한 생각을 하고 있는지, 그가 요구하는 것은 어떻게 실현될 수 있는지, 또는 그가 지키고자 하는 그의 권익은 어떻게 보장될 수 있는지를 함께 의논하여 알아내야 하겠나이다. 애당초 우리는 하나였나이다. 지금도 둘이 아니라 하나나이다. 욕심만이 각각이나이다. 그러나 진정한 하나됨을 위해 서로의 욕심을 억제할 줄 알아야 하며, 하나됨이 이루어졌을 때 그 욕심이 모두 충족될 수 있음을 알아야 하나이다. 갈라져서는 안 되나이다. 뭉쳐야 하나이다. 남이 나를 따라주기 바람은 모든 사람의 한결같은 욕구이겠으나, 그가 내 뜻에 따르지 않는다면 내가 그의 뜻에 굴복할 줄도 아는 사상적 탄력성이 절실히 요구되는 때나이다. 틀린 것은 언젠가는 개선되겠지만 흩어지면 다시 모이기 어렵고, 갈라지면 그 골은 더욱 깊어져 서로의 욕구는 걷잡을 수 없이 반대 방향으로 치닫게 되나이다. 우리는 하나나이다. 그 하나는 똑같은 하나 되기 위한 하나가 아니라, 서로 다른 모두가 되기 위한 하나나이다."

하고 말을 마친 불감선생은 목을 길게 내밀며,

"저의 지은 죄 그 많음은 바닷가의 모래알과 같사옵고, 그 큼은 태산과 같사오니, 눈물로 육대주를 적시고 사지를 찢어 오대양을 메운들 어찌 그 죄를 다 갚을 수 있으리요마는, 이 더러운 목에서 흘러내린 피로 저의 죄 만분의 일이라도 갚고자 하나이다. 열두 신장께옵서는 조금도 사정두지 마시옵고 단죄의 칼을 내리쳐 이 죄인으로 하여금 참회의 피로 땅을 적시게 하소서."

하며 이마로 땅을 두드리니, 곁에 엎드려 있던 부유여사도 포복재배하며 울음 반 눈물 반으로 참회하여 가로되,

"저의 더러운 행실이 세상을 어지럽히고 만백성의 원성을 샀으니, 이 어찌 살아서 갚을 죄이겠사옵니까. 오늘 신장님의 깨우쳐주심으로, 비로소 산다는 것이 살아 있음만을 뜻하는 것이 아니라 살아간다는 것을 뜻함인 줄 깨달아, 지은 죄 부끄러워 하늘을 볼 수 없고 세상이 무서워 땅을 디딜 수 없사옵나이다. 부디 이 몸도 죽여주시와 이 땅의 거름이 되게 하시옵소서."

그러자 포승에 묶여 있던 도깨비란 도깨비는 모두 비통한 소리로

이령수를 고하는데,

"그저 죽여주시옵소서!"

하고 애걸복걸한다. 엄격하고 위엄 있고 무섭기는 하나, 때로는 익살스럽고 때로는 인자하며, 본디 천성이 어질고 마음 또한 착한 열두 신장은 이를 슬프고도 어여삐 여겨,

"천지간의 모든 생명이 살고자 하는 것이거늘 너희 비록 빌미라고는 하나 어찌 목을 베어 죄를 다스릴 수 있겠느냐. 하늘의 알음을 대신하여 너희 죄를 사랑으로 다스리고 그 실낱같은 목숨을 이 땅에 남겨두노니, 부디 개과천선하여 도깨비의 탈을 벗고 모든 사람들이 즐겁게 살아가는 아름다운 나라를 만드는 데 제 한 몸을 아끼지 말라!"

하고 모든 도깨비를 결박에서 풀어준 다음 병장기를 거두어 하늘로 올라갔다. 그러자 도깨비들은 모두들 흉측한 도깨비탈을 벗어던지고 손에 손을 마주 잡고 다짐하여 가로되,

"앞으로는 잘 살자!"

하였다.

작가와 작품과 독자의 관계에 관한 소묘

나는 그가 내 이름을 기억해주길 바랐다. 그래서 내 이름을 서너 번 되풀이해 말했다.

그가 어쩌다 내 책을 보고, 내 이름을 기억해내고, 내 글을 읽게 될지 모른다. 나는 그때를 위해서 무언가 써야 하리라 생각한다. 그날 그의 곁에서 잠들어 있었던 다섯 시간 반의 허망한 인연을 보상하기 위해서라도 나는 무언가 사죄의 글을 남기지 않으면 안 되리라 생각한다.

소묘 이전

여러 해 전의 일이다. 뜻하지 않은 사고로 눈을 다치신 아버지 때문에 급하게 부산으로 내려갔던 나는, 구포역에서 9시 09분에 출발하는 무궁화호 열차를 타고 서울로 올라온 적이 있었다. 전전날 급히 연락을 받고 부랴부랴 내려갔고, 이틀 동안 이리저리 병원 안팎을 쫓아다니며 전화통에 매달려 애를 태우고, 담당의사와 원무과 직원, 산재보험 처리에 따른 회사 담당자를 만나야 했기 때문에 나는 몹시 지쳐 피곤한 몸이었다. 응급실에 누워 계신 아버지를 7층 신경외과 병동과 9층 안과 병동으로 두 번이나 옮겼고, 그나마 밤에는 병자의 침대 곁에 앉아 졸다 깨다 했으니 몸이고 마음이고 가히 파김치가 될 만도 했다. 극한 피로로 잇몸이 콱콱 쑤시고 저렸으며 귀에서는 멍멍한 울림이 일기도 했다.

나는 열차에 오르자마자 곧 잠이 들었다. 좌석번호를 확인하면서 곁에 앉은 동반자를 보긴 봤지만, 그가 흰 제복을 말끔하게 차려입은 해군사관학교 생도라는 것쯤만 어렴풋이 알아차렸지, 더이상은 알지도 못했고 알고 싶지도 않은 그런 상태였다. 나는 금세 잠이 들었다. 내가 잠에서 깨어난 것은 열차가 영등포역을 지나 한강 철교를 건널 때였다. 무려 다섯 시간 반 동안 죽은 듯이 잠만 잔 것이었다. 밝아오는 한강 고수부지의 꼭두새벽 풍경을 내다보며 나는 금방 알에서 깨어난 느낌이었다. 초등학교 저학년 시절, 낮잠에서 깨어나 흐린 저녁나절을 새녁으로 착각하여 황망해하던 때의 심정과 같았다. 앉은자리에서 꼼짝도 않고 그렇게 자보기는 그때가 첨이었다. 그러나 나를 더욱 황망케 한 것은 곁에 앉아 있는 사관 생도의 존재였다. 그는 한숨도 자지 않은 표정으로 내 곁에 꼿꼿이 앉아 있었다. 그의 어깨녘에 붙은 4학년 표시를 알아본 것은 그때였다. 열차는 철교를 건너 종착역인 서울역을 향해 서둘러 달려가고 있었다.

나는 사실, 많이 망설였다. 이렇게도 생각해보고 저렇게도 생각해봤다. 그러다가는 기어이, 선반에 얹어뒀던 가방을 내려 하차를 준비하는 그 생도에게 불쑥 이렇게 말했다.

"미안합니다. 곁에 앉아 잠만 자서……."

그는 좀 이상한 모양이었다. 나는 웃어 보였다. 그러자 그도 그냥 따라 웃었다. 아마 그가 뭐라고 대꾸한 듯한데 그건 기억이 없다. 나는 줄곧 내가 뭔가 사죄해야 한다고만 생각하고 있었다. 나는 또 말했다.

"미안하고…… 참 신기한 인연이로군요. 줄곧 잠만 자다니."

참 한심한 인연이라는 생각이 들었다. 부산에서 서울까지, 그 생도가 깨어 있었던 다섯 시간 반 동안, 그의 곁에 앉아서, 그의 어깨에 어깨를 부딪치며, 나는 내처 잠을 잤던 것이다.

집표구를 빠져나와 광장으로 나가는 층계를 오르면서도 나 자신이 참 한심한 사람이라고 생각했다. 그리고 우리는 그렇게 그냥 헤어져도 그만이었을 테지만, 공교롭게도 생도와 나는 같은 보폭으로 걷고 있었다. 우리는 거의 같은 층계를 밟으며 곁에 붙어서 걸었다. 내가 그에게 어디로 가느냐고 물었다. 그는 한양대 앞이라고 대답했고, 나는 다시, 그럼 차나 한잔, 하고 청했다. 하지만 그는 마중 나올 사람이 있다면서 내 청을 사양했다. 그의 앳되고 장난꾸러기 같은 얼굴을 마주 보며 나는 그와 악수를 했다.

"워낙 피곤했거든요. 미안합니다. 인연이 있으면 언젠가 다시 만납시다."

생도는 거수경례를 했고 나는 손을 흔들었다. 돌아서서 한두 발짝 걸어가다가 나는 다시 돌아섰다. 생도의 이름이 조준호라는 사실을 그때 그의 이름표를 보고서야 알았다. 나는 조준호 생도에게 말했다.

"전…… 전 심상대라는 사람입니다. 글을 쓰는 사람이지요. 소설가 비슷한 사람 심상대."

나는 그가 내 이름을 기억해주길 바랐다. 그래서 내 이름을 서너 번 되풀이해 말했다.

"저는 글을 쓰는 사람입니다. 언젠가 책을 보시다가 제 이름을 발견하게 되거든 연락하세요. 그럼 그때 차나 한잔 합시다. 제 이름은 심상대입니다. 죄송합니다. 잠만 자서."

우리는 밝아오는 서울역 광장에서 그렇게 헤어졌다.

그로부터 몇 년이 지났다. 그 생도는 지금쯤 어느 곳에선가 군인의 신분으로 살아가고 있을 것이다. 그는 아마, 그날 그 밝아오는 서울역 광장과, 잠만 자던 동반자와, 그 동반자의 미안해하던 목소리를 다 잊어버렸는지도 모른다. 하지만 나는 아직도 앳된 생도의 얼굴을 기억한다. 이제껏 세상을 살아오면서 많고 많은 사람을 수없이 만났지만, 나는 언제나 그렇게 그 사람 곁에서 내처 잠만 자지는 않았던가 하는 미안한 마음과 함께, 그 생도의 가슴에 붙어 있던 조준호라는 이름을 또렷이 기억한다. 그리고 내가 그날 그 밝아오는 서울역 광장에서 그에게 말했듯이, 조준호씨가 어쩌다 내 책을 보고, 내 이름을 기억해내고, 내 글을 읽게 될지도 모른다. 나는 그때를 위해서 무언가 써야 하리라 생각한다. 그날 그의 곁에서 잠들어 있었던 다섯 시간 반의 허망한 인연을 보상하기 위해서라도 나는 무언가 사죄의 글을 남기지 않으면 안 되리라 생각한다.

소묘

일병은 멀리 바라보았다. 해안을 향해 굽이치며 뻗은 전술도로가 대낮처럼 환하게 바라보인다. 눈 덮인 계곡으로는 섣달 보름날의 달빛이 흐벅지게 쏟아져내리고 있다. 산자락에 가려 바다는 보이지 않았지만 해변을 헤매다 제 품으로 돌아가는 물거품이 눈을 채우고, 그리고 파도 소리가 아련히 들려온다.

쏴아아아…… 쏴아아아…….

해안을 향해 뻗어내린 산은, 104 고지를 기점으로 여러 개의 산자락을 길게 드리웠고, 그 산자락 등성이마다엔 깊을 대로 깊은 겨울 풍경이 고요하게 널려 있다. 오늘 밤엔 바람도 잔다.

"누가 오나?"

너무 오랫동안 바라보고 있었던 모양이다. 배불뚝이 난롯가에서 병장이 물었다. 그러나 일병은 대답할 필요가 없었다. 아무도 오지 않는다. 잠결인 양 병장은 굳이 대답을 바라지도 않는다. 난로의 보호망 철골에 두 팔을 걸치고 그 팔 위에 뺨을 누인 채 반쯤 눈을 감고 있던 병장은, 슬그머니 두 팔을 내리고, 그리고 방한모 챙을 꺾어 올린 다음 목을 빼 초소 밖을 멀리 바라보았다. 눈 덮인 구릉과, 적막만이 가득한 전술도로가 그림처럼 펼쳐져 있다.

"이리 와 앉아라."

병장이 명령했다. 그러자 일병은 창가에서 물러나 구석에 있는 소금가마니를 난롯가로 끌어당긴다. 지난 초겨울 테니스장에 뿌리고 남은 소금을 가마니째 위병소 구석에 세워둔 것이다. 주간 근무는 단초(單哨)기 때문에 위병소에는 근무자용 의자가 하나뿐이다. 그래서 복초(複哨)인 야간 근무 때엔 선임은 근무자용 나무의자에 앉고 신임은 소금가마니에 앉게 마련이다. 일병은 소금가마니 위에 앉는다.

배불뚝이 해병 난로는 허리춤이 볼그레하게 달아 있다. 깨진 난로 뚜껑 틈으로 새어나온 한 줄기 불빛이 천장으로 뻗어 있다. 조명을 받은 팔각형 천장은 그래서 훈훈한 기운을 띤다. 난로 안으로 중유를 흘려보내는 카뷰레터 눈금을 조절한 다음 병장은 다시 보호망 철골에 팔을 얹는다. 팔 위에 턱을 올리고, 그리고 깨진 뚜껑 틈으로 난로 안을 무표정하게 들여다본다. 난로 안에서는 빨간 불꽃이 쉴새없이 날름댄다.

소금가마니 위에 앉자 졸음이 쏟아진다. 일병은 쏟아지는 졸음을 쫓느라 고개를 휘저었다. 잠들었다가는 큰일이다. 이쪽 저쪽 여덟 개의 창을 번갈아 살피며 일병은 사주 경계의 임무를 잊지 않는다.

일병의 방한모에는 수평아리 벼슬 같은 노란 작대기가 두 개. 일등병. 바닥에 주먹만한 구멍이 뚫린 군화를 신고 진급 신고를 마쳤을 때, 중대장은 그의 이마와 가슴에 일병 계급장을 달아주며 말했다. 가장 용감한 군인이 바로 일병이다. 알았나? 그게 벌써 한 달하고도 이주일 전의 일이다. 일병을 달기까지 그에게 가장 고역스러웠던 일은 역시 여자 얘기를 하라고 윽박지르는 선임의 험상궂은 얼굴을 대하는 거였다. 경험과 허구를 적절히 반죽하여 선임의 무료함을 달래주기에 그는 너무도 넉살이 모자랐고, 그뿐만이 아니라 음담패설을 하기에는 너무나 참담한 심정이었다. 여자 얘기는 입에 담고 싶지도 않았다. 물론 그에게도 여자가 있었다. 그러나 지금은 없다. 고무신을 거꾸로 신었다.

오늘 근무는 살 만하군, 하고 일병은 생각했다. 지금 함께 근무하는 김 병장은 다른 선임들같이 성가신 질문도 안 할뿐더러 제 무료함을 달래려고 집적거리는 법이 없다. 짓궂게 장난을 걸어오는 선임 앞에서 아무런 대꾸 없이 버티는 것만큼 진땀 나는 일이 없다. 순찰자 올 때가 됐는데. 일병은 대대본부 건물이 있는 골짜기 쪽의 창을 통해 순찰자의 출현을 살핀다. 본부건물 앞에는 국기게양대가 달빛 속에 상징처럼 서 있다. 그 아래편에는 수풀과 사병 식당, 가동을 멈춘 발전실과 수송반 내무실이 가만히 웅크리고 있다. 이리저리 엇갈린 트럭 바퀴 자국과 미처 치우지 못한 눈더미는 연병장을 독특한 미술 작품처럼 보이게 했다.

뀌릭 뀌릭.

통신반 교환대에서 보내는 보조 신호다. 엎드려 있던 병장이 얼른 일어나 송수화기를 집어든다.

"통신 보안, 위병소 병장 김종술입니다."

"수고한다."

수화기에서 흘러나오는 목소리는 젖비린내 나는 졸병 하사 목소리다. 병장은 괜히 미친 척하고 싶어진다.

"아…… 아…… 누구야?"

"누구? 누구? 김 병장? 아, 나 박 하산데 근무 이상 없나?"

"아…… 이상 무."

"난로 잘 타?"

"난로?"

"난로 잘 타냐고?"

"아아, 양호!"

"순찰 끝! 확인?"

"확인!"

"그럼 고생."

"고생."

병장은 의자로 돌아온다. 방한모를 벗어 철골에 걸쳐놓고 그 위에 뺨을 붙이고, 또다시 무표정한 모습으로 돌아간다. 일병도 다시 소금 가마니 위에 앉는다. 어깨에 메고 있던 소총을 벗어 보호망에 기대놓고 방한모의 귀마개를 걷어올렸다.

쇄아아아…….

파도 소리가 더욱 또렷이 들려온다.

일병은 입을 벌리고 지난여름을 생각한다. 지난여름의 근무 시간. 그 지옥 같았던 두 시간. 두 시간 내내 뺨과 다리통을 훑어야 했다. 손바닥으로 쓸어내릴 때마다 툭툭 터지던 모기. 모기. 그에 비하면 겨울의 근무 시간은 안락한 편이다. 더욱이 이 위병초소 근무는 대적 경계가 아니라 출입자 통제가 목적이므로 해안전초진지 근무와는 성격이 다르다. 이제는 사실상 어떤 출입자도 있을 수 없다. 순찰도 끝이 났으니.

"너 입대한 지 얼마나 됐냐?"

병장은 심심한 모양이다. 눈까풀만 치켜뜨며 묻는다.

"팔 개월쨉니다."

"휴가 갈 때 다 됐네?"

그렇다. 동기생 중에서 아직 휴가 명령을 받지 못한 건 그뿐이다. 병장은 방한파카 윗주머니에서 군용 담뱃갑을 꺼내 한 개비 입에 문다.

"요즘 어때?"

병장은 일병에게도 한 개비 권했다.

"……."

병장이 권하는 담배 개비를 공손히 받으면서 일병은 굳은 목소리로 뒤늦게 되물었다.

"뭘 말입니까?"

"…… 뭘?……."

병장은 질문해놓고도 담배연기를 빨아들이기에 바빠 모두 잊은 듯하다. 달콤하다. 고등학교 브라스 밴드부원 시절 트럼펫 피스에서 뗀 입술로 빨아당기던 그 담배 맛이다. 벚꽃이 흐드러지게 피어 있고, 매점이 있고, 음악실이 있고, 축구부 합숙소가 있고, 그 뒤편에 변소가 있었다. 병장은 지금 그 고등학교 변소에 들어가 벽에 등을 기댄 채 담배를 피우는 중이다. 달콤한 담배연기가 목구멍을 통해 가슴속으로 녹아내린다.

"담배 좋지?"

병장은 또다시 엉뚱한 말을 흘려낸다.

"네에?"

방한 바지 무르팍으로 담배연기를 흘려내던 일병이 얼른 되물었다.

그러나 병장은 그만이다.

선임께서 하사하신 연초는 백미에 으뜸이라 이를 사양함은 왕비 강간죄에 버금가고 하느님 불알을 만지는 격이며 독사와 키스함에 못지 아니하다. 병장은 여전히 고등학교 변소 벽에 기대어 있다. 하지만 텅 빈 가슴은 어쩔 수 없다. 담배연기도 병장의 텅 빈 가슴을 다 지필 수는 없다. 얼마 남지 않은 제대를 생각했고, 마치지 못한 학교를 생각했고, 직장을 생각했고, 떠나가버린 여자와 집안 형편을 생각했고, 그리고는 흘러내리는 심사를 애써 추스르며 길게 담배연기를 내뿜어본다.

정신없이 지나온 지난 2년 몇 개월이 담배연기 속으로 떠올랐다가 흩어져 사라진다. 병장은 훈련소에서 이 섬으로 자원을 했다. 이 섬에는 뭔가 번쩍이는 행운이 자신을 기다리고 있을 것만 같았다. 그러나 그게 아니었다. 새벽마다 저녁마다 물지게를 져날랐고, 기상과 동시에 개 같은 복종심을 함양해야 했고, 밤마다 집합을 당했고, 경기관총을 손질했고, 여름이 지나가고 가을이 지나갔다. 빠따를 맞고 쪼그려 뛰기를 하면서 일병이 되었고, 연병장 언저리에 돋아난 서릿발을 밟으면서 우스울 만큼 치졸한 현실에서 충직한 군인으로 길들여졌다. 자신의 삶의 주사위를 남의 손에 맡겨둔 채 가능의 영역만을 추구하는 눈치 빠른 졸병으로 사육되어갔다. 여자 얘기에는 으레 귀를 곤두세웠고, 자신이 당할 땐 고통스러웠지만 남에게 가해지는 체벌에는 희열을 느끼는 순진성을 드러내곤 했다. 그저 하루하루를 무사안온대강 철저히, 제 육신 하나 철통 방어하며 상병이 되었고 병장이 되었다. 서면 긴바이 앉으면 농사리. 해병대에서 온전한 정신으로 살아 있으려면 같이 미치는 수밖에는 다른 방도가 없었다. 그래서 그는 이제껏 살짝 미친 듯이 살아왔다.

병장은 일병을 바라보았다. 아찔하다. 그래, 나도 너 같았을 땐 생각도 많았고 꿈도 많았지. 그러나 그게 다 뭐냐. 불가능의 영역을 넘보지 마라. 해도 해도 안 되는 것은 얼마든지 있다. 몽상과 현실이라는 맞물릴 수 없는 거대한 톱니바퀴는 늘 헛돌아가게 마련이다. 제대, 여자, 학교, 직장, 집, 돈, 이제는 생각하기도 싫다. 지긋지긋하다. 얼마나 생각하고 생각한 것이냐. 우려먹을 대로 우려먹은 것들이다. 이제껏 수백 번도 더 곱씹었던 생각이다. 모두 여과될 대로 여과되고 침전할 만큼 침전해서 이제는 아무런 맛도 없이 색깔도 없이 습관적으로 떠오를 뿐이다. 재미도 없다. 가슴만 답답하다. 포기도 선택이라면 포기는 빠를수록 좋다. 순간의 선택이 평생을 좌우하니까. 이 천하의 쫄병아. 어차피 자신의 운명을 남의 뜻에 맡긴 30개월. 조국을 위하여 군수물자 절약에 힘쓰고, 확호불발한 견위수명의 의지와 군인정신, 상관에 절대복종, 부하를 신애로 화목단결, 철통국방에 힘써다오.

귀한 것은 이렇게 값을 매길 수 없는 법. 좋은 것은 언제나 공짜이니라. 일병은 담배 맛에 녹아든다. 좋은 것은 공짜. 그럼 내가 공짜로 받았던 것은 무엇인가? 담배, 그리고…… 일병은 담배연기를 흘려내며 잇따라 생각한다. '그녀'는 내게 있어서 얼마짜리였던가?

부디 건강하시길 빌어요. 그럼 안녕. 씨팔년. 그녀가 다른 남자품에 안겨 있다는 생각을 하면 뒷골이 당긴다. 울고만 싶다. 미치는 사람은 아마 이런 증세를 거쳐 미치게 되는 걸까. 언젠가는 한번 만나겠지. 개 같은 년. 그땐 강간을 해야지. 힘차게. 만족할 만큼. 날 버린 걸 뼈저리게 후회할 때까지. 자지러지고 까무라치도록 만족을 줘야지. 해병대의 푸른 좆대로. 절 미워하지는 마세요. 이런 쌍년. 그래서 어떤 유행가 가수는 사랑은 연필로 쓰라고 그렇게 노래했는지도 모른다. 옳은 말이다. 옳고도 옳은 말이다. 그 귀한 감정을 진한 잉크로 쓴다는 것은 천만 번 위험한 일이 아닐 수 없다. 에헤라 데라…… 산다는 짓이 아마 다 그런 거겠지. 심각할 것도 유쾌할 것도, 깊이 생각할 것도 없는 거겠지. 나이를 먹는다는 것이 그렇고, 쓰고 지우고 사랑하고 헤어진다는 것이 그렇고, 에헤라 데라…… 다 그런 거겠지.

"너 편지 잘 안 쓰지?"

병장이 물었다.

"……네."

"야, 군대는 편지 쓰고 받는 재미 아니면 못 산다. 너 편지 자주 써."

편지를 쓴다는 사실은 답장을 받을 때까지 살아 있겠다는 뜻이다. 그런 사람은 절대 죽지 않는다. 장래를 가진 사람은 고통에 대한 그만한 저항력을 가지는 거니까 말이다. 반대로 졸병에게 서신 수발이 없다는 것은 뭔가 문제가 있다는 얘기다. 문제는 문제를 일으킨다. 일병에게도 물론 그런 문제가 있는 셈이다.

그녀의 마지막 편지를 받은 때가 언제였던가. 일병은 그날을 되짚어본다. 그날 이후로 환각 증세가 찾아왔다. 평화가 깨지고 불안이 야기됐다. 평화라는 것이 모두가 제자리에 있는 상태를 말한다면 그녀가 사라져버린 자리를 메우기 위해서는 어떤 휘청거림이 필요했다. 판초를 뒤집어쓴 병사의 행렬이 유령의 무리로 보이기 시작했다. 천천히 떨어져내리는 빗방울. 악귀의 웃음소리. 그는 시퍼런 자신의 손과, 손가락 사이에서 흘러내리는 빗방울을 두려움에 젖어 내려다보곤 했다. 그녀의 편지 속에 피어 있던 괴변과 몰염치. 병영에서 맞은 통속적 결말. 안녕히라고 말해주세요. 그는 그 통속적 결말을 앓기 시작했다. 자웅이체의 생물로 태어난 인간이기에 누구나 앓아야 하는 병.

"넌 세상에서 가장 귀중한 게 뭐라고 생각하냐?"

병장이 또 물었다.

"……."

일병은 암담했다. 귀한 것? 씨팔. 욕밖에 안 나온다.

"……여자라고 생각합니다."

일병은 그렇게 대답했다. 다른 생각은 들지도 않았고, 그러니 그게 일병의 진심임엔 틀림이 없다. 일병은 병장을 바라보며 거기에 덧붙여 말했다.

"전 그런 생각을 했었습니다. 모든 사람은 다 제 짝을 찾기 위해 살아가는 건 아닌가 하고 말입니다."

그러나 병장의 생각은 달랐다.

"난 돈이야. 돈! 돈이 있는 곳에 평화가 있고 돈이 있는 곳에 철학이 있고 돈이 있는 곳에 진리가 있고…… 돈이 있는 곳에 여자도 있고 돈이 있는 곳에 사랑도 있다."

"어어어어……."

일병은 벌떡 일어나 재빨리 소총을 집어들고 뛰어나갔다. 테니스장 뒤편에서 튀어나와 위병소 앞으로 휙 지나가는 그림자가 있다. 그림자는 초소 앞을 지나 목욕탕과 우물 사이로 쏜살같이 지나간다. 작은 동물이다. 산코양이구나. 일병은 위병소 안으로 되돌아왔다.

"뭔데?"

"고양입니다."

"아직 얼어 죽지 않았구나. 지난여름에는 지독하게도 울어대더니만."

둘은 다시 난롯가에 마주 앉았다.

"어린애 울음소리로 울어댈 때는 진짜 기분 나쁘더만."

바람이 있는지 난로가 훅 달아오른다. 병장은 들었던 빵을 다시 방한모 위에 얹는다.

쇄아아아…….

스산한 소리가 핥고 지나가는 산자락은 여인의 속살같이 매끈한 굴곡을 고스란히 드러내 보인다. 다복솔 한 그루 보이지 않는 민둥산이다. 그런 민둥산이 곳곳에 보이는 까닭은 순전히 이 섬 사람들의 땔감 채취 방식 탓이다. 육지에서 멀리 떨어져 있는 이 섬에서는 아직 나무와 풀을 땔감으로 쓴다. 그래서 땔감을 베기 시작하는 9월 중순쯤부터 이 섬의 산은 비루 먹은 개의 등짝처럼 흉한 흠집을 곳곳에 드러낸다. 섬사람들은 나무고 풀이고 덤불이고 가리지 않는다. 가죽을 벗기듯 벗겨버린다. 그래서 겨울철이 되면 벌거벗은 민둥산이 그 굴곡을 고스란히 드러내 보이는 것이다.

그러나 봄이 오면 그 벌거숭이 산에도 싹이 움터난다. 눈이 녹기 시작하면 곧 파릇파릇한 신록의 시절이 막을 올린다. 잔설과 나무 그루터기 사이 양지녘에서 무수한 싹이 움터오르고, 미처 성미를 걷잡지 못한 진달래는 잎이 돋기도 전에 붉디붉은 꽃잎부터 폭발시킨다. 진달래의 붉디붉은 꽃송이는 온 섬의 산을 염염히 불태운다. 진달래의 꽃잎이 시들어가면서 곧 자생 춘란이 차례를 잇는다. 자색의 반점이 찍힌 백색 꽃잎. 그 춘란이 제 발치로 시든 꽃잎을 떨굴 쯤이면 섬은 양지식물의 낙원이 된다. 온통 양지식물로 제 몸을 가꾸는 이 섬의 산에는, 그래서 늘 꽃향기가 떠돈다. 그중에서도 유난히 짙은 향기를 풍기는 꽃이 칡꽃이다. 부끄럼 타는 듯 자줏빛 꽃잎이 앙증스러운 연두색 꽃받침에서 피어나고, 그리고 그 다디단 향기를 분분히 흩뿌린다. 칡꽃은 제 뿌리의 향기만큼이나 고운 향기를 사방에 풍기어 휘날리는 것이다.

그 꽃의 계절이 오면, 자생 춘란이 꽃잎을 열 때면, 병장은 이 섬을 떠난다. 우수 경칩이 지나 대동강 물이 풀리고, 황해로 떠내려온 부빙 조각이 임당수를 뒤덮을 때, 병장은 이 섬을 떠나 사람들로 이루어진 더 큰 섬으로 간다. 병장은 기다리고 기다리던 마지막 겨울이 이울어 가는 모양을 가만히 지켜보고 있다.

제대가 가까워져 사회가 제시하는 타협안이 눈앞에 놓이자, 병장은 겸손과 부끄러움을 배우게 됐다. 불가능을 꿈꾸던 시절도 이젠 마감해야 했다. 욕망과 자유와 행복이라는 그 모든 것이 결국은 현실이라는 대괄호 안에 존재한다는 사실이 병장을 침묵하게 했고 조심하게 했고 움츠러들게 했다.

일병은 일어나 창가로 갔다. 대검을 뽑아들고 칼끝으로 유리창 가장자리에 낀 성에를 천천히 긁어낸다. 다시 담배를 꺼내 물며 병장이 말했다.

"얼마나 남았냐?"

일병은 얼른 시계를 보았다. 세시 삼십 분. 삼십 분 남았다.

"삼십 분 남았습니다. 세시 반입니다."

칼끝으로 성에를 긁어내던 일병이 몸을 틀어 병장을 본다.

"김 병장님, 제가 바보 얘기 하나 할까요?"

병장은 웃었다. 일병도 그냥 따라 웃고, 그리고 이야기를 시작한다.

"옛날에 옛날에, 어떤 마을에 바보가 하나 살았습니다. 그런데 그 바보는 어제나 오늘이라는 건 알겠는데 내일이라는 건 도대체 이해할 수 없었답니다. 오늘은 오늘이 오늘이고, 어제는 어제가 어제인데 내일은 도대체 무엇이 내일인지 아무리 생각해봐도 알 수가 없었답니다."

병장은 담배 연기 너머로 일병을 바라본다. 저 자식도 드디어 미쳐가는군. 그래 미쳐라. 내 사랑하는 쫄따구야. 살짝 미쳐라. 더도 말고 살짝만 미쳐라.

"그래서 바보는 형한테 물어봤답니다. 형, 내일이 뭐야? 그러자 형이 대답했답니다. 야, 이 병신아, 내일도 모르냐? 오늘 밤 자고 나면 내일이지. 그래서 바보는 하룻밤을 자고 나서 형한테로 달려갔습니다. 형, 오늘이 내일이지? 그러자 형이 말했습니다. 이런 빙신, 오늘은 오늘이고 내일은 오늘 밤 자고 난 내일이 내일이라니깐. 그래서 바보는 또 하룻밤을 자고 나서 형한테 똑같은 질문을 했고, 형은 동생의 머리통을 쥐어박으며 똑같은 대답을 했답니다. 바보는 또 하룻밤을 자고 또 하룻밤을 잤으나 기어이 내일은 찾아오지 않았습니다. 그래서 바보는 며칠 동안 곰곰이 생각한 끝에 드디어 한 가지 결론을 얻어 냈답니다."

일병은 말을 멈췄다. 웃으면서 병장을 바라본다. 병장은 고개를 들지 않고 말했다.

"뭔데?"

일병은 바보처럼 웃는다.

"우리에게 내일은 없다! 바보는 그런 결론을 냈답니다. 우리에게 내일은 없다!"

무슨 영화 제목 같구나, 하고 병장은 생각했다. 그녀와 함께 연극 구경을 간 적이 있었지. 〈안나〉라는 연극이었다. 모닥불 가에 둘러앉아 노래를 부르던 독일군 병사. 릴리~ 릴리~. 그 릴리~릴리~ 하는 노랫소리가 들려온다.

밤안개 짙은 거리
가로등 외로워
그대 지금 어디에

다시 보고파 그 불빛 아래
함께 있고파 그 눈빛으로
언젠가처럼 릴리 마를렌
그리운 릴리 마를렌

전쟁의 서곡처럼
나팔이 울리네
이제 이별이라네
잊지 않으리 이별의 눈물을
꿈을 꾸리라 재회의 순간을
그대와 함께 릴리 마를렌
그리운 릴리 마를렌

그녀는 정말 안나처럼 다른 남자 품에 껴안긴 채 나를 그리워하고 있는 건 아닐까? 그러나 인생은 연극이 아니다. 차라리 연극이라면 아름답다고 웃어줄 수 있겠지만. 인생은 연극도 장난도 꿈도 아니다.

난로에서 솟아나온 불빛 기둥 속으로 새파란 담배 연기가 헝클어져 올라간다. 난로에서는 이따금씩 티딕티딕 하는 소리가 난다. 중유통 속으로 눈이 들어간 모양이다. 병장은 불붙은 담배꽁초를 들여다보며, 이 영양가 없는 식품은 왜 끊지 못하는 걸까, 하는 의문에 빠졌다. 인간이 담배를 피우는 이유는 두 가지라고 신병훈련소 교관이 말했었다. 첫째는 태곳적 낙엽을 태우던 혈거부족 시절의 향수를 달래려고. 둘째는 가슴속에 담겨 있는 저마다의 부끄러움을 감추려고. 부끄러움. 그래, 나는 뭐가 부끄러운가? 병장은 난로 뚜껑 틈으로 담배꽁초를 떨구어넣고, 그리고는 눈을 감는다. 스멀스멀 밀려드는 잠 속에서 병장은 걸어간다. 부대 앞 마을에 있는 다방으로 들어선다. 이 마을에 있는 유일한 유흥업소다. 마침 다방은 텅 비어 있었고 여자가 달려나와 병장을 껴안았다. 병장은 품에 안긴 여자의 입술에 제 입술을 포갠다. 여자의 젖가슴이 출렁거리며 가슴팍으로 몰려들었다. 여자를 안아들고 주방 안에 있는 내실로 들어간다. 여자를 담요에 누이고 목덜미에 코를 박았다. 손으로는 허리의 속살을 더듬었다. 여자의 속살은 버터쪽같이 매끄럽고 향기로웠다. 그녀의 풍성한 머리카락이 흘러내려 귓불을 간질인다. 그때 하필 여자를 부르는 소리가 들려온다. 여자는 얼른 팔을 빼고 방을 나선다. 그러나 그는 여전히 눈을 감은 채 여자의 살내가 짙게 배어 있는 담요에 그대로 파묻혀 있다. 안타깝긴 하지만 어쩔 수 없다. 나는 사랑을 하고 너는 장사를 하고. 여자를 부르던 목소리가 다시 들려온다. 중대장이다. 그러나 그것도 또한 어쩔 수 없는 일이다. 병장은 소리 없이 노래를 부른다. 계급이 졸병이라고 사랑에도 졸병이더냐. 담요는 참으로 포근하다.

병장은 방한모 위에 뺨을 누인 채 노래를 부른다. 계급이 졸병이라고 사랑에도 졸병이더냐. 명동의 가오마담 눈물의 순아야. 얼른 여자가 들어오기를 바랐지만 여자는 오지 않고 잠만 억수로 쏟아진다. 하지만 절대로 잠들어선 안 된다. 절대로. 병장은 그래서 가만히 가만히 노래를 불러본다. 길 가는 여대생을 붙잡아놓고 군바리 하소연을 들려줬더니 얼굴을 붉히면서 돌아서서 살짜기 팬티끈을 풀어주더라. 한 번만 더 합시다. 아니 됩니다. 한 번쯤 더 하는 건 좋지요마는 만약에 그 무엇이 생긴다면은 당신은 책임 못 질 군바리고요 나는야 말 못 하는 여대생이요. 병장은 또 노래를 부른다. 어머님 아버님 날 곱게 길러서 해병대에 보내려고 이 자식 길렀습니까. 지옥 같은 훈련에도 이 몸은 살아왔건만, 제대 날짜 손꼽아 기다리는 해병 병장 김종술이라오.

병장이 눈을 감은 채 말했다.

"너 노래할래?"

"……네?"

일병은 창가에 서서 대검을 든 채 병장을 바라보았다. 그러나 병장은 저 혼자 노래를 시작한다. 발바닥을 토닥거리면서 병장이 노래를 한다. 흘러가는 물결 그늘 아래 편지를 띄우고, 흘러가는 물결 그늘 아래 춤을 춥니다. 처—녀, 열아홉 살 아—름, 다—운, 꿈속의 아이 러브 유—. 라이 라이 라이 라이 차차차. 라이 라이 라이 라이 차차차. 당신만이 그리워서 편지를 띄우고, 당신만이 그리워서 핸드플레이 칩니다. 이년아, 제발 꿈속에 나타나 옷을 벗지 말아다오. 이년아, 잘 먹고 잘 살아라. 딸 아들 구별 말고 둘만 낳아 잘 살아라. 저 푸른 초원 위에 그림 같은 집을 짓고 사랑하는 님과 함께 한백년 잘 살아라. 이 빌어먹을 년아. 별장은 살포시 잠이 들었다.

꿈속의 아이 러브 유—. 일병은 대검으로 무르팍을 두드리며 병장이 못다 한 노래를 한다. 당신만이 그리워서 핸드플레이 칩니다…… 일병은 생각한다. 팬티바람 총원 병사 떠나. 손톱 깎는 것까지 명령에 따라 실시하던 훈련소 생활. 그리고, 이 섬으로 전속 명령을 받고 도서 파견대에 대기할 적에. 다섯 달 전이다. 사역이 있었다. 섬에서 후송된 시체를 나르는 일이었다. 전투 수영 훈련중에 익사한 병사의 사체는 나무관에 담겨 있었고, 관은 엘브이티에 실려 있었다. 지독하게도 무거웠다. 여섯이 끙끙대며 들어내렸다. 태극기에 덮인 관은 흰 광목폭으로 묶여 있었는데, 그 광목폭에 꽂힌 장미 몇 송이는 칙칙하게 시들어 있었다. 엘브이티에서 구급차로, 구급차에서 사체부검실로, 사체부검실에서 다시 안치실로, 그러고도 과업은 끝나지 않았다. 신병 네 명은 헌병대 담당관이 시켜다준 자장면을 먹은 다음 안치실 앞에서 밤새도록 정초를 섰다. 전입지에 대한 호기심과 두려움으로 긴장해 있던 신병들은 울고불고하는 유족을 보면서 설사 비겁하더라도 살아서 돌아와야겠다는 결심을 했다. 한 바구니 재배된 국화로 위로받는 병사의 죽음. 그렇게 죽을 수는 없었다. 군용처세술. 강아지풀의 줄기가 질긴 섬유질로 엮여 있는 이유를 그들은 그렇게 깨달았다. 죽지 않는 한 어떠한 고통도 이겨내야지. 고통이란 다가오면서 또 그만큼 지나가는 거니까.

무슨 냄새가 난다. 기름이 새는가? 난로와 엎드려 있는 병장 주위를 살핀다. 방한 파카와 바지. 끌러져 있는 엑스 밴드. 군화와 탄띠. 그러나 이상이 없다. 냄새 날 만한 곳이 없다. 기름 냄새도 아닌데. 요즘 들어 일병은 자신의 코가 이상하다는 걸 알았다. 코는 엉뚱한 냄새를 맡곤 했다. 파밭 가를 지나면서 밀크 비스킷 냄새를 맡기도 했고, 갯벌을 기면서 커피 냄새를 맡기도 했다. 처녀의 살 냄새, 죽은 메뚜기 냄새, 설익은 사과 씨앗 냄새, 말똥구리 똥구멍 냄새, 고추잠자리 알 냄새, 포도 껍질 태우는 냄새 따위가 아무런 이유도 없이 문득문득 후각을 건드린다. 지금도 마찬가지다. 주위에는 냄새 날 만한 건덕지가 없다. 기름 냄새가 아니라면 냄새 풍길 어떤 것도 없다. 일병은 가만히 냄새를 되새김질하며 그 냄새의 정체를 알아내려고 애썼다. 막걸리 냄새 같기도 하고 달걀 노른자 냄새 같기도 하고 시퍼런 칼날에서 풍기는 쇳내 같기도 하다.

일병은 대검을 대검집에 꽂고, 그리고 시계를 본다. 세시 오십오분. 이제 번갈 시간이 오 분 남았다. 시정거리 노출 전역. 파도 소리 가끔.

쏴아아아…….

바람 없음. 인원 병기 이상 무. 근무중 절대 이상 무. 번갈 때까지 계속 근무하겠음.

일병으로서 자원 입대할 적에 가졌던 패기와 의욕은 가뭇하게 사라지고, 오직 오기만이 똘똘 뭉쳐서 부딪치면 깬다는 똥배짱으로 산다. 사는 게 아니라 버틴다고 해야 옳겠다. 죽을 놈이 무슨 짓을 못 해. 내가 사랑이라고 여겼던 모든 것이 이제 살금살금 내 등뒤로 다가와 목을 조른다. 적자를 원하지 않는 세상에서 천박한 여자를 사랑하는 죄. 쌍년. 이제 나는 너를 사랑하지 않겠다. 너만은 그렇지 않다고 얼마나 믿었던가. 이 세상의 모든 위대한 것보다 더 위대한 것은 한 쌍의 남녀가 서로 꾸밈없이 사랑하고, 그리고 그 순결한 몸으로 자신들의 자식을 잉태한다는 것이다. 하늘과 땅, 해와 달, 비와 바람, 물과 공기는 태초에 그걸 위해 마련된 것을. 우리는 그래야 한다고 또 얼마나 다짐했던가. 그래. 나는 결코 생활을 지키려 자원 입대한 건 아니다. 입신양명과 부귀영화를 바라서 해병대 졸병으로 자원 입대한 건 아니다. 이년아, 나는 이제부터 너를 사랑하지 않겠다. 나는 총만을 사랑하겠다.

일병은 소총을 거머쥐었다. 괜스레 눈물이 흘러내린다. 사랑보다 더 아름다운 것이 있다면 그건 눈물이다. 너는 아는가? 사랑이 고통이 되고 고통이 눈물이 되고 눈물이 다시 사랑이 된다는 삶의 삼단논법을. 이 병사의 통찰을. 사랑을 하려거든 불같이 뜨겁게 하고 돌아서 헤어질 땐 미련도 후회도 버려라.

일병은 멀리 바라보았다. 고요하다.

쏴아아아…… 쏴아아아…….

파도 소리만이 들려온다. 일병은 평화를 느꼈다. 바라볼 수 있는 것을 바라본다는 것. 바라볼 수 없는 것까지 다 바라본다는 것. 그것은 그 얼마나 큰 평화인가. 일병의 평화로운 마음의 벌판으로 천천히 눈송이가 떨어져내린다. 불같이 뜨거운 눈송이다.

소리가 들린다. 멀리서 눈 밟는 소리가 들려온다. 발전실과 수송반 내무실 곁을 돌아 다음번 근무자 두 사람이 걸어오고 있었다. 일병은 숨을 들이마시고, 뜨거운 눈물을 들이켜고, 그리고는 앞에총을 하며 수하 요령을 연습했다.

"정지! 움직이면 쏜다! 창살!"

오늘의 암구호는 '창살'과 '부처'다. 일병은 창살과 부처를 되뇌며 저편에서 다가오는 두 병사를 바라보았다. 그리고 병장 곁으로 다가갔다. 병장을 깨워야 한다. 잠든 병장을 깨워야 한다.

소묘 이후

춥고 눈 많은 겨울 어느 날 나는 서울역 광장에 나가 이현주라는 처녀를 만났다.

내가 월간 문예지를 통해 발표한 「소묘」라는 단편소설을 읽고 전화했다는 그 처녀는 약속한 정확한 시각에 서울역 광장 시계탑 아래에 서서 나를 기다리고 있었다. 그녀의 붉은 뺨과 흰 입김, 그리고 그 둘을 감싸고 있는 색동 털장갑, 흰 눈을 밟고 있는 마귀할멈 구두, 그런 것들이 한데 어울려 나는 마치 그녀를 만나기 위해 동화 속의 한 장면으로 들어선 기분이었다. 우리는 서울역 그릴에서 치즈샌드위치를 먹고 홍차를 마시고, 그리고 서울역에서 출발하는 교외선 열차를 탔다. 썰렁한 열차 안, 기다란 좌석의 한쪽 끝에 나란히 붙어앉아 우리는 차창 밖에 펼쳐진 눈 덮인 철로변 풍경을 바라보며 어서 열차가 떠나기만을 기다렸다.

이윽고 열차가 덜컹, 하고 움직이자 처녀는 온몸을 통해 기우뚱하며 자신의 어깨를 내 어깨에 부딪쳐왔다. 내게로 기울었던 몸을 제자리로 추스르며 싱긋 웃더니 처녀는 입을 열었다.

"저는요……."
하고 그녀는 말했다.

그녀는 영등포에 있는 어떤 개인회사 사무실에서 경리사원으로 일하고 있다. 나이는 스물, 자신의 나이를 말할 때 그녀는 내 눈을 골똘히 살폈다.

"어리죠? 아주 어려요. 너무 어리죠?"
하고 묻고 또 물었다. 그녀의 이름이 이현주라는 것은 일찍이 알았지만, 그밖에는 아직 아무것도 그녀에 대해 아는 게 없다. 우리는 그릴에 앉아 홍차를 마시면서 「소묘」라는 작품에 대해서 말했다.

"그 소설은 조준호라는……"
라고 말하다가 나는 멈췄다. 그녀로서는 조준호라는 사관 생도만이 아니라 내가 조준호라는 사관 생도 때문에 「소묘」라는 작품을 썼다는 사실을 이해할 리 없었다. 그녀는 어제 저녁 내 소설집을 샀다고 했고, 나는 재미있더냐고 물었다. 그녀는 아직 읽지 않았다면서 꼭 날짜를 정해둔 것은 아니지만 하여튼 어느 때까지는 절대 그 책을 읽지 않을 작정이라고 내게 말했다. 나는 묘한 느낌이 들었지만 그 이유를 캐묻지 않았다.

처녀는 서양 수도사들이 입는 외투같이 커다란 모자가 달린 검은색 외투를 입고 있었고, 그 외투의 앞자락 틈으로 은박 물린 청색 털목도리가 보였다. 나는 가죽장갑을 벗어 주머니에 넣었다. 그 다음 일상적인 인사말과 그녀의 신상에 관한 질문을 던졌다. 그러면서 줄곧 그녀의 입술을 바라보았는데, 하얀 앞니 사이로 조금씩 나왔다가 사라지고 나왔다가 사라지고 하는 붉고 뾰족한 혀끝이 아주 보기 좋았다. 경기도를 들어선 열차가 행주와 능곡의 눈 덮인 논밭을 가로지를 때까지 우리는 아주 낮고 빠른 목소리로 이야기를 계속했다. 열차는 작은 역도 빼지 않고 잠깐씩 정차했지만 내리고 타는 승객은 없고 단지 흰 김덩이만이 열차에서 쏟아져내렸다.

"전표산은 잘하나요?"

하고 나는 물었다. 우리는 둘 다 상업고등학교 출신이었기 때문에 전표산뿐만 아니라, 은행부기, 공업부기, 상업대요 하는 교과목 이름도 잘 알았다. 나는 한쪽 손가락으로는 주판알을 튕기며 한쪽 손가락으로는 전표를 넘기는 열여덟 살짜리 남자의 절망에 대해 말했다. 그래서 소설책을 마구 읽었다고 말했고, 아마 인문계 고등학교에 다녔더라면 소설에 대한 욕심을 잊었을지도 모른다고 덧붙여 말했다. 그녀도 그런 셈이다. 그녀는 자신이 대학에 가지 못한 사정과 그렇지만 꼭 글을 써야겠다는 각오와, 최근 자신과 함께 문학 모임을 결성한 언니들에 대해 낱낱이 말하고 나서, 자신은 돈을 모아 대학에 갈 계획인데 그때 국문학과에 가야 할지 문예창작과에 가야 할지, 나로서는 걱정 같지도 않은 걱정을 퍽 오랫동안 심각하게 말했다.

우리는 의정부역에서 교외선 열차를 내려 서울역으로 돌아가는 국철을 탔다. 열차를 타기 위해 바싹 붙어 층계를 걸어 내려오면서 나는 경쾌한 목소리로 무인 포스트에 대해 말하기 시작했다.

"검은 가죽장갑을 끼고 또 검은 외투에 검은 중절모를 쓴 한 사나이가 걸어갑니다."

하고 나는 시작했다.

"그 사나이는 바다가 내려다보이는 소나무 숲으로 들어갑니다"

까지 말하자 그녀는 좀 놀란 표정을 지었다.

"무인 포스트예요. 소나무 숲속 S자 형으로 구부러진 소나무 밑둥녘, 소나무 껍데기를 벗기면 그곳이 무인 포스트. 그 안에는 돌돌 말린 종이쪽지가 있지요. 그게 난수표거든, 난수표. 알지, 난수표?"

처녀는 안다는 눈빛으로 웃었다. 나는 더 할말이 없었다. 그래서 어느 산골에 사는 아낙네가 오소리를 잡았다는 이야기를 말하기 시작했다. 아낙네는 잡은 오소리를 팔러 장에 가는 길에 사돈댁을 만났다. 사돈댁이 아이는 잘 크느냐고, 외손자의 안부를 묻는다. 그러자 오소리 생각에 골몰해 있던 아낙네는 냉큼 '때려잡았지요' 하고 말했다. 그런 이야기인데 이번에는 처녀가 웃지를 않았다. 나는 다시 오리 이야기를 꺼냈다. 오소리와 비슷한 어감을 가진 오리가 금방 뇌리에 떠오른 것은 연상작용 때문이었다. 그 오리 이야기는 군대에서 있었던 일이다. 내가 군대에 있을 때에는 그 오리 이야기로 자주 웃었다. 그런데 그녀는 재미가 없는 모양인지 이번에도 별 반응이 없다. 하는 수 없이 나는 군대 이야기를 장황하게 펼쳤다.

지하철 노선으로 들어선 열차는 방학역을 지나고 창동역을 지나고 녹천역을 지나고 월계역을 지났다. 내 이야기가 장황해서 사변적으로 늘어지자 처녀는 따분해했고 나는 처녀에게 몹시 미안한 처지가 되어 안절부절못했다. 이번에는 밀봉 교육에 대해 말한다.

"국경을 넘나들며 간첩 활동을 하는 사람들 교육 과정 가운데에는 은폐, 엄폐에 관한 교육이 아주 중요합니다. 우리나라처럼 산악 국가인 경우, 특히 국경이 산악 지역에 위치한 나라에서는. 그런데 그중에 아주 대단한 게 있거든요. 재미있는 게……."

그녀는 스포츠신문을 산다.

"그들은 고목 둥치 속에도 숨고, 동굴 속에도 숨고, 바위틈에도 숨고, 관목이나 풀포기 밑 땅속에 숨기도 한다는 거지요. 간첩의 밀봉교육 가운데 마지막 과정이 바로 그런 건데, 자신의 존재를 완벽하게 숨기는 것이랍니다. 그 과정을 통과해야지만 간첩으로서의 자격이 주어진답니다. 간첩의 졸업시험인 셈이지."

나는 말을 하면서도 스포츠신문을 뒤적이는 처녀와 맞은편에 거만한 표정으로 앉아 있는 청년을 번갈아 훔쳐보았다. 대학생인 듯한 그는 지난밤 밤새워 공부를 했던 모양이다. 그러고도 모자라 새벽에 잠깐 눈을 붙인 뒤 다시 책상에 매달렸던 게 틀림없다. 열심히 공부하고 난 사람의 오만이 그의 몸짓과 표정에 역력히 드러나 보인다. 아마 그의 눈에는 이 열차 안에 있는 승객들 모두가 하찮은 인간으로 보일 것이다. 밤새도록 어려운 책을 독파하고 나면 누구나 그런 허황한 자만에 빠질 수 있다. 내가 밤새도록 공부할 때 너희들은 겨우 잠이나 자지 않았느냐 하는 거만함이 그의 내리깐 눈과, 굳게 다문 입과, 치켜세운 턱, 그리고 낡은 책가방을 움켜쥔 두 손과 당당하게 벌린 두 다리에서 여실히 드러나 보인다. 나도 한때는 그런 조잡한 기분에 빠진 적이 있었다. 하지만 내가 읽은 책은 법률 서적이나 경제학 서적이 아니라 소설이었기 때문에 그처럼 눈을 내리깔지는 않았다.

"그래서요?"

하고 그녀는 건성으로 물었다.

"열이면 아홉은 이 마지막 테스트에서 탈락하고 말아요. 왠가 하면 교관들 자신이 이미 뛰어난 간첩이기 때문이지. 테스트는 대개 지정된 어느 일정한 산악 지역에서, 두 시간 만에 자신의 은신처를 마련할 것과, 그곳에서 사십팔 시간 동안 교관에게 발각되지 않고 버티는 거지요. 생쌀과 적은 양의 물로 연명하면서. 그런데 어느 탁월한 사나이는 사십팔 시간이 지나고 다시 사십팔 시간이 지나도록 발각되지 않았답니다. 모든 교관들이 눈에 불을 켜고 뒤졌지만 그는 꼬박 사흘 밤낮을 자신이 마련한 은신처에서 생쌀을 씹으며 버티었답니다."

처녀는 신문에서 눈을 떼고 나를 보았다.

"진짜예요. 그거? 진짜?"

하고 묻는다. 이런 질문을 받으면 내 이야기는 거의 성공한 것이나 진배없다.

"그 사나이는 사흘 만에 소똥 밑에서 당당하게 나왔습니다. 그는 숲이나 바위틈이 아닌 한길 가운데 있는 소똥 밑에 자신의 은신처를 마련했던 거지요. 그러니 누가 그를 잡아낼 수 있겠어요."

하고 나는 지친 표정으로 스포츠신문을 들고 있는 처녀를 바라보았다.

"소똥이요?"

하고 그녀가 또 물었다.

"예, 소똥 밑에. 아무도 생각할 수 없는 곳."

우리는 그날 흰 눈 덮인 서울역 광장에서 헤어졌다. 헤어질 때 그녀는 색동 털장갑을 벗고 나는 가죽장갑을 벗고 악수를 나누었다. 내가 다시 장갑을 끼고 있는 동안 커다란 모자가 달린 검은 외투는 다시 돌아섰다.

"선생님, 저를 기억해주세요."

하고 그녀가 내게 말했다. 그러면서 자신의 이름을 서너 번 되풀이해 일러주었다.

"제 이름은 이현주예요. 이현주. 언젠가 제가 쓴 글을 읽게 된다면 제게 연락해주세요. 그럼 그때 제가 아주 좋은 차를 대접해드릴게요."

"그래요. 좋은 글을 쓰세요."

하고 내가 웃으면서 대답했다.

"그럴게요. 안녕히 가세요."

그리고 우리는 헤어졌다.

우리는 그 뒤로 서로 연락하지 못했다. 그러니 어쩌면 우리는 영원히 헤어졌는지도 모른다. 나는 지금 이현주라는 그 처녀가 아직도 글을 쓰려는 생각을 가지고 있는지도, 또 내 소설집을 읽었는지 안 읽었는지도 알지 못한다. 그래도 가끔씩은 이현주라는 스무 살 난 처녀를 생각하고, 그럴 때마다 언젠가는 그녀가 쓴 글을 읽게 되리라 생각한다. 그녀를 만나 그녀와 함께 아주 좋은 차를 마실 수 있을 거라고 믿는다.

요시코의 편지

요시코가 진정으로 가고 싶어했던 곳은 어쩌면 「묵호를 아는가」라는 소설 속에 나오는 묵호와 같은, 산다는 것을 대수롭지 않게 여기는 곳이었는지도 모르겠다. 요시코는 그곳을 찾아 나섰던 것인지도 모르겠다. 그래서 내게 편지를 했던 것은 아닌지. 그 글을 쓴 내게 매달려 '행복' 이라는 것을 향해 손을 뻗어보고 싶었던 것은 아닌지.

자신을 일본인 독자라고 밝힌 한 일본 여인의 항공편지가 내게 전해진 것은 지난해 봄이었다. 수취인 난에는 「묵호를 아는가」라는 소설 제목이 내 이름과 함께 적혀 있었다. 그러니 그 편지는 단순한 내가 아니라 「묵호를 아는가」의 작가인 내게 보내는 편지였다. 수취인 주소 위쪽에 붙어 있는 우표가 몹시 인상적이었다.

우표 속에는 기모노 차림의 여인이 무릎 꿇은 자세로 등을 보이고 앉아 있었다. 여인은 틀어올린 풍성한 머릿단을 가는 끈으로 졸라묶어 흰 살결의 옆 얼굴과 목덜미, 그리고 등의 윗부분을 드러내고 있었다. 기모노의 빛깔은 화사한 벚꽃 빛으로 여인은 알몸 위에 그 화사한 벚꽃 빛 기모노만을 두른 듯했다. 오른손에는 부채를 들고 왼손으로는 바닥을 짚은 채 물빛 방석 위에 비스듬히 꿇어앉아, 여인은 아무것도 바라보지 않는 듯한 눈으로 무언가를 바라보고 있었다. 희고 섬세한 두 짝의 맨발이 기모노 자락 밖으로 밀려나와 발바닥 두 쪽과 발가락 열 개가 고스란히 드러나 보였다.

그 그림의 우표는 60엔짜리, 그 옆에 붙은 10엔짜리 우표 두 장에는 노란 국화가 한 송이씩 피어 있었다.

편지는 내 작품이 맨 처음 발표된 그 계간 문예지를 발행하는 출판사로 배달되었다. 편지를 내게 전해준 출판사 편집장은 배달된 지 벌써 보름이 지났다고 말해주었다. 나는 출판사 편집실 책상 사이에 서서 편지봉투를 뜯었다. 봉투 속에서 튀어나온 편지지도 화사하기는 마찬가지였다. 목련을 그린 듯한 커다랗고 현란한 꽃 그림이 편지지 하나 가득 흐벅지게 피어 있었다.

편지를 읽는 나를 보면서 편집실 사람들은, '연애편지예요?' 하고 다들 웃었다. 나도 와하하 웃으며, '완전히 연애편진데요' 하고 그들을 마주 보며 웃었다.

4월 20일.

심 선생님께.

안녕하십니까? 저는 小木曾佳子라고 합니다. 일본의 독자입니다. 지금 대한항공에서 근무하고 있습니다. 일본 후쿠오카 공항이 제 근무지입니다. 현재 27살입니다.

저에게도 선생님이 소설가를 목표로 노력해오신 것과 같이 꿈이 있는데, 아무리 노력을 하더라도 실현 못 할지도 모른다고 생각들 때도 있습니다. 그때 선생님의 소설 「묵호를 아는가」의 묵호와 같은 곳으로 가보고 싶어집니다. 산다는 것을 대수롭지 않게 느끼는 곳으로. 그런데 묵호란 도시는 한국에 실재합니까? 궁금합니다. 동해 바다라면, 우리 일본인이 일본해라 부르는 바다이시죠. 한 번만이 한국측에서 본 적 있습니다. 묵호가 실재한다면 가보고 싶습니다.

저는 그 소설 중에서도 '연희에게는 진실만으로는 차지할 수 없는 것은 아닐까 조바심치게 하는, 그런 아름다움이 있다'는 문장에 깊이 납득했습니다.

저는 대한항공 직원인 줄을 자랑스럽게 느끼면서 근무하고 있습니다. 공항에서의 일은 무척 좋아합니다.

만약 선생님께서 시간이 있으시면, 묵호에 대해 편지해주시면 감사드리겠습니다. 다행입니다.

P.S. 항상 건강하시길 빌습니다.

나는 곧바로 답장하지 못하고 스무 날도 더 지나서야 겨우 답장을 보냈다. '小木曾佳子'라는 그녀의 이름을 우리말로 읽을 수 없었기 때문에 난처하긴 했지만 그냥 '佳子'라고 썼다. 나는 묵호의 위치를 설명하기 위해 편지지 뒤편에 지도를 그렸다. 우리나라를 중심으로 하여 일본 열도와 중국 동부를 그리고, 그 지도에다가 도쿄와 후쿠오카, 평양과 서울, 그리고 묵호를 표시했다.

佳子님께.

출판사에서 편지를 전해받은 것이 지난 5월 13일, 곧 답장하고 싶었지만 그 뒤로 대단히 바빴습니다. 출간 준비하고 있는 작품집의 작품을 정리하고, 예비군 훈련을 받고, 그러고는 진탕 술을 마시느라 미처 답장하지 못했습니다. 겨우 오늘에야 책상 앞에 돌아와 편지를 씁니다. 일 주일 동안 마신 술이 깨느라 속이 쓰립니다.

맨 처음 받아보는 독자의 편지가 다른 나라에서 날아왔다는 사실에 저는 깜짝 놀랐습니다. 물론 기쁨이 뒤엉킨 놀람이지요. 멀리서 편지 보내준 佳子님께 감사드리며, 무엇인진 알지 못하지만 佳子님의 꿈이 꼭 실현되길 빕니다. 꿈이 실현되더라도 얼마든지 묵호에 올 수 있기 때문이지요. 묵호는 실재하는 곳입니다. 해수욕장과 계곡이 함께 있는 곳으로서 찾아오는 사람이라면 언제나 반갑게 맞이하는 곳입니다. 그곳은 저의 고향이고 지금은 동해시로 지명이 바뀌었습니다.

제 글을 읽고 편지를 보내준 사람에게 편지를 쓰는 지금, 이 순간이야말로 제가 오랫동안 기다렸던 순간인 것 같습니다. 저는 태어난 그날부터 오직 작가가 되기만을 목표로 살아왔다 하겠습니다.

다음번 편지를 쓸 적에는 가능한 한 제 작품집을 함께 부쳐드릴 수 있었으면 합니다. 또한 빠른 시일 안에 제 글이 일본에서도 번역 출판되기를 바랍니다. 다니자키 준이치로(谷崎潤一郎)와 다자이 오사무(太宰治), 나쓰메 소세키(夏目漱石)와 아베 고보(安部公房) 같은 분들은 제가 좋아하는 일본 작가들입니다. 모두 독특한 문학 세계를 가지고 있는 작가들이죠.

다시 한번 편지해주신 데 대해 감사드리며, 그 훌륭한 편지는 앞으로도 글을 쓰며 살아갈 저의 생활에 큰 격려가 되었음을 전해드립니다.

답장을 할 때 집 주소를 적었기 때문에 일본에서 날아온 두번째 편지는 집에서 받을 수 있었다. 내가 답장을 보낸 지 채 일 주일이 지나지 않은 어느 날이었다. 편지지 속에는 사연과 함께 그녀의 사진도 들어 있었다. 뜻밖이었다.

6월 11일.

안녕하십니까? 9일에 답장을 잘 받았습니다. 정말 감사합니다. 이것은 뜻밖이었습니다. 선생님한테서 답장을 받을 수 있으리라고는 못 믿어져 있었습니다. 참 다행스럽게 생각합니다. 묵호에 대해 지도를 그려서 답해주셔서 감사합니다. 선생님의 고향이기도 한 묵호에는 언젠가 가보고 싶습니다.

선생님께서는 일본 작가의 작품을 통해 일본에도 관심이 있으신 것을 알고 친근감을 선생님께 가져집니다.

제 꿈은 번역자가 될 것입니다. 나이를 많이 먹었을 때는 이것만을 하고 지내고 싶습니다. 지금 한국 소설을 일본어로 소설답게 번역할 만한 실력은 없는 것 같습니다. 한국의 신문이나 회사의 업무 서류 등은 완전히 할 수 있는데 이들과 소설은 커다란 차이가 있는가 봅니다. 그렇기 때문에 한국에서 지내고 싶습니다. 공부를 하기 위해. 그러니 맨 눈앞의 목표는 대한항공 서울 본사 혹은 김포공항에서 근무하는 것입니다. 저는 이것만을 생각하면서 후쿠오카 공항에서 근무하고 있습니다.

직장에서는 분한 일도 많지만 목표를 갖고 있으니 참을 수 있습니다. 대한항공에서의 제 일은 오전엔 탑승 수속과 안내 방송, 오후엔 서울 본사에서 드러온 전문 메시지와 업무 문서 번역입니다. 대한항공에서의 일도 좋아합니다. 빨리 서울에서 근무할 수 있게 되고 싶습니다.

선생님께서 태어나신 그날부터 작가가 되기만을 목표로 살아오셨다고 하셨는데, 그 헤아릴 수 없는 많은 노력에 대해 진심으로 경존합니다.

그런데 제 고향은 나고야의 이웃 도시 기후(岐阜)이며 후쿠오카에서는 혼자 살고 있습니다. 원래 저는 혼자 있기를 좋아하는 성격인데도 무척 울적하고 속이 상할 때가 있습니다. 제 생활에 선생님의 편지는 얼마나 큰 기쁨과 위로인지 모릅니다. 앞으로도 선생님께서 편지해주시길 바랍니다.

제 사진을 부칩니다. 예쁘지요? 이 사진 제가 가장 예쁘게 찍힌 것이며, 게다가 지금 그때보다 조금 살쪄, 머리도 짧게 되어, 파마도 떨어져, 이 사진보다 못생긴 저를 상상하셔요. 항상 건강하시길 빌습니다.

저도 선생님의 작품이 일본에서 출판되기를 희망합니다. 편지 정말 감사합니다.

예쁘지요? 하고 그녀가 편지 속에서 말했듯이 사진 속의 여인은 상당한 미인이었다. 대한항공 기내에서 찍은 사진이었다. 동그란 창이 보이고, 의자 등받이에는 'KOREAN AIR'라고 쓰인 흰 덮개가 덮여 있었다. 사진 속의 여인은 의자에 앉아 웃고 있었다. 앞머리는 눈썹께까지 빗어내리고 뒤에서 핀으로 묶은 뒷머리를 어깨까지 늘어뜨린 여인이 정면을 바라보는 사진이었다. 볼과 어깨는 야윈 듯싶었지만 검은 두 눈은 선명했고, 붉고 작은 입술 속으로 치열 고른 치아가 드러나 보였다.

하지만 편지 내용에는 어쩐지 나를 당황케 하는 행간의 의미가 스며 있었다. 그 부담스러운 행간의 의미 때문에 나는 답장하지 못했다. 그렇게 한 달이 훌쩍 지난 어느 날 일본으로부터 세번째 편지가 왔다. 놀라웠지만 반가웠다. 요란할 만큼 현란한 꽃봉투에는 1엔짜리, 2엔짜리, 5엔짜리, 10엔짜리, 62엔짜리 우표가 줄지어 알록달록하게 붙어 있었다. 그 속에 든 편지지도 알록달록하기는 마찬가지였다.

7월 16일.

지금 선생님의 편지를 기다리고 있는 중입니다. 제가 6월에 부쳐드린 편지는 받을 수 있었습니까? 제 편지의 글씨 말씨가 안 좋아서, 저에게 편지를 해주신다는 생각이 없어져 계신지도 몰라서 걱정됩니다.

고향에 있는 여동생과 DIORISSIMO(향수)와 岡村孝子(가수)를 교환했습니다. 지금 제가 가장 좋아하는 岡村孝子의 노래를 듣고 있는 중입니다. 오늘 여동생한테서 받았습니다. 그녀의 노래를 들으면, 어쩌면 행복한 마음이 돼요. 아픈 마음도 편하게 돼요.

하여튼 한국어를 열심히 하겠습니다. 요즘은 어떻게 지내십니까? 올해 여름에는 묵호로 가시겠습니까?

나는 답장을 썼다.

6월 11일자 편지와 그 속에 든 사진, 그리고 7월 16일자 편지는 다 잘 받았습니다. 특히 6월 11일자 편지와 사진은 상당히 과분한 선물이었습니다. 그 과분한 선물이 지금까지 답신을 쓰지 못하게 저를 압박한 것 같아요. 저는 단지 작가와 독자로서 서신이 오갈 수 있었으면 합니다. 그보다 더 좋은 인연은 없으리라 생각됩니다. 그런 생각 때문에 이제껏 게으름을 부리다가 이제야 답신을 씁니다.

제 편지가 佳子씨의 생활에 기쁨이 됐다니 그건 참 큰 보람이었습니다. 더욱이나 사진까지 보내줘서 고맙습니다. 대단히 매혹적인 여인이라는 인상을 가졌습니다.

제 작품집 출간은 늦어질 전망입니다. 책을 내는 일은 전적으로 출판사 소관이니까 저로서는 어쩔 도리가 없습니다. 그래서 그 동안 묵호에 다녀올 생각입니다. 모래쯤 떠날 예정인데, 조용히 묵호의 여름을 머릿속에 스케치할 생각입니다. 그 스케치로 묵호에 대한 글을 또 한 편 쓸까 계획중입니다.

저번에 발표했던 「묵호를 아는가」라는 작품은 2년 전에 쓴 글입니다. 저는 그 글에서 패총(貝塚)과 같은 우리나라의 현실을 그리려 했고, 이 분단된 나라의 젊은이들이 가지고 있는 무기력과 냉소주의를 들추어 꼬집으면서 민족주의적 차원에서 통일을 모색해야 한다는 뜻을 숨겨두었습니다. 그 소설의 공간적 배경이 이 바닷가라는 사실도 중요한 의미를 지닙니다. 날마다 다시 시작하는 그 바다 언저리에서 펼쳐지는 영혼결혼식은 다 치밀한 소설적 장치입니다. 그러나 그런 메타포를 올바로 지적하는 이가 드뭅니다. 더욱이나 어떤 이는 그 작품을 일본식 사소설로 읽어서, '이 작가가 이러한 글을 쓴 것은 작가 자신의 불행한 결혼과 이혼 때문이다' 라고 말하기도 합니다. 저는 아직 미혼인데 말입니다. 한심하다는 생각을 합니다.

편지에 쓰신 대로 佳子씨가 한국어문 번역가가 되려고 공부하고 있다니 저로서는 상당히 훌륭한 독자를 사귀게 된 셈입니다. 부디 그 뜻을 이루시기 바라며, 오랫동안 좋은 벗으로 지냈으면 하는 바람입니다.

내 답장에 이어 곧 佳子의 편지가 바다를 건너왔다. 속이 훤히 들여다보이는 투명한 봉투에 62엔짜리 튜울립과 62엔짜리 수선화와 20엔짜리 백합 우표가 나란히 붙어 있는 편지였다. 편지지를 펼치자 그곳에는 국화 송이가 만발해 있었다.

8월 3일.

심 선생님께.

어제 답신을 잘 받았습니다. 정말 감사합니다. 지난번에 편지를 부치고 나서부터 죽 기다리고 있었습니다.

직장에서 며칠 전에 좋은 일이 있었습니다. 믿어지지 못할 만큼 놀랐습니다. 소장님께서 저를 불러, 아직 직장의 누구에게도 말하지 말라고 하시며, 지금 서울 본사에서 저에 대한 움직임이 있으니 좀더 기다려보라고 하십니다. 이것은 서울 근무를 의미하는 것이었습니다. 그러나 제 근무 연수가 아직 얼마 안 되기 때문에 가능성은 10퍼센트 정도라고, 너무 기대하거나 뜻대로 되지 않아도 실망하지 않도록, 이라고 하셨습니다.

요즘 소장님의 책상 위에 제 이력서 사본이 있거나 마치 면접 시험과 같이 소장님한테서 '몇 살이 되었어?' '결혼은?' 등 질문이 있었으니, 저도 이상하게 생각하고 있었습니다. 10퍼센트라 해도 저는 이제 너무 기대해버리고 있습니다. 선생님께서도 제발 좋은 결과가 되도록 하느님께 부탁해주십시오.

선생님께서 제가 목표를 달성하기 위한 도움이 되어주시겠습니까? 정말? 그러면 편지를 해주십시오. 앞으로도 계속 계속. 선생님의 답신은 저에게 커다란 용기와 자신을 줍니다. 마음도 밝아져서 근무로 피곤한 몸도 가벼워지고 내일도 빨리 회사로 가고 싶어집니다.

어제 편지로 선생님께서 묵호로 떠나신 것을 알았습니다. 묵호의 여름은 어땠습니까? 머릿속에 많이 스케치하셨습니까? 하루라도 빨리 답신 부쳐주시기 바랍니다.

그러고 나서 나는 연이어 두 통의 편지를 부쳤다.

늘 마음 쓰고 있으면서도 아직 편지하지 못했습니다. 앞으로는 자주 편지하도록 하겠습니다. 부담없는 마음으로 할 생각입니다. 꽃 이야기를 해도 좋고 날씨 이야기를 해도 좋고, 제가 읽은 책이나 제가 본 영화에 대한 이야기라도 쓸 생각입니다.

저는 얼마 전 한국에서 번역 출판된 무라카미 하루키(村上春樹)의 소설 『노르웨이의 숲』을 읽었습니다. 그 소설은 어쩐지 이전에 보았던 일본 소설의 분위기를 느끼게 합니다. 시바다 쇼오(柴田翔)의 『그래도 우리들의 나날……』과 이시하라 신타로(石原愼太郎)의 『태양의 계절』 같은 작품도 떠오르고, 또 다자이 오사무의 「사양(斜陽)」이나 다니자키 준이치로의 『치인(癡人)의 사랑』과 같은 작품에 비교하면서 읽었습니다. 『노르웨이의 숲』은 그중 가장 예술성이 낮습니다. 예술성으로 우열을 가린다면 다니자키가 으뜸이고, 다음엔 다자이, 이시하라, 시바다의 순입니다.

일본인 이름의 발음은 독특하기 때문에 외국인으로서는 어설프게 읽을 수 없을 것 같습니다. 저는 아직 小木曾佳子라는 이름을 우리말로 읽을 줄 모릅니다. 그러니 다음번 편지에는 자신의 이름을 한국어로 표기해주시기 바랍니다.

훌륭한 외국어문 번역자가 되겠다는 꿈을 이루기 위해서는, 어렵겠지만 우선은 번역을 시작해야 하고, 가능한 한 문학 작품을 많이 번역하는 공부가 필요할 겁니다. 한 나라나 한 민족의 정신과 사회, 그리고 말과 글은 무엇보다도 그들의 문학 작품에 녹아 있기 때문입니다. 꿈을 실현하는 방법은 꿈과 싸우는 훈련을 거듭하는 것이에요. 두렵다고 다가가지 않는다면 꿈은 영원히 꿈으로 남게 될 테니까 말입니다. 자신이 한 발짝 내디딜 때마다 꿈과 자신의 거리가 한 발짝만큼 줄어든다는 사실을 명심하셔야 할 겁니다.

제가 좋아하는 일본의 시로는 다카무라 고타로(高村光太郎)의 「지에코쇼(智惠子抄)」가 있습니다. 아주 슬픈 시지요. 그리고 아주 아름다운 시입니다.

인기척 하나 없는 구쥬우구리(九十九里) 모래밭의
모래에 앉아 지에코는 논다.
무수한 친구들이 지에코의 이름을 부른다.
지이, 찌, 지이, 찌, 찌이—
모래에 조그만 발자국을 남기며
물새가 지에코에게 다가온다.
입 속으로 항상 무어라 하고 있는 지에코가
두 손을 쳐들고 되부른다.
지이, 찌, 찌이—
두 손의 조가비를 물새가 조른다.
지에코는 그것을 차르르 던진다.
떼지어 날아오르는 물새를 지에코가 부른다.
지이, 찌, 지이, 찌, 찌이—
인간살이 깨끗이 버리고
이미 천연의 저편으로 가버린 지에코의
뒷모습이 외로이 보인다.
두 마장이나 떨어진 방풍림의 저녁해 속에서
송화가루를 맞으며 나는 언제까지나 서 있다.

또 사이조오 야소(西條八十)의 「밀집모자」라는 시도 좋아합니다.

어머니, 나의 그 모자 어떻게 되었을까요?
그래요. 여름에 우스이에서 기리즈미로 가는 길에, 계곡에 떨어뜨린 그 밀짚모자 말이에요.
어머니, 그것은 좋은 모자였어요.
나는 그때 정말 분했어요.
그러나 갑자기 바람이 불어온걸요.
어머니, 그때 저쪽에서 젊은 약장사가 왔었지요.
감색 각반에 장갑을 낀.
그리고 주우려고 몹시 애를 썼지요.
그러나 끝내 주울 수 없었지요.
굉장히 깊은 골짜기인데다 풀이 키만큼이나 자라 있었으니까요.
어머니, 정말 그 모자는 어떻게 되었을까요?
그때 옆에 피어 있던 둥근 백합꽃은
벌써 오래 전에 시들었겠지요.
그리고 가을에는 회색 안개가 그 언덕을 감싸고,
그 모자 밑에는 밤마다 귀뚜라미가 울었는지도 모르지요.
어머니, 그리고 틀림없이 지금쯤은
오늘 밤에는 그 골짜기에 조용히 눈이 내려 쌓이겠지요.
옛날에 번쩍번쩍 빛나던 그 이탈리아 밀짚모자와 그 안에 내가 쓴 Y.S라는 머리글자를 메우듯, 조용히 그리고 쓸쓸하게.

저에게는 한국어로 번역된 일본 시집이 여러 권 있습니다. 그러나 아직 일본어로 번역된 한국 시집이 어떤 것이 있는지 보지 못했습니다. 일본어로 번역된 한국 시집이 있다면 그것을 한 권 보내주시기 바랍니다.

제가 일본어를 모른다는 것이 참으로 안타깝습니다. 일본어를 잘 알았다면 훨씬 많은 도움이 될 텐데 말입니다. 이만 그칩니다.

또 한 통의 편지를 부칩니다. 제 책상 위를 보니까 佳子씨에게 쓰던 편지가 있습니다. 쓰다가 만 것이지요. 완성되지도 않았고 부치지도 않은 편지입니다. 지난 8월 15일경에 쓴 것이니까 아마 격정적인 심정에서 시작했고, 그래서 다 마치지 못한 모양입니다. 그 편지의 내용을 이곳에 옮겨 적습니다.

저는 오늘 텔레비전의 8·15 특집 다큐멘터리를 보았습니다. 텔레비전에서는 '하코다데' 라는 말이 자주 언급되었습니다. 佳子씨는 하코다데를 아십니까? 하코다데는 일본 북쪽 홋카이도에 있는 도시의 이름입니다. 하지만 한국인들이 기억하는 하코다데는 설움과 치욕의 땅입니다. 일본군에 의해 강제로 끌려간 수많은 한국인들이 짐승 같은 취급을 받으며 강제 노동을 했었고, 그리고 죽어간 곳입니다. 또한 일본군은 많은 한국 처녀들을 납치하여 일본군 위안부로 만들었습니다. 매춘병에 걸린 한국 처녀가 미쳐서 알몸으로 하코다데의 거리를 헤맸다고, 지금 하코다데에 살고 있는 일본 노인이 카메라 앞에서 증언합니다. 그렇게 끌려간 한국 여인이 십만 명이나 된다고 합니다. 대개는 열두 살이나 열세 살, 때론 아이를 둔 서른 살의 여인도 있었다 합니다.

佳子씨는 '정신대' 라는 기괴한 이름을 들어본 적이 있는지요? 그 일본군 위안부의 공식 명칭이 정신대입니다. 하코다데뿐만이 아닙니다. 일본군이 있는 곳이라면 어디에나 그 가련한 여인들이 있었습니다. 사할린에서 오키나와까지, 필리핀과 말레이지아의 밀림에까지 그 가련한 처녀들이 있었습니다. 그 가련한 처녀들은 대부분은 거기에서 죽었습니다. 죽지 않은 사람은 평생 동안 악몽을 안고 살아야 했습니다. 텔레비전을 보면서 저는 눈물이 넘쳐흘러 미칠 지경이 되었습니다. 누구를 미워하기 위해 태어난 것은 아니지만 우리는 때때로 누군가를 미워할 수밖에 없습니다.

텔레비전 화면에는 한 장의 낡은 사진이 나타납니다. 한국인 위안부들이 벌거벗고 누워 있는 일본군 막사와 그 앞에 줄지어 늘어선 일본군 병사들의 모습이 그 낡은 사진 속에 있습니다. 아마 오늘날 일본에 살고 있는 많은 일본인 젊은이들은 그 일본군 병사들이 자신의 아버지라 믿고 싶지 않을 것입니다. 하지만 그것은 분명한 사실이며, 앞으로 우리 세대가 청산해야 할 슬픈 과거입니다. 저는 죽을 때까지, 그 낡은 사진 속에 앉아서 울고 있던 가련한 처녀들과 그 처녀들의 두 눈에서 흘러내리던 눈물을 잊을 수 없을 겁니다.

그 모든 것은 일본 천황과 일본군 수뇌부의 명령에 따라 이루어진 것이에요. 그렇기 때문에 저는, 아직까지도 맹목적으로 천황에 대한 외경심을 가지고 있는 일본인을 이해할 수 없습니다. 제가 보기에 일본인의 어느 정도는 미쳐 있는 것 같습니다.

요시코도 곧 편지를 보내왔다.

9월 1일.

편지를 29일, 31일 두 장 잘 받았습니다. 감사합니다. 편지를 두 장 받아서 너무너무 기뻤습니다. 편지를 두 장 다 읽고 저와 선생님의 거리가 이전보다 훨씬 짧아졌다고 느꼈습니다. 지금 다행한 마음으로 쓰고 있습니다.

선생님과 얘기하고 싶은 것도 많습니다. 선생님께서도 앞으로 자주 영화나 날씨 얘기 등으로 저에게 편지해주시겠다고 하셨기 때문에 저도 마음놓고, 자주 선생님께 편지 쓰고 싶을 때마다 쓸 수 있게 되었습니다. 자주 편지하고 싶었습니다.

29일 받은 편지 두번째 편지지를 보고 놀랐습니다. 제 가장 친한 친구 이름 '智惠子'와 제 이름 '佳子'가 동시에 눈에 들어왔으니까요. 제 친구 智惠子의 이름은 친구 부모님께서 바로 高村光太郎의 시 '智惠子抄'에서 집어 맏딸에게 붙였다고 합니다. 저는 항상 智惠子양에게 선생님의 얘기를 하고 있습니다. 智惠子에게는 저는 비밀로 하고 있는 일 없습니다. 부끄러운 실수이라든지, 비참한 실연이라든지 모두를 얘기해왔습니다. 智惠子는 제 전부를 안다고 해도 과언이 아닐 것 같습니다.

선생님께서 읽으신 石原愼太郎의 『태양의 계절』은 이 소설이 영화가 될 때, 그는 그의 남동생을 영화의 주역으로 한다는 조건으로 영화 회사와 계약했고, 그때부터 무명이던 石原裕次郎이란 배우가 유명한 배우가 되었다는 형제애의 에피소드가 유명합니다. 선생님께서는 저보다 훨씬 일본 소설을 많이 읽고 계신 것 같습니다.

제 이름 小木曾佳子는 '오기소 요시코'이라 읽습니다. '오기소'는 일본 사람에게도 어려운 성입니다.

30일에 받은 선생님의 편지에 대해서 다시 편지 쓰겠습니다. 금방 선생님께서 다시 제 편지를 받으실 것 같습니다.

항상 건강하십시오.

9월 2일.

안녕하십니까?

한국 처녀들을 일본군의 위안부로 만들었다는 것은 들어본 적이 있었지만 '정신대'라고 불린 것은 몰랐습니다. 위안부라니 너무합니다. 우리는 일본군이 해온 짓을 10분의 1도 20분의 1도 모른다고 생각합니다.

그 시대뿐이 아니라 8·15 이후의 오늘날도, 특히 재일 한국인의 고생을 생각하면 마음이 아픕니다. 저는 전혀 우연이었지만 한국으로 처음 가서 고려대학교 어학당에 다닐 때나, 그 2년 후에 재일 한국인들과 같이 한국어를 배우는 기회가 있었기 때문에 다른 사람보다는 훨씬 재일 한국인들과 많은 얘기 나눌 수 있었고, 친구도 생겼고, 다행이었다고 생각하고 있습니다. 그것은 25살 때이었습니다.

선생님, 미안한 얘기 하겠습니다. 고백하겠지만 저도 그때 25살 때까지 재일 한국인들을 편견의 눈으로 보고 있었습니다. 소학교 시절에 어른한테서 재일 한국인에 대한 편견의 말을 들어본 적이 있었고, 그때 바른 눈을 가지기에는 너무 어렸기 때문에 그 말을 25살 때까지 믿고 왔다는 말입니다.

제가 재일 한국인과 같이 공부하게 된 것은 '민단'입니다. 민단은 어떤 곳인지 아십니까? 재일 한국인 사회의 시청과 같은 곳입니다. 한국 대사관으로 한국어를 배우려고 하는데 어디 좋은 학교를 소개해달라고 전화했고 대사관에서 소개된 곳이었습니다. 그러나 민단이 재일 한국인들이 모이는 곳이라 옛부터 알고 있었기 때문에, 대사관에서 소개받았다고 하더라도 처음에는 싫다고 생각했습니다. 그때부터 실제 민단으로 갈 때까지 2개월 동안 생각해야 다니게 되었습니다. 재일 한국인들의 속에 들어가는 것에는 커다란 용기가 필요했습니다.

민단에서 재일 한국인들과 사귀고 저는 전혀 그들에게 대한 생각을 바꿨습니다. 제가 어릴 때부터 갖고 온 편견은 잘못인 줄을 알게 되었습니다. 그들은 자기 자신이 원해서 일본에서 살게 된 것이 아니라 일본인의 짓으로 불본의로 일본에서 살게 된 것입니다. 그뿐이 아니라, 오늘날 그 2세 3세도 일본인 사회 속에서 고생도 많은가봐 생각 듭니다.

제가 만약 재일 한국인으로서 1962년 태어났으면 오늘날까지 꼭 제가 한국인이라는 것을 사람들이 알 수 없도록, 일본 사람보다 일본 사람 행세하고 살아왔으리라고 생각합니다.

아직 마음이 없는 나쁜 일본 사람도 많으리라 생각하지만 제 시대의 애들 시대부터는 꼭 재일 한국인 사회에 대한 편견이 없어지고, 그들에게 이해를 갖게 될 것이라 믿고 있습니다. 근거가 있는데, 이제 저보다 나이가 8살 아래인 제 여동생 시대는 전혀 재일 한국인에게 잘못하는 것은 없는 것 같고, 5월 노태우 대통령 일본 방문 텔레비전 프로그램에서 유치원 소학교 애들은 노태우 대통령을 보고, 기자의 질문에 '그분은 한국의 노태우 대통령'이라 모두 밝은 소리로 답했습니다. 이것은 애들의 부모나 학교 선생님께서 옳은 한국이나 재일 한국인에 대한 인정을 애들에게 전하고 있다고 느꼈습니다.

선생님, 저는 여기 후쿠오카로 올 때까지 2년간 고향에 있는 그 민단에 다녔습니다. 그간 어머니와 몇 번도 싸웠습니다. 어머니가 이해 없어 갖고 자주 말다툼했습니다. 그러나 어머니의 반대에 지지 않고 민단에 계속 다녔습니다.

지금 어떤가 하면 우리 가족도 180도 생각 바꿨습니다. 어머니도 남동생도 여동생도 한국으로 가봤고, 어머니는 '그만큼 한국이 좋으면 한국인과 결혼해도 좋다'이라 자주 하십니다. 진심으로. 또한 제 아버지는 원래부터 무척 상냥한 사람이며 절대로 사람을 차별하거나, 편견을 갖거나, 약한 사람을 못살게 하는 것을 할 수가 없는 성격입니다. 한국에도 이해 있으리라 생각합니다. 내년엔 어머니와 같이 한국으로 가실 겁니다.

저는 민단에서 중요한 친구가 두 사람 생겼습니다. 유재미, 김부자이란 친구입니다. 제가 후쿠오카로 왔기 때문에 만날 순 없지만 전화를 자주 합니다.

글씨 문장이 엉망이 되어서 죄송합니다. 또 선생님의 편지를 기다리겠습니다.

연달아 두 통의 편지를 부친 뒤 요시코는 일본 기록사(記錄社)에서 발행하고 영서방(影書房)에서 발매하는 윤동주 시인의 전시집(全詩集)을 내게 보내주었다. '하늘과 바람과 별과 시'라는 한글이 적힌 푸른색 표지의 시집이었다. 본체(本體)는 2300엔, 세금을 포함한 정가가 2369엔이었다. 1984년에 1쇄, 1989년에 2쇄, 편자는 윤일주로, 시인 윤동주의 모든 작품과 시인 윤동주에 대한 인물과 작품평, 자료와 해설을 싣고 있었다.

화보를 펼치자 연희 전문학교 재학시에 찍은 스물세 살짜리 잘생긴 청년이 그 첫 장에서 웃고 있었다. 내가 예전 어느 문학 잡지에서 읽은 글에 의하면 일본에서 윤동주의 시를 수집하고 그 시와 윤동주 시인의 행적을 일본 문단에 알린 여류 문학인이 있다고 하였다. 그 여인은 우연히 윤동주의 청년 시절 사진을 보고 난 뒤, 이렇게 잘생긴 남자는 어떠한 시를 쓸까, 하는 의문으로부터 윤동주에 대한 연구를 시작했다고 한다. 바로 그 사진이었다. 또다른 여러 장의 사진 중에는 북간도 용정에 있는 시인의 묘비 사진도 있었고, 육필 원고와 연세대학교 구내에 세워진 시비와 비문, 그리고 시인이 죽은 후쿠오카 형무소의 전경 사진이 있었다.

나는 시집을 펼쳐들고 육필로 씌어진 시 한 편을 읽었다.

별 하나에 추억과
별 하나에 사랑과
별 하나에 쓸쓸함과
별 하나에 동경과
별 하나에 시와
별 하나에 어머니, 어머니

어머님, 나는 별 하나에 아름다운 말 한마디씩 불러봅니다. 소학교 때 책상을 같이 했던 아이들의 이름과 패, 경, 옥, 이런 이국 소녀들의 이름과, 벌써 아기 어머니가 된 계집애들의 이름과, 가난한 이웃 사람들의 이름과, 비둘기, 강아지, 토끼, 노새, 노루, 프랑시스 잠, 라이너 마리아 릴케, 이런 시인의 이름을 불러봅니다.

이네들은 너무나 멀리 있습니다.
별이 아스라히 멀 듯이.

나는 그때 언어를 다듬는 일에 진절머리를 앓고 있었고, 그래서 그 뒤 전혀 편지를 쓰지 못했다. 몇 번 전화를 했을 뿐이다. 하지만 요시코는 편지 쓰는 일이 즐거운 듯 자주 편지를 보냈다. 조사 사용이나 문장 구조가 틀린 요시코의 독특한 편지는 읽을 때마다 그 엑조틱한 맛이 더했다. 소설 쓰는 실력은 내가 나을지 몰라도 편지 쓰는 실력은 요시코가 월등했다.

10월 15일.

안녕하십니까?

최근은 아주 바빴습니다. 직장의 회식회도 있었고 비행기가 지연되어 아침 7시 30분부터 밤 8시까지 근무한 날도 많았습니다.

선생님의 작품집이 나올 날이 다가왔습니다. 이 편지가 닿았을 때는 이제 나왔으며 신문사의 회견도 하신 선생님의 행복한 얼굴이 상상되겠습니다.

저는 오늘 아소(阿蘇)와 구마모토(態本)란 관광지로 처음 가봤습니다. 한국인 관광객도 많았습니다. 곳곳에 한글 간판도 보였습니다. 경치가 아주 아름다웠습니다. 선생님께 그림엽서로 보여드리겠습니다. 선생님의 소설이 일본어로 번역되어지고, 그 일로 일본으로 자주 오시게 되었을 때, 그 바람에 아마 오실 것 같습니다.

저는 대한항공을 그만두고 다른 기업에 들어가고 싶습니다. 대한항공을 그만두는 것은 마음먹었습니다. 그냥 다음에 직장을 찾았을 때까지 있는 뿐입니다. 일본의 기업의 서울 지점을 찾겠습니다. 여기 대한항공에 있으면서 내년 2월까지는 일본 기업을 문의해보고, 처음부터 서울 근무가 어려울 것 같으면 3월부터 다시 고려대학교 어학당으로 다닐 생각입니다. 대한항공에서는 일본인 여직원이 서울 근무할 수 있는 가능성이 1퍼센트도 없다는 것을 알았습니다. 그뿐이 아니라 어려운 일이 많습니다. 하여튼 하루라도 빨리 다음의 직장을 찾고 싶습니다.

재미없는 얘기를 하고 미안합니다.

편지와 함께 부쳐온 그림엽서에는 구마모토의 고성과 자연 경관, 아름답고 장엄한 아소 산, 분화구에서 솟구쳐오르는 화산재, 그리고 아마쿠사 섬의 전경이 담겨 있었다.

요시코가 자신의 가족과 함께 여름 여행을 서울로 왔었다는 것은 그 뒤 전화를 통해서 알게 되었다. 내가 왜 내게 연락하지 않았느냐고 하자, 요시코는 '폐가 될까 봐' 라고 말했고, 어디에 갔었냐는 물음에는 일본인 특유의 발음으로 '롯데월드' 를 '로테월도' 라고 말해 나는 웃었다. 요시코는 또 말했다. 자신은 한국 음식을 좋아하는데 그중에서도 설렁탕을 잘 먹는다고 하면서 고려대학교 어학당을 다니기 위해 잠실에 있을 때에는 늘 설렁탕만 먹었다고 했다. '이번에는?' 하고 내가 묻자 '이번에도' 하고 요시코는 대답했다. 이번 서울에 와서도 설렁탕을 많이 먹었다는 것이다. 그러면서 요시코는 몸이 아파서 직장을 그만두고 집으로 돌아가겠다는 말을 덧붙였다.

그해 겨울 나의 작품집이 출간됐다. 내가 작품집을 부쳐주자 요시코는 곧 감사 카드를 보내왔다. 그 카드의 표면에는 갖가지 꽃잎이 코팅돼 있었는데, 그래서 아주 좋은 꽃향기가 풍겨났다.

12월 5일.

소설책 『묵호를 아는가』를 보내주셔서 대단히 감사합니다. 다시 한번 진심으로 축하드리겠습니다. 굳은 마음으로 자기 자신의 목표를 달성하시는 선생님을 경존합니다.

하시는 일에 항상 발전이 있기를 기원합니다.

저는 대한항공을 그만두고 후쿠오카를 떠나 기후에 있는 집으로 돌아왔습니다. 주소와 전화번호가 다 바뀌었습니다. 나고야로 오실 기회가 있으면 연락하여주시기 바랍니다.

나는 나고야에 가지는 못했지만 전화를 몇 번 했다. 전화를 하면 요시코의 여동생이 전화를 받는다. 신호가 떨어지면 '모시모시' 하는 맑고 경쾌한 아가씨의 목소리가 들려오고, 내가 '요시코 양을 바꿔주십시오' 하고 말한다. 저편은 잠시 당황한다. 그리고 그것이 외국인의 목소리라는 것을 알아챌 때쯤 나는 다시 말한다. '여기는 코리아입니다' 그러면 저편은 깜짝 놀라 '조토마테 조토마테' 하고서는, 다시 한번 한결 침착한 목소리로 '조토마테 구다사이' 하고 내게 말한다. 그러고는 저편 어딘가를 향해 서둘러 언니를 불러대는 소리가 수화기에서 들려온다. '요시코상, 요시코상, 요시코상!' 그리고 요시코가 전화를 받는다. 요시코는 말한다. '여보세요?'

내가 일본말을 모르니까 요시코는 일본말을 할 수 없다. 요시코가 하는 일본말은 딱 한 가지뿐이다. 무언가 감탄했을 때, 무언가 기쁠 때, 무언가 탄성을 질러야 할 때, 요시코는 나를 의식하지 않고 수화기 저편에서 소리친다. '혼토! 혼토!' '혼토'라는 말은 아마 감탄사인가 보다. 내가 알아듣기로 그 말은 여러 가지의 뉘앙스가 있다. '어머나!' 하는 놀람의 뜻도 있고, '정말이에요?' 하는 의문의 뜻도 있고, '아이 좋아라!' 하는 감탄의 뜻도 있고, '어머, 어머, 어머!' 하는 탄성의 뜻도 있다.

요시코는 전화를 통해서 친구인 지에코(智惠子)의 소식을 전했다. 지에코는 지금 남편과 헤어져 한적한 시골에서 중학교 교사로 있다는 것이다. 그리고 자기에게 전화를 건네준 여동생을 자랑한다. 요시코의 여동생은 마유미(麻由美)란 예쁜 이름을 가진 미술 대학 1학년 학생이다. 아주 그림을 잘 그린다고 요시코는 마유미를 자랑했다. 그러면서 내 소설집이 일본에서 번역 출간될 때 그 표지 디자인을 마유미에게 맡기는 게 어떻겠냐고 조심스러운 목소리로 물었다. 물론 나는 흔쾌히 찬동했다.

연말이 되어 나는 신년 인사와 함께 내 작품집이 소개된 신문과 잡지 기사를 요시코에게 보내주었다. 요시코는 크리스마스 카드와 함께 자신이 번역하려고 계획하고 있다는 한 권의 일본 소설을 내게 부쳤다. 요시코는 크리스마스 카드 안에 '메리 크리스마스'라는 한글을 커다랗게 쓰고, 그리고 그 아래에다가 '동아일보에서 선생님 소설책이 광고를 보았습니다'라고 적어놓았다.

자신이 번역하겠다고 요시코가 보내온 소설책은 가부키 배우의 인상처럼 자극적인 붉은색 포장지에 싸여 있었다. 소설책의 제목은 『내 다리만을 사랑해줘』였다. 여덟 개의 단편소설을 묶은 '다카미 교코(高見恭子)'의 소설집이었다. 요시코의 설명에 의하면 다카미 교코는 삼십대 초반의 여인으로 직업은 텔레비전 탤런트고, 지성과 미모를 갖춘 만큼 일본에서 상당히 우상적인 존재라는 것이었다. 그리고 요시코가 덧붙여 말하기를 다카미 교코의 아버지도 소설가인데 일본 문학사에 큰 빛을 남긴 작가라는 거였다.

나는 일본어를 알지 못하므로 『내 다리만을 사랑해줘』라는 일본 소설책을 받아들고서도 더이상 아무것도 알 수 없었다. 하지만 다카미 교코의 아버지라는 사람은 내가 가지고 있는 일본 단편문학 전집 속에 작품과 작가의 프로필, 그리고 사진이 들어 있었다. 다카미 교코의 아버지 다카미 준(高見順)은 1907년생으로 동경제대 영문과 출신 작가다. 학생 시절에는 좌익 사상에 기울었으나 곧 전향했고, 전향 뒤에 요설적인 설화체 소설 형식을 창출했다. 그는 독창적인 설화체 소설 형식으로 현대의 복잡다난한 사회상과 인간 문제를 종래의 사실주의 수법으로는 도저히 묘파하기 어려운 부분까지 그려내어 일본 문단과 일본 문장사에 높은 평판을 받은 작가였다. 나는 다카미 준의 단편소설「인간」을 다시 한번 읽었다.

나는 전화를 통해 요시코의 번역 계획에 찬동했고 작가인 다카미 교코 씨에게도 연락해보라고 말했다. 하지만 요시코는 몸이 아파서 병원에 다니느라 그 모든 일이 용이치 않은 것 같았다.

요시코는 그해의 마지막 날에 쓴 편지를 내게 보내주었다.

12월 31일.

심 선생님께.

오늘은 12월 31일입니다. 요즈음 매일 병원에 가서 2시간씩 점적을 해왔습니다. 겨울의 차가운 바람으로 인하여 귀에 있는 세 가지 신경의 하나가 나빠 가지고. 1월부터는 점적은 하지 않아도 되도록 되었습니다. 한참 동안 밖으로 나갈 수도 없고 집에 가만히 있어야 한다고 합니다. 나도 다시 병원으로 다니는 것이 싫으니까 나가기 아직 무서워서 오후엔 집에서 한국어 공부를 하고 있습니다. 빨리 따뜻한 봄이 오면 좋을 텐데. 1월 15일쯤 후에 새로 직장을 찾기 시작할 생각이지만 잘 찾을 수 있는지 자신없습니다. 그렇지만 지지 말고 반드시 대한항공보다 좋은 직장을 찾겠습니다. 선생님께 얘기 해드리지 않았지만 저는 대한항공에서 혼났습니다. 전혀 믿을 수 없는 조직이라 느꼈습니다. 그 사람들은 '그냥 네가 운이 나빴다'이란 한마디로 저의 직장 생활에 대한 노력을 엉망으로 만들었습니다. 참 분합니다. 그렇지만 어쩔 수도 없으니 다 잊어버리겠습니다. 그 대신 대한항공보다 더 좋은 직장을 갖고 그 사람들을 웃고 싶습니다.

글자가 엉망이 되어서 죄송합니다. 다음부터는 예쁘게 써드리겠습니다.

새해 복 많이 받으십시오. 가족 여러분의 행복을 기원합니다.

내가 전화를 통해 물어봤지만 요시코는 직장에서 당한 일에 대해 더이상 말하지 않았다. 그러면서 '한국어 번역을 하면서 돈을 벌 수 있다면 좋겠어요' 하고 말했고, 아직 병원에 다닌다고 했다. 물론 이번에도 전화를 바꿔준 것은 마유미라는 여동생이었다. '모시모시' 하는 맑고 부드러운 목소리가 들려오고 '조토마테 조토마테' 하는 다급한 소리와 '요시코상, 요시코상' 하는 마유미의 목소리가 끝나야 요시코가 나타났다. 앓고 있기 때문인지 요시코의 목소리는 전에 비해 힘이 없었다. 그래서 '혼토! 혼토!' 하는 외침도 들을 수 없었다.

나는 전혀 편지를 쓰지 못했다. 오랫동안 아무도 봐주지 않는 글쓰기에 물려버린 나는 글쓰기에 몹시 지친 몸이었다. 그 동안 몸이 좀 나아진 요시코는 대한항공 나고야 공항에 며칠 동안 출근했다고 한다. 요시코에 의하면, 대한항공측이 자신에게 너무 심하게 했다고 생각한 부장님이 자신을 불쌍하게 생각해서 연락했다는 것이다. 그 부장님의 배려로 집에서 가까운 나고야 공항에 출근하게 되었고, 자신은 단지 수입원이라 생각하면서 출근했으나 며칠 만에 그만두게 되었다고 했다. 이번에도 역시 그렇게 그만둔 이유를 말하지는 않았다.

요시코는 아직도 일 주일에 한 번씩 병원에 다닌다고 한다. 거의 나았지만 방심하면 안 되기 때문에 그런 처방을 받았다고 하면서 '저도 완전히 나았는지 아직 안 나았는지 모르는 정도입니다. 약간 애기할 때 왼쪽의 입술이 무거운가 봅니다' 하고 국제전화를 통해 내게 말했다.

요시코는 한가한 듯했다. 전화를 통해서 나의 이름을 'SUNDAY' 라고 부르기로 했다는 자신의 뜻을 알려왔다. 일본인들은 내 이름을 한국인 발음 그대로 소리낼 수 없다고 하면서, 그래서 자신이 SUNDAY라는 나의 일본판 이름을 작명했으며 이미 지에코와 마유미에게 그렇게 알려줬다고 했다. 그 뒤 얼마 지나지 않아 SUNDAY SHIM이라는 수취인의 소포가 우리집으로 배달되었다.

그 소포의 내용은 두 가지였다. 하나는 성 발렌타인 데이 축하 카드였다. 핑크빛 겉장을 들치자 그 안에 아기곰이 그려져 있었다. 아기곰은 붉은색 하트 모양을 가슴에 안고 있다. 그 다음 장에는 SUNDAY SHIM이라는 영문자와 YOSHIKO OGISO라는 서명이 있었다. 또하나의 내용물은 핑크빛 끈으로 묶은 붉은색 포장지 안에 싸인 상자 속에 들어 있었다. 초콜릿이었다. 커다란 것이 네 개, 조그마한 것이 여덟 개. 나는 그 열두 개의 초콜릿을 책상 위에 올려두고 어쩌다 하나씩 입 안에 넣어 천천히 녹여 먹었다.

화이트 데이가 되면 캔디를 부쳐주려고 나는 생각했다. 그날을 잊어서는 안 된다고 나 자신에게 당부했다. 하지만 나는 화이트 데이가 언제 지나간지도 모르고 지나쳐버렸다. 결혼 준비로 나는 너무나 바빴다. 결국 요시코에게 캔디를 부쳐주지 못했다. 대신 전화를 했다. 요시코는 나의 결혼을 진심으로 축하한다고 말했다. 나는 요시코에게 왜 결혼하지 않느냐고 물었다. 요시코는 고민중이라고 했다. '고민중입니다. 결혼도 해보고 싶고, 다시 서울에 한국어 배우러 가보고 싶고, 더 집에서 그대로 부모님과 여동생과 지내고 싶고, 다시 마음 드는 회사, 미국 혹은 일본 회사의 서울 지점과 같은 직장에 들어가고도 싶고, 모두를 전부하고도 싶고' 하고 중얼거리더니, '마음먹은 일이 있을 때 연락 드리겠습니다' 하고 힘없이 말했다. 그러면서, '이젠 편지하지 못하겠군요' 하고 말했다. 나는 아니라고 말했다.

결혼 여행을 다녀온 다음날 나는 요시코의 편지를 받았다.

4월 14일.

심 선생님께.

안녕하십니까? 결혼 축하드리겠습니다. 부럽습니다.

전 직장을 구하고 있지만 좀처럼 뜻대로 되지 않습니다. 한국어 공부는 하고 있습니다. 물론 소설 같은 것은 아직 못 하겠지만 조금씩이라도 한국어로부터 일본어로의 번역 일을 구할 수 있으면 좋습니다. 예를 들자면 한국의 신문, 잡지 기사의 번역 같은 일. 죄송하오나 이런 것을 할 일이 있으면 저에게 알려주시지 않겠습니까? 선생님의 소설이 일본에서 발간될 때에는 선생님의 소개 문장은 제가 일본어로 번역해드리고 싶습니다. 안 되겠습니까?

서울에서 공부하려고 진심으로 했으나 제 마음 약하다고 알아서 그만두었습니다. 지금 마음 여러 이유로 약하고 서울로 가도 매일 매일 장래의 불안으로 가득하겠다고 생각했습니다. 지금 시간을 놓고 잘 생각해보겠습니다.

친구들과 여러 가지 얘기를 하고 있는데, '행복'이란 것은 무엇인지 모르게 되었습니다. 제 고민은 직장을 구해야 하는 것, 그리고 제 일생에 결혼 없으면 어떤 일생이 되겠느냐 하는 것이었으나, 직장이 있더라도, 결혼해도, 고민을 다시 갖게 되겠다는 것을 알았습니다. 선생님께서는 '행복'은 무엇이라 생각하십니까?

공부를 할 겸 다시 편지드리겠습니다. 선생님의 부인께 안부 전해드려주십시오. 선생님의 가족 여러분의 건강을 빌습니다.

요시코.

P.S. 선생님께서 시간이 있으시면 연락해주십시오.

그 편지를 마지막으로 요시코의 편지는 끝났다. 나도 더이상 전화하지 못했다. 맨 처음 요시코의 편지를 받고 출판사 편집실 책상 사이에 서서 그 편지봉투를 뜯을 때 편집실 사람들이 말했던 것처럼 요시코의 편지는 어쩌면 연애편지였는지도 모른다. 그렇다면 나는 그야말로 한 편의 슬프고도 아름다운 연애를 한 셈이다.

요시코의 질문대로 나는 가끔, 행복이란 무엇인가 곰곰이 생각해본다. 하지만 나도 요시코처럼 행복이란 것이 무엇인지 모르게 되었다. 우리는 누구든지 늘 행복이란 것을 생각하면서 그 행복이란 알 수 없는 것을 좇아 지구에서 가장 높은 곳, 그곳에서도 가장 키 큰 나무, 그 나무의 가장 높은 가지에 매달려 멀리 손을 뻗어본다. 그래서 우리는 모두들 세상에서 가장 높은 나무 끝에 매달려 손을 내밀고 있는 사람의 뜨거운 가슴을 행복이라 부르는지도 모른다.

요시코는 결국 묵호에 가보지 못했다. 그러나 요시코가 진정으로 가고 싶어했던 곳은 어쩌면「묵호를 아는가」라는 소설 속에 나오는 묵호와 같은, 산다는 것을 대수롭지 않게 여기는 곳이었는지도 모르겠다. 요시코는 그곳을 찾아나섰던 것인지도 모르겠다. 그래서 내게 편지를 했던 것은 아닌지. 그 글을 쓴 내게 매달려 '행복'이라는 것을 향해 손을 뻗어보고 싶었던 것은 아닌지. 그래서 그 마지막 편지에 행복의 의미를 물어보았던 것은 아닌지. 이제 생각해보니 나는 한 번도 요시코에게 왜 한국어를 공부하게 되었는지 물어보지 못했다. 요시코의 전공은 경영학이고, 교토에 있는 리츠메이칸(立命館) 대학교 출신이다. 요시코는 왜 남의 나라 말을 공부했을까? 아무것도 바라보지 않는 듯한 눈으로 요시코는 그 무언가를 바라보고 있었던 것은 아닐까?

나는 언젠가 요시코라는 아름다운 일본 여인을 주인공으로 한 한 편의 소설을 쓰겠다. 그 소설의 첫머리는 이렇게 시작된다.

—요시코는 한 달에 한 번씩 맑은 날을 골라, 후쿠오카에서 대한항공 여객기를 타고 나에게로 온다.

재님 보아라

재님, 삶의 참뜻은 죽음에 이를 때까지도 결코 알 수 없는 것이란다. 왜? 왜? 왜?라는 의문만 있을 뿐이지. 어떻게? 어떻게?라는 의문만 있을 뿐이지. 그렇기 때문에 산다는 것이 그렇게도 아름다운 것이란다. 재님, 부디 멋지게 살아다오.

재님, 불가의 수증론(修增論) 가운데에는 돈오점수(頓悟漸修)와 돈오돈수(頓悟頓修)라는 두 가지 이론이 있단다. 불교 사상사 측면에서 보면 가히 절대적이라 할 수 있는 이 '깨달음과 닦음'의 이론은 불가의 교리 경쟁이라는 범주에 머무르지 않고, '나는 어떻게 살아야 하는가' 하는, 삶에 대한 근본적이고도 진지한 의문에 빠진 많은 세상 사람들을 사로잡는다.

재님, 할아버지와 함께 골똘히 생각해보지 않으련? 어떻게 깨달으며 어떻게 닦을 것인가를.

일찍부터 여러 가지 의견이 있긴 했지만, 대체로 불가에서는 그 방편으로 돈오점수를 제시한다. 한 번의 깨달음으로는 인격 완성을 기대할 수 없기 때문에 깨우친 뒤에도 계속 수행해야 한다는 견해지.

그에 반해 다른 한편에서 주장하는 돈오돈수는 한 번의 깨달음으로 인격 완성이 이루어짐을 뜻한다. 깨달음이야말로 불문 수행의 정점일

진대, 돈오점수와 같은 수행 방법은 이 이상에 어긋난다는 주장이야. 그래서 그 편에서는 돈오점수를 미지근하고 모호한 수도 방법이라고 신랄하게 비판하면서, 깨달았어도 계속 수행해야 하고, 깨달음을 얻었어도 설법하지 못하는 것은 그 깨달음이 깨달음의 완숙이나 원만성을 갖추지 못했기 때문이라고, 돈오점수의 한계성을 지적하는 것이란다.

재님, 사문(沙門)이 아니더라도 우리는 때때로 이 '깨달음과 닦음'에 대해 생각하지 않을 수 없구나. 우리는 모두 살아가야 하는 존재이기 때문이지. 석가모니만이 생로병사를 고민하고, 보리수나무 아래에 앉아야만이 삶의 참뜻을 깨칠 수 있는 건 아니니까 말이야. 우리의 삶은 오히려 오늘을 살아가는 우리가 더 잘 알 수 있지 않을까? 삶의 이론이란 죽은 사람을 위한 이론이 아니니까 말이다.

그래서 재님, 할아버지는 오늘 너에게 할아버지가 젊었을 적 그 어느 날, 어느 지하철 승강장에서 만났던 한 미친 녀석에 대해 이야기하려 한다. 할아버지는 그때 이십대 중반의 가난하고도 초라한 젊은이였단다. 그런 어느 날이었지. 할아버지는 서울의 어떤 지하철 승강장에 홀로 서 있었단다. 지금 생각해보니 나는 그때 특별한 목적지도 없었던 것 같다.

승객을 부리고 다시 실은 전동차가 서둘러 떠나가버리고, 북적대던 사람들도 모두 사라져버린 밤 깊은 지하철 승강장은 마치 시든 히드꽃으로 뒤덮인 폭풍의 언덕처럼 황량하기 그지없었단다. 창백한 전등불빛만이 찬란한 그 승강장에서 할아버지는 자신의 발소리를 들으며 이리저리 저벅저벅 걷고 있었단다. 자정 가까운 시각을 가리키는 전자시계를 쳐다보기도 하고, 자동판매기에 그려진 코카콜라 코크 잔의 얼음 조각을 바라보기도 했지.

그러면서도 할아버지는 줄곧 생각하고 있었단다. 왜 사는가? 어떻게 살 것인가? 도대체 나는 왜 사는가? 혹시나 해서 사는 건 아닌가?

그럴 때, 내 옆으로 다가서는 한 녀석이 있었단다. 두터운 입술을 헤 벌린 채, 입가로는 침을 질질 흘리면서 다가왔는데, 벌어진 입술 사이로는 덧니가 드러나 보였다. 퉁방울눈으로 앞을 쏘아보고 있었지만, 뒤뚱거리는 걸음걸이 때문에 온몸이 출렁거리는 녀석이었다. 그런 모든 것이 한데 어울려 녀석은 꼭 늙은 메기 같아 보였지. 내 옆으로 뒤뚱뒤뚱 다가오더니, 그러더니 녀석은 불시에 나를 와락 감싸안는 게 아니겠니. 등 쪽에서 확, 내 두 팔과 몸통을 한꺼번에 감싸안으며, 녀석은 으히히…… 으히히…… 하고 웃어댔단다.

나는 놀라기도 했지만 두렵기도 했단다. 그러나 이상하게도 벗어나야겠다는 생각은 들지 않았다. 부끄럽다거나 불쾌하다는 생각도 없었단다. 왠지 울고만 싶은 그런 기분이었다고나 할까.

녀석의 팔은 완강했다. 나는 녀석의 힘에 이끌려 승차 지정선 밖으로까지 떼밀려 하마터면 레일 위로 떨어질 뻔했으니까. 나는 완전히 그 미친 녀석에게 사로잡힌 몸이었다. 이윽고 녀석은 나를 감싸안았던 두 팔을 풀더니 애원하는 듯한 두 눈을 내 얼굴 가까이 들이대며 뭔가 열심히 설명하기 시작했단다.

"어어어어…… 어허…… 으흐 어어어어?"

녀석은 조금 전 전동차가 사라진 저편 어둠을 손가락질하면서 계속 뭔가를 내게 이해시키려 애썼다.

"어어어? 어어? 흐으…… 어어?"

나는 열심히 아주 열심히, 녀석이 손가락질하는 그 어둠 속을 골똘히 바라보았단다. 조그만 초록빛 비상등이 가만히 빛나고 있었다. 물론 그것이 녀석이 가리키는 건 아니었지. 그럼 뭘까? 녀석은 뭘 알려주고 싶은 건가! 알 수 없었단다. 할아버지는 도저히 알 수 없었단다. 그게 무엇인지, 그리고 그 미친 녀석이 왜 그다지도 애절한 눈빛으로 내게 '그 무엇'을 알려주려 애쓰는지도.

"어어…… 어어어어…… 으흐? 으흐흐흐흐……."

녀석은 나만큼이나 답답한 모양이었다. 그 자신을 그다지도 즐겁게 하는, 자신을 그토록이나 행복감에 휩싸이게 하는 '그 무엇'을 손가락질하며 녀석은 짐승 같은 소리로 애쓰고 있었다.

재님, 할아버지는 그때 아무것도 볼 수 없었단다. 캄캄한 어둠과 메기같이 생긴 미친 녀석의 얼굴밖에는. 그랬기 때문에 할아버지는 오늘날까지 그 미친 녀석을 잊지 못하고 있는 것이란다. 녀석이 그렇게도 애달피 알려주려 했던 '그 무엇'은 대체 무엇이었을까?

재님, 너도 세상을 살다가 보면 깊은 의문에 빠질 때가 있을 것이다. 왜 사는가? 혹시나 해서 사는 건 아닌가? 그럴 때면 할아버지가 오늘 들려준 지하철 승강장에서 만난 미친 녀석의 이야기를 기억해다오. 녀석이 그 어눌한 짐승의 소리로 할아버지에게 간곡히 전해주려 했던 '그 무엇'을 생각해다오. 녀석이 손가락질하는 그 깊고 깊은 어둠 저편을 숨죽이고 바라보던 초라하고 가난한 한 젊은이의 모습을 떠올려다오.

재님, 삶의 참뜻은 죽음에 이를 때까지도 결코 알 수 없는 것이란다. 왜? 왜? 왜?라는 의문만 있을 뿐이지. 어떻게? 어떻게?라는 의문만 있을 뿐이지. 그렇기 때문에 산다는 것이 그렇게도 아름다운 것이란다.

재님, 부디 멋지게 살아다오.

말끝 이어가기 놀이

"또다시 묻지만, 아니 그럼 자네는 이제 어쩔 셈이야?"

"어쩔 셈이긴 뭐가 어쩔 셈이야. 일단은 달아나는 거지. 나는 달아나고 싶어."

"달아나고 싶은 사람이 어디 자네 혼잔 줄 알아? 이런 정신없는 사람. 그리고 달아난대도 그렇지, 어디로 달아나든 먹고살아야잖아. 자네도 죽으려고 달아나는 건 아니지."

"죽으려고 달아나는 건 아니지. 아무렴. 살려고 달아나는 거야. 나는 살고 싶어."

책상 위 오른쪽에는 열 권 남짓한 책이 쌓여 있다. 쌓여 있는 책 곁에는 꽃병이 있는데 그 꽃병에는 바싹바싹 부서질 듯이 시든 장미 몇 송이가 꽂혀 있다. 장미 몇 송이가 꽂혀 있는 꽃병 옆에는 비디오테이프가 다섯 개, 그리고 필기구가 꽂힌 도자기 필병이 하나, 수석 한 점, 사진틀, 메모지, 앉은뱅이 달력이 놓여 있다. 앉은뱅이 달력이 놓여 있는 곳은 책상 위 한가운데쯤이고 그 왼쪽 끝에 유리잔 하나가 있다. 유리잔 하나가 있지만, 그 유리잔은 빈 유리잔이 아니라 파리 한 마리가 살고 있는 유리잔이다. 파리 한 마리가 살고 있는 유리잔이 그곳에 놓인 것은 일 주일 전이다.

일 주일 전 어느 날 정달식씨는 유리잔으로 커피를 마셨고, 커피를 다 마신 뒤 빈 유리잔을 책상 위에 놓아두었다. 책상 위에 놓아둔 그 유리잔에 파리 한 마리가 날아들어갔다. 날아들어간 파리를 유리잔 속에 가두어두기 위해 정달식씨는 유리잔 주둥이에 영한사전을 올려놓았다. 영한사전을 올려놓자 유리잔 주둥이가 막혔고, 그래서 파리는 그 안에서 살게 되었다. 파리는 그 안에서 살게 되었지만, 파리와는 달리 유리잔 밖에서 살게 된 정달식씨는 일 주일 동안 그 파리를 까마득히 잊고 있었다. 까마득히 잊고 있었던 일 주일 내내 유리잔은 책상 위 왼쪽 끝에 놓여 있었다. 책상 위 왼쪽 끝에 놓여 있게 된 것은 정달식씨가 그곳에 유리잔을 놓았기 때문이지만, 파리가 그 속에 갇힌 것은 파리 자신의 습성 때문이다. 자신의 습성 때문에 빈 유리잔에 들어갔던 파리는 유리잔 바닥에 남은 커피 찌꺼기에 묻은 당분에 탐닉해서 정달식씨의 접근을 전혀 눈치채지 못했었다. 눈치채지 못한 파리는 영한사전이 유리잔 주둥이를 막는 것도 미처 몰랐다. 미처 모르는 사이에 유리잔 안에 갇혀버린 파리의 활동 반경은 자연 유리잔 안으로 한정됐다.

유리잔 안으로 한정된 활동 공간 속에서도 파리는 여전히 살아갔다. 파리는 여전히 살아가면서 때론 유리잔 바닥에 붙어 있기도 했고, 때론 유리잔 벽에 붙어 있었으며, 때론 이쪽 벽에서 저쪽 벽으로 옮겨가기도 했고, 유리잔의 천장이 되는 영한사전 표지에 붙어 있기도 하며, 그 한정된 공간에서나마 날갯짓을 되풀이했다. 날갯짓을 되풀이하는 것과 함께 파리의 생존을 증명하는 것이 또하나 있었다. 또하나 있는 생존 증명의 실체는 유리잔 벽에 다닥다닥 붙은 파리의 배설물이었다. 파리의 배설물은 파리가 여전히 살아 있다는 사실을 여실히 드러내주는 것이었고, 먹을 것이라곤 유리잔 바닥에 깔린 커피 찌꺼기밖에 없는 파리의 배설물은 커피와 같은 빛깔을 띠었다.

커피와 같은 빛깔을 띤 파리의 배설물을 바라보면서 정달식씨는 즉시 탈출해야 한다는 단호한 결단을 내렸고, 그 단호한 결단을 실현하기 위해 서둘러 세수를 하고 외출복을 입었다. 외출복을 입은 정달식씨는 자신의 옷 주머니에 너무나 많은 물건들이 들어 있다는 사실을 깨닫고서 그 모든 것을 내버린다는 용단을 내렸다. 용단을 내린 정달식씨는 책상 앞으로 다가갔다. 책상 앞으로 다가가서 길게 한 번 심호흡을 했다. 심호흡을 한 다음 주머니 속에 든 것을 하나하나 책상 위에 꺼내놓았다. 꺼내놓은 것은 늘 주머니 속에 들어 있던 것으로서, 주머니에서 떠나지 않던 물건들이었다. 주머니에서 떠나지 않던 물건들이 이렇게 너저분하게 많다는 사실에 정달식씨는 다시 한번 놀랐다. 다시 한번 놀랄 수밖에 없었던 까닭은 자신의 주머니 속에 들어 있는 물건이 아주 많다는 사실과 그 저마다의 용도가 다양하다는 사실 때문이었다.

때문에 정달식씨가 맨 처음 주머니 속에서 꺼내 책상 위에 올려놓은 것은 돈이었다. 돈은 천원짜리 지폐 세 장과 백원짜리 동전이 두 개, 십원짜리 동전이 몇 개였다. 몇 개인 동전과 천원짜리 지폐는 바지 오른쪽 주머니에 들어 있었다. 오른쪽 주머니에 들어 있었던 잔돈 말고도 가죽지갑 속에는 고액권 지폐 몇 장과 수표 몇 장이 있었다. 고액권 지폐 몇 장과 수표 몇 장이 있을 뿐만 아니라 몇 장의 크레디트 카드도 지갑 속에 있었다. 지갑 속에 있는 것은 그뿐만이 아니었다. 그뿐만이 아니라 주민등록증, 공중전화 카드, 운전면허증, 친구와 친척과 직장 동료와 고객의 전화번호 노트, 몇 장의 영수증, 몇 장의 우편 발송증, 아내와 아이들의 사진, 메모지, 두 장의 명함 등등 자질구레한 그 모든 것이 들어 있었다. 그 모든 것이 들어 있는 가죽지갑을 책상 위에 올려놓으며, 정달식씨는 심각한 표정을 짓고서 돈을 버려서는 안 된다는 생각과 돈을 버리지 않아서는 안 된다는 생각에 갈등했다. 갈등한다는 것은 좋은 일일뿐더러, 갈등은 때때로 더 큰 용기를 불러일으킨다. 더 큰 용기를 불러일으킨 갈등 덕분에 정달식씨는 마침내 주머니 속에 든 내용물 전부를 토해냈다. 토해내 책상 위에 늘어놓은 것은 손수건과 만년필, 그리고 서랍열쇠 자동차열쇠 가방열쇠 따위가 매달린 열쇠고리, 두통약과 담뱃갑과 가스라이터와 음식점에서 받아넣은 껌 한 개와 직장 여사원으로부터 받은 결혼청첩장 한 통이었다. 결혼청첩장 한 통까지 다 토해낸 정달식씨는 책상 모서리를 짚고 한참 동안 엉거주춤 서 있었다.

엉거주춤 서 있던 정달식씨는 책상 위에 토해놓은 여러 가지 물건 중에서 천원짜리 지폐와 동전을 집어 바지 오른쪽 주머니에 허겁지겁 쓸어넣었고, 가죽지갑 안에 들어 있던 고액권 지폐와 수표도 웃옷 안주머니에 쑤셔넣었고, 크레디트 카드도 몽땅 챙겨넣은 다음 서둘러 방을 나섰다.

방을 나선 정달식씨는 거실을 지나갔다. 거실을 지나간 정달식씨는 현관으로 나갔다. 현관으로 나간 정달식씨는 구두를 신었다. 구두를 신은 정달식씨는 현관문을 열었다. 현관문을 연 정달식씨는 부리나케 승강기 쪽으로 달려갔다. 승강기 쪽으로 달려간 정달식씨는 재빨리 버튼을 눌렀다. 재빨리 버튼을 누른 정달식씨는 승강기가 올라올 때까지 허둥지둥했다. 허둥지둥하던 정달식씨는 승강기가 올라오자마자 승강기 속으로 뛰어들었다. 승강기 속으로 뛰어든 정달식씨는 승강기가 일층에 멈추자마자 밖으로 달려나갔다.

밖으로 달려나가 아파트 단지의 골목을 빠져나가면서 정달식씨는 긴 한숨을 내쉬었다. 긴 한숨을 내쉰 다음 싱그러운 봄날의 공기를 들이마시며 아파트 담벼락을 돌아나갔다. 담벼락을 돌아나가자 큰길이 보였다. 큰길이 보이는 곳에 이르른 정달식씨는 어디로 갈 것인가 판단해야만 했다. 판단해야만 하는 일은 그다지 어려운 게 아니었고, 어려울 게 없다는 걸 안 정달식씨는 큰길을 지나 횡단보도를 건넜고 버스정류장으로 가서 때마침 도착한 버스에 무작정 올라탔다. 무작정 올라탔기 때문에 버스가 가는 대로 몸을 내맡긴 정달식씨는 여러 개의 정류장을 지나고 여러 개의 거리를 돌고 돌아 어느 정류장에서 내렸다. 어느 정류장에서 내린 정달식씨는 가까운 데 있는 공중전화 부스에 들어가 전화로 나경주씨를 불러냈다. 나경주씨를 불러낸 다음 찻집에 들어가 앉아 나경주씨를 기다렸다. 기다린 지 한 시간쯤 지나 나경주씨가 모습을 나타냈다. 모습을 나타낸 나경주씨는 이게 웬일이냐는 표정이었다. 이게 웬일이냐는 표정을 짓는 나경주씨에게 정달식씨는 자신의 탈출 동기와 탈출 배경에 대해 차근차근 설명했다. 차근차근 설명하긴 했지만 나경주씨는 웃긴다는 표정을 지우지 않으며 또다시 물었다.

"또다시 묻지만, 아니 그럼 자네는 이제 어쩔 셈이야?"

"어쩔 셈이긴 뭐가 어쩔 셈이야. 일단은 달아나는 거지. 나는 달아나고 싶어."

"달아나고 싶은 사람이 어디 자네 혼잔 줄 알아? 이런 정신없는 사람. 그리고 달아난대도 그렇지, 어디로 달아나든 먹고살아야잖아. 자네도 죽으려고 달아나는 건 아니지."

"죽으려고 달아나는 건 아니지. 아무렴. 살려고 달아나는 거야. 나는 살고 싶어."

"살고 싶어 그런다면, 그럼 대체 어떻게 살고 싶다는 거야?"

"어떻게 살고 싶다기보다 숨어버리고 싶어."

"숨어버리고 싶어도 살 방도가 있어야 숨을 수 있지."

"숨을 수 있는 방도는 있어. 나는 아직 힘이 있어. 그러니까 일할 수 있어. 우선 서울을 떠날 거야. 지금 생각으로는 동해안에 있는 작고 한적한 읍내에 가서 여자 속옷 가게를 하고 싶어. 내겐 지금 그만한 돈이 있거든. 아니면…… 아니면…… 서해 한가운데 있는 외딴섬에 가서 수박 원두막을 하고 싶어. 그게 내 꿈이야."

"꿈이 매력 있군. 이제 알 만해."

이제 알 만하다는 듯이 나경주씨는 고개를 주억거렸다. 고개를 주억거리던 나경주씨는 정달식씨를 이끌고 낙지불고기집으로 갔다. 낙지불고기집으로 간 두 사람은 낙지불고기를 시켰다. 낙지불고기를 시키고 밥도 두 그릇 시키고, 그리고 소주를 한 병 시켰다. 소주를 한 병 시킨 두 사람은 낙지불고기집 주인이 미처 낙지불고기를 내오기도 전에 소주잔을 비우기 시작했다. 비우기 시작한 소주잔은 한 잔이 두 잔 되고 두 잔이 세 잔 됐다. 세 잔이 되자 이내 네 잔이 됐고 네 잔이 되자 이내 다섯 잔이 됐다. 다섯 잔이 될 때부터 두 사람은 말이 없어졌다. 말이 없어진 대신 두 사람은 나무젓가락 끝으로 빨갛게 양념한 낙지불고기를 툭툭 건드리고만 있었다. 나무젓가락 끝으로 빨갛게 양념한 낙지불고기를 툭툭 건드리고만 있던 정달식씨가 고개 숙이고 있는 나경주씨에게 말을 건네기 위해 고개를 들었다.

"고개를 들어봐, 이 친구야. 어떤가 자네는? 살 만해? 행복해?"

"행복하냐구? 행복이 뭔데? 그게 얼만가? 분양하는 건가?"

분양하는 건가 하고 묻는 나경주씨의 눈동자에는 냉소가 괴어 있었다. 괴어 있는 것은 비단 냉소만이 아니었다. 냉소만이 아니라 할 수 없이 웃어줘야 하는 이 세상살이에 던지는 그런 웃음이었다. 그런 웃음을 터뜨리며 두 친구는 또다시 술잔을 들었다. 또다시 술잔을 들고 난 정달식씨가 다시 물었다.

"다시 묻지 않으려 했지만 말이야…… 자네 처는 어때? 잘 계신가? 미애도 새엄마 잘 따르고?"

새엄마 잘 따른다고 대견해하는 나경주씨의 딸 자랑은 이전에 몇 번 들은 적이 있다. 몇 번 들은 적이 있긴 하지만 정달식씨로서는 나경주씨의 그런 딸 자랑이 가식으로만 느껴졌고, 그런 나경주씨가 더욱 처량해 보이기도 했고, 남편과 딸을 두고서 냉정하게 돌아선 나경주씨의 첫번째 부인이 야속해지기도 했다. 나경주씨의 첫번째 부인이 야속해지기도 하는 이유는 그들이 이혼했다는 것만이 아니라 그 이혼의 사유가 돈이라는 것이다. 돈이라는 것보다는 허영 때문이라는 게 더 옳다. 더 옳은 이유가 또 있다면 그건 그 여자가 너무 영리하고 너무 잘났다는 것이다.

너무 잘났다는 것이 그 여자의 흠이었고, 그 잘난 여자 때문에 나경주씨는 이혼과 재혼을 겪었다. 이혼과 재혼을 겪은 나경주씨는 또 한 잔의 소주를 목구멍에 털어넣고 나서 힘없이 말했다.

"말해서 뭐해…… 그런 얘길…… 내막이야 알 수 없지만 겉으로 보기엔 바람 한 점 없지. 미애 녀석이 벌써 여중 삼학년이거든. 그러니 그 녀석인들 눈치코치 모를 리 있나. 가끔씩 제 엄마를 만나곤 하나 봐. 그래도 새엄마한텐 잘해. 딸년이란 다 그렇게 요사한 거지 뭐. 안 그런가?"

"안 그렇고 뭐고 미애가 다 컸군. 다 컸어. 하지만 우리집 녀석들은 너무 바빠. 너무 바쁘다구. 딸년은 고등학생이라서 바쁘고 아들놈은 중학생이라서 바쁘고 예편네는 바쁜 아들딸 때문에 바쁘고…… 제기랄…… 지긋지긋해. 지긋지긋."

"지긋지긋한 건 나야, 나! 나에 비하면 자넨 호강이지, 호강. 나야말로 중학교 수학책 한 권 들고 십칠 년 동안 교단을 걸어다닌 사람이야. 나에 비하면 자네는 호강이지. 호강에 겨워 투정이지. 투정이 심하다 보니 여자 속옷 가게니 수박 원두막이니 하고 멋을 부리지. 멋이 있어 좋군 자네는."

"자네는 어때? 나하고 동업할 생각은 없나? 반반으로, 오십 대 오십. 내가 낮잠 잘 때 자네가 가게 보고, 자네가 낮잠 잘 때 내가 가게 보고. 때론 아가씨 손님하고 차를 마시고. 하루는 자네가 돈 계산 하고, 다음날은 내가 하고. 어때? 나하고 같이 동해안에 있는 한적한 읍내로 달아나지 않으려나? 아니면 외딴섬에 가서 수박 농사를 하지 않을 텐가? 어때?"

"어떻게 하는지나 알아? 수박 농사를? 수박이 그냥 주렁주렁 열려? 수박이 자네 맘대로 포기마다 주렁주렁 열릴까?"

"주렁주렁 열리고말고. 안 열리면 박을 심지. 다음해엔 딸기를 심고. 딸기가 아니면 참외를 심을까? 토마토를 심을까? 나는 뭐든 심을 수 있어. 내 마음대로. 내 멋대로. 내 마음 내키는 대로. 자네도 함께 간다면 자네 뜻도 반영해주지. 반반. 오십 대 오십. 어때? 이봐, 여기선 아무것도 내 뜻대로 할 수 없어. 지긋지긋해. 미친 듯이 뛰어다니는 머슴 노릇이 지긋지긋해. 난 말이야, 약장사로 돈을 버는 이 회장네 머슴이란 말이야. 주인 밑에 마름, 마름 밑에 머슴. 현대판 봉건 제도지. 지긋지긋해."

"지긋지긋하다면 별수 없지. 절 싫은 중이 떠날 수밖에. 머슴질이 싫으면 머슴이 떠나야지. 자, 드세. 들어. 한잔 들자고."

"한잔 들자면 한 병 더 시켜야겠어."

한 병 더 시킨 소주도 이내 바닥이 났다. 바닥이 난 소주병과 빈 낙지불고기 접시를 남기고 두 사람은 밖으로 나왔다. 밖으로 나온 두 사람은 헤어졌다. 헤어지면서 나경주씨는 정달식씨에게 동해안에 있는 작은 읍내에 가서 여자 속옷 가게를 하든, 서해에 있는 외딴섬에 가서 수박밭을 하든 참외밭을 하든 잊지 말고 자신에게 연락하라고 부탁했다. 자신에게 연락하라고 부탁하는 나경주씨의 술 묻은 목소리를 들으며 정달식씨는 단호하게 말했다.

"말할 필요도 없지. 연락하고말고. 하지만 자네는 서울에 남아 있어야 해. 아이들에게 수학을 가르쳐야 하니까. 하지만 나는 떠나네."

떠나겠다고 소리치는 정달식씨를 남겨두고 나경주씨는 떠나갔다. 떠나가는 친구의 뒷모습을 바라보면서 정달식씨는 도로에 서 있었다.

도로에 서 있던 정달식씨는 공중전화 부스로 들어갔다. 공중전화 부스로 들어간 정달식씨는 송수화기를 들고, 동전을 넣고 번호판을 눌렀다. 번호판을 누르고 나자 신호 가는 소리가 들려왔고, 그 소리를 들으며 정달식씨는 지금 신호가 울리고 있는 전화기 임자인 박양의 얼굴을 떠올렸다. 떠오른 박양의 얼굴은 스무 살 난 처녀다. 처녀의 얼굴은 예뻤다. 예쁜 얼굴의 박양은 큰 키는 아니지만 호리호리한 몸매다. 호리호리한 몸매에 볼록 튀어나온 두 젖가슴과 잘록한 허리. 탱탱하게 내민 엉덩이, 또한 늘씬한 다리를 가지고 있다. 늘씬한 다리를 가지고 있을뿐더러 그 두 다리로 강중강중 뛰어다니며 새까만 머리카락을 나부끼거나, 눈웃음을 치며 인사를 한다.

눈웃음치며 인사하는 박양의 얼굴을 떠올리면서 정달식씨는 송수화기를 붙잡고 서서 한참 동안 신호음 떨어지기를 기다렸으나 결국 신호음은 떨어지지 않았다. 신호음은 떨어지지 않았고, 신호음이 떨어지지 않는 걸로 보아 박양은 지금 자신의 자취방에 있는 게 아니라 친구나 애인의 손을 잡고 강가나 산기슭에 놀러 간 게 확실했다. 강가나 산기슭에 놀러 간 게 확실하다면 박양은 지금쯤 깔깔거리며 웃어댈 테고, 강중거리며 뛰어다닐 테지 하고 생각한 정달식씨는 깊은 슬픔에 젖어 송수화기를 걸개에 건 다음 공중전화 부스를 나서서 터벅터벅 걸었다.

터벅터벅 걸어가면서 정달식씨는 이전에 자신이 만져보았던 박양의 목덜미와 등과 엉덩이와 젖가슴과 사타구니와 배꼽과 배꼽 아래 팬 뜨겁고 매끄러운 샘을 떠올리면서 박양의 온몸을 만져보았던 작년 이맘때를 생각하기 시작했는데, 정달식씨와 박양은 같은 사무실에서 근무하는 동료 직원으로서, 박양은 작년에 여상고를 졸업하고 곧바로 입사한 신입사원이었으며, 인연이 되느라고 그랬는지 작년 이맘때 지점 전 사원이 서울 교외로 갔었던 봄철 야유회에서 정달식씨와 짝꿍 사이가 되어 손도 잡고, 함께 노래도 부르고, 서로를 업어주기도 하고, 같이 달리기도 했으며, 저녁 늦게 서울로 돌아오는 길에는 전세버스 뒤쪽 좌석에 함께 앉게 되었는데, 공교롭게도 교통 체증이 일어나 그 국도는 차량으로 가득 차 모든 차량이 굼벵이처럼 느릿느릿 기어가고 있었으며, 그런 상황을 톡톡히 즐긴 것이 정달식씨로서, 정달식씨는 깡통맥주를 찔끔거리고 마시며 그 맥주의 힘을 빌려 박양의 온몸을 만지기 시작했으니, 처음에는 손목을 잡았고 조금 뒤에는 팔목을 잡았고 조금 뒤에는 박양의 겨드랑이로 손가락을 집어넣어 보들보들한 겨드랑이 털을 만지면서, 아양을 떨 듯 교태 부리듯 칭얼대는 박양 이마에 입술을 대기도 했고, 다른 사람들이 다 잠들고 차 안의 전등마저 전부 꺼진 것을 틈타 박양의 입술을 훔쳤는데, 박양은 놀라긴 놀랐지만 물리치려는 표정은 아니었고 물리친다고 해서 물러날 정달식씨도 아니었으니, 두 남녀의 뜨거운 애무는 끝없이 계속되어 정달식씨는 박양의 목덜미에 입술을 대고, 티셔츠 속으로 손을 집어넣어 작은 젖꼭지와 빠득빠득 소리나는 젖가슴을 어루만지고, 그러면서 다른 한 손으로는 박양의 머리카락에서부터 시작하여 어깻죽지, 등, 허리, 그리고 좌석에 파묻힌 둔부 사이의 굴곡을 살살이 애무했고 박양은 그런 정달식씨를 밀쳐내기는커녕, 보지 않아요, 누가 보지 않아요, 누가 보지 않아요 하는 말만 신음처럼 계속해 정달식씨의 흥분을 더욱 고조시켰고, 그 다음에 이어진 두 남녀의 노골적인 성애는 한층 뜨거워져, 어느새 박양은 포개고 있던 두 다리를 벌려 정달식씨의 저돌적이면서도 나긋나긋한 손가락을 받아들였고, 정달식씨의 손가락 다섯 개는 박양의 청바지 지퍼를 내리고, 티셔츠를 걷어올리고, 박양의 배꼽에서부터 줄기차게 더듬어 내려가 드디어는 송아지 털같이 부드러운 박양의 거웃을 만지게 되었고, 또한 거웃으로 뒤덮인 불두덩이에서 한참 동안 멈추어 있던 손은 또 한번 기백 있게 내리뻗어 음부의 변방에 다다를 수 있었으며, 좀더 뻗어내려서 따끈따끈한 음부의 외곽에 도달하였으며, 좀더 뻗어내려서 오돌오돌하고 따끈따끈할 뿐만 아니라 말랑말랑하고 축축한 늪 앞에 도달하여, 급기야는 그 늪 속으로 가운뎃손가락을 넣었고, 그러자 박양은 머리를 정달식씨의 가슴에 처박으며 두 손으로 정달식씨의 무릎을 틀어쥐고서, 누가 보잖아요, 누가 보잖아요 하고 되뇌었지만, 그러면서도 뜨거운 숨을 핫핫 토하며 아픈 아이처럼 칭얼거릴 뿐이었고, 정달식씨는 부러져라 하고 손가락을 꼼지락거렸는데, 박양은 소리내지는 않고 단지 우는 시늉을 하여 정달식씨를 아주 행복하게 하였고, 정달식씨는 더욱 힘을 내서 박양의 한쪽 손을 끌어당겨 자신의 바지 속으로 집어넣어 자신의 성기를 만지도록 하니까, 처음에는 주먹을 꼭 쥔 채 마다하던 박양도 드디어는 못 이기는 체하면서 딱딱한 정달식씨의 성기를 뿌리 끝까지 움켜쥐기도 했고, 손바닥으로 음낭을 가만히 감싸보기도 했으며, 좀더 진전된다면 얼마든지 더 멋진 국면으로 나아갈 수 있다는 확신을 불러일으켰는데, 박양은 갑자기 정달식씨를 와다닥 밀치면서 매무시를 정돈하고 새침데기처럼 앉아서 언제 너를 봤냐는 듯이 냉정해졌고, 아주 당황해버린 정달식씨는 넋이 빠져 다시는 박양에게 뭐라고 말 붙일 용기를 내지 못해, 두 사람의 관계는 단지 그 봄날 밤 야유회

다녀오는 전세버스 속에서 이루어진 짧고 뜨거운 성애로 마감되었으니, 그 뒤에는 사무적인 관계로 되돌아가 두 남녀는 차장님과 부하 여사원으로 만족해야만 했다.

차장님과 부하 여사원으로 만족해야만 한다는 사실에 정달식씨는 한없이 마음이 아팠다. 한없이 마음이 아프긴 아팠지만 어쩔 수 없었고, 올해 들어서는 그보다 더욱 가슴 아픈 사건이 생겼다. 가슴 아픈 사건이 생긴 것은 늦은 봄으로, 다름이 아니라 지난 몇 년 동안 서너 달에 한 번씩 만나 정을 통해오던 오 여사의 태도가 갑자기 돌변해, 자신은 이제 가정에 충실해야겠다고 하면서 통 만나주지 않는다는 사실이었다.

사실대로 말하자면 정달식씨로서도 젖가슴이 처지고 아랫배가 터 벌어지고, 여관방에 들어서기 무섭게 마구 옷을 벗어젖히는 그 마흔 살 먹은 유부녀에게 무슨 애틋한 애정을 가지고 있는 것이 아니었다. 애정을 가지고 있는 것이 아니라 남몰래 남의 여자를 품어본다는 그런 기분뿐이었다. 그런 기분뿐이었기 때문에 흠뻑 빠져본 적도 없었다. 흠뻑 빠져본 적도 없으니까 별다른 죄의식도 없었다. 죄의식도 없었지만 애정도 없어, 오 여사가 입김을 내뿜으며, 달식씨 어쩌구, 날 사랑해 어쩌구, 내가 좋아 어쩌구, 내가 보고 싶어 어쩌구 할 때마다 정달식씨는 얼른 돌아눕곤 했다. 돌아눕곤 하는 정달식씨의 어깨를 흔들면서 오 여사는 또다시 애교를 부리면서, 돌아누운 정달식씨의 어깨와 등을 어루만지고, 코맹맹이 소리로 자신의 남편 이야기와 아파트 이야기와 자가용 이야기와 큰아들 이야기와 피아노를 잘 친다는 고명딸 이야기와 초등학교 야구선수라는 막내아들 자랑을 끝없이 늘어놓았다. 끝없이 늘어놓는 그 이야기를 하는 수 없이 들으면서 정달식씨는 이 여자가 자신의 내면에서 꿈틀대는 죄의식을 무마하려고 이렇게 계속 자신의 가족 이야기를 하는구나 하고 생각했다. 생각하면 안쓰럽기도 해서, 한편으로는 오 여사가 가여워지기도 했지만, 다른 한편으로는 슬픈 느낌마저 들었다. 슬픈 느낌마저 든 정달식씨는 겉으로 발설하지는 않았지만, 알았다 알았다 여관방에 누워서 기껏 제 남편 자랑이냐, 네가 지금 소풍 왔냐? 하고 중얼거렸다.

중얼거리기는 지금도 마찬가지였다. 지금도 마찬가지로, 알았다 알았다 하고 중얼거리면서 정달식씨는 또다시 공중전화 부스로 들어갔고, 송수화기를 들었다. 송수화기를 들고서는 앞으로 절대 전화하지 말라고 당부했던 오 여사의 전화번호를 눌렀고, 신호가 떨어진 다음 저편에서 들려오는 여자 목소리를 들으며, 거기 중국집입니까? 하고 물었다. 물음이 끝나도 저쪽에서는 얼른 대꾸가 없더니 잠시 뒤, 웬일이세요? 하는 오 여사 목소리가 들려왔다. 들려온 목소리가 몇 년 동안 자신과 성행위를 즐긴 여자의 목소리라는 것을 확인한 정달식씨는 다짜고짜 지금 즉시 나오라고 하면서, 알지? 거기! 하고 이전에 그들이 정을 통했던 여관 이름을 말했다. 여관 이름을 말하자마자 수화기에서는, 안 돼요, 안 돼요! 하는 오 여사의 절박한 목소리가 흘러나왔다.

절박한 목소리가 흘러나오든 말든 정달식씨는 그 소리가 괜한 앙탈이라고 판단했다. 그 소리가 괜한 앙탈이라고 판단한 것은 이전에도 그런 적이 있었으며, 그런 앙탈을 부리긴 했어도 일단 여관에 들어서기만 하면 사람이 달라지는 오 여사의 기질을 잘 알고 있기 때문이었다. 때문에 정달식씨는 서둘러 택시를 잡아타고 오 여사와 둘이 정해둔 여관으로 향했다. 여관으로 향한 택시는 오래지 않아 그 여관 앞에 당도했다. 여관 앞에 당도한 택시에서 내린 정달식씨는 곧장 여관으로 들어갔다. 여관으로 들어가서 돈을 치르고 빈방을 안내받고, 안내

하는 아낙네에게 찾아올 여자가 있다는 것을 알린 다음 방으로 들어갔다. 방으로 들어가자마자 침대 위에 털썩 몸을 던졌다. 몸을 던지고 나서 베개를 끌어당겨 얼굴을 파묻은 채 잠시 뒤에 벌어질 나신의 향연을 머릿속에 그려보았다.

머릿속에 그려본 나신의 향연은 이전에 두 사람이 벌인 행위에 비해 훨씬 감미로운 것이었으나, 그러나 머릿속에 떠오른 나신의 여인은 젖가슴 처진 오 여사가 아니라 스무 살짜리 박양이었다. 박양의 가녀린 몸매가 눈앞에 아른거렸다. 아른거리는 핑크빛 젖꼭지, 희고 매끄러운 젖가슴, 부드러운 엉덩이, 붉은 입술 사이로 내다보이는 혀, 땀에 젖은 아랫배, 팽팽하게 긴장된 허벅지, 그리고 걷잡을 수 없이 질러대는 교성이 귓가에서 맴돌았다. 귓가에서 맴도는 교성을 들으며 정달식씨는 잠에 빠져들었다.

잠에 빠져들었던 정달식씨가 잠에서 깨어나 손목시계를 들여다보았을 때는 이미 저녁 무렵이었다. 저녁 무렵이라는 것을 안 정달식씨는 젖가슴 늘어진 옛 애인이 이리로 달려오는 대신 남편과 아이들을 위해 저녁식사를 준비하고, 남편과 아이들을 식탁으로 불러모으고 있으리라 짐작했고, 또한 자신은 아직 동해안의 한적한 읍내에 가서 여자 속옷 가게를 할 것인지 서해의 외딴섬에 가서 수박 원두막을 할 것인지 그것마저 결정하지 못했음을 알아차렸다. 그것마저 결정하지 못했음을 알아차린 정달식씨는 네모난 여관방 안에 놓인 네모난 침대 위에 홀로 누워 자신이 이제까지 살아온 사십삼 년의 세월과 자신이 앞으로 살아갈 또 그만한 세월에 대해 곰곰이 생각해보았다. 곰곰이 생각해보긴 했으나 정달식씨는 그 어디서부터 무엇이 잘못되었는지 판단할 수 없었으며, 어디서 어디로 탈출하고 어디서 어디로 돌아가야 하는지 결정할 수 없었을뿐더러, 자신이 왜 지금 이곳에 누워 있어야 하는지에 대해서도 도통 알 수 없었다.

도통 알 수 없긴 했지만 한 가지는 분명했다. 분명한 것은 자신이 아직까지 가지고 있는 것이 너무나 많다는 사실이었다. 아직까지 가지고 있는 것이 너무나 많다는 사실을 깨달은 정달식씨는 침대에서 내려와 방 한가운데 섰다. 방 한가운데 선 정달식씨는 주머니 속에 들어 있던 돈을 몽땅 꺼내서 침대 위에 내던졌다. 돈을 몽땅 꺼내서 침대 위에 내던진 다음 윗옷 주머니에 든 수표와 크레디트 카드까지 전부 토해놓았다. 전부 토해놓은 다음 윗옷을 벗어던졌다. 윗옷을 벗어던진 다음 윗옷 안에 입고 있던 남방을 벗어던졌다. 남방을 벗어던진 다음 러닝 셔츠를 벗어던졌고 벗어던진 러닝 셔츠 위에 바지와 팬티까지 벗어던졌다. 팬티까지 벗어던진 다음 왼쪽 양말과 오른쪽 양말을 벗어던지자 정달식씨가 몸에 걸친 것은 손목시계와 결혼반지였다. 손목시계와 결혼반지마저 벗어던지자 정달식씨는 알몸이 되었다. 알몸이 된 정달식씨는 자신의 몸 안에 남아 있는 술기운을 씻어내기 위해 욕실로 들어갔다.

욕실로 들어가서 욕조 하나 가득 물을 채우고 그 물 속에 몸을 잠갔다. 물 속에 몸을 잠그고 한참이 지나자 말끔히 술에서 깼다. 말끔히 술에서 깬 정달식씨는 아직까지도 자신의 머릿속에 남아 있는 기억들, 아내와 딸, 아들과 집, 직장과 친구, 그리고 여러 개의 전화번호까지 그 모든 기억을 말끔히 털어내려 오래도록 천천히 머리를 흔들었다.

머리를 흔들면서 욕조에서 나와 거울 앞에 선 정달식씨는 거울에 비친 자신의 모습을 바라보았다. 거울에 비친 자신의 모습을 바라보던 정달식씨는 발기한 자신의 성기 때문에 슬퍼졌다. 슬퍼진 정달식씨는 오른손으로 발기한 성기를 거머쥐고서 천천히 손을 움직이기 시작했다. 손을 천천히 움직이기 시작하자 차츰 기분이 나아졌다. 기분이 나아지자 손을 조금 더 빨리 움직였다. 손을 조금 더 빨리 움직이자 가쁜 숨소리가 새어나왔다. 가쁜 숨소리가 새어나오더니 드디어는 거친 신음이 터져나오면서 정달식씨는 사정했다.

사정하는 순간 정달식씨의 눈에서는 눈물이 흘러나왔다. 흘러나온 눈물은 두 뺨을 적시며 흘러내렸고 정달식씨는 그 순간, 이제 자신은 더이상 아무것도 버릴 게 없는, 아주 행복한 한 마리의 파리와 같은 존재라는 사실을 깨달았다.

저 시퍼런 바다

"내 못 할 소리를 또 한다마는…… 시에미 되고 못 할 말을 또 한다마는, 니 팔자 내가 안 알아주면 언년이 알아주겠나. 그러니 암말 말고 양서방 따라가거라…… 그냥 나들이 가듯이 나서서 따라가거라."

"안 갈랍니다. 저…… 저놈의…… 저 시퍼런 바다를 평생 자근자근 씹어먹을랍니다. 자근자근 씹어먹으며 살랍니다. 저놈의 바다가 쫄아 없어지든지, 저놈의 바다가 뒤집어 쏟아지든지, 저놈의 바다가 내 앞에서 피 토하고 자빠지는 꼴을 꼭 보고야 말랍니다."

겨울날 아침나절. 바다와 항구가 내려다보이는 산 언덕바지. 가파른 산비탈에 삿갓조개처럼 다닥다닥 붙어 있는 처마 낮은 집들. 따사로운 햇살. 두 여인. 쪼그리고 앉아 담배를 피우는 늙은 아낙네와 생선 비늘이 덕지덕지 붙어 있는 천가방을 든 채 그 곁에 서서 바다를 바라보고 있는 젊은 여인. 푸르다 못해 눈 시린 바다. 먼 산엔 눈.

눈을 들지 않고 담배연기만 길게 내뿜는 늙은 아낙네. 눈살을 찌푸리며 말하는 늙은 아낙네.

"어쩌면 저다지도 얌전해 보이는지."

잔잔한 바다. 한 굽이 이랑도 없는 바다. 반짝이는 바다.

"야야, 영순이 에미야. 니는 낼부터 할복장에 나가지 마라."

고개를 틀어 젊은 여인을 쳐다보는 늙은이. 먼 바다에 눈길을 던져두고 있는 젊은 여인. 여객선 선착장에서 들려오는 뱃고동.

"……영순이 에미야…… 다시 한번 곰곰이 생각해봐라."

대답 없는 여인. 시멘트와 석탄을 선적하는 부두에서 들려오는 소음. 방파제 끝에서 꽃송이처럼 부서지는 파도. 갈매기 울음소리. 갯내. 차가운 공기. 선창에 옹기종기 모여 있는 작은 어선들. 시가지로 통하는 해안 도로. 저편 멀리 신축중인 아파트. 여인의 고쟁이 자락을 끌어당기는 늙은이.

"앉거라. 앉거라. 앉아서……"

가만히 주저앉는 여인. 눈길은 여전히 햇살 반짝이는 먼 바다.

"내 못 할 소리를 또 한다마는…… 시에미 되고 못 할 말을 또 한다마는, 니 팔자 내가 안 알아주면 언년이 알아주겠나. 그러니 암말 말고 이번 양서방 내려오거던 따라가거라…… 그냥 나들이 가듯이 나서서 따라가거라."

벗었던 목장갑을 다시 끼었다가 다시 벗는 늙은이.

"내 나이 아직 환갑이 멀었다. 몇 해는 더 하겠더라. 영순이하고 영호는 내가 맡으마. 니 속도 탈 만큼 타고 썩을 만큼 썩었고 나도 사돈댁 보기 죄스러워 이대론 안 된다."

이마를 짚는 여인. 벗은 목장갑으로 무릎을 터는 늙은이.

"영순이 애비 그렇게 된 지도 삼 년이 지났다. 이제는 털고 일어날 때도 됐다. 삼 년인데…… 봐라 에미야, 영순이 영호는 아무 걱정도 말고 얄궂은 니 팔자나 고쳐라. 예펀네 팔자는 뒤웅박 팔자라고 니 나이 아직 서른둘이다. 젊디젊은 나인데 오늘 맘 콱 다잡아먹어야지 안 그랬다가는 저놈의 바다에 치일라. 양서방이야말로 움 안에서 받은 떡이다. 암말 말고 그저 나들이 가듯이 나서서 따라가거라."

훌쩍거리는 늙은이. 무르팍을 틀어쥐는 늙은이. 말없는 여인. 항구를 벗어나는 여객선. 하얀 뱃길. 높이 치솟아오르는 갈매기. 소맷자락으로 눈물을 훔치는 늙은이. 길게 한숨을 쉬고 다시 담뱃갑을 꺼내드는 늙은이.

"저번에 와서도 애걸복걸하더라. 양서방이 그러지 않더라도 내 진작부터 생각하고 있었다만, 제 입으로 사정사정하더라. 양서방이 아직 홀몸인 것도 그렇고, 이제는 뱃일을 집어치웠다니 나는 그래 맘이 놓인다. 세상천지 어디에 살더라도 자식같이 부모같이 여기고 살면 니도 좋고 나도 안 좋겠나. 그렇게 이만 갈아물지 말고 가거라. 봐도 봐도 그 바다가 그 바단데 미운 파리 치려다 고운 파리 상할라."

눈길을 거두어 늙은이를 바라보는 여인. 머리에 뒤집어썼던 수건을 벗어 손아귀에 꼭 틀어쥐는 여인.

"어머님요, 저는요, 저는요 절대로 안 갈랍니다."

수건 든 손으로 얼굴을 감싸는 여인.

"저…… 저놈의…… 저 시퍼런 바다를 평생 자근자근 씹어먹을랍니다. 자근자근 씹어먹으며 살랍니다. 저놈의 바다가 쫄아 없어지든지, 저놈의 바다가 뒤집어 쏟아지든지, 주면 줄수록 양양거리는 저놈의 바다가 내 앞에서 피 토하고 자빠지는 꼴을 꼭 보고야 말랍니다."

길게 담배연기를 내뿜는 늙은이. 산모퉁이에서 돌아나오는 택시의 경적. 방파제를 따라 달려가는 오토바이.

"영순이 에미야, 니만이 아니다. 이 늙은 것이 이적지 뭔 맥으로 살았겠나. 그래도, 그래도 저놈의 바다는, 저 시퍼런 바다는 꿈쩍도 않더라."

얼굴을 쳐드는 여인.

"안 갈랍니다. 저렇게도 시퍼런 바다를 두고 내가 어디로 간다구요. 어머님요, 날 보고 가란 소리는 다시는 마세요. 우리 영순이 영호가……."

말을 더듬는 여인. 울음을 삼키는 여인.

"우리 영순이 영호가 장대같이 자라서 저놈의 바다 뒤집어엎는 꼴을 보고야 말랍니다. 꼭 보고야 말랍니다. 요기 서서 내 두 눈으로 꼭 보고야 말랍니다."

"야야, 영순이 에미야, 세상살이가 다 그렇더라. 어디 바다만 그렇더나? 세상살이가 다 출렁출렁이더라. 출렁출렁 살아야지. 바다가 잔잔할 땐 나도 잔잔하고 바다가 지랄하고 날뛸 땐 나도 펄펄 뛰고, 그저 살짝 미친 듯이 살아야 하더라. 내 이적지 살다 보니 세상살이의 반은 우연이더라. 그 우연이야 어쩌겠냐마는 나머지 반도 지랄이더라. 그 지랄이 뭔 지랄이겠나. 영감 자식 바다에 맡긴 내 팔자가 지랄이지 뭔 지랄이겠나."

두 여인의 품에서 풍겨나는 비린내. 할복장에서 걸어나와 냉동창고 옆으로 돌아가는 한 무리의 아낙네. 방파제에 널린 올망. 산고기를 싣고 돌아오는 똑딱선. 똑딱선의 통통대는 소리.

"아닙니다, 어머님요. 우리 영순이 아버지 잡아먹은 저놈의 바다를 내 원수로 삼든지, 내 서방으로 삼든지, 죽어도 달아나지는 않을랍니다. 달아나면 어디로 달아나겠습니까. 뒤로 오는 호랑이는 속여도 앞으로 오는 팔자는 못 속인다고, 쪽박을 쓰고 벼락을 피할까요."

"니 맘 내 다 안다. 니 맘 내 다 알아. 니 맘이야 그렇겠지만 이웃 보기도 뭣하고 사둔댁 보기도 내가 죄스럽다. 이 늙은 것은 생각도 말고 니 앞길 챙겨라. 양서방도 그러더라. 영순이 영호 뒤는 봐준다고. 가거라. 백 년을 다 살아야 삼만육천 날, 솔 심어 정자라고 얼마나 살 목숨인가. 실없이 독을 품고 앉았다가는 니 팔자 내 팔자 될라. 그기 무섭다. 그기 지랄이다."

푸르다 못해 눈 시린 바다. 먼 산엔 눈.

"물에 젖은 영감이 바다에서 돌아왔을 때 영순이 애비 열네 살 났다. 철없는 것은 울더라만 나는 울지 못하겠더라. 출렁출렁 출렁거리는 멀기만 바라보고서는, 물에 젖은 영감의 두 손을 잡고 서서…… 그저 어디 한쪽으로 비켜앉아 고깃배나 타고 싶더라. 그래서 영감을 이 바닷가 산꼭대기에 묻었구나. 영순이 애비 가빠 입고 나설 때에도 차마 말리지 못했구나. 알 수 없더라. 복은 쌍으로 안 오고 화는 홀로 안 온다더니 영순이 애비가 저놈의 바다에서 종적없이 사라진 지 삼 년이 되도록 오늘까지 나는 차마 울지 못했다. 그냥 어디 저 바다에 있겠거니……."

건조장 말뚝. 젖은 오징어를 너는 아낙네. 철조망에 기댄 삼댓단.

"영순이 에미야, 야아……."

늙은이의 조심스러운 목소리. 늙은이를 건너다보는 여인.

"보상금 받은 거하고…… 거 좀더 보태서 통장에 너뒀다. 혼인 치레 말고 팔자 치레 하랬다고 그건 좀 마련해뒀다. 그리고 애들 걱정은 손톱만치도 하지 마라. 내야 집이 있지, 통장도 두 개나 더 있지, 아직 기력도 있지. 후유…… 이런 일에는 말이 많으면 안 되는 법인데. 후유…… 내 니 성질 보니 바위 차다가 제 발부리만 아프겠다. 이번 양서방 오거든 내가 떠밀란다. 영순이고 영호고 철없을 때 일을 저질러도 저질러야지. 후유…… 내 몇 해 잘 데리고 있다가 니 사정 좋아지거든 그때는 니 뜻대로 하마."

저 멀리 바다로 얼굴을 돌리는 여인. 슬쩍 웃는 여인.

"어머님요, 미련이 아닙니다. 오기도 아닙니다. 한평생을 어떻게 오기로 살겠습니까. 그저 바다가 출렁거릴 때마다 이를 갈아물면서…… 대 끝에 앉아서 삼 년이라는데 하고 살았지요. 그러니 살았지요. 뱃사람이라고 어디 다 물고기만 낚으러 바다에 나간답니까. 저는 저대로 사는 꼴이 다 있겠지요. 정 때문에 미움이 생겼으니 미움이 다

하면 정도 생기겠지요. 그러니 다시는 그런 말씀 하지 마세요. 죽어도 안 떠날랍니다. 저 시퍼런 바다가 있는 한은 죽어도 못 떠납니다. 세상살이의 반절이 우연이라면 반절은 내 손에 달린 게 아니겠어요. 자근자근 씹고 아득바득 갈면서 살랍니다."

쌍굴뚝박이 기선. 오동 높은 기선. 배쌈을 부딪치며 엷질하는 어선들.

"살다 보면 바다같이 사는 법도 배우겠지요. 저놈의 바다처럼 살아가려고 애쓰겠지요."

희미하게 웃음 짓는 여인. 갈매기 울음소리. 뱃머리를 쑤셔박으며 뒷질하는 채낚기 어선들. 어판장을 질주하는 물오징어 운반용 모터사이클. 양철드럼 속에서 타오르는 타이어의 검은 연기. 모닥불 둘레를 서성이는 어부들. 높이 쌓인 빈 생선상자. 산고기 횟집의 간판.

"아서라. 니 팔자 니 소관이지만. 아서라. 그물을 던져도 씨 있는 바다에 던져야지. 술도 괼 때 거르고 고사리도 꺾을 때 꺾으라더라. 어데 장마다 망둥이 날까. 산다는 게 장난이 아니더라. 재는 넘을수록 높기만 하고 내는 건널수록 깊기만 하더라. 뱃사람 아낙더러 일부종사가 웬 말이더냐. 일부종사라니, 누가 그런 법에 손도장을 눌렀다더냐. 언년이 그런 법에 손도장을 찍었다더냐."

천가방을 집어드는 여인. 허리를 펴고 하늘을 쳐다보는 여인.

"바람도 불다불다 그치겠지요. 눈물에 밥을 말아먹어도 도망질은 안 할랍니다. 멀기도 치다치다 그치겠지요."

일어서는 여인.

"가십시다, 어머님요. 영순이 학교 보내야지요. 빨리 가서 영순이 영호 밥해줘야지요. 가십시다, 어머님요. 밥 먹고 얼른 할복장 나가야지요."

길게 한숨을 뿜어내는 늙은이. 바다를 바라보는 늙은이.

"마음이 있어야 꿈을 꾸지. 니는 참말 마디에 옹이로구나. 그러다가는 용수에 담은 찰밥도 엎지르겠다. 저놈의 바다 같구나. 니는 참말로 저놈의 바다를 닮아가는구나."

무릎 위에 얹어뒀던 목장갑을 집어드는 늙은이. 무릎을 짚으며 일어서는 늙은이. 눈살을 지푸리는 늙은이.

"오늘 바다는 참 눈 시리게도 시퍼렇다……."

걸음을 내딛는 두 여인. 두 여인의 뒷모습, 푸르다 못해 눈 시린 바다. 먼 산엔 눈.

그로부터 며칠 뒤. 밤. 부둣가에 위치한 어느 허름한 횟집 안. 실내 한가운데 연탄 난로 하나만이 덩그렇게 놓여 있을 뿐 썰렁한 풍경. 바람에 덜컹대는 더러운 유리문. 천장에 매달려 웅웅거리며 울어대는 낡고 녹슨 형광등. 희미한 형광등 불빛 아래 어둑신한 구석 자리. 나무탁자를 사이에 두고 마주 앉은 두 사람. 탁자 위에는 식은 매운탕 냄비와 소주병. 바람 소리에 귀를 기울이는 대머리 사내. 휘이이, 바람 소리. 그 대머리 사내 맞은편에 앉아 탁자 위에 놓인 소주잔을 골똘히 바라보고 있는 여인. 한없이 한없이 바다 속으로 가라앉는 심해어의 눈빛.

유리문을 흔들며 지나가는 바람. 스며드는 찬 기운. 갯내. 문 밖엔 끝없이 어둠. 또 들려오는 파도 소리. 처얼썩 처얼썩 처얼썩. 고개를 드는 대머리 사내.

"저 소리를 듣자니 도무지. 바람 소리도 파도 소리도 다……."

소리없이 웃고, 그리고 소주잔을 들어 툭 털어넣는 사내. 나무젓가락을 집어 건성으로 냄비 잔두리를 치며 또 저 멀리 어둠 속으로 눈길을 던지는 사내.

"영순이 엄마 고집이 보통이 아니오. 말이라도 좀 하지. 내가 무슨 상종 못 할 날건달이오? 아니면 맞선 보러 온 숫총각이오? 고개라도 좀 들지, 영순이 엄마."

또 말없이 웃고, 그리고 손바닥으로 입가를 쓰는 사내. 여인의 정수리. 오랜 침묵.

"대리점이라고 해도 뭐 요란스럽게 큰 건 아니고, 중고도 취급하고, 수리도 하고, 그까짓 자전거쯤이야 눈감고도 만지지. 방연호를 칠 년 타고 동광호도 근 칠 년은 될걸. 그 고물딱지 해진호 기관실에도 들락거린 솜씨니 기름 만지는 솜씨야 이골이 났지. 씨름을 잘하면 등허리에 흙 떨어질 날 없다고 그것도 재주라고 어디 가나 기름장갑이오. 기름장갑 역사가 벌써 십 년이 넘었소, 십 년이. 돈은 벌어놓은 것 없어도 몇 식구 입이야 굶기지 않을 자신이 있소. 무슨 짓을 해서라도 영순이 영호 학교야 못 보내겠소. 한 삼 년 해보니 요령도 생기고 이젠 자리도 잡혔고…… 이제는 저놈의 바람 소리 파도 소리가 무섭게만 들린다니까. 어째 옛날에는 그렇게 바다 아니면 죽는 줄만 알았을까. 어째 옛날에는 그 집채 같은 파도 속에서도 무서운 줄 몰랐을까. 땅에 발을 붙이고 살아보니, 배에서 내린 지 삼 년이 지나고 보니, 도무지…… 파도 소리까지 무서워지는데 이 무슨 조환가."

처얼썩. 파도 소리. 빈 잔에 술을 채우는 사내.

"영순이 엄마, 말 좀 해보소. 죽어서도 넋두리를 한다는데 산 사람이 어째 그렇게 꿀 먹은 벙어리요. 말을 해야 알지. 말 안 하면 귀신도 모릅니다."

여인의 이마.

"무슨 말을 하라고요?"

형형한 눈빛.

"무슨 말이든지 속에 있는 말을 해보소."

"모르겠습니다."

다시 침묵. 바람 소리. 진한 갯내. 두 사람 다 긴 한숨.

"저녁에 영순이 할머니를 뵀습니다. 날더러 영순이 엄마 직접 만나 보랍디다. 모친네 말씀으로는 영순이 엄마만 좋다면 당장에라도 떠나라 하는데. 그럽디다. 그리고, 모친네 말씀이야 영순이 영호 두고 가라지만 내 생각은 모친네까지 다 모시고 갔으면 하는 생각인데. 마음이 맞으면 삶은 도토리 하나를 가지고도 시장 멈춤 하고, 의논이 맞으면 부처도 앙군다는데, 호강이야 못 해도 한솥으로 찌덕거리면 남만큼은 먹겠고. 영순이 엄마도 그렇지만 모친네도 그렇고 내가 맘 편한 사람 아니요. 아들도 같고 사위도 같고."

또 한숨.

"영순이 아버지 생각해서라도 내가 모르는 척할 처지가 아니지요. 친구로 봐도 그렇고 이웃으로 봐도 그렇고 영순이 할아버지 생각을 해서도 그렇고. 내가 홀몸이라 그러는 게 아니라, 내 욕심 때문에 그러는 게 아니라, 세상살이가 다 이래저래 어울려 살라고 이래저래 안 됩니까. 영순이 아버지 저 세상에서 내려다보더라도 눈곱만큼도 섭섭지 않게 할 작정이니. 영순이 영호도 내 자식처럼 먹이고 가르치고. 영순이 아버지 해야 할 일도 내가 다 알아 하고. 영순이 엄마도 내 성미 잘 알 거요. 내가 왜 이적지 홀몸으로 살아왔는지 옆에서 지켜봤으니 잘 알 거요. 그러니 이제 내가 기다리는 것은 영순이 엄마 한마딘데…… 내 욕심도 내 욕심이지만 이래 보고 저래 봐도 다 좋자고 하는 일이고. 영순이 엄마 욕뵈려고 하는 짓이 아니라는 것은 하늘이 알고 땅이 알고 저 바다가 알고, 저 바다 속에 들어앉은 영순이 아버지가 알고…… 구만 리 같은 영순이 엄마 앞날을 생각해서라도 길은 외길, 갈길이 외길이오. 하루속히 여길 뜨는 길이오. 괜히 어물거리고 주질러앉아 있다가 이 바다에 쑤셔박힐 일이 아니오."

한쪽 손을 들어 목덜미를 쓰다듬는 여인.

"고기는 씹어야 맛이고 말은 해야 맛이라지만 백 마디를 해봐야 거북이 잔등에 털 긁기요. 양씨 말이야 천만 번 고맙지만 아무리 생각을 하고 생각을 해봐도 우리 애아버지 잡아먹은 저 바다를 두고는, 처자식 먹여살리자고 떠나간 애아버지를 두고는 내 혼자 못 갑니다. 당장 먹기엔 곶감이 달다지만 누워서 떡을 먹으면 팥고물이 눈에 들어간답디다. 바람이 불어도 살고, 파도가 쳐도 살았으니, 이젠 혼자라는 생각도 들지 않고 설사 혼자라도 살아야지 살아야지 하니 살 것도 같애요."

"영순이 엄마 마음이야 어느 누가 모른답니까. 이 바닷가에 있는 사람 열이면 열, 누굴 붙잡고 물어봐도 영순이 엄마 마음 모를 사람 어디 있답디까. 하지만 이불간 보아가며 발을 뻗어야지요. 세월도 삼년이 지났으니 이제는 그만 털어버릴 때도 됐지요. 떠나갈 때도 됐지요. 나만 나쁜 사람 만들지 말고 저놈의 지긋지긋한 바다를 훌쩍 떠나갑시다."

"변죽을 치면 복판이 운다고 내가 왜 모르겠습니까마는, 양씨 그러지 말아요. 그러면 내 속인들 안 아플까요…… 물은 흘러도 여울은 여울대로 있답니다."

"아직도 그 소리 합니까. 아직도 그 마음 그대롭니까. 삼 년을 하루같이 요지가 부동입니까."

"말로는 못 합니다. 그날부터 오늘까지 맺히고 맺힌 내 마음을 말로는 못 합니다. 바다는 알라는가 몰라도 나도 모르는 내 마음을 무슨 수로 말하라 합니까."

"이렇게 안 되면 저렇게 하고 저렇게 안 되면 이렇게 하고, 앞으로 안 되면 뒤로 하고 뒤로 안 되면 옆으로 하고, 말로 안 되면 훌쩍 뛰어나 보소. 바다한테 하듯이 야물게 흘겨나 보소."

달려들 듯 턱과 가슴을 내미는 사내. 대머리에서 부딪쳐 되돌아가는 불빛. 불그레한 눈 언저리. 목덜미를 덮은 골 굵은 골덴 파카의 두터운 깃. 탁자를 짚은 손가락. 기름에 전 손톱. 다 식은 매운탕. 유리문을 뒤흔드는 바람. 휘이이 휘이. 멀리서 자동차 경적. 종종걸음치며 걸어가는 행인의 발소리.

"뛸래도 뛸 기력이 없고, 징징거려보고 싶어도 빠삭빠삭 다 탄 속은 연기만 폴폴 나고, 좋아하는 마음도 미워하는 마음도, 울고 싶은 마음도 웃고 싶은 마음도, 다 썩어 문드러져 수십 길 바다 속에 가라앉았으니 내가 양씨 앞에 내보일 마음이 어디 있고, 털어놓을 말이 뭐가 있을까요."

"그러니 내 말 안 합니까. 좋아하는 마음도 미워하는 마음도 훌훌 털어버리고, 간 사람은 간 사람이고 잊어버릴 사람은 잊어버릴 사람이고, 떠날 사람은 떠날 사람이고…… 정선골 물방아 물레바퀴 돌고 돌 듯이, 갑시다. 바다가 달라는 것은 바다한테 주고 우리는 바다를 떠나갑시다. 비 온 뒤의 땅처럼 우리 한번 잘 살아봅시다. 개미 금탑 모으듯 하면서 보란 듯이 살아봅시다."

탁자 위에 팔꿈치를 대고 손바닥에 얼굴을 기대는 여인.

"양씨도 알다시피 지난 세월 저놈의 바다를 자그자그 씹고 오독오독 씹으며 살다 보니 이제는 내 마음도 저 바다에 콱 붙들린 것만 같은 생각이 드네요. 들어봐요. 들리지요? 저 바다 기승 떠는 소리가 들리지요? 저 소리를 들으면 어떨 때는 펄펄 뛰고 싶다가도 또 어떤 때는 그저 마음이 잔잔하기만 합니다. 바람도 없고 물결도 없고. 그러니 그냥 기다리는 거지요. 저놈의 바다가 내 앞에서 비명 지를 때만 그냥 요기에 앉아 기다리는 거지요. 후우…… 그 소리 안 듣고는 한 발짝도 안 떠날랍니다. 양씨도 들리지요? 저렇게 시퍼렇게 살아 길길이 날뛰는 바다 소리가? 저놈의 바다 소리가?"

처얼썩. 파도 소리. 처얼석 처얼썩 처얼썩. 갯내. 어둠. 그리고 바람. 소주를 툭 털어넣는 사내.

"내가 서른여덟이고 영순이 아버지가 나보다 한 살이 밑이지요. 영순이 엄마는 영순이 아버지하고 다섯 살 차이고. 그러니 영순이 엄마 올해 서른둘 되네요. 하아…… 서른둘 먹은 여자가 온 세상을 다 산 사람만 같소. 가슴속에 품은 한이 집채 같소. 그 한으로 바다를 메우겠소. 그만한 한이니 바다도 귀가 있다면 떨겠소. 바다가 굴복을 하겠소. 그러니 그만그만 바다를 용서해주소. 이 바닷가에 영순이 엄마 같은 사람이 어디 한둘이겠소. 다 그렇지요. 다 그렇게 당하면서 살았지요. 가자니 태산이요 돌아서자니 숭산이라, 산다는 게 다 그렇지요. 나도 내 둘도 없는 친구 저 바다에 뺏기고 그 마음이 오죽했겠소. 바다만 보면 그냥 그 자식이 불쑥 솟아날 것도 같고, 갯내만 맡으면 그냥 그 친구 손이 내 어깨를 툭 치는 것만 같았는데. 부부 사이만은 못하겠지만 그래도 나한테는 젤로 가까운 친구였으니 내 마음인들 오죽했겠소. 파도 소리만 들어도 속에서 열불이 끓어올라 이놈의 바다를 떠나지 않고서는 견딜 수가 없었소. 비켜섰다고 욕해도 도리가 없고 도망쳤다고 손가락질해도 도리가 없고, 남들이 침을 뱉는대도 하는 수 없지만 바다 꼴을 안 보니 속은 편합디다."

"양씨는 그래도 나는 못 그럽니다. 내가 양씨를 몰라서 하는 소리가 아니라, 제 앞에 떨어지지 않은 불은 뜨거운 줄 모르는 법이고 남의 염병이 제 고뿔만 못한 법인데, 양씨하고 나하고는 또 틀리지요.

밤이나 낮이나 철썩거리며 내 오만간장을 치고 때리는 저 시퍼런 바다가 있는 한에는 내 도망질은 안 할랍니다. 지 서방 바다에 묻은 년이 어디 간들 무슨 호강을 하겠다고 도망질을 할까요."

"배 타는 사람의 팔자가 그런 거지 죽이긴 누가 죽이고 도망은 무슨 도망이오. 죄라면 다 산다는 게 죄지. 욕을 하자면 바다에 붙어 사는 우리네 목숨에다 욕을 해야지 무얼 욕하겠소."

파도 소리. 가슴을 쓰는 여인.

"욕을 한들 무슨 가슴 후련한 일이 있을까요마는 나는 내 서방을 지한테 보냈는데 지는 내 서방을 보내주지 않으니 저놈의 바다가 야속도 합니다. 지는 어째 나를 요렇게도 배신할까요, 네? 꼭 복수를 하고야 말랍니다. 우리 영순이 영호가 윽실윽실 자라서 저놈의 바다를 메워버릴 때까지 요기 앉아 지키고 있을랍니다."

난로 뚜껑 위에서 김을 뿜어내고 있는 두 되들이 양은주전자. 출입문 곁 구석에 선 색 바랜 파라솔과 빨래판. 유리문 아래 놓인 텅 빈 수족관. 먼지를 뒤집어쓴 채 그 수족관 안에 처박혀 있는 뜰채. 푸드득거리고 찡찡거리는 형광등.

"영순이 어머니, 영순이 어머니, 미워도 용서하고 야속해도 용서합시다. 성나 바위 차기고 모래로 방천하기요. 그만 바다를 용서해줍시다. 용서하고 떠나갑시다. 미워하고 사랑하는 것은 손바닥과 손등처럼 한 짝이라, 미움도 용서하면 사랑이 되는 거라요. 다 잊읍시다. 용서합시다. 용서하고 떠나서 다 잊고 삽시다."

"나는 잊지 않을랍니다. 미워하는 마음도 오래오래 되면 사랑하는 마음으로 변할라는가 그건 몰라도, 죽기로 사는 년이 오기도 없으면 무슨 힘으로 버틸까요. 양씨는 그걸 모르는 것 같네요. 죽는 게 무섭지 않으니 뭘 용서하고 말고 뭘 잊고 말고 뭘 무서워하고 말고 할 것도 없지요."

"물은 건너보아야 알고 사람은 지내보아야 안다더니 이제 보니 영순이 엄마는 바다와 닮은 게 많은 것 같소. 그걸 진작 알았다면 내가 오지를 않는 건데. 영순이 엄마는 아주 바다 같소. 밤으로 낮으로 한시도 쉬지 않고 출렁대고 철썩대면서도 물러날 줄 모르니. 백날이 가고 천날이 가도 줄지 않고 불어만 가니. 사랑하는 마음인지 미워하는 마음인지. 그렇지요. 사랑하는 마음일 수도 있고 미워하는 마음일 수도 있고, 어쩌면 그 아무 쪽도 아닌 욕심일 수도 있고. 바다는 그 마음을 알라는가."

슬쩍 웃는 여인. 입술을 씹는 여인. 손끝으로 자꾸 쓰다듬는 관자놀이. 푹푹거리는 양은주전자. 바람이 처마 밑을 치고 달아날 때마다 훅 달아오르는 연탄난로. 물고기처럼 맥없이 입을 열고 처마 밑을 내다보는 여인. 짙고 짙은 어둠. 바람의 소용돌이.

"그래요. 바다도 그렇고 내 마음도 그렇고, 그것은 사랑하는 마음보다도 미워하는 마음보다도 일찍부터 있었고, 그러니 그 모든 것의 근원이라고나 할까요. 저놈의 바다도 내 마음도 다 알 수 없는 수수께끼지요. 누구도 풀지 못하는 수수께끼랍니다. 그러나 한 가지 똑똑한 것은, 그 속에는 다 사연이 있다는 것이고, 그 사연에는 또 닮은 데가 있다는 것이고, 그것은 둘 다 늘 눈물과 연관이 있다는 것이지요. 그게 닮은 점이지요. 눈물이지요. 맞아요. 한 방울의 눈물은 아무런 색깔도 없지만 그 눈물도 모이고 모이면 아마 바다와 같은 색깔이 될 거라는 생각이 듭니다. 애아버지가 저 바다에서 돌아오지 못한 그날부터 나는 죽는 게 무섭지 않습디다. 죽는 건 무섭지 않은데 대들어 싸우다가 질까 봐 그게 겁이 납디다. 그러니 울면서도 떠나지 못하지요. 죽을 때는 죽더라도 지지는 말아야지요. 내가 물러나지 않고 기어코 바다와 맞서서 아득바득 살아간다면 누가 더 모진가요? 바다가 더 모진가요, 내가 더 모진가요? …… 후우우…… 영순이 아버지와 나는 이곳에서 함께 살다 이곳에서 함께 죽기로 했으니 같은 날 죽지는 못해도 죽기는 이곳에서 함께 죽어야지요. 후우…… 어디서 어떻게 죽든지 우리는 언젠가 모두 죽겠지만, 그 죽는다는 것 때문에 사람 소리를 듣는 게 아니라 죽기 전에 살아가기 위해 애쓰는 것 때문에 사람 소리를 듣는 거라는 생각이 드네요. 내가 살자고 저 바다를 떠나간다면 산다는 게 나를 손가락질할 거라구요. 잘살아도 내 팔자 못 살아도 내 팔자, 나는 절대로 이 바다를 안 떠날랍니다. 바다가 저렇게 철썩거리는데 내가 등을 보이고 돌아서면 저 시퍼런 바다는 곧 나를 삼키려고 달려들 테니."

"영순이 엄마 말을 듣고 보니 파도 소리가 비명처럼 들리네요. 바다도 입이 있다면 아마 지금 비명을 지를 거 같군요."

저 먼먼 바다. 깊고 깊은 바다에서 들려오는 소리. 어둠을 헤치고 들려오는 소리. 그 소리에 귀 기울이는 여인.

"그래요. 언젠가는 바다도 나처럼 피눈물 흘릴 날이 있고말고요."

마지막 소주잔을 집어드는 사내. 한 방울도 남기지 않고 탁 털어넣는 맑디맑은 술. 눈물.

"파도 소리가 들리는군요. 영순이 아버지 목소린지 바다의 비명 소린지 파도 소리가 들리는군요."

"네, 들리네요. 영순이 아버지 목소리가 들리네요. 그렇지요, 양씨?"

"그래요, 영순이 엄마. 똑똑히 들리네요."

눈물 담긴 두 눈으로 끝없는 어둠 저편을 바라보는 여인. 파도 소리. 우르르 처얼썩.

"양씨, 어서 일어납시다. 양씨는 밤차로 떠나야지요. 자전거포 봐줄 사람도 따로 없을 텐데. 밤차 타려면 어서 일어나야지요. 나도 빨리 자고 내일 새벽 할복장에 나가야지요. 바다로 나가야지요. 양씨 마음은 내가 다 알아요. 고마워요, 양씨. 영순이 봄방학 하거든 영순이 영호 데리고 양씨한테 한번 놀러 가지요."

투두둑 떨어지는 눈물 방울. 눈물에 젖은 두 손을 앞으로 내미는 여인. 그 손을 마주 잡는 사내. 일어서는 두 사람. 휘몰아치는 어둠 속으로 철썩 처얼썩 파도 소리.

압록강 풍경

"오마니는? 오마니는 어케 안 나왔음?" 하면서 반백의 남자는 강 한가운데로 마구 달려갑니다. 그러자 혜산 쪽 강둑의 남자는 세차게 고개를 저으며 손사래쳐 달려오는 남자를 막아세웁니다. 반백의 남자는 쳐든 두 팔을 부들부들 떨면서 강 한가운데 멈춰 섰습니다. 압록강 물살은 남자의 무릎을 치며 흘러가고, 그 물살보다 세찬 급류가 남자의 가슴을 두들기며 끓어오르는 모양을 나는 느낄 수 있었습니다.

다리의 이야기

나는 다리랍니다. 사람이나 짐승이나 곤충의 다리처럼 걷거나 뛰어다닐 수 있는 그런 다리가 아닙니다. 나는 땅과 땅을 나누며 흘러가는 강 위에 놓여 있는 인공 건축물인 다리랍니다.

내가 자리하고 있는 곳은 조선과 중국의 국경이며, 또한 중국 대륙과 조선 반도의 경계이기도 한 압록강 상류입니다. 나는 길이가 백 미터 남짓하며 콘크리트로 축조된 여섯 칸짜리 다리인데, 세 칸은 조선 사람들이 만들었고 세 칸은 중국 사람들이 만들었습니다. 그 이유는 내가 두 나라를 이어주는 역할을 담당하고 있기 때문이지요. 내 한쪽 끝은 조선민주주의인민공화국 양강도 혜산시에 닿아 있고 다른 한쪽은 중화인민공화국 지린 성 창빠이 현에 닿아 있습니다. 그래서 우스운 일이 일어났답니다. 내 이름이 두 개가 된 거예요. 조선 쪽에서는 나를 혜장(惠長)교라 부르고 중국 쪽에서는 나를 창혜이(長惠)교라 부른답니다. 세상에 나처럼 두 개의 이름을 가진 다리가 어디엔가 또 있을는지 모르겠어요.

나는 아직 다른 다리를 만나본 적이 없으므로 이름을 두 개 가지고 있다는 사실이 슬픈 일인지 기쁜 일인지 알 수 없습니다. 다만 내 임무가 강 양쪽에 사는 사람들을 이쪽에서 저쪽으로, 저쪽에서 이쪽으로 마음대로 건너다니게 하는 것이니까, 그런 내 임무만 충실할 수 있다면 그까짓 건 별로 문제될 게 없다고 생각합니다. 문제가 있다면 내가 내 역할을 다하지 못하는 것이겠지요. 그럴 때면 나는 슬퍼집니다.

아시다시피 내 아래로는 압록강이 흐르지요. 압록강이라고는 하지만 아직 허천강도 만나지 못한 상류이기 때문에 강폭이래봤자 삼십 미터밖에 안 되는 보잘것없는 물줄기에 불과하지요. 국경을 이루는 강이라기보다는 이웃 마을 사이로 흘러내리는 개천이라고나 해야 할 정도입니다. 이름은 거창하게 압록강이지만 실제로는 큰물 질 때가 아니면 신발을 벗어들고 바짓가랑이를 걷기만 하면 걸어서 건널 수 있을 만큼 얕고 좁은 강입니다. 나는 매일 그 압록강을 내려다보면서 지내고, 그러자니 자연 이쪽저쪽에서 일어나는 여러 가지 일을 훤히 살피게 됩니다.

얼마 전에 있었던 아주 슬픈 일입니다. 그날도 나는 가랑이를 간질여대면서 서둘러 달아나는 압록강 물결을 내려다보고 있었어요. 그런 내 눈에 한 사람의 모습이 들어왔어요. 그 사람은 중국 쪽, 그러니까 창빠이 현의 압록강변에 서 있었어요. 머리카락은 반백이었고 환갑에 가까운 남자였습니다. 남자는 조선 혜산 쪽 강변을 바라보며 누군가를 기다리고 있었어요. 이윽고 혜산 쪽 강변에도 한 남자가 나타났습니다. 그러자 반백의 남자는 강으로 첨벙 들어서더니 그를 향해 뛰어가기 시작했답니다. 나는 멀쩡한 나를 놔두고 몸을 적시면서 강을 건너는 사람의 심보를 좋게 보지 않는답니다. 말이 국경이지 특별히 지키는 사람이 없다 보니 그렇게 나를 무시하고 비위를 상하게 하는 얄미운 사람이 가끔 있답니다. 그러나 반백의 남자는 사정이 좀 다른 듯했어요. 이 남자에게는 내 양쪽에 위치하고 있는 국경검문소가 문제인 듯했습니다. 내 양쪽에는 국경검문소인 두 나라의 교두와 해관이 자리하고 있거든요. 하지만 어느 쪽 사람이든 도강증만 있으면 통과하는 데 아무런 어려움이 없습니다. 바로 그 도강증이 문제였지요. 반백의 남자는 도강증이 없는 사람이었습니다.

황급히 강에 뛰어든 반백의 남자는 저쪽을 향해 주먹나팔을 만들어 소리쳤습니다.

"니가 태익이 맞슴?"

"……."

"니가 내 동생 태익이 맞슴?"

"……."

"내레 니 형 김태수다아. 니 형이다아. 김태수다. 으흐흑……."

그래도 저편 강둑에서는 대답이 없습니다. 남자는 말을 멈추고 강 아래쪽으로 걸음을 옮깁니다. 그러자 저편의 남자도 아래쪽 강둑으로 걸음을 옮깁니다. 이편에서 멈춰 서면 저편에서도 멈춰 서고, 이편에서 움직이면 저편에서도 따라 움직이고, 손을 흔들면 마주 손을 흔들어 대응했습니다.

"맞구나! 니가 내 동생 태익이가 맞구나! 오마니는? 오마니는 어케 앙이나왔음?"

하고 반백의 남자는 저편에 대고 다시 소리를 질러댔습니다. 목소리에는 울음과 눈물과 반가움과 한이 가득 서려 있었습니다. 절규를 들을 혜산 쪽 남자는 문득 걸음을 멈추더니 그 자리에 털썩 주저앉아버렸습니다. 그러고는 말 대신 고개만 끄덕여댔습니다. 물론 그 남자도 울고 있었지요. 나는 그가 갈퀴손을 뻗어 강둑의 풀포기를 거칠게 틀어쥐는 걸 똑똑히 보았습니다. 그 남자의 마음도 아마 자신의 손아귀에서 짓이겨진 풀잎과 같았으리라 나는 짐작합니다.

"오마니는? 오마니는 어케 안 나왔음?"

하면서 반백의 남자는 강 한가운데로 마구 달려갑니다. 그러자 혜산 쪽 강둑의 남자는 세차게 고개를 저으며 손사래쳐 달려오는 남자를 막아 세웁니다. 반백의 남자는 쳐든 두 팔을 부들부들 떨면서 강 한가운데 멈춰 섰습니다. 압록강 물살은 남자의 무릎을 치며 아래로 아래로 흘러내려가고, 그 물살보다 세찬 급류가 남자의 가슴을 두들기며 끓어오르는 모양을 나는 느낄 수 있었습니다.

강은 아무리 깊은 곳이라도 허리를 넘지 않습니다. 그러니 남자가 더이상 달려가지 못하고 멈춰 선 이유는 압록강 때문이 아니었지요. 저편 강둑 위에 주저앉은 남자의 손사래 때문도 아니었습니다. 아마 강이나 국경보다도 더 깊고 엄준한 무엇이 남자를 가로막은 것 같았습니다. 반백의 남자는 흘러가는 강 한가운데 우뚝 서서 엉엉엉 울어대기 시작했습니다. 그러고는 이렇게 울부짖었습니다.

"오마니…… 오마니…… 오마니……."

맞은편 강둑에 주저앉은 남자도 마찬가지로 울부짖었습니다.

"형님…… 형님…… 태수 형님…… 오마니는 잘 있슴메다…… 오마니는 걱정 마시라요. 형님…… 태수 형님…… 통일이 되면 다시 오시라요. 통일이 되면 꼭 오시라요……."

그들은 사십 년 전에 헤어진 형제였습니다. 강 한가운데 서서 울고 있는 반백의 남자는 지금 반도의 남쪽에서 대한민국 국적을 가지고 사는 형이었고 강둑에 주저앉아 울고 있는 남자는 조선민주주의인민공화국 국적을 가지고 반도의 북쪽에서 살고 있는 동생이었습니다. 형은 사십 년 전에 떠났던 고향을 찾아 다른 나라를 거쳐 이곳 고향 마을이 보이는 압록강가에 왔던 것이지요. 그는 기다리고 기다리던 사십 년 만에 창빠이에 살고 있는 사촌누이를 통해 어렵게 고향 소식을 들었고, 사촌누이 편지에 동봉된 어머니와 동생의 사진을 받아 보았다 합니다. 곱게 차려입은 한복 차림에 수령훈장을 가슴에 단 늙은 어머니의 모습과 사십 년의 세월만큼 달라진 동생의 얼굴을 그렇게 만났다 합니다. 벼르고 벼른 끝에 기어이 오늘에야 이곳까지 올 수 있었답니다. 서울에서 홍콩으로, 홍콩에서 베이징으로, 베이징에서 지린으로, 지린에서 쭝장허로, 그리고 다시 쭝장허에서 창빠이로, 두 개의 국경을 비행기와 기차와 택시와 트럭을 번갈아 타며, 꿈에서 그리던 고향 강가로 찾아온 것이지요. 창빠이의 압록강 강변에 사는 사촌누이 집에 여장을 푼 다음날 아침 일찍 강가로 나갔습니다. 강기슭에 나서서 어머니가 살고 계신다는 공동주택을 건너다보았습니다. 사촌누이가 손가락으로 가리키는 사층짜리 벽돌건물을 젖은 눈으로 바라보았습니다. 어머니가 사신다는 삼층의 창문으로 금방이라도 어머니가 자신을 부르며 나타나실 것 같은 환영을 보았지요. 손에 잡힐 듯이 가까운 거리였습니다. 그렇게 얼마를 서 있었는지 모릅니다. 다음날도 그 다음날도 그렇게 기다렸건만 어머니와 동생은 기어이 나타나지 않았습니다. 그러기를 거듭한 지 스무 날째, 오늘에야 비로소 형은 동생을 만나게 된 것입니다.

동생도 형을 그리워하기는 형과 마찬가지였습니다. 사십 년의 세월이 흘러 사십의 젊은 여인이었던 어머니가 팔순의 파파 노인이 되었습니다. 열네 살짜리 동생이 쉰네 살의 나이가 되도록 그리워한 사람은 오직 스무 살 아름다운 형님의 얼굴이었습니다. 그 기나긴 세월 동안 앉으나 서나 보고 싶던 형님이 이제서야 반백의 머리카락을 휘날리며 고향땅에 나타난 것이었습니다.

그러나 형제는 그렇게 사십 년 만에 만났는데도 나를 건너서 만나지 못했습니다. 내 그림자가 드리워진 압록강 강물 위에 피눈물을 떨구며 엉엉엉 울어대기만 했습니다. 사십 년 동안 얼마나 그리웠겠습니까마는 한번 얼싸안아보지도 못했습니다. 형은 강 속에 서서 울고 동생은 강둑에 주저앉아 울 수밖에 없었습니다.

아아, 사람들 세상에는 압록강보다도 더 깊고 너른 강이 있는가 봅니다. 나와 같은 다리를 통해서도 건너다니지 못하는 그런 강이 있는가 봅니다. 그 강으로 흘러내리는 광포한 그 무엇은 대체 무엇인가요? 그 무엇은 대체 어떠한 것인가요? 사십 년 만에 만난 형제의 얼굴을 피눈물로 범벅지게 하는 그 무엇은 대체 누구를 위한 것인가요?

사람 여러분, 나는 언제쯤 이 형제가 환한 얼굴로 나를 건너 서로를 부둥켜안고 춤추는 날을 볼 수 있을까요?

배의 이야기

나는 배랍니다. 사람이나 곤충이나 짐승의 배가 아니고, 물론 배나무에 열리는 배라는 과일도 아닙니다. 나는 바다나 강 위를 떠다니는 배랍니다.

내 이름은 딴뚱(丹東) 호입니다. 내 이름이 딴뚱 호인 까닭은 내 소재지가 중화인민공화국 랴오닝 성 딴뚱 시의 부두이기 때문입니다. 다 아시다시피 딴뚱 시는 압록강 하류에 위치한 도시로서 1965년 이

전에는 안뚱 시로 불리던 곳입니다. 여기에서 압록강을 건너면 조선민주주의인민공화국 평안북도 신의주시가 되고, 신의주와 딴뚱 두 도시는 철교로 이어져 있지요. 그러므로 나는 기차가 담당하고 있는 교통의 역할이 아니라 중국측 유람객을 위한 관광을 담당하고 있답니다. 더 낱낱이 소개하자면, 나는 만재흘수선이 1.5 미터인 백 톤급 철선으로 하루에 두 차례씩 왕복 운행하는 유람선이랍니다. 임무가 임무니만큼 나는 유람객을 싣고 딴뚱과 신의주 사이 압록강 강줄기를 오르내린답니다. 맑고 푸른 물결을 헤치고 나아가다 보면 어깨를 간질이는 물살도 물살이려니와 양쪽의 이국적인 풍치에 신바람이 나지요. 압록강은 아주 아름다운 강이랍니다.

남들은 내 임무를 단조롭다고 여길지 모르지만 나는 결코 그렇게 생각지 않습니다. 강 풍경을 즐기는 유람객을 싣고 물살을 가르며 강 위를 떠다닌다는 것은 남들로서는 짐작도 못 할 만큼 즐겁고 보람된 일입니다. 나는 아직까지 한 번도 바다에 나가본 적이 없고 또 압록강 이외에는 어떤 강에도 가본 적이 없지만 아마 나보다 더 행복한 배가 있을까 모르겠어요. 설사 다른 배들이 나를 우물 안 개구리라 비웃더라도 나는 부끄러워하지 않으렵니다. 내가 그만한 비웃음에 부끄러워한다면 그건 나를 이용하는 유람객에 대한 모독일 테니까요. 그만큼 나는 내 임무와 압록강을 사랑한답니다.

그러나 세상일이라는 게 언제나 만족스러울 수만은 없는가 봅니다. 며칠 전에는 아주 슬픈 일이 있었습니다. 그날 오후에는 좀 특별한 유람객 두 사람이 내게 올라탔습니다. 백발 노인과 그 노인을 안내하는 사람이었습니다. 곧장 선장실로 찾아든 그들은 선장님 손에 적지 않은 돈을 쥐어주면서 아주 간곡한 청을 하였습니다. 나를 저편 신의주 쪽 강변으로 바짝 붙여 운항해달라는 부탁이었습니다. 백발 노인은 선장님 손을 부여잡고 애절한 표정을 지으며 눈시울을 적시기까지 했답니다. 물론 그런 부탁은 불법에 해당하는 일이지요. 압록강은 두 나라 국경을 대신하기 때문에 강 한가운데로 국경선이 그어져 있는 셈이고 그걸 넘어서는 행위는 범법이니까요. 그래서 그때까지만 해도 내막을 몰랐던 나는 그럴 바에야 철교를 통해 건너갈 것이지 왜 유람선인 나를 이용한담 하고 볼멘소리로 투덜거렸습니다.

허나 백발 노인에게는 다 그만한 사정이 있었습니다. 백발 노인은 양쪽에 국경 검문소가 버티고 있는 철교를 이용할 수 없는 신분이었습니다. 내가 그런 사실을 알게 된 것은 조금 뒤였습니다. 부두를 떠난 지 얼마 지나지 않아 강심으로 들어선 내가 앞머리를 틀며 저쪽 강안으로 다가갈 때까지 노인은 선장실 곁 갑판에 서서 신의주 쪽을 유심히 살피고 있었습니다. 그러다가 내가 규정된 운행로를 벗어나 저쪽 강변에 바투 다가선 채 서행하고 있을 때입니다. 노인은 갑자기 소리지르기 시작했습니다.

"영순아…… 영순아…… 영순아…… 영순아……."

노인이 금방 움켜쥐기라도 하듯 허우적거리며 가리키는 저편 강둑에는 한 백발 노파가 있었습니다. 물살을 헤치며 가까이 다가가는 내 쪽을 뚫어져라 바라보던 그 백발 노파도 두 팔을 쳐들어 허공을 치면서 소리지르기 시작했습니다.

"오라바니…… 오라바니…… 오라바니……."

갑판에 선 백발 노인은 순간 턱, 숨이 막힌 듯 휘청거렸습니다. 안내하는 사람이 부축하지 않았다면 아마 그대로 쓰러져버렸을 것입니다. 간신히 몸을 추스른 노인은 이제 뜨거운 눈물만 펑펑 쏟을 뿐 소리내 울지도 못합니다. 백발 노인의 붉은 피눈물이 압록강 푸른 물결 위로 화드득화드득 떨어져내립니다.

그들은 사십팔 년 전에 헤어진 오누이였습니다. 갑판에 서서 울고 있는 백발 노인은 현재 남부 조국에 살고 있는 사람입니다. 그는 사십팔 년 전에 떠났던 고향땅을 찾아 다른 나라를 거쳐 이곳까지 왔던 것입니다. 그리고 저쪽 강둑에 서서 허우적거리며 울고 있는 백발 노파는 북부 조국에 살고 있는 그의 누이동생이었습니다. 사십팔 년 전 고향을 떠나 남으로 간 오라버니는 남부럽지 않게 재산도 모았지만 요즘 들어 하루가 다르게 쇠해지는 기력을 느끼며, 이러다가는 끝내 고향 흙도 밟아보지 못하고 죽겠다 싶어 초조해지기 시작했답니다. 무슨 수를 써서라도 고향에 있는 가족에게 연락을 취해야겠다고 생각한 그는 백방으로 방도를 찾았습니다. 그래서 올해 초 서울에 온 중국 옌볜 친지에게 신의주를 방문해 가족의 연락처를 알아달라고 부탁했습니다. 그리하여 그 사람을 통해 용케 고향에 살고 있는 누이의 전화번호를 손에 쥐게 되었습니다. 즉시 중국으로 건너온 그는 딴뚱의 한 우체국에서 실로 사십팔 년 만에 누이의 목소리를 들을 수 있었습니다. 누이를 통해 아버님은 해방 전쟁 당시에 돌아가셨고 여든다섯이신 어머님은 아직도 고향에 살고 계신다는 소식을 전해 들었습니다. 반가움보다는 설움이 복받쳐올라 한동안 울기만 하던 노인은 누이더러 어머니를 모시고 강변으로 나오라고 이른 다음 자신은 지금 나를 타고 압록강으로 나온 것입니다.

내가 점점 아래쪽으로 내려가자 백발 노파는 나를 따라 강둑 위를 뛰어 달리면서 절규를 토해냈습니다.

"오라바니…… 오라바니…… 오라바니……."

어여쁘던 열여섯 살 누이가 파뿌리 같은 백발을 휘날리며 강둑을 따라 달리는 모양을 바라보면서 갑판에 선 오라버니는 두 주먹을 쳐들어 허공을 짓두들겼습니다. 그러고는 짐승 같은 소리로 울음을 터뜨렸습니다.

"오마니는…… 오마니는 와 안 나왔네?"

그러자 누이동생은 주먹으로 앙가슴을 두드리며 소리쳤습니다.

"오라바니, 영복이 오라바니 걱정 마시기요. 오마니는 잘 있습네다. 오라바니…… 통일이 되면 다시 오시기요. 통일이 되면 꼭 오시기요."

오누이는 사십팔 년 만에 만났지만 그렇게 짐승처럼 날뛰며 울어댈 뿐이었습니다. 오라버니는 강 위에서 유람선 난간을 부여잡은 채 온 몸을 뒤틀며 울어댑니다. 누이는 강기슭을 내리뛰며 미친 듯이 허우적거립니다. 어린 시절 함께 멱을 감던 압록강을 사이에 두고 서러움의 눈물을 흩뿌릴 뿐이었습니다. 그 동안 서로 얼마나 그리워했겠습니까마는 손 한 번 잡아보지 못하고 헤어져야 했습니다. 오라버니는 압록강 위에서 울고 누이는 압록강 강둑에서 울면서 헤어질 수밖에 없었습니다.

나는 사십팔 년이란 세월을 살아보지 못했기 때문에 그 세월이 얼마나 긴 세월인지 짐작하지 못하겠습니다. 하지만 그렇게 긴 세월로도 건너지 못하는 강이 있다는 사실을 알게 되었습니다. 사람들 세상에는 압록강보다도 더 깊고 넓은 강이 있는가 봅니다. 나 같은 배로는 도저히 건널 수 없는 강이 있는가 봅니다. 피눈물을 토해내는 정을 주고서도 건널 수 없는 그렇게 깊고 너른 강이 있는가 봅니다. 그래서 그 강은 그다지도 슬픈 강인가 봅니다. 아아, 언제쯤이면 그 강에도 배를 띄울 수 있을까요.

사람 여러분, 나는 언제쯤 이 오누이가 나를 타고 압록강을 떠다니면서 얼싸안고 춤추는 날을 볼 수 있을까요.

오리의 이야기

나는 오리랍니다. 내가 오리라니까 어떤 사람은 금세 '십 리 절반 오리나무'라는 말을 머릿속에 떠올립니다. 물론 나는 그런 거리 단위나 나무 이름이 아닙니다. 나는 오리라는 오리과에 속하는 작은 물새입니다. 고니니 기러기니 하는 새들과는 사촌쯤 되는 셈이지요.

오리는 전 세계에 걸쳐 서식합니다. 온대와 열대에 사는 오리는 텃새로 사철 그대로 한곳에 머물지만 북반구의 북부에 사는 오리는 겨울이 되면 월동을 위해 남쪽으로 이동하곤 합니다. 나는 그중에서 월동하기 위해 남쪽으로 이동하는 오리에 속합니다. 내가 사는 곳은 북반구의 북부에 해당하는 지역, 정확히 말하자면 중국 대륙과 조선 반도의 경계인 압록강 상류로 백두산에서 아주 가까운 곳이지요.

나는 많은 오리의 종 가운데에서 청둥오리입니다. 상세히 소개하자면 기러기목 오리과에 속하는 청둥오리입니다. 몸 길이 오십오 센티미터 정도의 암컷으로 칠월 상순인 현재 나는 열 개의 알을 품고 있는 중이랍니다. 특히 내가 자랑하고 싶은 건 내 날씬한 몸매와 고혹적인 빛깔의 깃털이랍니다. 광택 있는 녹색 머리, 좁고 하얀 테를 두른 목, 윗가슴은 진한 자갈색이고 꽁지깃은 흰색입니다. 그러나 가운데 꽁지깃만은 검정색으로 위로 말려 올라갔지요. 이러한 자태의 내가 맑고 푸르른 압록강 수면 위로 유유히 떠다니는 모습을 한번 상상해보세요. 얼마나 멋진 모습인지 짐작하실 수 있을 겁니다. 수컷은 광택 있는 녹색 머리에 노란색의 부리를 가지고 있지만 암컷인 나는 갈색의 부리를 가지고 있어서 훨씬 새침한 모양이지요.

특히 남쪽에서 겨울을 나고 압록강으로 되돌아오는 봄철의 그 멋진 광경이란 이루 다 말로 설명하기 어렵답니다. 우리 청둥오리 무리가 윤기 있는 녹색 머리를 쳐들고 휫휫휫 하는 날갯짓 소리를 내면서 압록강 수면 위에 떼지어 내려앉는 모습을 상상해보세요. V자 모양으로 떼지어 하늘을 나는 모양이나, 푸르디푸른 압록강 수면 위에서 꽉꽉꽉 궤궤궤 하는 소리를 지르며 날개를 퍼덕이는 아름다운 광경을 가만히 머릿속에 그려보세요.

또 한 가지 자랑거리는 압록강과 나의 관계입니다. 아름다운 압록강과 나는 떼려야 뗄 수 없는 연관을 가지고 있답니다. 아시다시피 압록강이라는 강 이름은 우리 청둥오리와 깊은 관련이 있습니다. 압록강이 압록강(鴨綠江)인 까닭은 바로 이 강의 물빛이 청둥오리 머리빛을 닮은 빛나는 녹색이기 때문이랍니다. 그러니 이제는 내 매혹적인 자태와 다부진 자부심을 확실히 아시겠지요.

그러나 내가 사는 압록강은 이제껏 내가 말한 대로 늘 아름답고 평화로운 장면만 펼쳐지는 장소는 아니랍니다. 그건 압록강이 두 나라 국경을 대신하고 있는 실질적 국경선이라는 사실에 기인합니다. 그러니까 나는 아름다운 강이기는 하지만 한편으로는 엄준한 국경선 위에서 사는 셈이지요. 내 둥지가 있는 곳은 조선민주주의인민공화국 양강도 혜산시의 강변 갈대밭입니다. 맞은편은 중화인민공화국 지린 성 창빠이 현으로 중국 영토 안에 있는 조선족 자치구지요. 그러다 보니 어찌 사연이 없을 수 있겠어요. 사연 중에서도 슬픈 사연 말입니다.

지난여름 어느 날 저녁 무렵이었습니다. 나는 그때 강변 갈대밭 속에 있는 둥지 안에서 알을 품은 채 무심히 졸고 있었습니다. 풀포기와 갈대잎과 갈대 줄기로 엮어 튼 둥지는 내 가슴 솜털로 폭신하게 깔아 다듬어두었기 때문에 아주 부드럽고 따뜻합니다. 그러므로 나는 온기에 취한 안온함과 가슴팍에 느껴지는 알에 대한 애정으로 아주 행복한 기분이었습니다. 이제 며칠만 더 있으면 부화하여 각각대고 울어댈 솜털투성이 새끼들에 대한 공상으로 나는 거의 무아지경에 빠진 꼴이었답니다. 그러다 문득 나는 강둑 위를 바라보았습니다. 그리고 그 위에 쪼그리고 앉아 서럽게 울고 있는 백발의 노파를 발견했습니다.

물빛 한복을 곱게 차려입은 노파는 가끔씩 옷고름을 들어올려 눈가의 물기를 집어내며 소리 없이 울고 있었습니다. 하얗게 센 머리카락과 주름살 가득한 얼굴은 저녁노을에 촉촉이 젖어 있었고 두 눈과 두 볼은 눈물로 얼룩져 있었습니다.

"태수야…… 태수야……."

하고 노파는 누군가의 이름을 부르고 있었습니다.

"태수야 니가 왔음? 니가 오마니를 보러 왔음?"

노파는 눈물 그렁그렁한 눈으로 압록강 강심과 맞은편 창빠이 현의 강변, 그리고 그 위를 떠도는 저녁 바람을 하염없이 바라보고 있었습니다.

"태수야…… 니가 여기를…… 이제서리 여기를 왔음?"

그때였습니다.

"오마니 기만 들어가시기요."

노파의 등뒤에서 나타난 남자가 조용히 노파 곁에 쭈그리고 앉으며 말했습니다. 물론 그 남자도 압록강 강심과 맞은편 강변을 젖은 눈으로 바라보았지요.

"오마니 이제 기만 들어가시기요. 태수 형님은 통일이 되면 가장 먼저 달려오겠다고서리 약속을 했습메다. 저 강 속에 서서 울면서 약속을 했습메다."

나는 곧 그들 모자의 사연을 알게 되었습니다. 눈물도 말라버린 노파의 가슴속에 담긴 한을 조금은 짐작할 수 있게 되었습니다. 노파가 한숨과 함께 부르는 이름은 노파의 큰아들이었습니다. 그러나 그 아들은 마음놓고 만나볼 수 있는 아들이 아니었습니다. 노파는 지금 북부 조국에 살고 있지만 큰아들은 남부 조국에 살고 있는 까닭입니다. 큰아들은 사십 년 전 고향과 어머니를 떠나 남쪽으로 내려가서 남부 조국의 국민이 되었습니다. 그런 그가 사십 년 만에 어머니를 만나기 위해 다른 나라를 거쳐 고향 마을을 찾아왔던 것입니다. 희끗희끗한 반백의 머리카락을 하고서 고향 마을이 건너다 보이는 강가에 와 섰습니다. 그러나 그는 바짓가랑이를 걷으면 금방 건널 수 있는 압록강을 사이에 두고 정든 고향땅을 바라보면서 울기만 했습니다. 그렇게 이십 일 동안 중국 쪽 강변을 서성이며 맞은편 강둑에 어머니가 나타나기만을 기다렸습니다. 하지만 어머니는 기어이 강둑으로 나오지 않았습니다. 아들은 끝내 어머니를 보지 못한 채 피눈물을 뿌리며 돌아섰습니다. 어머니 대신 강둑에 나온 동생이 어머니 안부와 통일이 되거든 돌아오라는 어머니 말씀을 형에게 전했습니다. 그러면서 머리 희끗희끗한 형제는 강 속과 강둑에 서서 서로를 마주 보며 하늘이 찢어지게 울었습니다. 그게 바로 어제의 일입니다.

노파는 지금 맞은편 강변을 바라보면서 큰아들의 모습을 더듬고 있습니다. 그러나 아들은 없습니다. 맞은편 강변은 텅 비어 있습니다. 큰아들은 어머니가 입을 물빛 한복 한 벌과 통일이 되면 돌아오겠다는 말을 남긴 채 이미 대한민국으로 떠나가버리고 말았던 것입니다. 곁에 선 작은아들의 팔뚝을 잡고 일어서면서 노파가 말했습니다.

"통일이 되면 온다 했음? 꼭 그렇게 약속했음?"

작은아들은 시뻘겋게 노을진 두 눈을 거듭 끔뻑거렸습니다.

"옳습메다 오마니. 기렇게…… 꼬옥 기렇게 약속을 했습메다."

작은아들의 말에 노파는 고개를 주억거렸습니다. 그러면서 다시 말했습니다.

"보고 싶은 마음이야 자식이 오마니 보고 싶은 거이보다는 오마니가 자식 보고 싶은 거이 천 배는 더하지 않겠음. 그런데도 내가 어케 형을 보러 나오지 앙이했는지러 애비는 짐작함메?"

"……"

아들은 대답하지 못했습니다. 아들로서는 지난 이십여 일 동안 기어이 강둑으로 나가기를 거부하던 어머니의 옹고집을 아직 이해할 수 없습니다. 그 마음 밑바닥에 괴어 있는 속내를 짚어낼 재간이 없습니다. 그렇게 옹고집을 부리던 어머니가 형이 떠나갔다는 소식을 듣고서야 갑자기 강둑으로 달려나온 이유를 그는 알지 못했습니다. 형이 창빠이에 사는 사촌누이를 통해 보내온 물빛 한복을 곱게 차려입고 이렇게 강둑으로 나선 까닭을 알 수 없었습니다. 형이 어머니께 드리기 위해 서울에서 준비하여 두 나라 국경를 거쳐 날라온 물빛 한복 고름을 눈물로 적시고 마는 마음을 그는 알 수 없었습니다. 어머니가 입을 열었습니다.

"기건 지가 갔던 길로 돌아오라는 그런 뜻임메. 이 자리에서 나를 보게 되면 그걸로 사십 년 한을 다 풀었다고 여길까 봐서리 내 나오지 앙이했음. 사십 년 한을 그렇게 삭여서는 아이됨메. 그렇게 한을 풀면 오마니도 고향도 다 잊어버릴 것만 같아서리 내 어제까지는 기어이 나오지 앙이했음. 맞슴. 형은 통일이 되거든 당당하게서리 우리나라 땅을 밟고 돌아와야 하는 사람임. 기렇게 지가 떠나갔던 길로 돌아와서리 오마니를 만나야 한을 풀 수 있음. 기래서 내 절대 나오지 앙이했음."

나는 온몸에 힘을 주어 품속에 있는 알을 더욱 따뜻하게 품었습니다. 내가 가슴 아래 품고 있는 열 마리의 새끼가 껍데기를 깨고 태어나, 내 뒤를 쫓아 헤엄을 배우고, 먹이를 잡고, 그리고 겨울이 되면 남쪽으로 날아갔다가 봄이 오면 이곳 압록강으로 떼지어 돌아오는 그런 광경을 그리면서, 나는 터져나오는 눈물을 애써 삼켰습니다. 나는 노파의 가슴에 담긴 비원을 다 알 수 있었습니다. 지난 사십 년 동안 그토록 보고 싶어하던 아들이 지척에 왔는데도 그렇게 떠나 보내야만 했던 마음을 충분히 짐작할 수 있었습니다. 그 고운 얼굴을 한 번 만져보지도 못한 채, 얼싸안고 펑펑 울어보지도 못한 채 애태우며 떠나보낸 마음을 납득하고도 남았습니다.

압록강은 소리 없이 흘러가고 있었습니다. 작은아들의 손을 잡고 돌아서는 노파의 굽은 허리와 희디흰 머리카락을 바라보면서 나는 생각했습니다. 노파는 지금 남쪽으로 간 큰아들이 안전한 호숫가에서 따뜻한 둥지를 틀고, 포식하고 휴식하며 잘살기를 빌고 있습니다. 그렇게 번식하면서 살다가, 이 땅에 봄이 돌아오면 어김없이 떼지어 날아오리라 믿고 있습니다. 노파는 지금도 계속 밤낮 없이 날아 돌아오고 있는 아들의 힘찬 날갯짓 소리를 듣고 있습니다.

아아, 사람 여러분. 사람들이 사는 세상의 하늘에는 모정으로도 걷어낼 수 없는 아주 크고 촘촘한 그물이 드리워져 있는가 봅니다. 사십 년의 세월이 지나도록 삭지 않는 질긴 그물이 있는가 봅니다. 그래서 사람들 세상의 하늘은 그다지도 슬픈 빛으로 푸른가 봅니다. 그제야 나는 압록강 물빛이 왜 이다지도 푸른지 알게 되었습니다. 압록강 물빛이 이렇게도 푸른 이유는 내 머리 빛을 닮아서가 아니라 바로 그 촘촘하고 질긴 그물에 걸린 멍든 모정 때문이라는 사실을 알게 되었습니다. 이별의 슬픔과 기다림의 비원으로 시퍼렇게 멍든 어머니의 가슴에서 솟아나온 원망이 강으로 쏟아져내려 압록강 물빛을 이다지도 푸르게 물들였다는 것을 비로소 알게 되었습니다.

사람 여러분, 나는 언제쯤 남쪽과 북쪽으로 헤어진 어머니와 아들이 내 둥지가 있는 이 압록강 강변에서 얼싸안고 춤추는 날을 볼 수 있을까요? 언제쯤이면 그들 사이에 가로막힌 견고한 그물을 조각조각 찢어버릴 수 있을까요? 언제쯤이면 내가 내 새끼들과 마음대로 넘나드는 하늘 아래로 그들도 마음대로 넘나들면서 사랑하고 휴식하는 날을 맞이할 수 있을까요?

눈물의 이야기

나는 눈물이랍니다. 눈〔雪〕이 녹아서 이루어진 물이 아닙니다. 나는 사람의 눈에서 흘러나온 감정을 가진 액체입니다. 그렇습니다. 나는 항상 내가 감정을 가지고 있다는 사실에 커다란 의미를 두고 있습니다. 감정이야말로 치열한 생존의 결과니까요. 물론 감정에도 여러 가지 종류가 있습니다. 슬픈 감정도 있고 기쁜 감정도 있지요. 헌데 안타깝게도 나는 기쁨 쪽이 아니라 슬픔 쪽 감정을 가진 눈물입니다.

그래서 나는 이 자리에서는 내가 생성된 슬픈 사연보다는 생성 이후, 그러니까 사람의 눈에서 떨어져내린 다음 강물이 된 뒤에 겪었던 이야기를 하는 편이 더 나으리라 생각합니다. 물론 어떤 이야기든 그 속에는 희비가 공존하게 마련이고 이 이야기도 예외일 수 없습니다. 그래서 우선은 내가 편입된 압록강이라는 아름다운 강에 대한 자랑부터 시작할까 합니다.

압록강은 아주 아름다운 강이랍니다. 세상에 아름답지 않은 강이 어디 있겠습니까마는 내 생각으로는 세상 어디에도 압록강만큼 아름다운 강은 또 없을 것 같습니다. 압록강의 수원은 백두산 용왕담이지요. 거기에서 발원한 압록강은 하구인 용암포까지 굽이굽이 흘러내립니다. 용암포에 이르러서야 비로소 황해와 합류하는데 본류만으로 칠백구십 킬로미터에 이르는 조선 반도에서 가장 긴 강이랍니다. 수원에서부터 하구까지의 직선거리가 사백 킬로미터에 불과하니까 그 사이 이 강이 얼마나 굽이쳐 휘돌아 흘러내리는지를 능히 짐작할 수 있을 겁니다. 압록강은 실로 직선거리의 두 배에 달하는 유로를 따라 긴 여행을 합니다. 그러므로 나 역시 그 긴 여행을 하면서 압록강 유역에 펼쳐진 무성한 냉대림의 경치를 한껏 만끽할 수 있지요. 조선낙엽송이며 자작나무, 전나무, 가문비나무, 분비나무 등이 수해를 이루면서 펼쳐 보이는 대산림의 풍광은 정말 아름답기 그지없습니다. 그러니 어떻게 내가 압록강 자랑을 참을 수 있겠어요. 다른 강들이 들으면 유치하다 건방지다 욕하며 허물 잡을지 모르지만 나로서는 압록강이 자랑스러워 견딜 수 없는 걸 어쩌겠어요.

하지만 그러한 자연 풍광과는 달리 사람들 세상의 일이란 결코 아름답지만은 않은 것 같습니다. 무슨 말인가 하면, 압록강은 그 유장한 유로 때문에 안타깝게도 부담스러운 역할 하나를 떠안고 있답니다. 조선민주주의인민공화국과 중화인민공화국 두 나라의 국경선 노릇을 대신하고 있다는 게 그겁니다. 이건 분명히 자랑거리가 아닙니다. 그 역할 때문에 압록강은 슬픔에도 지친 사람들을 가까이에서 만나는 경우가 한두 번이 아니지요. 그런 일을 당할 때면 나도 또한 덩달아 슬픔의 격정으로 물결치지 않을 수 없습니다.

지난 어느 늦은 봄날이었습니다. 압록강 유역에 펼쳐진 수림에도 봄이 무르익어 자작나무와 전나무는 이미 꽃을 다 떨구었고, 가문비나무만이 황갈색의 수꽃과 자홍색의 암꽃을 무수히 피워내기 시작하던 그러한 때였지요. 그때 나는 위화도를 지나 압록강 철교 밑을 아주 느린 속도로 흘러가고 있었습니다. 무거운 몸을 둔하게 뒤흔들면서 양쪽 강안을 어루만지듯이 천천히 더듬어대는 강물 한쪽에 끼어서 말이지요. 그곳은 압록강 하구인 용암포가 멀지 않은 지점으로, 한쪽에는 조선 평안북도 신의주 시가 자리하고 있고 다른쪽에는 중국 랴오닝 성 딴뚱 시가 자리하고 있는 곳입니다. 온몸을 어루만지며 간질이는 다사로운 봄볕 때문에 내가 몸을 뒤치고 있으려니까, 문득 어디에선가 가느다란 노랫소리가 들려오는 것이었습니다. 나는 애닯고 처연한 노랫소리가 들려오는 쪽으로 고개를 돌렸습니다. 노래는 조선의 신의주 쪽 강둑에서 들려오고 있었습니다.

뜸북 뜸북 뜸북새 논에서 울고
뻐꾹 뻐꾹 뻐꾹새 숲에서 울 제
우리 오빠 말 타고 서울 가시면
비단구두 사 가지고 오신다더니

노래를 부르는 사람은 흰 머리카락의 노파였습니다. 강둑 위에 선 노파는 붉어진 두 눈으로 줄기줄기 눈물을 흘리면서 노래를 부르고 있었습니다. 유장하게 흘러가는 압록강의 강심과 건너편 중국 쪽 강변에 눈길을 꽂은 채 그렇게 노래를 부르고 있었습니다. 그래서 나는 또다시 노파의 슬픈 사연에 가슴 아파하지 않을 수 없었습니다.

노파는 지금 오라버니를 생각하며 노래를 부르고 있는 중이었습니다. 노래 가사처럼 노파의 오라버니는 사십팔 년 전 어느 봄날 부모님과 어린 누이, 그리고 고향땅을 떠나 남쪽으로 갔습니다. 그러고는 영영 돌아오지 못했습니다. 그가 갔던 길은 군사분계선이라는 철조망으로 가로막혔고, 하나였던 조국은 두 쪽의 조국으로 갈라졌기 때문입니다. 그리하여 오라버니는 남부 조국의 국민이 되었고 누이는 북부 조국의 인민이 되었습니다. 그리고 사십팔 년이 지난 오늘 서울 갔던 오라버니가 서리 앉은 머리카락을 휘날리며 열여섯 살짜리 누이를 만나기 위해 고향땅 신의주가 바라보이는 압록강 강가로 찾아왔습니다. 갔던 길로 돌아오지 못하고 남의 나라 땅을 밟고 말입니다.

오라버니는 서울에서 벽돌 공장을 경영해 남부럽지 않을 만큼 재산을 모았다 합니다. 그러나 하루가 다르게 쇠잔해가는 기력을 느끼고 이러다가는 끝내 고향땅을 밟아보지도 못하고 죽겠다 싶어 서울에 온 중국 옌볜 친지에게 부탁해 간신히 누이의 전화번호를 손에 쥐었다 합니다. 그 즉시 오라버니는 중국으로 향했고, 압록강을 사이에 두고 신의주와 마주 보는 딴뚱의 한 우체국에서 신의주에 있는 누이에게 전화를 했습니다. 누이는 사십팔 년 만에 스무 살짜리 오라버니의 목소리를 들을 수 있었습니다. 반가움보다는 설움이 복받쳐올라 한참 동안 울기만 하던 오라버니는 누이에게 어머니를 모시고 강둑으로 나오라 말했습니다. 그리고 자신은 압록강 강줄기를 따라 운행하는 중국 유람선에 올랐습니다. 오라버니의 당부를 좇아 강둑에 나선 누이는 한참을 기다린 끝에 규정된 운항로를 벗어나 이쪽으로 바투 다가오는 중국 유람선을 발견했습니다. 그리고 서행하는 유람선 갑판 난간에 서서 허우적대고 있는 오라버니를 보았습니다.

"영순아…… 영순아…… 영순아……."

백발 노인의 붉은 피눈물이 압록강 푸른 물결 위로 화드득화드득 떨어져내립니다.

"오라바니…… 오라바니…… 영복이 오라바니……."

강 아래쪽으로 내려가는 유람선을 따라 강둑을 내리뛰며 누이가 소리칩니다.

"오라바니…… 아아아아 오라바니……."

열여섯 살 어여쁘던 누이가 백발을 휘날리며 짐승처럼 울부짖습니다. 남의 나라 유람선 갑판에 선 오라버니도 두 주먹으로 하늘을 짓두드립니다. 그다지도 잘생기고 씩씩하던 스무 살짜리 오라버니가 백발을 휘날리며 목놓아 웁니다.

"ㅇㅇㅇㅇ……."

참으로 짧은 만남이었습니다. 사십팔 년 동안 헤어져 살면서 얼마나 그리워했겠습니까마는, 그러나 오누이는 얼굴 한 번 똑바로 마주하지 못하고 그렇게 울다가 헤어져야만 했습니다. 어린 시절 멱을 감던 강변에서 그렇게 눈물을 뿌리면서 헤어져야 했습니다. 오라버니는 다시 떠나가고 말았습니다. 오라버니를 실은 중국 유람선이 맞은편 강변으로 아스라이 멀어지고 난 다음에도 노파는 압록강에서 눈을 떼지 못했습니다. 서울 간 오라버니는 야속하게도 비단구두 대신 그렇게 뜨거운 눈물만 한 동이 퍼부어놓고는 한줄기 강바람이 되어 스쳐 지나간 것입니다. 떨리는 두 손을 마주 잡고 선 노파는 압록강 물결 위로 떠도는 바람결을 바라보면서 불렀던 노래를 다시 부르고 있었습니다.

기럭 기럭 기러기 남으로 가고
귀뚤 귀뚤 귀뚜라미 슬피 울건만
서울 가신 오빠는 소식도 없고
나뭇잎만 우수수 떨어집니다

사람 여러분, 사람들 사는 세상에는 왜 이다지도 가슴 아픈 일이 생기는지요. 왜 압록강같이 아름다운 강을 사이에 두고서도 그렇게 울면서 슬퍼해야만 하는지요. 대체 그 무엇 때문에 압록강에 눈물을 보태야 하는지요.

아아, 언제쯤이면 나는 이 오누이가 서로를 얼싸안고 자작나무처럼 흔들리면서 압록강 강둑에서 춤추며 노래하는 날을 볼 수 있을까요? 언제쯤이면 그날을 맞이할 수 있을까요? 사람 여러분, 그날이 오면 나는 슬픔의 눈물이 아니라 기쁨의 눈물로 흘러내리렵니다. 아름다운 압록강에 한 동이 두 동이 기쁨의 눈물을 보태렵니다. 그리하여 나는 세상천지 어디에 가든지 아름다운 압록강과 그 강변에 사는 착하고 씩씩한 사람들을 자랑하렵니다. 압록강이야말로 세상에서 가장 아름다운 강일뿐더러, 또한 세상에서 가장 행복한 강이라고 떳떳하게 자랑하렵니다.

무릉도원

그 검둥이 처녀가 내게 말했다네. 이 사막 어딘가에 무릉도원이 있다고. 사막 한가운데인지 사막을 지나서인지 그건 물어보지 못했지만. 그땐 나도 아주 젊었고 피가 뜨거웠지.

그래. 무릉도원은 있어. 있지. 아마 있을 거야. 아니야 있어. 있기 때문에 찾아나섰던 거지. 나는 아코디언을 등에 지고, 그리고 그 낡고 검은 가죽가방을 들고 우뚝 일어섰어. 모래벌판 위에. 붉은 해 아래.

이 날개 달린 船海者, 그 어색하고 나약함이여!
한때 그토록 멋지던 그가, 얼마나 가소롭고 추악한가!
어떤 이는 담뱃대로 부리를 들볶고,
어떤 이는 절뚝절뚝, 날던 不具者를 흉내낸다!
—보들레르의 시 「알바트로스」 중에서

통유리로 된 출입문이 열리더니 비에 젖은 머리카락을 앞세운 사내 하나가 살롱 안으로 들어섰다. 그는 상아색 바탕에 제비꽃 무늬가 잘다랗게 박힌 머플러를 목에 두르고 있었으며 불 꺼진 담배개비를 입에 물고 있었다. 물론 스카프와 담배개비는 다 비에 젖어 있었다. 그리고 아무것도 들지 않은 두 손에는 빗물만이 묻어 있었다. 사내는 키가 작고 빼빼 마른 아주 왜소한 체구였다.

"어서 어서……."

카운터 앞에 서 있던 고수머리 웨이터가 출입문 열리는 소리에 고개를 들어 사내를 바라보았다. 비에 흠뻑 젖은 빈상의 조그마한 사내 하나가 빗물을 뚝뚝 흘리며 막 홀로 들어서는 참이었다. 사내는 술에 잔뜩 취해 있었고 웨이터가 인사를 다 마치지 못한 건 그 때문이었다. 또한 사내가 입에 물고 있는 불 꺼진 담배개비와 비틀걸음 때문이기도 했다. 비에 젖은 담배개비는 곧 바닥으로 떨어질 듯 위태로운 모양으로 입술 끝에 매달려 있었다.

"뭐요? 어떻게?"

웨이터는 비에 젖은 담배개비를 불안스레 바라보며 그렇게 거듭 물었다.

"여보……세요. 어떻게?"

낮부터 줄기차게 쏟아진 비 때문에 전부 공친 날이었다. 두 개의 룸에 손님을 받기는 했지만, 호스티스도 전자오르간 치는 악사도 웨이터도 한푼 실속 없는 손님들이었다. 그나마 열한시가 되기도 전에 다 룸을 비워 웨이터는 벌써 내일치 청소마저 끝낸 뒤였다. 영업 시간도 얼마 남지 않았을뿐더러 누구든 더이상 손님 받을 기분이 아니었으므로 종업원들은 지금 자리를 비운 지배인이 돌아오기만을 기다리며 시간을 죽이고 있는 중이었다. 그러니까 이 살롱은 이제 손님을 받을 처지가 아니었던 것이다. 그런데도 방금 홀로 들어선 주정뱅이 사내는 막아서는 웨이터에겐 눈길도 주지 않고 비틀걸음으로 죽 걸어들어가 바 앞에 놓인 회전의자에 턱 하니 걸터앉았다.

"술 좀 줘."

자리를 잡자마자 사내가 말했다. 사내는 뚱뚱한 몸집의 바텐더를 바라보며 다시 한번 더 명료하게 말했다.

"술!"

마른 수건으로 유리잔을 닦고 있던 바텐더는 놀란 눈으로 사내와 카운터 쪽을 번갈아 바라보았다. 카운터는 비어 있었고, 그 앞에 있던 고수머리 웨이터는 어느새 사내의 등뒤로 다가와 서서, 이 양반이 지금 뭐라는 거야, 하는 뜻의 눈길을 바텐더에게 던지고 있었다.

"뭐 해, 술을 달라니깐."

사내가 얼굴을 비틀면서 한 번 더 거만하게 말했다. 그러고는 손가락을 쳐들어 머리에서 이마로 흘러내리는 빗물을 훔쳐냈고, 흰 철봉으로 된 의자 등받이에 등짝을 기댔다.

"오늘은 영업이 끝났는데요."

하고 유리잔 닦던 마른 수건을 테이블 위에 올려놓으며 바텐더가 말했다.

"뭐라고?"

하고 사내가 다시 거만하게 말했다.

"이젠 술을 드릴 수가 없어요. 영업 시간이 끝났거든요."

"안 돼! 개수작 말고 어서 술을 내!"

주정뱅이의 호통에 웨이터와 바텐더는 신경질이 났다. 그래서 웨이터와 바텐더는 그를 여겨보았고, 서로를 마주 보았고, 합의된 결론을 눈빛으로 주고받았다. 둘이 합의한 사내의 신분이란, 그들로서는 전혀 알지 못하는, 낯선, 그리고 대단치 않은, 만만한 존재라는 거였다. 사실 사내는 그들의 적수가 되기엔 턱없이 연약해 보였다.

"끝났단 말이야. 저길 봐."

웨이터는 이런 주정뱅이쯤은 깔봐도 문제없다고 판단했다. 그래서 일단 반말로 쳐들어간 뒤 오른손을 눈높이까지 번쩍 치켜들어 사내의 어깨를 낚아채면서 턱짓을 했다. 웨이터의 턱은 카운터 위에 매달린 둥근 벽시계를 향했다. 벽시계는 열한시 조금 넘은 시각을 가리키고 있었다.

"봐. 끝낼 시간이야. 이젠 술을 팔지 않아."

"왜?"

"뭐?"

"왜 술을 팔지 않느냐고."

"자정에는 문을 닫아야 돼."

"아직 자정이 아니잖아."

"그렇지만 안 돼."

"왜?"

"삼십 분 동안 무슨 술을 마셔, 이 양반아!"

"삼십 분이면 충분해. 난, 난 말이야, 네가 태어나기도 전부터 술을 마셨더랬어."

주정뱅이 사내는 몸을 틀어 웨이터를 쳐다보면서 말하느라 기어이 입에 물고 있던 담배개비를 바닥으로 떨어뜨렸다. 그래서 웨이터는 더욱 약이 올랐다.

"그렇게 술을 마시고 싶거든 구멍가게로 가. 거기 가면 죽도록 마실 만큼 술을 살 수 있어."

"안 돼."

"뭐가 안 돼."

"술 줘."

"안 되긴 우리도 마찬가지야. 어서 꺼져."

웨이터는 바닥에 떨어진 물먹은 담배개비를 주워 사내의 점퍼 주머니에 쑤셔넣으며 왼손 엄지를 곧추세워 등 뒤편의 출입문을 겨냥했다.

"어서 가. 바닥 더럽히지 말고."

바 곁에 있는 화장실에서 나온 악사가 고의춤을 추스르며 걸어와 그들 가까이에 선 것은 바로 그때였다.

"이 친구 뭐야?"

하고 악사가 연기 피어오르는 담배개비 끝으로 사내를 가리키며 물었다. 사내는 굽히고 있던 허리를 들어 악사를 쳐다보았다. 농담 좋아하는 악사는 눈을 부라려 보이며 사내에게 말했다.

"암마, 나도 집에 가면 너 같은 애비가 있다. 임마."

악사는 왼손을 활짝 펼쳐 사내의 코앞에 들이대고는 손가락을 하나씩 둘씩 접어 보였다.

"보여? 이게 보여, 응? 어때, 이게 한 개야 두 개야?"

그러자 사내는 술취한 눈으로 악사의 얼굴을 골똘히 살핀 다음 아주 진지한 목소리로 되물었다.

"넌 나같이 젊은 애비가 있니?"

뾰로통한 눈으로 악사를 여겨보는 사내를 사이에 두고 악사와 바텐더와 웨이터는 허리를 꺾으며 폭소를 터뜨렸다. 사내는 알 수 없다는 얼굴로 그들 한가운데 동그마니 앉아 있었다.

"이 너구리 이거 어느 나라 너구리야?"

하고 악사가 웃고 있는 바텐더에게 물었다. 바텐더는 머리통을 흔들어 모른다는 표시를 했다.

"뭐야, 이 친구?"

하고 악사가 다시 웨이터에게 물었다. 웨이터도 역시 도리질했다. 그러자 악사는 목을 앞으로 쭉 뽑으며 사내에게 직접 질문을 던졌다.

"너는 어디서 온 너구리냐?"

"난 너구리가 아냐."

"그럼?"

"난 술을 달란 말이야."

"누군질 알아야 술을 주지."

"그럼 넌 누구야? 너부텀 말해봐."

"나?"

악사는 들고 있던 담배꽁초로 자신의 가슴녘을 가리키며 되물었다.

"그래."

"나는 오르가니스트다."

악사는 얼굴 전체에 주름살을 지어 보이며 그렇게 대답했다.

"오르가니스트?"

사내의 반응은 아주 빠르고 경쾌했다. 재빨리 두 손을 눈앞까지 쳐들며 사내가 말했다.

"너 오르간을 치는구나!"

"그래. 전자올갠."

하고 역시 장난스러운 몸짓으로 상체를 뒤뚱거리며 악사는 열 손가락을 활짝 펴 허공을 건반처럼 짚어 보였다.

"아아 그래, 전자올갠. 그럼 너도 나처럼 예술가로구나."

"너도 예술가냐?"

하고 허공의 건반을 주루룩 훑으며 악사가 물었다.

"그래."

"무슨 예술가?"

건반 위에 올려놓았던 손을 거두어 담배꽁초를 눌러끈 다음 악사는 사내에게 다시 물었다.

"너는 무슨 예술가야?"

사내는 대답 대신 악사에게 손을 내밀었다.

"담배 하나 줄래?"

악사 대신 바텐더가 담배 한 개비를 사내의 입술에 걸쳐주었다. 셔츠와 바지 주머니를 뒤적여 라이터를 찾으면서 바텐더가 사내에게 물었다.

"선생이 무슨 예술가냐고. 노래를 해?"

"아니야."

"그럼 화간가?"

"아니야."

사내는 담배개비 문 입을 두리번거리며 불을 찾았다. 뚱뚱보 바텐더는 재미있다는 표정이었다. 사내의 담배개비 끝에 라이터 불을 붙여주며 바텐더가 다시 다그쳤다.

"그럼 뭐야? 무얼 하는 예술가야?"

바텐더와 악사는 이게 무슨 재미있는 너구리 새낀가 하는 심산으로 사내의 입 끝을 바라보았다. 하지만 웨이터는 달랐다. 아직 화를 풀지 못한 고수머리 웨이터는 이걸 좀 주물러버려, 이걸 그저 그냥 확 엎어버려, 하는 눈빛으로 두 손을 양 허리에 걸친 채, 담배연기를 빨아당기고 있는 후줄근한 사내의 정수리께를 노려보고 있었다. 이윽고 사내가 말했다.

"나는 연기를 하지."

그러자 바텐더와 웨이터가 거의 동시에 반응했다.

"어떤 연기?"

"무슨 연기?"

사내가 또렷한 목소리로 대답했다.

"나는 배우야."

이번에도 거의 동시에 악사와 바텐더의 질문이 튀어나왔다.

"배우? 무슨 배우? 영화 배우?"

"아니야. 나는 연극 배우야."

잠시 입을 벌리고 말을 멈췄던 바텐더가 다시 입을 다물며 모두에게 말했다.

"그럼 미미 신랑이로구만."

하고서는 목을 길게 뽑더니 저편 호스티스 대기실 쪽을 향해 소리질렀다.

"미미야 너희 신랑 오셨다!"

웃고 있던 악사도 그에 질세라 대기실 쪽으로 고개를 틀어 크게 소리를 질러댔다.

"막내야, 니네 서방님 오셨다! 니네 기둥서방님이 시방 금가락지 해가지고 털배 타고 오셨다구. 냉큼 화툿장 내던지고 이리 나와 봐."

하지만 그쪽에서는 까르르 하는 웃음소리만이 들려올 뿐이었다.

"미미는 서방보다도 화툿장이 더 좋은가 보구만."

온 얼굴에 꾸민 웃음을 지어 보이며 악사는 다시 사내를 바라보았고, 사내는 아까보다 한결 혀 꼬부라진 소리로 말했다.

"나는 기둥서방이 아니야. 내게 술을 줘."

바텐더가 킥킥거리고 웃으며 물었다.

"선생은 미미를 몰라?"

"무얼?"

"미미 말이야. 미미. 연기하는 미미."

"몰라."

바텐더는 배꼽을 움켜잡고 죽겠다는 듯이 웃어댔다.

"왜 웃니?"

비에 젖은 예술가는 영문을 모르겠다는 표정이었다.

"이히히히…… 연극 배우, 연극 배우. 연극 배우라면서 미미를 몰라?"

뚱뚱보 바텐더가 수건으로 눈두덩을 문질러대는 동안 악사가 나섰다.

"연기하는 미미를 몰라? 온몸으로 연기하는 미미를?"

고수머리 웨이터도 둘을 거들었다.

"미미도 모르면서 연극을 한단 말이야. 이 양반 이거 엉터리 아냐?"

"엉터리가 아니야. 나는 연극 배우라고."

"그래그래, 누가 아니라고 해. 너는 연극 배우가 틀림없어. 그런데 네가 한 연극이 도대체 뭐야?"

하고 악사가 비에 젖은 사내를 얼렀다.

"무릉도원!"

하고 사내가 냉큼 대답했다.

"뭐, 무릉도원?"

악사와 바텐더와 웨이터가 동시에 되물었다. 그러자 사내는 자랑스럽게 대답했다.

"그래, 무릉도원."

이번에는 고수머리 웨이터가 자지러질 듯이 웃어대기 시작했다.

"우히히히히…… 우히히히히…… 무릉도원, 무릉도원. 그게 뭔데?"

사내의 손에서 담배꽁초를 빼앗아 재떨이에 비벼끄며 악사가 말했다.

"연극 제목이 무릉도원이라 이거지?"

"그래. 넌 무릉도원을 알지?"

"몰라."

"오르가니스트가 그것도 몰라?"

"난 몰라. 올갠에는 그런 게 안 나와. 난 아직 그런 건 배우질 못했어."

"무릉도원을 배우니? 무릉도원을 배워? 응? 무릉도원은 배우는 게 아니야."

하고 사내는 작은 눈을 더욱 작게 오므려 조롱하듯 악사를 노려보았다. 그래서 악사는 머리를 뒤로 젖혔다.

"좋아, 하여튼 그 무릉도원에 대해 말해봐."

"멍청이들!"

사내는 더욱더 경멸하는 표정을 지었다. 하지만 셋은 화내지 않았다. 고수머리 웨이터도 뚱뚱보 바텐더도 농담 좋아하는 악사도, 누구 하나 비에 젖은 주정뱅이 예술가 사내의 조소에 불쾌해하지 않았다. 그들은 단지 어서 이 너구리가 재주를 부리기만을, 그래서 공친 날 밤의 궂은 기분과 무료함을 걷어내주기만을 고대하고 있었다.

"이게 바로 그거야. 이 머플러가 바로 내가 〈무릉도원〉에서 맸던 그 머플러라고."

사내는 목에 두르고 있는 상아색 바탕에 제비꽃 무늬가 잘다랗게 박힌 머플러를 가리켰다.

"진짜 실크야."

사내는 엄지와 검지로 머플러의 한쪽 끝을 잡아 앞으로 내밀며 세 사람을 둘러본 다음 이야기를 계속했다.

"목에는 이 머플러를 매고, 그리고 더블로 된 검정색 프록코트를 입고, 줄무늬가 있는 회색 바지 차림에, 검은 가죽구두를 신고, 그리고 아코디언을 연주하지."

고수머리 웨이터는 사내의 이야기에 귀를 기울이며 콧구멍을 후벼 파고 있었다.

"등장인물은 세 사람이야. 아코디언을 켜는 나와, 공룡에 관해 연구하는 고생물학 박사, 그리고 또 한 사람은 댄서야. 탭댄서. 댄서 녀석은 챙이 큰 실크햇을 쓰고 있다구. 왜냐. 우리는 사막 한가운데 있기 때문이지. 탭댄서 녀석은 모자를 쓰고 있지만 나랑 고생물학 박사는 모자를 쓰지 않은 알머리야. 물론 대머리는 아니지. 나는 이 머리 그대로고……."

하면서 사내는 비에 젖은 자신의 머리카락을 쓸어넘겼다.

"연극에 나오는 건 아니지만 난 내가 쓰고 있던 모자를 모래벌판에 내동댕이친 거야. 하지만 박사는 내버린 게 아니라 잊어버렸지. 박사는 너무 늙었으니까. 그래서 박사는 내게 늘 이렇게 말하지."

사내는 한쪽 손을 쳐들어 눈앞까지 올리더니, 그 손에 기댈 듯 머리통을 기울이며 늙은이 목소리를 흉내냈다.

"자네는 말이야…… 이보게 김군, 자네는 말이야…… 너무 젊어. 그래서 언제나 그 성미가 탈이야. 자네는 그 불 같은 성미가 한 가지 큰 흠이란 말일세."

잔뜩 주름 지었던 얼굴을 활짝 펴고 나서 사내는 다시 자신의 목소리로 돌아왔다.

"나는 자주 늙은이를 닦달하지. 그 호호백발의 고생물학 박사님을 말이야. 막이 오르고 연극이 시작되면 우선 내 목소리부터 들려온다구. 이보시오 영감님, 대체 무릉도원이 어디요? 무릉도원! 무릉도원! 도대체 어디에 무릉도원이 있단 말씀이오."

악사와 바텐더는 사내의 얼굴에 시선을 박고 있었다.

"막 노래를 마친 나는 아코디언의 바람주머니를 접으면서 모래 위에 널브러진 박사에게 화난 목소리로 묻는 거야. 응? 대체 무릉도원이 어디냐고 말이지. 박사는 모서리마다 해어진, 낡고 검은 가죽가방을 두 팔로 부둥켜안고 모래 위에 벌러덩 누워 있는 거야. 온 사막을 통째로 구울 듯이 이글이글 타오르는 거대한 해를 핏발 선 눈으로 노려보면서 말이야. 아 참, 내가 무대를 설명하지 않았군."

하면서 사내는 온 사막과 이글이글 타오르는 해를 만들어 보이던 두 팔을 접고, 그 해를 노려보던 눈을 평상대로 되돌리면서 침을 삼켰다.

"무대 바닥은 모래밭이야. 그게 사막인 셈이지. 평평하진 않아. 사막이니까. 경사진 모래벌판이지. 심한 경사는 아니지만 말이야. 사구의 능선 어디쯤인 셈이지. 거기에 우리 셋이 있는 거야. 아코디언을 들고 선 나와…… 내가 검정색 체비엇 울 천으로 만든 프록코트 차림이라는 건 말했지. 그리고 박사는 모래밭에 누워 있는데 그는 모닝코트 차림이야. 무늬 없는 검정 캐시미어 천으로 된 모닝코트를 입고 있단 말이야. 새하얗게 센 머리카락을 하고서. 그리고…… 응, 그 탭댄서는 이브닝코트 차림이야. 색깔은 역시 검은색이지. 이런……."

하면서 사내는 자신이 입고 있는 검정색 점퍼의 가슴께를 손가락으로 당겨 보였다.

"이 색이지. 그리고…… 그래서……."

"그래서 사막이라며. 무대가 무슨 모래밭이라며. 그 무릉도원."

악사가 사내의 기억을 일깨워주었다.

"그래, 무대. 그런데 그게 무릉도원은 아냐, 이 멍청아."

사내는 악사의 훈수를 싹 무시했다. 그러자 악사와 바텐더가 함께 손을 내저었다.

"알았어 알았어.무릉도원이든 사막이든. 하여튼 재미있게 좀 해봐."

웨이터는 턱을 치키고서 보타이를 풀어 손에 들었다. 그러더니 출입문 쪽을 살피며 카운터 위에 붙은 벽시계를 바라보았다. 벽시계의 시침과 분침은 열한시 이십오분을 가리키느라 정확히 서로 상반된 방향을 향하고 있었다. 또다시 막 입을 열어 이야기를 시작하려는 사내에게 웨이터가 말했다.

"그럼 여자는 없는 거로군. 응? 그 무릉도원에는 왜 여자가 안 나오는 거야?"

"여자는 없어. 모르지 왜 없는지. 그리고 그건 아무런 문제도 안 돼.

하여튼 등장인물은 셋이야…… 딸꾹!"

사내는 딸꾹질을 시작했다.

"댄서 녀석은 모래밭에 누워 잠들어 있어. 그 녀석은 우스팃 천으로 만든 이브닝코트에, 앞가슴에 주름이 달린 흰색 셔츠에, 보타이 대신 붉은 머플러를 두르고, 검은 에나멜 구두를 신었지. 그 구두는 탭댄서용 구두야. 구두 밑창에 탭이 달려 있다구. 그리고 그는 파라솔과 럼주가 든 술통을 가지고 있어. 지금은 그 술통을 베고 있지. 술통을 베고 잠들어 있단 말이야. 딸꾹! 그런데…… 그래서…… 응, 그게 무대 바닥이야. 그 위로 아주 강렬한 직사 조명이 비치고 있지. 무대 위에 보더 라이트가 있는 거야. 붉으면서도 강렬한 조명. 사막 한가운데니깐. 그리고 배경도 사막이야. 끝없는 사막이지. 모래벌판. 그 모래언덕과 모래언덕 위에 해가 떠 있어. 이글이글 타는 해. 아주 잘 그린 해야. 아주 뜨거워 보이지. 거기로도 조명이 비치고 있지. 호리존트 라이트가. 누구든지 그 무대에 올라서면 더위를 느끼지 않을 수 없어. 딸꾹! 에에…… 그럼 무대는 됐고. 내가 말했지. 그 늙은이를, 그 늙은이는 검게 그을고 깊게 주름진 볼을 덜덜 떨며 부득부득 이빨을 갈아대고 있어."

사내는 앙다문 이를 내보였다.

"이빨을 갈 때마다 입술이며 이빨에 달라붙어 있는 굵고 옹근 모래알이 입 안으로 흘러들어가지. 그래서 늙은이는 모래알을 버적버적 씹고 있는 거야. 그런 늙은이를 내려다보며 나는 또 한번 악에…… 딸꾹! 악에 받친 소리를 질러대지. 무릉도원은커녕 이대로 죽을 작정이오, 영감님! 하고 말이야. 그 늙은이는 공룡을 연구하는 고생물학 박사야. 공룡에 대해서라면 모르는 게 없지. 트라이아스기 중기에서 쥐라기를 거쳐 백악기 말기까지. 티라노사우루스. 데이노니쿠스. 케

라토사우루스. 플라테오사우루스. 브라키오사우루스. 세그노사우루스. 스테고사우루스. 이구아노돈. 트리케라톱스. 그리고 내가 말했지. 검은 가죽가방. 그 가방 안에는 안킬로사우루스의 경추. 패키케팔로사우루스의 흉요추, 마이아사우라의 상완골 조각이 가득 들어 있단 말이야. 난 그게 못마땅, 딸꾹! 한 거야. 뭐야? 그놈의 뼈다귀 때문에 죽어? 응? 우리는 지금 무릉도원을 찾아가는 거니까 말이야. 그 뼈다귀 때문에 사막 한가운데에서 죽을 순 없지 않느냐. 응? 그게 내 주장이지. 그런데 그 늙은이는 요지부동이야. 댄서 녀석도 그렇고. 그 녀석은 게처럼 두 팔을 굽혀 가슴 앞에 대고는 오므렸다 폈다 하면서 탭댄스를 추는, 그 재주밖에 없는 놈이야. 아니면 자든가. 아니면 술을 마시든가. 그러면서도 녀석은 늙은이하고 죽이 잘 맞는단 말이야. 늙은이가 하는 말이라면 팥으로 메주를 쑨대도 믿는 놈이야. 둘은 나를 만나기 전부터 잘 알던 사이인 모양이야. 아마 그 소택지에서 함께 살았던 모양이야. 딸꾹!"

"아아, 재미없다. 이 너구리야."

하고 뚱뚱보 바텐더가 배를 쓰다듬으며 말했다.

"하품이 나와."

"정말!"

하고 고수머리 웨이터도 맞장구쳤다.

"그래그래, 그 되지 않은 공룡 얘기는 이제 그만 좀 끝내. 무릉도원을 얘기하라구, 이 너구리야."

하고 악사도 투정을 부렸다.

"차라리 고도릴 칠까 부다."

"……딸꾹!"

사내의 볼을 손등으로 툭툭 치며 웨이터가 말했다.

"어서 무릉도원을 말해봐. 헛소릴 하지 말고. 거기 왜 사막엔 오아시스가 있잖아. 궁전이 있고. 배꼽에 보석을 박고서 배꼽춤을 추는 계집도 있고. 그런 얘길 좀 해봐. 아니면 탭댄스 추는 놈 얘기라도 하든가."

"그 댄서 녀석은 잠들어 있다니깐."

"그럼 걘 안 일어나? 영영?"

"일어나."

하고 사내는 얌전히 대답했다.

"그래. 그럼 그걸 얘기해."

"좋아. 그래. 어어…… 딸꾹!"

"딸꾹질 좀 그만 하고. 어서 계속해. 배꼽춤 추는 계집 같은 걸."

웨이터는 수도를 들어 사내의 목을 연거푸 툭툭 때렸다.

"나는 그 늙은이가 소택지에서 연구한 공룡에 대해 이야기하려던 참이었어. 그 공룡은 사이스모사우루스라는 이름을 가진 아주 커다란, 무지무지하게 큰 놈이야. 그놈은 뇌룡 중에서도 가장 무거운 놈이었는데 몸무게가 백 톤이 넘는단 말이야. 길이는 오십 미터가 되고. 이놈들이 걸어다닐 땐 마치 지진이 일어난 것처럼 땅이 흔들리지. 이놈들이 바로 소택지에서 살았던 거야. 양치식물과 겉씨식물의 나뭇잎을 뜯어먹으면서. 이놈들은 초식공룡이기 때문에 이빨이 아주 형편없는데……."

"알았어 알았어, 이 양반아. 초식공룡이든 육식공룡이든 그런 건 집에 가서 당신 애들한테나 설명해줘."

"그래 좋아. 알았어 알았어. 하지만 이건 알아야 돼. 우리는 다 포유류야. 그리고 우리들……."

말을 중단한 사내는 손가락 끝으로 자신과 바텐더와 악사와 웨이터를 차례로 가리켰다.

"우리들…… 딸꾹! 우리들은 다 파충류에서 진화한 동물이라는 사실을 말이야."

"우리가 동물이야? 이런 너구리 자식. 동물은 너야. 똥이나 싸대는 너구리 자식!"

하면서 바텐더는 유리잔 닦던 수건으로 사내의 머리통을 때렸다.

"이런 멍청이! 너도 나도 다 같은 동물이야. 파충류에서 진화한. 그리고 일억 년 전쯤 우리 조상은 땅속에 굴을 파고 들어앉아 벌레를 잡아먹으며 근근이 살았다는 거야. 이건 다 고생물학 박사가 말해준 거라구. 그리고……."

사내는 꼿꼿하게 세운 검지로 세 사람의 미간을 하나하나 찔러댔다.

"우리 조상은 원숭이가 아니야. 원숭이가 아니란 말이야. 잘들 들어둬. 원래 우리 조상은 두더지, 박쥐, 딸꾹! 토끼, 쥐, 딸꾹! 이런 식충류였어."

"그것도 박사가 말한 거냐, 이 너구리야?"

하고 악사가 따분하다는 표정을 지으며 물었다.

"그래. 고생물학 박사가 댄서 녀석하고 내게 말해줬어. 고, 고, 딸꾹! 고, 공룡과 같은 파충류가 지구 위를 활보하고 다니던 시절에 우리 조상은 지렁이나 곤충을 잡아먹으며 땅 밑 굴속에 들어앉아 구차하게 살았다는 사실을."

사내가 하던 말을 멈추었다. 그 이유는 악사 때문이었다. 장난질 좋아하는 악사는 온몸을 작고 동그랗게 말고, 눈을 가늘게 찌푸리고, 그리고 이마와 입가에 잔뜩 주름을 지어 사내의 빈상을 흉내내고 있었다. 그런 얼굴로 사내의 얼굴을 빤히 마주 보고 있는 것이었다.

"이 멍청아!"

사내가 아주 골난 표정으로 악사에게 욕을 해댔다.

"너, 오르가니스트 이 멍청이 놈아!"

"왜, 이 너구리야!"

"나는 너구리가 아냐."

"그럼?"

"나는 예술가야!"

"그 따위 공룡 이야기가 예술이냐? 응? 우리 미미라면 그 따위 예술은 뒤로 하면서도 하겠다. 이 더러운 너구리야."

뚱뚱보 바텐더는 배를 문지르며, 고수머리 웨이터는 손에 든 검은색 보타이 끈을 손목에 감으며, 그리고 악사는 다시 담배개비에 불을 붙이며 슬금슬금 웃어댔다.

"좋아, 이 멍청이야."

하고 사내는 다시 이야기를 시작했다.

"댄서 녀석은 붉은색 머플러를 십칠세기 크라바트처럼 목에 매고 있지. 그 녀석은 멋부리기를 좋아하는 놈이거든. 딸꾹! 그리고 그는 섹스를 좋아해. 아주아주. 그 녀석은 아마 무릉도원에 가면 밥도 먹지 않고 그짓만 하려고 들 거야. 지저분한 녀석!"

"섹스를 좋아해? 댄서가?"

하고 고수머리 웨이터가 냉큼 끼여들었다.

"그래. 그건 그 녀석의 이브닝코트를 봐도 금방 알 수 있지. 가슴은 두 겹이고 단추는 셋인데, 저고리 앞쪽 도련은 허리 아래를 잘라냈고 기다란 뒤쪽 도련은 제비꼬리처럼 두 갈래로 찢었거든. 잔뜩 멋을 부렸지. 숄칼라로 된 것은 실크로 싸고. 미친 녀석. 흰색 실크 장갑까지 끼고 있을 정도라니까. 그러고서 무릉도원에 가겠다는 거야. 무릉도원에 가면 요트를 사겠다는 거야. 그 요트에 발가벗은 검둥이 흰둥이 처녀들을 가득 싣고, 그러고는 요트 위에 앉아 바둑을 두겠다는 거야. 복숭아씨가 떠다니는 청하의 맑은 물 위에서. 모두 다 발가벗고서. 럼주를 마시면서. 섹스를 하면서. 더러운 자식! 그래서 그 녀석은 돈이 많아. 그 녀석은 이중으로 된 실크 팬티를 입고 있지. 왠가하면 그 안에 돈을 넣어뒀거든. 무릉도원에 가면 요트를 살 돈이야. 그래서 그 녀석이 춤을 출 때 보면 엉덩이가 의자처럼 뒤쪽으로 불쑥 튀어나오지. 마치 호텐토트 족 여자들 궁둥이처럼 말이야. 호텐토트 족 여자들이 엉덩이에 지방을 비축하듯이 그 녀석은 그렇게 엉덩이에 도…… 도…… 도…… 돈…… 어어…… 딸꾹! 돈…… 돈, 돈을 차고 있는 거야. 그래, 맞아. 낙타처럼. 그래서 그 녀석은 낙타처럼 사막을 무서워하지 않는 거라구. 전갈도 방울뱀도 다 무섭지 않다는 거야. 실크 팬티 속에 든 돈 때문에 든든하다는 거야."

하면서 사내는 손가락 끝으로 자신의 엉덩이께를 쿡쿡 찔러댔다. 그러는 사내에게 바텐더가 물었다.

"그럼 선생은 돈이 얼마나 있어?"

"나는 없어."

"왜?"

"나는 돈이 없어."

사내는 입을 벌린 채 머리를 흔들고, 그러고도 모자라 가슴과 두 손바닥을 활짝 펼쳐 보였다.

"나는 한푼도 없어."

"이런 거렁뱅이 자식!"

하면서 바텐더는 수건을 들어 한 번 더 사내의 머리통을 후려갈겼다.

"거렁뱅이 자식! 너는 뭐 하느라고 돈도 없어?"

"나는 그냥 노래를 하지. 아코디언을 연주하면서. 딸꾹! 나는 아주 깨끗해. 댄서 녀석에 비하면 나는 깨끗하기 그지없지. 머리카락은 뒤로 가지런히 빗어넘겼지. 딸꾹! 그리고 이 스카프를 목에 두르고, 검정색 프록코트 차림에 금빛 도료를 덧입힌 철제 장식이 달린 검은색 가죽구두를 신었거든. 모래도 많이 묻지 않았어, 나는. 프록코트, 딸꾹! 프록코트 안에는 이 스카프와 같은 상아색 비단으로 된 조끼를 입고 있지."

이번에도 사내는 엄지와 검지로 자신의 목에 매인 상아색 바탕에 제비꽃 무늬가 잘다랗게 박힌 실크 스카프를 집어 보였다.

"물론 이런 무늬는 박히지 않은 천이지. 그리고 프록코트의 여기서부터 여기까지……."

하면서 사내는 펼친 손 끝으로 자신의 허리에서부터 무릎까지를 죽 그어 보였다.

"웨이스트 라인 아래 스커트 부분에는 조금도 구김살이 없어. 물론 아주 깨끗하지. 나는 조금도 모래를 뒤집어쓰지 않았으니깐 말이야. 늙은이와 댄서 녀석은 다 모래범벅이지만. 왜냐? 나는 줄곧 노래를 부르고 아코디언을 연주했거든. 나는 사막으로 들어서기, 딸꾹! 사막으로 들어서기 전이나 조금도 다름이 없다구. 나는 노래를 불렀지. 광장을 노래하고 초원을 노래하고 소택지를 노래하고 늪을 노래했지. 누구든지 늪을 건너려면 늪에 몸을 더럽혀야 해. 하루살이와 거미와 두꺼비와 뱀이 들끓는 그 물웅덩이에 몸을 더럽혀야만 한다구. 입가까지 차오르는 개흙에 온몸을 담가야만 돼. 악취. 늪 바닥에 퇴적한 생물의 시체가 풍겨내는 악취. 그 악취를 풍겨내는 공기방울이 쉴새 없이 끓어올라 눈앞에서 뿌룩뿌룩 소리를 내면서 터지지. 왕이든 신하든, 어린아이든 어른이든, 누구든 다 그 늪을 건너야만 사이스모사우루스를 볼 수 있어. 산더미 같은 몸뚱어리를 이끌고 소택지 풀밭을 쿵쿵거리면서 걸어다니는 그놈을 말이야. 그놈은 작은 머리통을 흔들어대면서 노상 풀을 씹고 있지. 온몸을 악취와 개흙과 상처와 피로로 더럽힌 다음에라야 그놈의 그런 모양을 볼 수 있단 말이야. 핏발 선 두 눈으로. 이빨을 맞부딪치면서. 소택지 풀밭에 주저앉아서. 나는 그걸 다 노래했어. 호수와 바다까지. 노래하고 또 노래했지. 아코디언의 바람주머니가 찢어지도록. 산과 들, 계곡까지 다 노래했지. 사막의 모래능선을 뒷걸음질쳐 오르면서 고생물학 박사가 댄서 녀석에게 용반목과 조반목, 뇌룡과 검룡, 갑주룡과 각룡, 조룡과 곡룡의 진화와 식생과 번성과 절멸의 그 일억 오천만 년에 걸친 장구한 역사를 다 얘기하는 동안. 뒷, 딸꾹! 뒷, 뒷, 뒷걸음질치는 늙은이의 구둣발을 내려다보면서 댄서 녀석이 한없이 럼주를 마셔댈 동안. 나는 노래하고 또 노래했지. 관 속에서 눈을 떴을 때, 관 속에서 다시 숨을 쉬게 되었을 때의 고통. 그러한 고통으로 나는 노래 불렀지. 아름다운 노래를. 무릉도원에 닿아 내 부르튼 목을 청하에 적실 때까지 쉬지 않고 노래하리라 맹세하고서. 나는 모래언덕을 노래하고 사막을 노래하고, 이글이글 타오르는 해를 노래하고 또 노래했단 말이야. 딸꾹! 나는 아주 행복했어. 그들 둘이 모래벌판에 널브러지기 전까지는 말이야. 더러운 댄서 녀석! 그 녀석은 잠들어 있어. 파라솔 아래에 내가 늙은이와 실랑이하는 중에도 그 녀석은 잠에서 깨지 않아. 그래서 녀석의 얼굴과 가슴을 다 덮었던 그늘이 이제는 녀석의 콧잔등 위쪽만을 겨우 덮어 인중에 금을 긋고 있지. 댄서 녀석의 이브닝코트는, 아까 말했지. 그 녀석은 검은 이브닝코트를 입고 있다고. 그 이브닝코트는 본래의 빛깔을 알아볼 수 없을 정도로…… 딸꾹!…… 에에…… 에이취! 그래, 본래의 빛깔을 알아볼 수 없을 만큼 온통 잔모래를 뒤집어쓰고 있어. 어깨와 소매, 흰색 조끼 위에 올려둔 실크햇, 바짓가랑이까지 다 모래칠갑이라구. 구두, 탭댄스용 검은색 에나멜 구두도 통째 모래에 묻혀버렸지. 그래서 두 짝의 구두코와 오른쪽 구두끈 한 올만이 모래 위로 드러나 보였어. 댄서는 그런 꼴로 세상 모르고 잠을 자고 있는 거야. 내가 그렇게 소리를 지르는데도 말이야. 아아아아, 어딘가아…… 어딘가아아…… 무릉도원이이이……."

사내는 갑자기 손을 쳐들어 허공을 할퀴며 소리를 질러댔다. 웨이터와 바텐더는 깜짝 놀라 눈을 치떴지만 악사는 사내의 턱에 대고 굴곡 없는 억양으로 물었다.

"그래 어디야? 그 무릉도원이라는 데가. 아직 멀었나?"

"무릉도원?"

하고 되물으며 사내는 물기에 젖은 작은 눈을 더욱 가늘게 찌푸려 악사의 눈을 들여다보았다.

"그건 댄서 녀석한테나 물어봐. 그 녀석을 깨워서. 럼주에 취해 잠에 곯아떨어진 그 댄서 녀석한테. 사막 한가운데에서도 미친 듯이 탭댄스를 춰대는 미치광이 녀석한테. 탭댄스용 구두는 아무짝에도 쓸모없어. 모래먼지만 잔뜩 피워올릴 뿐이지. 하지만 그 녀석은 미친 듯이 춤을 춰. 깨어 있는 동안에는. 춤을 멈추면 곧 죽을 듯이. 검정색 이브닝코트를 입고. 붉은 머플러를 휘날리면서. 챙 넓은 실크햇을 한쪽 손에 들고. 벌레처럼 꾸물거리면서. 의자처럼 튀어나온 엉덩이를 마구 흔들어대면서. 모래산 꼭대기에 서서. 그게 그 녀석 버릇이야. 섹스를 하고 싶을 땐 그렇게 춤을 춰야만 한대. 그 버릇은 소택지에서 옮은 거야. 저희들 성욕을 덜어내기 위해 그 녀석한테 탭댄스를 추라고 부추긴 퇴화한 몽유병자들이 그 녀석에게 옮긴 더러운 버릇이라구. 말하기에 지친 늙은이가 공룡 뼈다귀가 가득 든, 모서리마다 해어진 낡고 검은 가죽가방을 부둥켜안고 해를 쳐다보고 있을 때에도 그 녀석은 계속 춤을 추었어. 늙은이가 기어이 모래 위에 두 무릎을 꿇고 나동그라질 때에도 그 녀석은 땀을 뻘뻘 흘리고 킥킥거리는 소리를 지르며 춤을 추었다구. 그러고는 잠이 들었지. 내가 돌아보았을 때 그들은 그런 꼴을 하고 있더란 말이야."

딸꾹질을 하느라고 말을 멈춘 사내는 돌연 바텐더에게 얼굴을 돌렸다.

"술을 줘."

"뭐?"

하면서 바텐더는 튀어나온 배와 입술을 함께 내밀었다.

"술."

"무슨 술?"

"제발 술을 줘."

사내는 부르르 몸을 떨더니 손바닥으로 눈물을 찍어내며 거듭 애원했다.

"제발 내게 술을 줘."

"안 돼."

하고 고수머리 웨이터가 말했다.

"술을 더 마시면 아마 오줌을 질질 흘리며 그 댄서처럼 잠이 들고 말 거야. 술은 안 돼. 마시고 싶거든 구멍가게에나 가봐."

"누가 죽는 거야? 응? 박사라는 늙은이가 죽어? 아니면 다 죽어? 그러니까 무릉도원은 없다는 거야?"

하고 악사가 사내에게 물었다.

"아니야. 무릉도원은 있어. 없는 게 아니야."

"그럼 뭐야? 있어? 어디에?"

"무릉도원은 있어."

사내는 다시 말을 이었다.

"나는 아코디언을 어루만지면서 또다시 말했지. 관자놀이께에 붉고 굵은 핏대를 세우면서 화난 목소리로 씹어뱉은 거야. 영감님, 여기가 무릉도원이오? 이 사막 한가운데가? 여기가? 여기가 바로 우리가 찾아나선 그 무릉도원이란 말이오? 화가 잔뜩 난 나는 구둣발로 모래를 걷어차며 소릴 질러댔지. 늙은이는, 딸꾹! 늙은이는 금방 대꾸하지 못했어. 새하얗게 센 늙은이의 머리카락은 절반쯤 모래에 파묻혀 있었지. 머리카락만이 아니야. 단추가 하나만 달린 싱글 모닝코트의 뒷깃, 그리고 회색 줄무늬 바지 말기와 구두 뒤축까지 몽땅. 늙은이는 모래에 묻힌 거야. 핏발 선 두 눈만 남겨두고. 나머지는 다 모래 속으로 가라앉아 보이지도 않았어. 그 고생물학 박사님이 말이야. 박사님이 입고 있는 모닝코트는 비록 낡기는 했지만 아주 품위 있게 지은 호사스런 옷이야. 상의와 조끼는 무늬 없는 검정 캐시미어 천이고 바지는 회색 줄무늬가 있는 캐시미어 천이지. 흰색 실크 셔츠 위에 앞끝이 꺾인 흰색 칼라를 달고, 그리고 넥타이는 흰색과 검정색 줄무늬가 있는 것이야. 얼마나 멋진 차림인지 짐작할 수 있겠지. 그래. 그런데 그게 다 모래에 파묻혀 있는 거야. 여보게, 우리는 엄청난 경험을 한 결세. 아마 이 지구상에서 공룡이 절멸한 사건만큼이나 대단한 사건의 소용돌이 속을 우리가 지나온 거라네, 하고 늙은이가 내게 말했지. 핏발 선 눈자위에 서린 노기를 거두지는 않았지만, 그러나 늙은이는 나를 달래는 목소리로 또다시 말했지. 하지만 나는 된통 화가 나 있었어. 더욱이나 허옇게 말라 갈라터진 늙은이의 혀 끝을 보는 순간 화는 머리끝까지 치밀어올라 거의 미칠 지경이 됐지. 나는 소리를 질러댔어. 그래서 이렇게 사막 한가운데 와 있단 말이오? 그래서 영감님은

똥 위에 주저앉아서도 공룡의 식생을 연구했더란 말이오? 그래서 이 개똥 같은 뼈다귀를 짊어지고 무릉도원을 찾아나섰더란 말이오? 하면서 나는 늙은이가 부둥켜안고 있는 그 낡고 검은 가죽가방을 힘껏 걷어찼지. 눈물을 뺄뺄 흘리면서. 딸꾹! 눈물을 뺄뺄 흘리면서 말이야. 그 순간, 내가 눈물을 뺄뺄 흘리면서 가죽가방을 걷어찬 순간, 가방은 늙은이의 가슴을 떠나 모래바닥으로 굴러떨어져 덜컥! 하고, 낡을 대로 낡은 아가리를 활짝 벌렸지. 그리고 내 품에 안겨 있던 아코디언의 바람주머니가 주욱 흘러내리며 데에앵! 하고 운 거야. 그건 다 한순간이었어. 내 아코디언의 바람주머니가 잠금쇠에서 떨어져 모래바닥으로 죽 흘러내린 거나 검은 가죽가방 안에서 공룡 뼈다귀가 우르르 쏟아져내린 건. 나는 흘러내린 바람주머니를 추슬러 잠금쇠에 붙들어맸지. 그러자 늙은이가, 늙은이가 내게 말했어. 허옇게 갈라터진 혀 끝으로. 너무 무더운 탓이야. 가뜩이나 자네같이 피가 뜨거운 젊은이는 쉬이 더위를 먹지. 조금도 분노의 기색을 담지 않은 말투였어. 그 늙은이는 늙은이다운 여유를 드러내 보이면서, 그 와중에서도 말이야, 자신의 분노와 좌절을 교묘히 숨길 줄 알았던 거야. 내가 젊었을 땐 내가 젊었을 땐, 하고 늙은이는 말을 계속했지. 아니야 아니야, 하고 늙은이는 다시 말하기 시작했어. 자네는 아직도 소택지에서 공룡을 바라보며 아코디언을 연주하던 시절을 기억하나? 내게 묻는 건 아니야. 그게 그 늙은이 말버릇이거든. 우리는 모두 노래 불렀지. 온몸이 개흙투성이가 되어. 자네는 그 검둥이 처녀를 기억하나? 이것도 역시 내게 묻는 건 아니야. 나는 검둥이 처녀 따윈 알지도 못해. 이름이 뭐였더라? 응? 이제는 이름도 얼굴도 다 생각나지 않고, 단지 내 앞에 쪼그리고 앉아 팬티를 뒤집던 모습만 생각나는구만. 어때? 착각이었을까? 딸꾹! 하고 늙은이는 웃음 지으며 나를 쳐다보았어. 하하하하, 하고 늙은이는 웃기 시작했어. 내가 아코디언을 등에 지고 모래 바닥에 흩어진 공룡 뼈다귀를 주워담고 있는데 말이야. 하하하하, 착각이었을까? 기차만큼 긴 꼬리를 휘두르며 소택지를 활보하던 사이스모사우루스가? 응? 하고 늙은이는 큰 소리를 내지르더군. 갑자기. 아주 큰 목소리였지. 거의 발악에 가까운 목소리였어. 응? 그 어마어마한 알이? 그 어마어마한 공룡의 알이? 그리고…… 그리고…… 하지만 여보게, 그건 다 공룡의 역사가 아닌가. 그러니 그건 공룡더러 말하라고 해. 아니면 역사더러 공룡을 말하라고 하든가. 나는 공룡 뼈다귀를 다 주워담았지. 모서리마다 해어진 낡고 검은 가죽가방 속에. 그리고 그 가방을 들어올렸지. 그러고선 늙은이와 럼주 통을 베고 잠들어 있는 댄서 녀석을 바라보았지. 그 검둥이 처녀가 내게 말했다네. 이 사막 어딘가에 무릉도원이 있다고. 사막 한가운데인지 사막을 지나서인지 그건 물어보지 못했지만. 그땐 나도 아주 젊었고 피가 뜨거웠지. 자네처럼 말일세. 그래서 아주 쉽게 생각했던 거야. 알 수 없군. 정말 알 수 없어. 아무도 알 수 없어. 아무도 이젠, 이젠 그걸 알아낼 수 있는 사람은 정말 어디에도 없는 거야."

하고 사내는 말을 멈추었다.

"그래서 어쨌다는 거야? 그게 다야?"

하고 악사가 졸린 눈으로 사내에게 물었다. 바텐더는 내 그럴 줄 알았다는 표정을 여실히 드러냈다.

"언제나 이래. 예술가들이란. 있긴 뭐가 있어. 오아시스가? 궁전이? 허리를 돌리면서 배꼽춤을 추는 계집이?"

"그래서, 그래서 이 너구리야."

하고 웨이터는 수도를 들어 지친 사내의 목덜미를 패댔다.

"어서 끝내. 배꼽춤을 추든지 날라리를 불든지. 지배인 올 때가 다

됐어. 어서 이야기를 마치고 술을 마시러 가. 그 댄서란 놈이 죽었는지 살았는지 그건 어서 말하고서."

그러나 악사는 미련을 버리지 못했다.

"정말 무릉도원은 없는 거야? 다 끝나도 무릉도원을 찾지 못해?"

"아니야, 딸꾹!"

하면서 사내는 야무지게 말했다.

"무릉도원은 없는 게 아니야."

"뭐라구? 있어?"

"그래. 무릉도원은 있어. 있지. 아마 있을 거야. 아니야 있어. 있기 때문에 찾아나섰던 거지. 나는 아코디언을 등에 지고, 그리고 그 낡고 검은 가죽가방을 들고 우뚝 일어섰어. 모래벌판 위에. 붉은 해 아래."

사내는 회전의자에서 일어나 빗물로 얼룩진 홀 바닥으로 내려섰다.

"잠깐만!"

하고 단호하게 소리치면서 사내는 돌연 오른손 검지를 눈앞에 세웠다. 그러나 술기운에 전 검지는 계속 요란하게 떨어대고 있었다.

"잠깐만, 딸꾹!"

사내는 다시 한번 부들부들 떨리는 검지를 눈앞에 세웠다.

"그때였어. 내가 이렇게 당당히 섰을 때. 그때 파라솔 아래 잠들어 있던 댄서 녀석이 잠에서 깨어난 거야. 그러고는 엉엉 울어대는 거야. 더러운 댄서 녀석! 녀석은 알아챘어. 우리는 모두 버려진 거야! 무릉도원은 어디엔가 있겠지만 아무 데도 없어!"

사내는 눈앞에 세웠던 떨리는 검지로 코끝을 긁어댔다.

"다야? 그게 끝이야?"

하고 악사가 물었다.

"아니야. 아직 끝나지 않았어. 딸꾹!"

딸꾹! 하면서 사내가 말을 멈추었을 때, 살롱의 출입문이 열렸다. 통유리로 된 그 출입문을 열어젖히고서 가슴이 벌어지고 허리가 굵은 한 사내가 우산을 접으면서 살롱으로 들어섰다. 접은 우산을 카운터 곁에 세우고, 그리고 지배인은 벽시계를 쳐다보았다. 벽시계의 시침과 분침은 몸을 한데 접으면서 자정이 오 분밖에 남지 않았음을 알리고 있었다. 조금도 비에 젖지 않은 지배인은 군청색 싱글 슈트에 흰 와이셔츠, 그리고 푸른색 포인핸드 차림이었고, 짧게 깎은 단정한 머리 모양을 하고 있었다. 그는 완강하고 우람한 체구를 거침없이 드러내면서 사내와 악사와 웨이터와 뚱뚱보 바텐더가 있는 쪽으로 성큼성큼 걸어왔다.

"별일 없지?"

하고 완강하고 우람한 체구의 지배인이 모두에게 물었다.

"안 끝낼 거야?"

그러면서 지배인은 딸꾹질을 멈추느라 이마를 꺼떡꺼떡 젖혀대는, 비에 쫄딱 젖은 사내의 오그라든 얼굴과 후들거리는 다리와 그 밑에 흘러 있는 물을 보았다.

"예, 끝내야죠. 다 끝났어요."

하고 웨이터가 모두를 대신해서 대답했다. 그러나 악사는 회전의자에 걸터앉아서, 그리고 바텐더는 바 위에 놓여 있는 담배 재떨이를 바 밑 시렁으로 내리면서, 후줄근하게 서 있는 사내와 다가오는 지배인의 표정을 함께 살피고 있었다.

"이 양반은?"

지배인의 눈길이 잔뜩 겁먹은 사내의 이마에 가서 멎었다. 이번에도 또 웨이터가 대답했다.

"아무것도 아니에요. 배우래요. 이제 보내야죠."

"뭐?"

지배인은 미간과 입가에 잔뜩 주름을 잡으며 웨이터의 대답이 신통치 않다는 눈치를 했다. 악사와 바텐더는 실실 웃고만 있었다.

"무슨 일이오, 당신?"

지배인은 부릅뜬 눈으로 사내의 비에 젖은 검정색 점퍼와 똥색 골덴바지와 빈 두 손을 죽 내리훑으며 윽박지르듯 물었다.

"수울……."

입을 열기는 했지만 사내의 목소리는 들리지도 않을 만큼 작았다.

"뭐래?"

하고 지배인은 찌푸린 얼굴을 웨이터 쪽으로 돌렸다.

"술을 달래요."

웨이터가 움츠러든 목소리로 대답했다.

"이 사람 이거 왜 이래?"

지배인은 웨이터와 사내 대신 악사와 바텐더 쪽으로 눈길을 돌렸다. 그러자 악사가 고개를 젖히고 웃으며 말했다.

"그 사람 그거 너구리랍니다. 우리가 암만, 선생은 예술가요 예술가요 해도 죽어라 자기를 너구리라고 우기는 참이라구요."

지배인은 금방 악사의 익살을 눈치챘다.

"당신 정말 너구리야?"

하고 지배인이 사내에게 물었다. 그러자 사내는 거푸 딸꾹질을 해대면서도 발악하듯 대들었다.

"아니야, 나는 너구리가 아니야."

"그럼 뭐야?"

"나는 예술가야."

사내는 금방 울음이라도 터뜨릴 듯 울먹이면서 악착같이 달라붙었다.

"나는 너구리가 아니고 예술가란 말이야. 내게 술을 줘, 술!"

"무슨 술?"

지배인은 자신의 턱 아래에 있는 사내의 작은 눈을 내려다보았다. 지배인의 목소리는 더욱 우렁차게 울려퍼졌다.

"야 이 너구리야, 무슨 술을 줘. 응? 너는 너구리도 아니고 주정뱅이로구만."

"아니야. 나는 주정뱅이가 아니야."

"그럼 뭐야?"

"나는 배우야."

"무슨 배우? 영화 배우?"

"아니야. 나는 연극 배우야."

"무슨 연극? 네가 한 연극이 뭐야?"

사내는 울먹이기 시작했다. 하지만 지배인은 조금도 목소리를 수그러뜨리지 않았다.

"너는 미미를 알아?"

"나는 미미를 몰라."

"이자식 이거 형편없는 거러지로구만. 응? 미미도 모르면서 배우라고 그래. 알몸으로 연기하는 사랑스런 미미도 모르면서."

사내는 포갠 두 손을 코앞에 쳐들고서 손가락 끝으로 줄창 코끝을 긁어댔다.

"나는 배우야."

"그럼 어디 연기를 해봐. 네가 한 연기가 어떤 건지 보여봐."

"나는 무대에서 연기해."

"무슨 연기? 네가 한 연기가 어떤 거야?"

"무릉도원!"

사내는 여전히 코끝을 긁어대며 냉큼 대답했다.

"무릉도원이 뭐야?"

하고 지배인이 또 물었다. 그러자 사내는, 그리고 나머니 세 사람도, 아무도 대답하지 않았다. 지배인은 비에 젖은 사내의 머리통을 쓰다듬으면서 다정하게 말했다.

"그럼 거길 가봐. 거기에 가보라고. 무릉도원인지 뭔지 하는 거기에 가면 술을 마실 수 있을 거 아냐, 응? 알지? 무릉도원이 어디에 있는지. 그건 나보다 당신이 더 잘 아시겠구만."

"난 몰라."

"왜 몰라?"

"나는 아직 몰라."

"그럼 내가 알려줄까? 응? 무릉도원이라는 델. 이리 와봐. 무릉도원은 저 문을 나서서……."

하면서 지배인은 사내의 머리통 위에 놓인 손에 더욱 힘을 줘 그를 밀어냈다.

"저 문을 나서서 층계를 오른 다음 밖으로 나가는 거야. 그러고는 곧장 걸어가면 네거리가 나와. 네거리가 나오거든 오른쪽으로 꺾어. 그리고 계속 가는 거야. 또 네거리가 나올 거야. 그럼 이번에는 왼쪽으로 꺾어. 그 길로 죽 따라가다 보면 오른쪽 어디에선가 아주 고약한 냄새가 날 거야. 참기 힘들 만큼 아주 더러운 냄새가. 그럼 바로 그 골목으로 들어서야 돼. 자아 이젠 거의 다 온 거나 마찬가지야. 그 골목길을 벗어나지만 않는다면, 그 골목길만 죽 따라간다면 말이야. 그럼 곧 천변에 다다르지. 물은 흐르지 않지만 그곳엔 개천이 있어. 오물과 쓰레기로 뒤덮인 개천이. 그리고 그 천변에는 당신 친구들이 있어. 그곳이 바로 무릉도원이니까 말이야."

허리를 움켜잡은 악사와 살진 배를 내민 바텐더와 고수머리 웨이터는 죽어라고 웃어대고 있었다. 지배인의 손에 떠밀려 무릉도원을 찾아나선 사내는 눈물을 뻘뻘 흘리면서도 그 웃음소리를 다 듣고 있었다. 사내의 몸 중에서 가장 앞선 머리꼭지가 카운터 앞에 다다랐을 때 벽시계의 시침과 분침은 서로의 몸을 포개기 바로 직전이었다. 벽시계를 쳐다보면서 지배인이 다시 말했다.

"이봐. 벌써 자정이잖아. 당신은 술을 마셔야겠지만 우리는 잠을 자야 돼. 우리 살롱은 내일도 문을 열어야 하니까. 그러니까 당신은 무릉도원에 가서 술을 마시는 게 좋겠어. 어때? 찾아갈 수 있겠지? 내가 일러준 대로 죽 가기만 하면 돼. 어서 가. 그 천변에 가면 노랫소리가 들려올 거야. 그리고 천변 난간에 서서 오줌을 싸고 있는 당신의 절친한 친구들이 보일 거야. 어서 거기로 가. 거기에 가면 죽을 때까지 술을 마실 수 있을 거야."

지배인은 통유리로 된 출입문에 사내의 머리통을 밀어붙였다. 사내는 머리꼭지로 출입문을 밀치며 살롱 밖으로 나섰다.

"잘 가, 이 주정뱅이야! 안녕히 가시라구, 이 너구리 새끼야!"

지배인은 등뒤에서 들려오는 홍소에 덩달아 껄껄껄 웃어대면서 손을 털고 옷매무시를 단정히 가다듬고, 그러고는 통유리로 된 출입문 밖에서 눈물을 뻘뻘 흘리며 악다구니하는 사내의 모습을 바라보았다. 사내는 소리치고 있었다.

"나는 주정뱅이가 아니야! 나는 예술가야! 나는 너구리 새끼가 아니란 말이야! 딸꾹!"

통유리 안에 있는 가슴이 벌어지고 허리가 굵은 지배인과, 장난을 좋아하는 악사와, 뚱뚱보 바텐더와, 고수머리 웨이터는 홍소를 멈추지 않았고, 통유리 밖으로 밀려난 비에 젖은 사내는 상아색 바탕에 제비꽃 무늬가 잘다랗게 박힌 실크 스카프를 목에 두른 채 뜨거운 눈물을 뻘뻘 흘리면서, 장대비 쏟아지는 캄캄한 어둠 속에서 또다른 저편의 어둠을 향해 온 힘을 다해 나아가고 있었다.

감방 일기

포승에 묶인 몸으로 호송차에 앉아 차창을 내다봤을 때, 차창 밖에서 허둥거리며 뛰어다니는 늙고 힘없는 어머니의 모습을 발견하고서 나는 내가 죄인이라는 것을 절감하지 않을 수 없었다. 혀를 깨물면서 마음을 가다듬으려 했지만, 그래서 이전에 그렇게도 곱씹던 증오를 애써 머릿속에 떠올리면서 독한 마음을 먹으려 했지만 무슨 꼴인지 부끄러움도 사라져버리고 뜨거운 눈물만이 앞을 가렸다. 참으로 기가 막히고 기가 막혔다.

6월 11일 월요일.

날씨는 알 수 없다. 창으로 비쳐든 햇살로 보아 맑은 날인 것 같다. 면회 오신 어머니가 양산을 들고 계셨으니까 맑은 날인 게 틀림없다. 그러나 내게 날씨 따위가 무슨 상관인가.

살다가 보니 참 별일이다. 이런 곳에서 일기를 쓰게 되다니. 지금 내 심정은 면회실 철창 저편에 서서 기가 막히다는 소리만 연발하시던 어머님 심정과 다를 바 없다.

이제 이곳 생활도 한 달쯤 지나고 보니 그런 대로 자리가 잡히는 것 같다. 때론 두렵고 때론 외롭고 때론 맥이 빠지기도 하지만 애써 그런 기분을 눌러 참으며 하루하루 버텨나간다. 하루에도 몇 번씩 울화가 치밀어 한바탕 독스럽게 붙어보고 싶은 생각이 들지 않는 건 아니지만 상대할 사람이 없으니 어쩌랴. 한 평도 안 되는 독방 안을 이리저리 왔다갔다하거나, 힘없는 눈으로 흰 벽을 쳐다보거나, 아니면 책을 들여다본다. 생산적인 생활이라기보다는 그저 시간 죽이는 생활이다. 그러나 이곳도 사람 사는 곳임에는 틀림없다. 그런 생각을 가져야지 미치지 않고 살아 있을 듯하다. 아침 일찍 일어나 잠기 묻은 얼굴에 찬물을 끼얹을 때 느끼는 상쾌함이라든가 유별나게도 기다려지는 면회 시간을 낙으로 삼는다. 해 떨어지기 전에 일찍 저녁을 먹고 난 뒤 좀 처량한 심사를 즐길라치면 어김없이 요란한 찬송가 소리가 들려온다. 이곳도 십자가 즐비한 서울 하늘 아래임에 틀림없다. 억울하고 괴롭고 고달픈 심신들이 많다는 얘기가 아닌가.

어제 어느 신문을 읽다가 횡설수설하는 소리로 우리들을 욕하는 논설을 보았다. 감방 안에서 그런 기사를 읽는다는 것도 색다른 재미가 있었다. 독립투쟁하는 것도 아니고 민주투사도 아닌 주제에 왜 국민들을 짜증나게 하느냐고 소위 언론인이라는 그 작자가 휘갈겨놓았다. 당장 쫓아가 한바탕 하고 싶은 기분이었지만 그럴 수 없는 처지고 보니 쓰디쓴 입맛만 다실 뿐이다. 그런데 지금 와 생각하니 그 양반 말이 맞기는 맞다. 내가 도대체 한 일이 뭔가. 곰곰 생각해보면 한낱 자존심 싸움이었을 뿐이다. 더이상은 취재 현장에서 모욕당할 수 없다는 기자로서의 자존심. 그것도 최소한의 자존심이었다. 기자라는 직업인의 양식으로 볼 때 더이상 물러서서는 안 된다는 생각. 내 스스로 지켜야 할 기자라는 직업의 품위. 그런 것들 때문이었다. 그렇다면 나는 분명 직업적 이기심에 빠져 있었던 셈이다. 그렇다. 그게 죄라면 그 죄에 대한 벌은 달게 받겠다. 범법 행위를 하고서도 빠져나갈 궁리만 하는 파렴치한은 아니다. 그런데 그러한 최소한의 자존심, 그러한 선의의 이기심까지 죄가 된단 말인가. 누구보다 소심했고 누구보다 우유부단했고 누구보다 비겁했기에 치욕의 시대에 그 치욕의 일부분을 연출해야만 했던 우리 방송사 종사자들이 왜 그렇게 한마음이 되어 뛰쳐나오게 된 것일까. 이런저런 생각이 꼬리에 꼬리를 물고 일어나지만 어느 한 가지에도 몰두할 수 없으니 총체적인 결론을 내릴 수도 없다. 다만 어렴풋한 짐작만이 오락가락할 뿐이고 이전의 예측들이 지금 내 앞에 견고한 현실로 나타나 있을 뿐이다.

도대체 내가 왜 여기 있어야 하나. 나같이 소심하고 줏대 없고 쓸개 없는 놈마저 붙잡아 가두어둬야 하나. 그렇다면 그들은 나보다도 더 소심하고 줏대 없고 쓸개 없는 놈들이 아니냐. 내가 지금 살려주십사 하는 것이 아니다. 더욱이 나는 잘못한 것이 없다고 발뺌하는 것도 아니다. 내가 한 일은 내가 더 소상하게 안다. 다 말할 수 있다. 그런데 왜 나를 가두어둬야 하나. 그래서 어쩌자는 것인가. 거창하게 할 말도 없다. 기자라는 작업도 밥벌이의 방편인 것은 틀림없지만 그래도 뭔가 양보할 수 없는 게 있지 않느냐. 내 한 몸 살리기 위해 세 치 혀로 세상을 속일 수만은 없지 않은가. 그렇다고 내가 뭐 일관되게 투철한 삶을 살아온 것은 아니다. 단지 이번 일에 뛰어들게 된 것은 더이상 물러설 수 없다는 절박함 때문이었다. 낭떠러지 끝에 다다른 내 자신과 내 직업과 내 직장을 두 눈으로 보고 온몸으로 겪었기 때문이다.

상황이 앞으로 어떻게 진척돼나갈지 아직은 갈피 잡을 수 없다. 내가 어떠한 판결을 받게 될지 그것도 알 수 없다. 그러나 어떤 최악의 경우라도 후회 말자고 다짐한다. 물론 그때 그 자리에 서봐야 알겠지만 기자라는 내 직업의 품위를 지키기 위해서라도 당당해야겠다. 내가 내 직업에 너무 거창한 윤리와 품위를 요구하는지도 모른다. 아니다. 그렇지 않다. 그 정도의 윤리와 품위도 지키지 못하는 직업이라면 거기에 목을 매달고 좀스럽게 살지는 않겠다. 밥벌이가 목적이라면 할 일은 얼마든지 있다.

문제는 우리가 지금 몸담고 있는 이 세상, 발 딛고 있는 이 땅이 너무 상해 있다는 것이다. 고쳐야 할 것도 많고 보듬어안아줘야 할 것도 한둘이 아니다. 그렇기 때문에 내 직업이 유지해야 할 윤리와 품위가 더욱 절실한 것이다. 또 그렇기 때문에 한번 멋지게 살아야 할 필요가 있다. 누군가의 말마따나 길은 멀어서 갈 만하다.

6월 15일 금요일.

어머니를 면회하고 돌아와 책을 손에 들었지만 좀처럼 글자가 눈에 들어오지 않았다. 날씨도 우중충한 게 방 안은 더욱 답답하고, 고개를 틀 때마다 변기에서는 아주 고약한 냄새가 풍겨난다. 후각의 기능은 쉬이 피로해지고 마비되기도 한다는데 내 후각은 그런 것 같지도 않다. 변소만이라도 수세식이었으면, 방 안에 통풍이라도 됐으면, 조금만 더 넓었으면, 전등 빛이 조금만 더 밝았으면, 면회 시간을 좀더 늘려준다면, 그렇다면 이미 감옥 생활이 아니라고 할지 모르겠다. 더욱이나 시시각각 떠올랐다 사라지고 이리저리 변하고 또 변하는 생각을 자유롭게 적을 수만 있다면. 그럼 그건 이미 자유로운 저작 활동이라고나 할까.

일기인지 수필인지 이러한 글을 쓸 때에도 마음에서 우러나는 것을 손끝 움직이는 대로 써야 제맛인데 볼펜과 봉함 엽서를 나누어주고 집필실이라는 곳에 몰아넣어 여럿을 줄지어 앉혀놓고 준비, 시작, 하고 구령을 붙이니 마음은 바쁘고 손은 안 나가고 그래서 생각 따로 글 따로다.

어제는 『자유의 문』이라는 소설을 읽었다. 나로서는 읽기 힘든 문장이었는데, 하여튼 그 전체적인 내용은 계율에 집착한 한 신앙인의 말로를 그린 것이다. 몇몇 구절은 지금 내가 처해 있는 상황과 흡사한 듯 여겨져 여러 번 되풀이해 읽었다. 소설의 주인공인 백상도는 육이

오의 비극을 경험한 뒤 어느 비밀 종교 집단에 참여한다. 그는 오직 주님 앞에 모든 것을 증거하며 타인 앞에 자신의 정성과 희생을 내세우지 않으리라 맹세하고 실천한다. 그러나 타인 앞에서 자신을 증거하고 싶어하는 뿌리칠 수 없는 인간적 욕망 때문에 계율을 어기고, 결국은 주님을 위해 사랑과 희생을 실천하려는 원래의 목적마저 상실하게 된다는 대충 그런 내용이었다. 그전에 읽은 『희랍인 조르바』와는 판이하게 다른 분위기라고 느껴졌다. 아무도 거칠 것 없이 행동하고 사랑하고, 철저히 고통받기도 하고, 그래서 처절하면서도 아름답고 무시무시하면서도 거창했던 '희랍인 조르바'와는 판이하게 다른 분위기였다. 그들과 다를 수밖에 없는 우리의 풍토 때문이겠거니 하고 생각했다. 그러나 자신의 진심을 증거하려 해도 할 수 없고, 바깥에 있는 사람들이 나를 어떻게 생각하는지 관찰할 수도 없는 형편에 놓인 나로서는 공감이 가는 부분이 한둘이 아니었다. 하지만 소설 속의 백상도라는 인물의 침묵은 자청한 침묵이었지만 나는 강요된 침묵 속에 처해 있다. 그런 까닭에 나는 끊임없이 부르짖고만 싶은 욕구를 맹렬히 느낀다. 그러나 그럴 수조차 없는 현실이다. 설사 그럴 수 있다손 치더라도 그래봐야 아무것도 달라질 게 없다. 갇힌 자의 조울증. 때로는 주제넘게 달관을 흉내내보기도 한다. 때로는 그 모든 것이 부질없다는 성경의 말씀을 되뇌어보기도 한다. 따지고 보면 그럴 수밖에 없는 것이다. 내 스스로 떳떳하고 내 스스로 한 점 부끄러움이 없다면 세상이 뭐라든 무슨 거침이 있겠는가 하고 나 자신을 욕해버리고 만다. 그렇게 생각해야 마음도 편해지고 견디기도 쉬워진다. 그러나 그러한 자책도 길어지고 거듭되면 어쩐지 내 자신이 초라해 보인다. 의사 소통이 봉쇄된 자의 초라함, 그것이 나의 실상이다.

아직도 젊은 탓인지, 세상살이에 덜 상한 탓인지, 수긍할 수 없는 것이 너무나 많고 그래서 미칠 지경이 되기도 한다. 적이라고 여겨지는 것들을 처절하게 증오해보기도 하고, 또 그러다가 지치고 맥이 빠지면 나 자신까지도 조소하며 치를 떤다.

이렇게라도 넋두리를 하고 나니까 기분이 한결 낫다. 누구에게 보이기 위해서 쓰는 것이 아니라 자신을 다스리기 위해서 쓴다고 하겠다. 때때로 인간은 자신의 고통을 덜어내기 위해 글을 쓰는 경우가 있는 것 같다.

이제 내 방으로 돌아가 보다 생산적인 독서와 보다 생산적인 사색에 빠져들자. 내가 앞으로 살아갈 날들에는 반드시 내가 해야만 할 일이 있을 것이다. 듣도 보도 못 한 문제들이 현실로 닥쳐올 게 아닌가. 이제 십 년 뒤면 이천년대다. 우리의 한반도가, 우리의 한겨레가, 인류사의 모순이 통째로 들끓고 있는 우리의 분단 조국이, 결국은 인류를 구원하는 해결의 장이 되리라는 풍문이 있다. 이데올로기의 대립과 동서 남북의 대결이 이 땅에서부터 풀리리라는 그런 소문이 있다. 하지만 그런 풍문과 소문은 한낱 풍문과 소문에 불과할 뿐 우리의 현실은 어떠한가. 숨가쁘게 달려나가는 세계사의 경주에서 떨어져나와 타락과 나태의 광란만을 되풀이하는 이 현실을 대체 어찌할 것인가. 우선은 나 자신부터 추스르자. 나는 과연 무얼 했는가. 부끄럽지 않을 만큼 철저했는가. 아니다. 전혀 아니다. 나는 부끄럽다. 그래서 반성한다. 그렇다면 나는 남들에게도 관대해야 할 게 아닌가. 맞다. 나는 지금 감히 남의 허물을 탓할 처지가 아니다. 그럴 겨를도 없다. 나는 단죄받아 마땅하다. 그래서 이렇게 갇혀 있는지도 모른다.

그러나 분노하지 않을 수 없다. 진실한 목소리를 외면하는 자들, 반성할 줄 모르는 자들, 사월과 오월과 유월의 함성에 귀를 틀어막는 자들, 그러면서도 민주와 통일을 얘기하는 자들, 남들이 민주를 위해 피

흘릴 때 술잔을 부딪치며 노래 부르는 자들, 그러면서도 거창한 구호로 국민을 현혹하는 자들.

나 역시 구호는 싫다. 끼리끼리 모여서 찧까불기 좋아하는 사람들을 혐오한다. 내가 구호를 외치고 어깨동무를 하는 것은 최소한의 방법, 최후의 방법일 뿐이다. 그 밖에는 다른 방법이 없었다. 모든 것을 가지고 있는 자들과 상대할 수 있는 방법은 오직 하나밖에 없었다. 뭉치고 어깨동무하고 구호를 외치는 수밖에 없었다. 그러나 결국에는 흩어졌다. 하나가 모여서 모두가 되었듯이 모두는 곧 하나하나가 되었다. 흩어지면 홀로일 수밖에 없다. 홀로 되면 약해질 수밖에 없다. 알고 있었다. 그들은 그렇게 되기만을 노렸고 우리는 그들이 노린 대로 그렇게 되어버렸다. 뿔뿔이 흩어진 우리 가운데 어떤 사람은 이렇게 말하기도 한다. 더 멀리 내다보자고. 그러나 그런 소리는 입에 발린 거짓말에 불과하다. 멀리 보면서 바르게 걸어가기가 얼마나 힘든지 아는 사람이라면 그렇게 말하진 않을 것이다. 비겁한 놈들. 쥐새끼 같은 놈들. 나는 철창 안에서 밖을 내다보며, 갇혀 있는 것은 당신들이라고 말할 만큼 넉넉지 못하다. 법과 제도, 인습과 상식을 손쉽게 뛰어넘을 만한 자유인도 아니고 철저한 투사도 아니며 몽상가도 아니다. 나는 다만 일개 소시민일 뿐이다. 그래서 이곳에 갇혀 있는 게 싫다. 나를 이곳에 가두어둔 그 모든 것이 싫다. 그 모든 것을 증오한다. 나 자신의 허물까지 포함해서.

여백이 얼마 남지 않았다. 무얼 쓰고 있는지 모르겠다. 쓰고 싶은 것도 없다. 단지 시간을 보내자는 것이다. 벌써 어두워지는 것 같다. 또 하루가 지나간다. 이곳에서 보낸 나날이 나의 삶에 과연 어떤 의미와 가치를 부여할 것인가. 가늠할 수 없다. 앞으로의 삶에 따라 그 해석도 달라지고 또 달리 해석할 필요도 있을 것이다. 그리고 그때는 추억이라고 부를는지도 모르겠다.

6월 21일 목요일.

오늘 아침이었다. 변기 위쪽에 뚫려 있는 편지지만한 창으로 햇살이 비쳐들었다. 그래서 나는 오늘은 무슨 좋은 소식이 있을까 했는데, 햇살 가득하던 하늘은 곧 잔뜩 찌푸린 우중충한 날씨로 변하고 말았다.

어젯밤 눈이 아파 읽지 못한 『성 프란체스코』를 펴들고 있는데 면회 신청이 있었다. 금요일마다 오신다던 어머니가 웬일인지 하루 앞당겨 면회를 왔다. 또 눈물을 글썽거린다. 장마통에 감옥 속의 자식놈은 잘 있는지 어쩐지, 감옥살이 고달프다든데 얼마나 힘들까 해서 월요일에 보고 이틀 안 봤더니 걱정이 돼서 왔다고 한다. 그런 모습을 보니 내 가슴은 아프다 못해 아렸다. 어머니로서도 난감하기 그지없을 게다. 기댈 자식이라곤 이제 나 하나뿐인데 그놈이 덜렁 감옥에 잡혀들어갔으니 기가 막히시겠지. 게다가 당신의 자식은 이렇게 독방 속에 갇혀 있는데도 세상은 아무 일도 없다는 듯이 잘만 굴러가고, 또 어떤 사람은 풀려나기도 했다는데 우리 자식은 무슨 대역적죄를 졌기에 저 모양인지, 싱숭생숭해서 갈피를 잡을 수 없다는 표정이었다. 누구를 통해 들었는지 어머니는 내가 독방에 있다는 사실을 알고 계셨다. 어머니는 그 와중에서도, 너 혼자 독방에 있다더라, 하고 좀 대견스러운 듯한 목소리로 말했다. 나를 공부시키느라고 십여 년간 하숙을 친 어머니로서는 내가 다른 사람과는 달리 독방에 있다는 사실을 마치 하숙 독방 쓰는 것쯤으로 이해하신 듯했다. 나로서는 다행이 아닐 수 없다. 그래서 책 읽기 좋습니다, 하고 나는 말했다. 그래그래, 하면서 어머니는 고개를 끄덕이셨다. 아마 누군가가 어머니가 걱정하실까 봐, 독방에 있는 게 더 낫습니다. 조용하게 책도 읽을 수 있구요, 하고 말했던 모양이다. 울어야 할지 웃어야 할지 나는 정말 알 수 없다. 좋다. 어머니가 걱정될 때마다 죽어라 하고 책을 읽겠다. 어머니의 말씀대로 독방이라서 책 읽기에는 좋다. 더욱이나 장마가 져 시원한 날씨라 책 읽기에는 안성맞춤이다. 그까짓 비에도 인명 피해 재산 피해를 내는 이 땅의 수리 시설에 대한 걱정을 접어둔다면 내게는 불볕 더위보다 장마가 낫다. 서늘한 하숙집 독방에 앉아서 책을 읽는다고 생각하자.

그나마 어머니는 교회 덕택에 마음을 좀 가라앉히신 것 같다. 지난번 목사님이 오셨을 때 내가 울어버리고 만 까닭은 거기에 대한 고마움 때문이었다. 이 세상 단 하나밖에 없는 아들마저도 위안할 수 없는 어머니의 마음을 교회에서 다잡아주니 나로서는 너무나도 고맙고 감격스러웠다. 어머니만 아니라면 사실 나는 재판을 기다리며 평온한 마음으로 지낼 수 있다. 감방 구석에 수북이 쌓인 책을 한 권씩 읽어 제치는 것은 나름대로 희열이기도 하다. 탐나는 만큼 책을 읽을 수 있다는 점에서는 차라리 행복하다고 하겠다. 직장에서 불이익을 받으리라는 점에 관해서도 이미 마음의 정리가 돼 있는 상태다. 모멸감과 자괴심을 억누르며 하루하루 견디기보다는 이렇게 독방에 앉아 있는 것이 후련하다는 생각이 든다. 그렇다고 앞날이 걱정되지 않는 것은 아니다. 또 가능하다면 내가 이렇게 감방에 앉아 있는데도 저희들은 아무 일도 없다는 듯 거들먹거리고 다니는 놈들과 한바탕 맞부딪쳐 싸워볼 작정도 한다. 적은 도처에 있지만 그 어떠한 적 앞에서도 물러나지 않을 단단한 각오도 가져본다. 다만 그들이 가지고 있는 무관심과 무의식이 걱정스러울 뿐이다.

어머니를 면회하고 방으로 돌아오면서 곁에 있는 교도관도 아랑곳

하지 않고 저주와 욕설을 퍼부어댔다. 교도관한테도 미안하고 스스로에게도 창피한 마음이 들어, 방에 들어와 다시 책을 들었으나 읽을 기분이 아니었다. 그래서 집필 신청을 하고 편지 한 줄 쓰다가 머리를 깎고 일찍 방으로 돌아왔다. 그러고 나니까 기분이 조금 나아졌다. 그래도 이제는 마음을 가라앉힐 수 있어서 다행이다. 처음에는 어머니와 나를 이런 기막힌 궁지로 몰아넣은 놈들을 생각하면 가슴이 벌렁벌렁하고 잠을 이룰 수도 없고 가만히 앉아 있을 수도 없었다. 지금도 그러한 그들에 대한 분노와 저주는 변함이 없다. 그러나 이곳 생활에 어느 정도 길들여진 나를 이제는 가두는 것만으로 괴롭힐 작정이라면 그들의 판단은 오산이라 하겠다. 나는 나름대로 잘 지내고 있으니까. 그들도 그쯤은 알겠지. 그래서 애꿎은 어머니를 괴롭히고, 나로 하여금 괴로워하시는 어머니를 보고 괴로워하도록 하는 것이겠지. 하지만 한 알의 씨앗이 땅에 떨어져 꽃을 피우고, 그 꽃에서 열매 맺은 씨앗이 다시 땅에 떨어져 푸르른 싹으로 피어난다는 것을 생각하면, 또 저 하늘에서 찬란하게 빛나는 태양도 하루하루 식어가고 있다는 것을 생각하면, 그들의 음모도 나의 분노도 다 부질없는 짓이 되고 만다.

내가 그래도 마음을 다잡을 수 있게 된 것은 카잔차키스를 만났기 때문인 것 같다. 그전에 읽었던 다른 책들은 별 감동이 없어서 건성으로 읽었는데 카잔차키스는 그야말로 단숨에 숨가쁘게 읽었다. 『그리스도 최후의 유혹』 마지막 부분에서는 마치 가파른 정상으로 치달아 올라가는 등반가의 설렘으로 벅차오르는 가슴을 움켜쥐고 숨차게 읽기도 했다. 카잔차키스가 그 소설에서 펼쳐 보이는 영혼의 투쟁은 마치 스펙터클 영화 장면만큼이나 박진감 있었다. 책을 덮고 나니 스펙터클 영화를 보고 영화관을 나서는 기분이었다. 나 자신이 벌레 같다는 느낌도 들었다. 나는 속물이구나 하는 생각도 들었다. 한편 카잔차키스라는 사람은 도대체 이 세상의 그 누구를 상대로 누구와 함께 싸웠는가 하는 의문이 솟구쳐오르기도 했다. 어쨌든 치열하게 종횡무진 끝없이 쳐들어가는 그 저돌성이 너무나도 좋았다. 그러니 빠져들지 않을 수 없었다.

이렇게 막 휘갈기다 보니 경직됐던 기분이 좀 풀어진다. 사람이란 참 약하다. 어제는 우리 회사 가톨릭 교우회에서 카드를 보내왔는데, 그 안에 적혀 있는 어떤 사람의 옥중시를 읽고 큰 위안을 얻었다. '나는 누구냐' 하는 제목의 시인데, 사람들이 보기에는 당당해 보이는 그 글쓴이도 이제 자신은 기도하기에도 지쳤다고 말한다. 내가 누구인지 그것은 오직 하느님만이 알 뿐이라는 것이다. 나처럼 가슴 답답한 사람들이 읽기에는 제격인 시였다.

방으로 돌아가서 카잔차키스를 읽으며 오늘의 남은 시간을 보내야겠다. 어머니도 힘을 내시겠지. 나로서는 뭐라고 말하기가 어렵다. 나는 이제까지 어머니께 뭘 제대로 여쭙고 고한 적도 없었고, 또 그럴 일도 없었기 때문에 지금 뭐라고 말해야 할지 알 수 없다. 이제 와서 내가 무슨 수로 당신의 생각과 삶을 어루만질 수 있겠는가. 지난 6·10대회 때 시위장에서 만났던, 소복 차림에 영정을 든 민가협 어머니들에 비한다면 우리 어머니는 아무것도 아니라는 생각이 든다. 그렇게 생각해야 좀 덜 슬플 게 아닌가. 더 잘 견딜 수 있을 게 아닌가.

이제 곧 저녁 먹을 시간이다. 이렇듯 시간은 끊임없이 흐른다. 내가 벌써 삼십대가 되었다. 초조하기도 하다. 그러나 그러한 초조함이나 몸부림은 무리한 결과를 이끌어올는지도 모른다. 담담해야 하리라. 다만 부지런히 살아야 하리라. 프란체스코처럼 하느님께 하루만 더 달라고 애원하는 그런 심정으로 살아야 하리라. 카잔차키스처럼 사람들에게 그들의 생에서 오 분씩만 적선해달라고 구걸하는 그런 심정으로 살아야 하리라.

7월 9일 월요일.

더운 날씨다. 이열치열이다. 가만히 앉아 있어도 이마에 땀방울이 맺힌다. 몸에서는 시큼한 땀냄새가 풍겨나온다. 더운데 나다니면 더위먹을 수도 있으니 차라리 신선놀음이려니 하고 생각한다. 변기 위쪽에 뚫린 창을 통해 어쩌다 바람이라도 한줄기 불어들어오면 에어컨도 부럽지 않다. 고향에 있는 시원하고 맑은 계곡물에 비할 수는 없지만 이곳의 지하수도 적은 양이나마 더위를 식히고 여름을 견디기에는 쓸 만하다. 인생 공부라고 치자. 늙으면 남는 것이라곤 추억밖에 더 있겠는가. 감방에 앉아 보낸 이번 여름도 그 무엇에 비할 수 없는 추억이 되겠지.

사람들 살아가는 내력이 별로 아름답지 못하다는 생각을 한다. 그런데도 왜 그토록 모질게 살아야 하는지. 죽지 못해 산다고 하시는 어머니의 푸념을 듣고 섬찟해하던 기억이 난다. 다들 저마다의 생에 뭔가 의미 부여를 하고 싶겠지만, 뭔가 열망하고 이루어지기를 바라겠지만, 결국은 제풀에 나가떨어지면서 그때 느끼는 참담함 같은 것이 인생에 대한 가장 정확한 정의일는지도 모른다. 비디오 아트를 하는 백남준이라는 사람은 예술을 인생의 양념 같은 것이라고 한다. 그 말도 이해해줄 법하다. 시대의 요구나, 밥과 집의 절박함을 외면한 사치스러운 장난이라고 매도하며 욕하기도 했지만, 그러나 그 모든 거창한 이념과 타오르는 열정 뒤에 도사리고 있는 허무를 눈치챘을 때 인간에게는 그러한 여유와 천진함이 필요할는지도 모른다.

이곳 생활 중에 그런 대로 사람 사는 냄새를 풍기는 요소는 찬송가 가락 유행가 가락 콧노래 같은 노래라고 할 수 있다. 또 웃음이 있다.

그것은 일종의 초탈과 여유를 상징한다. 또 기도가 있다. 그 기도는 염원의 갈구일 수도 있고, 본능적인 울부짖음일 수도 있고, 타인에 대한 애정일 수도 있고, 또 무한한 사랑일 수도 있다. 노래와 웃음과 기도, 이 세 가지 요소는 비단 이곳만이 아니라 인간이 사는 곳이라면 그 어디에서나 그들의 삶을 지탱해주는 또다른 양식임에 틀림없다.

전에 합방에 있을 적에는 사람들과 어울린다는 재미가 녹록치 않았다. 그곳에서 만난 사람들은 터무니없을 정도로 막연한 천진함을 가지고 있었다. 내가 그 분통터지는 초기의 수감 생활을 그나마 그만큼 견뎌낸 것도 다 그들의 그 천진난만함 덕분이었다. 감방이라는 곳에서는 거짓말까지도 천진해 보이고 허세까지도 천진해 보이고 무지까지도 천진해 보인다. 청량리 시장에서 상습적으로 개를 도둑질해 팔다가 잡혀온 늙은이 때문에 나는 잠을 자다가도 킥킥 웃곤 했다. 그 영감의 주장에 따르면 자신은 결코 개를 훔친 적이 없다는 것이다. 단지 제가 개장사를 하기 때문에 제 몸에서 풍겨나는 개 냄새를 맡고 개들이 제 뒤를 졸졸 따라오기 때문에 어쩔 수 없었다는 것이다. 그 영감은 다른 사람의 윽박지름에도 불구하고 끝없이 자신의 결백을 주장했다. 또 한 사람이 있다. 그는 중학교를 중퇴한 시골 출신 청년으로 상경한 뒤 부동산 중개소에서 일하다가 수인의 몸이 된 처지였다. 그 청년과 함께 집필실에 간 적이 있었다. 그는 내게 자신의 여동생한테 쓴 편지를 보여줬는데, 그 첫 문장이 걸작이었다.

영순아, 지금 垈地에는 비가 내린다.

7월 11일 수요일.

재판 하루 전날이다. 구속, 기소, 재판, 구형, 선고 등등 나로서는 기사 용어로만 여겨왔던 낱말들이 이제 내 몸과 마음에 직접적인 영향을 미치는 절대적 권위의 형태로 나타났다. 참으로 멋쩍고 뻐저린 경험이다. 취재 노트를 들고 응급실과 영안실, 보호실과 법정을 건성으로 드나들면서 기삿거리만 찾아 헤맸다는 사실이 미안스러울 정도다.

사형 선고를 내리는 이도, 그 선고를 집행하는 이도 다 사람이라는 사실이 새삼 놀랍다. 며칠 전에 있었던 일이다. 큼지막한 사건에 연루돼 내 앞방에 수감돼 있던 청년이 검사로부터 사형을 구형받았다. 그러나 재판 과정에서 고문 사실이 밝혀진데다 증거가 없다는 등의 이유로 무죄 선고를 받았다. 신문에 대문짝만한 해설도 났다. 그 친구 선고받고 와서 얼마나 좋아하던지. 나로서는 엄청난 충격이었고, 그 엄청난 충격으로 인해 종일 갈피를 잡지 못해 허둥거렸다. 내가 그 친구 입장이었다면 어떠한 심정이었을까. 그러나 당사자인 그 친구는 별로 속깊은 사람이 아니어서 단지 기뻐할 뿐이었다. 괜히 나만이 내 앞에서 벌어지는 그 엄청난 노릇을 어떻게 받아들여야 할지 몰라 휘청거렸다. 내가 가지고 있던 인간에 대한 분노, 죄에 대한 증오마저도 새삼스레 무서워졌다. 신을 대리한 심판이라고 한다. 그러나 이제 재판을 하루 앞둔 나로서는 신도 인간도 다 의심스러울 뿐이다.

자, 이제 크게 한번 숨을 들이켜고 힘껏 내뿜자.

자장면도 먹고 싶고, 진탕 취하고도 싶다. 푸나무 우거진 산 속에 가서 시원한 냇물에 발을 담가보고도 싶고, 타오르는 아침해를 두 팔 벌려 맞이해보고도 싶다. 분주한 일거리에 쫓겨 정신없이 뛰어다니고도 싶고, 월드컵 축구경기를 보고도 싶고, 어린아이들의 뽀얀 얼굴에 뺨을 비벼보고도 싶다. 누구든지 붙잡고 밤새도록 얘기를 나누고도 싶고, 달콤한 잠에 빠져보고도 싶다.

이제 슬슬 배가 고파진다. 일찍 저녁 끼니 때우고 책 좀 보다가 푹 자야겠다.

7월 12일 목요일.

오늘 재판은 재미 적고 지루하면서 답답했다. 그렇게나 신경 쓰고 긴장한 것에 비하면 상투적인 요식 행사라는 느낌이다. 혹시나 검사가 나도 모르는 결정적 꼬투리를 들이밀면서 추궁한다면 실수하지나 않을까, 나도 모르게 화딱지 나서 욕설을 입에 담지나 않을까, 지가 무슨 독립투사라고 행여 시건방진 모습으로 비쳐지지나 않을까 하는 염려들이 괜한 걱정이었다는 생각이 든다. 구형 보류의 재판이 끝난 다음 대기실에서 만난 변호사는 내게 잘했다고 한다. 아마 정직하고 담백했다는 뜻일 게다. 정직 앞에서는 법도 소용이 없으니까. 나로서는 빼고 보태고 할 것도 없었고, 속이고 숨기고 할 것도 없었다. 그러니 정직할 수밖에 없었다. 숨길 게 없었기 때문에 후련하기조차 했다.

하지만 당당할 수 없었다. 그것은 법을 위반해서가 아니라 정을 위반했기 때문이었다. 포승에 묶인 몸으로 호송차에 앉아 차창을 내다봤을 때, 차창 밖에서 허둥거리며 뛰어다니는 늙고 힘없는 어머니의 모습을 발견하고서 나는 내가 죄인이라는 것을 절감하지 않을 수 없었다. 뜨거운 눈물만 펑펑 쏟아져내렸다. 혀를 깨물면서 마음을 가다듬으려 했지만, 그래서 이전에 그렇게도 곱씹던 증오를 애써 머릿속에 떠올리면서 독한 마음을 먹으려 했지만 무슨 꼴인지 부끄러움도 사라져버리고 뜨거운 눈물만이 앞을 가렸다. 옆자리에 붙어앉은 교도관이 내 팔뚝을 움켜잡으면서, 울지 말라고, 밖에 있는 사람들한테 약한 모습을 보여선 안 된다고 당부했는데도 나는 쏟아져나오는 눈물을 멈추지 못했다. 참으로 기가 막히고 기가 막혔다. 그 어떠한 생각도 떠오르지 않았다. 단지 저 힘없고 가난한 노인네를 잘 모셔야지 하는 생각밖에는. 그러자니 묘하게도 웃음이 나왔다. 포승에 묶여 호송차에 앉아서야 비로소 효자가 됐구나 하는 생각 때문에 눈물 콧물을 흘리면서도 웃을 수밖에 없었다. 줄줄이 포승에 묶여 법정으로 떼밀려 들어갈 때 허우적거리며 내게로 달려드시던 어머니의 모습은 이제 와 생각해보면 무슨 희비극의 한 장면인 것만 같다. 하지만 당시에는 혀끝을 물고 고개를 꾸벅하는 것 외에는 어쩔 수가 없었다. 나보다는 어머니가 더욱 기막힌 노릇이었겠지. 오랏줄에 묶인 자식놈 꼴을 보고 무슨 생각을 하셨을까. 잘 해드려야겠다. 험한 세상을 살아오신 분이니까. 전쟁과 가난을 겪으면서 헐벗고 굶주린 나날을 지내오셨고 오직 자식 하나만을 믿으며 사시는 분이니까. 이전에는 그것을 부담스럽고 성가시게 여겨 때로는 터무니없이 어깃장을 놓기도 했다. 하지만 이제는 착한 자식이 되어야겠다. 떡을 먹으라면 떡을 먹고 물을 마시라면 물을 마시는 얌전한 아들이 되어야겠다. 장가를 들라면 장가를 들고 손주를 낳으라면 손주를 낳아야겠다. 그렇게 해야지.

대학에 다니던 어느 날이었다. 어머니가 낮잠 자고 있는 나를 흔들어 깨우셨다. 떡을 먹으라는 것이었다. 곤한 낮잠에서 깨어난 나는 짜증난 목소리로 곤히 자는 사람을 왜 깨우냐고 신경질을 부리며, 떡은 무슨 떡이오, 하고 소리쳤다. 그런데 일어나 보니 정말 내 머리맡에는 접시에 담긴 떡이 있었다. 나 먹으라고 옆집에서 얻어왔다는 것이다. 철학과 사 년을 다니면서도 얻어지지 않던 철학적 결론 하나가 그 순간 내 머릿속에 들어와 박혔다.

어머니 말을 잘 들으면 자다가도 떡이 생긴다.

나는 재판정 옆 대기실에 앉아서 그때 그 떡 생각을 했다. 그런 각성이 있었으면서도 나는 왜 오늘까지 그토록 오만불손한 태도로 어머니를 대했을까.

나 역시 상식을 무시하면서 법질서를 혼탁하게 했다는 죄목으로 이곳에 잡혀와 재판을 받긴 했지만, 정말 우리네 세상은 품위도 없으려니와 상식이 안 통하는 세상이다. 내가 무슨 욕심 때문에 죄를 졌다면 벌을 줘도 할말이 없겠다. 잘못이 있으면서도 잘났다고 우길 만큼 뻔뻔스럽지 못한 나다. 아니다. 그건 내 판단일 뿐인지도 모른다. 이쪽 얘기를 들으면 이쪽이 옳고 저쪽 얘기를 들으면 저쪽에도 그럴 만한 사정이 있는 법이니 내가 가지고 있는 생각이 편협할 수도 있다 하겠다. 그런데 문제는 그런 귀걸이 코걸이 논리로 진실을 오도하는 장단에 함께 놀아나는 사람이 적지 않다는 점이다. 치세만 있고 상식이 없는 부류들이다. 뱃속 편하니 손해볼 것 없다는 행태다. 너무나 속이 들여다보인다. 그뿐만이 아니다. 그냥 놔둬도 그렇게 왔다갔다하는 언론을 뭘 어쩌겠다고 목까지 조이는 것인지. 더욱더 노골적으로 편향보도 하라는 건가. 더욱더 초점을 흐리라는 건가. 더욱더 저질광란으로 분탕질하라는 건가.

요즘에는 그자들의 논리도 제법 그럴듯하다. 지난 시절처럼 까놓고 하는 것이 아니라 제법 문제의식을 가지고 있는 것처럼 자신을 위장하고 있는 것이다. 하는 말을 들어보면 정말 그럴싸하기 이루 말할 데 없다. 말의 성찬이다. 검사도 내게 말했지만, 사실 가장 대답하기 곤란한 질문은 이런 것이다. 당신네들이 진작부터 잘했으면 이렇게까지 할 필요 없는 거 아니냐. 당신들 의견이 옳더라도 할 일은 하면서, 적어도 방송 제작은 거부하지 말고 주장을 관철시켜야 할 게 아니냐. 꼭 들어맞는 말이다. 그런데도 그 말이 공갈로만 들리는 까닭은 왜일까.

7월 17일 화요일.

오늘은 제헌절이라 점심에는 쌀밥과 고깃국이 나왔다. 밥먹고 나니 팡파레 아이스크림도 하나씩 나눠줬다. 모두들 징역 좋아졌다고 말한다. 좀 가위질한 신문이긴 하지만 신문도 볼 수 있고 이렇게 일기를 쓸 수도 있고 먹는 것도 제법이다. 콩밥은 옛날얘기다. 세 끼 다 따뜻한 밥이 나오고 때로는 별식이라고 해서 좀 멀겋기는 하지만 그래도 카레니 자장이니 하는 음식도 나온다. 비벼먹는다기보다는 말아먹는 격이지만 감방 속에서 맛보는 그런 음식의 맛은 그 느낌이 유별나다. 냄새만으로도 식욕을 불러일으킨다. 그리움일까. 외로움일까. 게다가 영치금만 있다면 포장된 닭고기나 어묵, 김이나 명태포도 얼마든지 사먹을 수 있다. 고추장에 밥 비벼먹기 좋아하는 나는 어제도 고추장을 샀다. 행여 밥맛이 없을 때면 맵기 그지없는 고추장을 썩썩 비벼 고봉 보리밥 한 그릇을 순식간에 해치운다. 과일도 흔하다. 어머니뿐만 아니라 면회 오는 사람들은 다들 수박이며 토마토, 복숭아나 참외 같은 여름 열매들을 넣어준다. 비단 내게 들어온 것이 없더라도 얼마든지 먹을 수 있다. 이 안에서는 모두들 마음이 넉넉하고, 그래서 내 것 네것 없이 갈라먹는다. 호강하고 있다고 시샘하는 사람이 있을지도 모르겠다. 하긴 뼈빠지게 일해봐야 끼니 때우기도 힘든 살림살이에 남는 거라곤 고생과 질병밖에 없는 사람들에겐 호강으로 들리기도 하겠다.

어제는 『감옥으로부터의 사색』을 읽었다. 읽어본 사람들은 다들 깊은 감동을 받았다느니, 교과서에라도 한 편 실어야 한다느니 하면서, 자네도 안에 있는 동안 깊은 생각 많이 하라고 말한다. 그러나 나는 어찌된 셈인지 별 재미를 못 느꼈다. 재미있을 리가 없다. 그 글의 저자가 십수 년에 걸친 수감 생활 동안 꾸준히 기술해둔 그 깊디깊은 생각의 속뜻을 무슨 수로 들여다볼 것이며, 또 그 사고의 흔적을 어떻게 재미로만 읽을 수 있겠는가. 여기 들어온 지 얼마 되지 않아 신문의 논단 난에서 본 그분의 글에는 아주 공감한 적이 있다. 그 글은 이미 자유인이 된 그분의 생각이었기 때문에 부담없이 읽을 수 있었던 것 같다.

내가 너무 소심해진 것일까. 아니면 지나친 욕심 탓일까. 아니면 아직도 책 읽기를 만병통치약을 복용하는 것쯤으로 여기는 어리석은 습관에서 헤어나지 못하고 있는 것일까. 그저 글을 읽고 그 뜻을 삭일 줄 아는 정도면 족할 텐데 말이다. 욕심을 좀더 내자면, 글쓴이가 글의 행간에 숨겨둔 의미를 읽어내는 정도면 될 텐데 말이다. 이제까지 나는 책이라는 것에 대해서 너무 많은 기대를 가지고 있었던 게 사실이다. 그랬기 때문에 어느 적엔 도서관의 서가를 온통 불태워버리고 싶은 충동에 사로잡힌 일도 있었다. 우리의 세상살이는 겨우 요모양 요꼴인데 이게 웬 사치인가 하는 생각이 들어서 말이다. 물론 잘못된 생각이었다. 그런 생각 자체가 바로 사치가 아닌가.

방으로 돌아가 반성의 시간을 가져야겠다. 죄책감 없이 뻔댈 만큼 잘난 게 하나도 없다. 허물 많고 비겁하고 누구보다도 속좁은 놈이 나다. 반성이라도 해야지. 언제나 그렇지만 반성을 하다가 보면 막막해지고 두려워진다. 이 힘든 세상을 과연 어떻게 헤쳐나가야 할지.

7월 24일 화요일.

오늘은 바람이 불어 좋았다. 창을 통해 무리지어 날아가는 새떼도 보았다. 새떼는 어찌하여 내 편지지만한 창에 든 하늘을 지나게 되었을까. 단 한 장의 창을 가진 나로서는 너무나 놀라운 기쁨이었다. 그런데 그 새떼가 사라지고 나자마자 창 밖은 갑자기 어두워졌고 천둥 번개가 치면서 소나기가 쏟아져내렸다. 그렇게 가슴 후련한 소나기는 내 생애 처음이었다.

요즘은 장마철이라 천둥 번개가 자주 있다. 나처럼 무언가 맺힌 게 있는 놈에겐 천둥 번개가 차라리 희열이다. 저 번개의 섬광을 보고서 가슴 서늘해하는 놈이 있겠거니 하는 생각에서다. 나같이 청정한 사람도 깜짝 놀랄 판인데 제놈들이 오죽할까 하는 생각을 하면 희열에 찬 웃음이 가슴에서 터져나온다. 어쩌면 잔인한 웃음인지도 모른다. 나의 희열이란 저주나 다름없기 때문이다. 하지만 장마철이 되면 물난리로 변을 당하는 사람들은 으레 가난하고 힘없는 사람들이다. 벼락맞을 놈들은 용케도 벼락을 안 맞고 지지리도 못나고 재수에 옴 붙은 사람들만 변을 당하는 것이다. 그러고 보면 천벌이라 하는 것도 힘없는 사람들의 흰소리에 불과하다. 하느님이 있다면 이럴 리가 있나.

거짓말도 힘주어 여러 번 하면 참말 같고, 참말도 들어주는 사람이 없으면 헛말이 되는 세상이다. 바른 판단으로 화합해도 어려운 판에 서로들 어깃장만 놓으니 꼴이 말이 아니다. 선전전으로 타락한 남북관계도 그렇다. 대서특필만 한다고 되는 게 아니다. 참으로 부끄럽기 짝이 없다. 남이나 북이나 이산가족들의 뼈저린 슬픔은 외면한 채 격식과 명분에만 매달리니 되는 일이 없다. 서로의 이익만 앞세우니 무엇 하나 될 턱이 없다. 해결은 기대조차 할 수 없다. 이런 문제들을 생각하다 보면 끝에는 늘상, 그럼 나는 앞으로 어떻게 뭘 하면서 살아갈까 하는 걱정이 밀려든다. 나는 무엇을 할 수 있을지. 내가 하고 싶은 것은 무엇인지, 내가 해야 할 일은 무엇인지, 그 모든 것이 다 막연하게만 여겨진다.

동료라고 해도 피를 섞어 맹세한 처지도 아니니 누구를 탓하고 누구를 야속하다 할 수 없다. 연연할 생각은 없다. 일일이 상대할 필요도 느끼지 않는다. 단지 나는 아직 내가 해야 할 일이 있다고 믿을 뿐이다.

내가 장마져 시원해 좋다고 하자 교도관은 장마도 좋지만 햇볕도 좀 있어야지 농사가 잘 된다고 그런다.

8월 9일 목요일.

더위가 한풀 꺾였다. 어젯밤에는 밥 넣어주는 구멍으로 바람이 불어들어와 너무나 기분이 좋았다. 그래서 나는 어제, 8월 8일이라는 날을 무슨 특별한 날이라도 되는 양 기억하고 싶다. 더위를 견뎌냈다는 승리감에서 말이다. 오늘 아침 옆방 사람들한테 엊저녁은 참 시원하더라고 말했더니 어제가 바로 입추였다고 한다. 아하 정말 절기는 한치의 오차도 없구나 하고 감탄했다. 얼마나 신기하던지. 그래서 그런지 오늘부터는 별로 덥다는 느낌이 없다. 더위가 지겹다는 느낌도 어제까지일 뿐 이제는 마음이 놓인다. 올여름에는 피서를 해도 제대로 한 것 같다. 평생 잊을 수 없겠다. 지나고 보니 더위란 것도 대수로운 것이 못 된다. 땀나는 게 귀찮고 짜증나 그렇지 막상 부딪쳐보면 견딜 만하고 더위도 별게 아니라는 걸 알게 된다. 게다가 땀을 쭉 빼고 난 뒤 찬물 한 바가지를 끼얹을 때의 기분은 참말 까무러칠 정도다. 이제 와 생각해보니 한 보름 동안 더위를 껴안고 지내면서 기어이 버틴 내가 대견스럽다. 에어컨이나 선풍기의 도움 없이 맨몸 그대로 더위를 겪었다는 사실이 너무 좋다. 앞으로도 기회 있으면 이런 자연 피서를 다시 경험해볼 작정이다.

엊그제 동료 가운데 한 사람이 집행유예로 풀려나간 뒤 나는 내 마음을 짓누르던 그 무엇으로부터 해방된 기분이다. 몸도 마음도 다 홀가분하다. 사실 상당히 걱정했는데 별일이 일어나지 않는 한 나도 집행유예로 떨어질 것 같다. 다행이라면 다행이다. 죄의 유무를 떠나서 나는 이제 이곳에 있기가 싫다. 이제는 감옥 생활이 지긋지긋하다.

무슨 거창한 이념으로 자신을 희생하겠다는 생각이 없었기 때문에 그런지는 모르지만 바깥에 남아 비웃고 있는 자들의 몰염치를 생각하면 하루도 견딜 수 없다. 콩가루 집안 얘기는 더 하고 싶지 않다. 지위 고하 연령 고하를 막론하고 하나같이 역겹다. 수감된 동료들을 격려하고 이해하려는 생각은 조금도 없고 도리어 나서면 손해라는 식이니 구제불능의 인간들이다. 나보고 세상 물정 모르는 친구라고 한다. 군중 심리에 사로잡혀 있다고 한다. 근시안적 사고방식을 가졌다고도 한다. 정말 기가 막혀 입맛 떨어질 정도다. 그렇게 해서라도 자신들의 옹졸과 비겁을 합리화하겠다는 심보인 모양인데, 참으로 배부르고 야비한 먹물들이다. 일일이 말대꾸하려면 입이 쓰고 재미도 적다. 누구 말마따나 돈만 있다면 실컷 두들겨패고 치료비나 물어줄 텐데 돈이 없으니 그러지도 못한다. 더욱이 이번 일로 두어 달 도망다니다가 가까스로 구속을 면한 어떤 동료 자식은 날 찾아와서 그야말로 승리자처럼 나를 대한다. 주제에 기자라고 특별면회실로 나를 불러냈다. 그 자식은 이제 모든 게 물건너갔다고 한다. 그러니 나는 못나고 어리석은 놈이 되고 말았다. 그 자식의 논리에 의하면 치고 빠져야 한다는 것이다. 그게 전술 전략이라고 한다. 사실을 말하자면 나보다는 그 자식이 구속 대상이다. 그런데도 그가 구속되지 않은 것은 그가 말하는 소위 전략 전술 덕분이다. 치고 빠지는 것만이 아니라 자신은 정보기관과 경찰 고위층, 그리고 정계에도 백이 있다고 한다. 그러면서 무지렁이 촌놈인 나를 비웃는다. 천하의 개자식이다. 그는 쟁의 현장에서는 주도적이지만 상사들 앞에서는 길들여진 개처럼 아부할 줄 안다. 또한 자신의 투쟁 대상이라고 지목하는 부류와도 지속적으로 긴밀한 관계를 유지한다. 그게 그의 노선이자 처세술이며, 소위 그가 말하는 민주화 운동의 전술 전략이다. 그가 가지고 있는 민중에 대한 사랑이란 불특정 다수에 대한 추상적인 사랑일 뿐이다. 그러나 그는 자신의 그러한 기회주의적 자기 최면을 민중에 대한 사랑이라고 믿음으로써 자신의 영악한 처신마저 투쟁 방식의 일환이라고 합리화할 수 있다. 때문에 결국에는 나같이 인맥도 지맥도 학맥도 없고 돈도 없고 요령도 처세술도 없는 촌놈들만 이렇게 감방에 앉아 일기를 쓰는 것이다. 그는 또 나더러 복직은 어려울 것 같다고 한다. 기자라는 직업을 천직으로 여기는 나로서는 가장 뼈아픈 이야기다. 한때는 농성장에서 함께 구호를 외치던 동료가 내 면전에서 그렇게 지껄이니 미칠 지경이었다. 목을 조르고 싶은 걸 억지로 참았다. 그날부터 며칠 밤 잠을 못 자고 이날 이때까지 한 달이 넘도록 분이 풀리지 않는다.

내가 감방에 들어와 맨 처음 크게 놀란 것은 이 안에 수감돼 있는 많은 사람들이 모두들 자신의 죄를 조금도 인정하지 않는다는 점이다. 객관적으로 보건대 그의 행위가 엄연한 범죄 사실임에도 불구하고 당사자는 자신이 단지 재수가 없어서 잡혀왔다고 여기는 것이다. 그러면서 돈만 있으면 나갈 텐데 돈이 없는 죄로 나가지 못하고 있다고 말한다. 이건 참 큰일이다. 법률과 질서에 국한한 문제라기보다는 사회 윤리에 관한 문제라 하겠다. 죄인이 죄의식을 가지지 않는다면 그게 어디서부터 왜 그렇게 되었든 간에 대단히 심각한 사회 문제가 아닐 수 없다. 그리고 그러한 죄에 대한 무의식 무감각 현상은 비단 감방 안에서만 일어나는 일은 아니다. 감방 밖에서도 엄청난 범죄가 무수하게 일어나고 있지만 범죄자들은 하나같이 자신의 죄를 죄라고 생각하지 않는다.

나는 이 모든 것을 더러운 세상 탓이라고 돌린다. 인간을 욕하고 싶지는 않다. 더러운 세상에 살다 보니 더러운 물이 들었겠거니 한다. 죄를 짓고도 죄를 인정하지 않는 놈들이 모든 것을 차지하고 앉아 미친 듯이 설쳐대니 누군들 올곧은 처신을 할 수 있겠는가. 그게 사는 방법이라면 산다는 것이야말로 더러운 짓이다.

8월 13일 월요일.

나는 감방에 앉아 일기를 쓰지만 내 아들만큼은 감방에서 일기를 쓰는 일이 없기를 바란다. 이게 지금 이리로 걸어오면서 얻은 내 생각이다.

과연 행복한 삶이란 가능할까, 산다는 것 자체가 불가능에 대한 도전은 아닐까. 아무리 정직한 사람이라 해도 늘 행복에 겨운 그러한 삶을 영원히 영유할 수는 없을 것이다. 그러고 보면 산다는 것은 너무나 우울한 것이다. 때로는 비겁할 수밖에 없고 때로는 아부하면서 살아가야만 하는 이 시대 이 땅에 사는 젊은이의 한 사람으로서, 바르고 착하게 살려는 몸부림은 몸부림을 넘어 거의 광란에 가깝다. 나만이 아니라 모두가 다 그렇다. 비단 이 시대만이 아니라 그 어느 시대를 막론하고, 바르게 산다는 것이 무엇인지 고민했던 사람이라면 어느 누구도 겪지 않을 수 없는 광기라 하겠다. 나는 그것을 책 읽는 사람의 책무라고 여긴다. 내게 책을 읽을 수 있도록 배려해준 이 사회와 내 이웃에게, 내가 책에서 읽은 만큼의 사랑을 베푸는 것이라 여긴다. 그렇다. 책을 읽는다는 것은 곧 빚을 지는 것이니까. 한 권의 책을 읽었으면서도 그 한 권만큼의 사랑을 세상에 돌려주지 못한다면 우리는 무엇을 위해 책을 읽는가.

내가 지금 감방에 들어앉아 있다는 생각을 하면 분통이 터진다. 내가 있어야 할 곳은 감방이 아니라 취재 현장이다. 내가 차라리 투사를 자처하는 사람이거나, 혹은 기회주의자라도 된다면 이렇게 가슴 아파할 필요가 없을 것이다. 그러나 나는 초라한 인간, 기자라는 직업을 가진 한 소시민에 불과하다. 나는 단지 내 직업의 역할이 올곧기를 원했고, 또한 내 직장이 신뢰받기를 원했고, 내 직업이 남에게 손가락질받지 않기를 원했고, 또한 나 자신도 떳떳하게 살아갈 수 있기를 원했고, 그걸 위해 애썼을 뿐이다. 아무리 생각해도 나는 이곳에 갇혀 있을 이유가 없다.

산이 높으면 골이 깊다고 한다. 말인즉 옳은 말이다. 커다란 물고리를 낚으려면 멀고 깊고 험한 바다로 나가야만 한다고 한다. 그것이 어부의 일이자 업이라고 한다. 멀고 깊고 험한 바다로 나간 어부는 단지 물고기만을 낚아올리는 것이 아니라고 한다. 그래. 먼바다 한가운데에서 외로이 낚싯줄을 드리우고 있는 어부의 마음을 생각해보자. 아마 그 현명하고도 성실한 어부는 자신이 떠나온 땅과, 그곳에 남겨둔 사람들과, 곧 돌아가 만나야 할 그 사람들을 위해서, 커다란 물고기와 함께 또다른 그 무엇도 낚아올릴 것이다. 나는 그 무엇을 사랑이라 부르고 싶다.

명옥헌

사랑하는 사람과 살아보고 싶었다. 아침마다 그 사람과 마주한다는 가슴 벅찬 희열 때문에 잠에서 깨어나는 그러한 삶을 살아보고 싶었다. 작은 것을 사랑하면서 살아가야지, 하고 다짐하면서 묵호는 가만히 손을 들어올려 자신의 두 볼에 대었다. 두 손으로 볼을 감싸쥔 채 묵호는 어두운 하늘을 쳐다보고 있었다.

슬픔은 어둠 속에 가만히 앉아 있었다.

한 걸음씩 한 걸음씩 다가오던 어둠은 어느샌가 성큼 모두를 차지하였고, 그녀는 그 속에 앉아 있었다. 문득 곁눈질을 거두고 입술을 쳐들었을 때, 슬픔은 어둠 속에 앉아 있는 자신과 그 어둠에 투영된 자신의 모습을 여겨보고 있는 또다른 자신을 발견하였다. 그리고, 타인과도 같은 자신이 자신의 텅 빈 가슴을 애써 어르며 달래고 있다는 사실도 알 수 있었다. 햇발이 내리고 들꽃이 빛나던 대낮은 사라지고 없었다. 살랑거리던 바람 저편에 펼쳐져 있던 자운영꽃 벌판도, 흐트러진 꽃묶음을 들고 마구 울면서 어디론가 달려가던 여자의 치마폭도, 술취한 노인의 긴 중얼거림도, 그러한 모든 떨림도, 다 사라져버리고 없었다. 펄럭이며 흔들리던 모든 것, 휘청거리던 그 모든 것, 부풀어오르던 모든 것, 빛나던 모든 것, 일렁거리고 출렁거리던 모든 것, 슬픈 것, 아픈 것, 심각하고 아름답고 가슴 저리던 그 모든 것은 이제 보이지 아니하였다. 그들의 붉고 뜨거웠던 숨결은 이슬처럼 식어 어둠의 영토로 가만히 내려앉고 있었다.

새들은 아직 나타나지 않았다. 까닭 모를 두통으로 이곳, 면소재지 택시부에 당도할 때까지 내내 우거지상인 희극(喜劇)은 약국을 찾아 굴다리 아래 어둠 속으로 걸어갔고, 두어 달 전 아버지와 영결종천한 매장(埋葬)은 택시부 앞에 선 공중전화 부스에서 새들에게 통화를 시도하고 있었다. 그리고, 허구한 날 하숙방에 누워 수화를 자습하고 있다는 묵호(墨湖)는 슬픔 뒤편에 팔짱을 끼고 서서 어둠 속에서 들려오는 소리에 귀를 기울이고 있었다. 두터운 어둠의 외투를 힘겹게 걸치고서, 어둠 속에서 들려오는, 대낮에는 미처 들을 수 없었던 그 소리를 들으려고 묵호는 온몸으로 애쓰고 있었다.

묵호의 귀에 어떤 소리가 들려왔다.

우우우우웅…….

묵호는 온몸의 청각을 곤두세웠다.

우우우우웅…….

"소리가 들리지 않아?"

하고 묵호는 슬픔의 등에 대고 나지막하게 물어보았다.

"무슨 소리?"

슬픔은 어둠에 비친 자신을 바라보고만 있었다. 소리는 없었다.

"어둠은 어디서 왔을까?"

이번에는 슬픔이 묵호에게 물었다.

"언제까지 어둠일까?"

하고 슬픔은 또 물었다.

"잠깐이야."

오른쪽 손가락으로 왼쪽 귓구멍을 후비며 묵호가 말했다.

"잠깐이란 무슨 뜻인지 알아?"

라고 말하면서 슬픔은 한숨을 내쉬었다. 어둠이 흔들렸고 어둠에 어려 있던 슬픔의 모습도 흔들려 사라졌다.

"영원하지 않다는 뜻이지."

라고 다시 팔짱을 끼면서 묵호가 말했다.

"그래, 잠깐은 영원하지 않다는 뜻이야."

묵호는 아내와 헤어지던 지난해 고속버스 터미널 곁 공터에 가득 피어 있던 민들레꽃을 떠올렸다. 아내와, 돌이 갓 지난 딸아이가 고속버스를 타고 떠나고 난 다음, 깃털같이 가볍게 날아오르리라 예상했던 자신은 그러나 그냥 그렇게 그 자리, 민들레꽃 만발한 공터에 쓸쓸히 서 있기만 했다.

"그러죠, 그러죠, 네. 그럼 우리끼리 먼저 가겠어요…… 네에."

어둠 저편에서 걸어오는 희극을 바라보면서 매장은 전화를 끊었다.

"괜찮은가? 두통약 사먹었재?"

매장이 물었다. 희극은 여태 우거지상을 하고 있었다.

"새들 형은?"

"우리끼리 먼저 가라네. 지금 원고지 앞에 앉아서 죽을상을 하고 있다는 것이여."

매장은 알루미늄 깡통맥주 꾸러미를 쳐들며 떠날 채비를 했다.

"혀를 깨물면서 글을 쓴다고?"

하고 희극은 우거지상을 더욱 웅그리며 성긋이 웃었다.

"속죄를 위해 악으로 시를 쓰는 것은 아니겠지……."

택시가 도착했다. 택시부를 지키고 있던 아가씨와 운전사가 이야기를 나누는 동안 네 사람은 택시에 올랐다. 택시는 곧 어둠 속으로 나아갔고, 매장이 행선지를 말했다.

"후산마을 명옥헌으로 갑니다, 우리는."

걷잡을 수 없는 어둠이었다. 그 어둠을 뚫고 시골길을 달리는 택시의 헤드라이트 불빛 때문에 택시 안에 앉은 사람들은 마치 헐떡이는 듯한 기분에 사로잡혔다. 이쪽 논두렁과 저쪽 산등성이, 자드락밭 언저리와 과녁빼기의 잿길, 묵정밭의 각담이 언뜻언뜻 헤드라이트 불빛에 드러났다가는 어둠 속으로 사라졌다. 불빛은 뒤죽박죽 마구잡이로 어둠을 헤치고 있었다. 모든 것이 다 흔들리고 있었다.

"별이 보잉가?"

헤드라이트 불빛이 잠깐 헤집었던, 이제는 어둠뿐인 창공을 바라보면서 매장은 자못 시인답게 누군가에게 물었다.

"별이 없네요, 잉?"

"그래라?"

하고 묵호가 대꾸했다.

타관 사람인 그는 남녘 사람들이 즐겨 쓰는 '~라' 라는 어미를 배웠다. '~라' 라는 어미는 긍정형에도 부정형에도, 명령형에도 의문형에도 감탄형에도 두루 통용되는 편리한 말이다. 그리고 또 한 가지가 있다. 좋은 뜻이든 나쁜 뜻이든 어떠한 경우에도 한숨처럼 흘러나와 표현하고자 하는 감정을 더욱 깊고 풍부하게 하는 말이 있었다.

"징하요, 잉!"

무게를 가진 광물과도 같은 어둠이었다. 질식으로 몸부림치면서 헐떡이는 대지가 잠깐씩 불빛 속에서 드러나곤 했다.

인간은 붙박이별이 아니라 떠돌이별이라고 매장은 생각했다. 너는 너라는 별 나는 나라는 별, 하고 이 말라깽이 시인은 생각했다. 지나고 보면 다 자기 식대로 아파하고 처방하며 여기까지 밀려온 게야. 꺼지지 않는 그 몹쓸 집착 때문에 끼리끼리 군락을 이루며 구만리 마음

밖에서도 우린 외로운 겨울나무처럼 닮아버린 게야. 별처럼 아름답던 사랑이여 꿈처럼 행복했던 사랑이여, 하고 그는 속으로 노래를 불러 보았다. 머물고 간 바람처럼 돌아오라 사랑이여 내 사랑아, 아아 사랑은 하얀 주울기— 하는데 돌연 악다구니 같은 노랫소리가 터져나왔다. 운전사가 카오디오 스위치를 넣었던 것이다.

내 사랑 그대. 내 곁에 있어주어— 이 세상 하나뿐인 오직 그대만이—

짓밟히고 있는 그 무엇, 당하고 있는 그 무엇, 쥐어뜯기고 있는 그 무엇이 토해내는 쉬어터진 소리였다.

나는 삼엽충 화석, 하고 슬픔은 다시 생각하기 시작했다. 내가 사랑했던 사람이 내 목을 조를 때, 아니다, 내가 사랑이라고 여겼던 그것이, 아아 세월아 세월아, 하고 그녀는 내재율의 공상 속에 함몰하였다. 세월아 네월아 하염없이 염없이 네 가면 병 낫더냐 나을 병 없이도 아픈 시정들이 꺼먹꺼먹 튀겨내는 세월 네월아.

비틀거릴 내가 안길 곳은 어디에—

쉬어터진 소리는 반복하고 있었다.

비틀거릴 내가 안길 곳은 어디에— 비틀거릴 내가 안길 곳은 어디에—

두 명의 시인과 두 명의 소설가는 오늘 낮 시내 찻집에서 만났다.

슬픔과 희극은 서울에서 내려오는 길이었고 매장과 묵호는 그들을 맞으러 직장과 하숙집에서 나오는 참이었다.

"놀러. 바람 좀 쐴 겸."

이라고 서울에서 온 두 사람이 말했다.

"바람을 쐰다고?"

"바람을 쐬러 다닌다고? 하긴…… 토요일이로군."

하고 요일 감각이 무디어진 묵호가 말했다. 그래서 소위 조직의 쓴맛엔 질릴 대로 질리고 개인의 단맛은 못 본 세대라 불리는 이들은 함께 바람을 쐬기로 작당했던 것이다.

"바람을 쐰다. 흐음 바람이라도 쐴 수 있다면 쐬야지."

쇠여물 냄새가 나는 싸구려 녹차를 마시고 낙지불고기에 소주 한 잔씩을 걸치고, 그리고 그들은 시를 쓰는 선배인 새들을 만나기 위해 전화를 했고, 명옥헌을 목적지로 하여 출발하였다. 그들은 공통으로, 글을 쓰는, 백년에 한 번씩 숨을 쉬고 천년에 한 번씩 걸음을 옮기는, 문학이라는 노동을 생업으로 택한 한심한 부류의 동지 사이였던 것이다.

이윽고 택시는 어둠 속에 멈추었고 네 사람은 보이지 않는 어둠 속의 명옥헌에 당도했다. 아직도 떠나지 않고, 지끈거리는 머리 주위에서 맴도는 모질음의 발악을 희극은 뿌리칠 수 없었다.

두 눈에 맺혀 있는 눈물— 눈물— 눈물— 눈물이여— 눈물이여어어어어어—

머리가 터져버릴 것 같았다. 터져버릴 것같이 무거운 머리를 뒤흔들면서, 그러면서도 희극은 무인도로 가고 싶다는 생각을 떨쳐버릴 수 없었다. 역사에도 큰길과 사잇길이 있는 건가? 그렇다면 우리는 왜 팔십년대의 사잇길로 접어들었던 걸까? 왜 남들이 다 버리고 간 혁명의 교과서를 집어들었던가? 무엇 때문에 우리는 사랑도 명예도 이름도 남김 없이 한평생 나가자고 다짐했던가? 한 사람이 사잇길로 빠져들 수는 있지만 우르르 모든 사람이 사잇길로 빠져들 수도 있는 건가? 만약 그렇다면 그게 어떻게 사잇길인가?

"무인도로 가지 않을래?"

좁은 골목길에서 차체를 돌리느라 허둥대는 택시의 불빛 속에서 희극은 그렇게 슬픔을 유혹하였다.

"무인도?"

하고 되물으며 슬픔은 희극의 찡그린 얼굴을 쳐다봐주었다.

"거기보담은 동물원에 가고 싶다, 나는."

하고 곧 도이칠란드로 떠날 그녀가 자신의 소망을 말했다.

"동물원?"

어둠에 묻힌 명옥헌 못 미쳐 탱자나무 울타리에 붙어 있는, 헛간을 개조해 꾸민 새들의 집필실에서는 환하고 커다란 불빛 덩어리가 흘러나오고 있었다. 그곳에는 먼저 온 사람들이 있었다. 그래서 그들은 방문 앞 마당에 놓인 평상에 걸터앉아 들고 온 맥주를 마셨다. 방 안에서도 술을 마시고 있었고, 취한 듯 지악스럽게 씨루는 소리가 왁자지껄 들려왔다.

"저는 편안한 자세로 쉬는 사람을 그려요. 그렇지 못하면 죽은 사람을 그려요. 왜냐. 그 사람들도 싸웠고 일했다는 거지요. 그 앉아서 쉬는 사람들도 일했고…… 그러니 제 말씀은, 진정한 노동과 투쟁의 가치를 그, 겪고 난 사람들, 쉬고 있거나 죽은 사람들을 통해 표현하자는 그런 얘깁니다."

하고 화가인 듯한 사람의 목소리가 밖에까지 들려왔다.

"북극에는 누가 사는 줄 알아?"

하고 희극이 슬픔에게 물었다. 무슨 소리냐는 듯 눈을 치떠 쳐다보는 슬픔에게 그가 다시 말했다.

"너 동물원에 가고 싶댔지. 알아맞혀봐. 북극에는 누가 사는질."

"몰라."

슬픔은 그의 얼굴을 보며 약발이 오르는가 보다고 판단했다.

"화가. 미술 비평가, 조각가, 연극 배우, 미대 교수, 꽉 찼네. 다들 미술 쪽 사람들이여."

하고 방 안을 들여다보고 온 매장이 나머지에게 말했다.

"저 양반들도 형을 기다리는 중이라는데."

"북극곰."

희극은 히히 하고 웃었다. 어깨를 한 차례 떨고 맥주를 한 모금 마시고 그리고 그는 또 물었다.

"그럼 남극에는? 남극에는 누가 사는지 알아?"

"몰라."

그러자 희극은 또 히히 하고 웃으며 말했다.

"펭귄."

"새들 형은 온다고 했대?"

매장에게 맥주를 권하며 묵호가 물었다.

"벌써 세 시간째 기다린다는데."

서늘한 날씨였지만 서재 안으로 밀고 들어갈 만한 처지가 아니었다. 방 안의 술취한 목소리들은 동부 유럽이니 중부 유럽이니 하고 떠들썩했다. 산불이라도 난 것같이 담배연기가 그곳에서 솟아나왔다.

묵호는 평상 위에 올라앉아 접은 두 다리를 끌어안고 턱을 무릎에

귄 채 인성만성 소란한 중에도 저만이 홀로 적막에 휩싸여 있었다. 지나간 것은 모두 꿈이었다. 아내와 헤어지고 난 지난봄 어느 날인가 그는 바닷가로 바람을 쐬러 나갔다가 해안으로 면한 산자락에서 타오르고 있는 산불을 보았다. 불은 후두둑 후두둑 서슴없이 뻗어가고 있었다. 산등성이 아래 기도원인 듯한 건물 앞 잡목숲으로 번진 한줄기 불은 오솔길에 정차해 있던 소형버스를 덮쳤다. 자주색 버스는 금세 초록과 노랑의 색채를 띠며 불꽃에 그을리더니 앞으로 푹 주저앉았다. 도끼날에 미간을 후려맞은 송아지처럼 앞발을 퍽 꺾으며 잿빛의 흉측한 꼴로 굴복하는 것이었다. 그 반대쪽에 바다가 있었다. 새벽이면 금화(金貨)처럼 빛나는 바다, 그리고 아침이면 은전(銀錢)처럼, 대낮에는 동경(銅鏡) 같은 수면을 수평으로 놓아두고 잠드는 바다가 아내와 헤어져 그곳까지 찾아온 사람 앞에 놓여 있었다. 그는 바다의 광막한 넓이에 어이가 없었다. 그래서 바닷가에서 오줌을 눴다. 요의는 성욕과는 사뭇 달랐다.

뛰어난 여류 철학자가 없는 이유를 여자는 사정(射精)을 하지 않기 때문이라던 누군가의 말을 슬픔은 믿고 있었다. 사람들은 때때로 농담에도 운수를 걸어보는 경우가 있다. 산다는 게 뭔가 자다가도 일어나 생각해보곤 했다. 모두들 조금씩은 죄를 지었으므로 떠나야만 했다. 과학적인 사랑, 철학적인 사랑, 인위적인 사랑이라 할지라도, 무언가를 사랑해야만 미치지 않고 살아갈 수 있을 것 같았다. 무작정 기다릴 수가 없었다. 도이칠란드까지라도 달아날 수 있다면, 담배를 좀더 피우고 나이를 좀더 먹고 그러고 커피를 좀더 마시다 보면, 그러면 어쩌면 다 사랑할 수 있을는지, 그럴 수 있을는지도 모른다. 내가 나이를 먹고 또 먹고 진날 마른날 나이를 곱절씩 먹어도 나는 계집애고 뒷산 벌거숭이 고향산은 내 동무일 뿐 세상은 꿈이 아니고 세상은 뻘밭 구덩이임을 진즉 알았어야 할 터이지만 아는 것이 전부는 아니도다. 인간에 대한 믿음과 애정이 완전히 고갈된 상태에서, 그런 절대무의 지반 위에다가 스스로 인위적인 사랑을 구축한다면, 그렇게 된다면 그 사랑은 어떠한 경우에도 절대 상처받지 않을는지 모른다. 슬픔은 자신의 생각이 거짓이 아닐는지도 모른다고 생각했다.

언젠가 매장은, 비를 몰아오는 동풍에 나부껴 모든 풀이 눕더라도, 바람보다 늦게 누워도 먼저 일어나고 바람보다 늦게 울어도 먼저 웃는다는, 그 지루함마저 거부하며 시들어가는 외로운 단수형의 풀잎 하나를, 당돌하게도 바람이 불어오는 동쪽을 응시하고 선 한 포기 풀잎의 아름다움을 노래한 적이 있었다. 나는 아무런 죄도 없다고 흐느끼며 말했던 적도 있었다. 나는 그때 태어나지도 않았다고 앙가슴을 내밀며 부르쥔 종주먹을 쳐들었던 적도 있었다.

방 안에서는 여전히 이데올로기의 종언과 존속에 대한 갑론을박을 계속하고 있었다. 핏대를 세우는 쪽도 폭소를 터뜨리는 쪽도 다 재미없다는 뜻을 그렇게 술기를 빌려 담배연기와 함께 뱉어내고 있었다. 그건 그렇더라도 공소시효가 얼마 남지 않았다는 사실을 그들은 다들 알고 있는 눈치였다. 트럭에 실려 어디론가 떠나간 사람들은 아직 돌아올 줄 모르고 뒤에 남은 사람들은 명옥헌 언저리에 모여 어둠 속에서 담배를 피우며 술을 마시고 있었다. 커피잔에 떨어진 각설탕처럼 녹아버릴 수 있다면 좋으련만 그들은 모두 땡그렁땡그렁 소리를 내며 굴러다니고 있는 것이었다.

이혼하고 돌아와 사차원이나 명상에 관한 글에만 몰두해 있는 시누이에 대한 소설을 쓰려고 작정하고 있는 희극은 그 밑도끝도없는 소재 때문에 여러 달째 골몰하고 있었다. 견딘다는 것의 아픔과 아름다움을. 그 과정을 그려서 떠올릴 수가 없었다. 떨림. 느낌. 이러한 추상적인 낱말들만이 침잠한 상상력 언저리에 달라붙어 고물거렸다. 그 어떤 대륙의 끝, 망망대해의 무인도로 도피한다 해도 여전히 그는 자신의 소설 속에서 헤매는 무모증의 시누이처럼 그야말로 어쩔 수 없을 것 같았다. 한마디로 말해서 희극은 쓸 게 없었다. 뭘 써야 할지, 여하간에 쓸 게 없었다. 그런데도 수화기 저쪽에서는 어서 소설을 써내라고 닦달이었다. 아무것도 쓸 게 없는데도 마구 쓰기를 종용하는 것이었다. 인류의 마지막 가내 수공업인 소설의 생산 과정을 기계문명에 길든 그들로서는 도무지 이해하지 못하는 모양이었다. 그리고 그것보다 더 분통한 일은 청탁이 오면 오는 대로 덥석덥석 응하는 자신의 얄궂은 심사였다. 그러한 심사는 외로움 탓이라고 그는 짐작하고 있었다. 청탁을 받을 때, 그리고 흔쾌히 청탁에 응할 때, 그때만이 왠지 자신이 살아 있다는 기분이 드는 것이었다.

그런데도 나는 왜 소설을 쓰는 걸까? 하고 희극은 생각하였다. 소설은 좌절한 의식의 소산이다, 라고 그는 자신에게 윽박지르듯 말했다. 좌절하지 않은 자가 골방에 틀어박혀 담배를 꼬나물고 소설이나 쓰고 있을 리가 없다. 어떤 사람은 그걸 좌절이라 하지 않고 부적응이라 표현하기도 한다. 어쨌든 소설이란 좌절한 의식이 세계에 대해 복수하는 것이 아닐까, 하고 그는 생각했다. 그렇다면 진정한 복수란 어떤 걸까? 완벽한 복수란 또 어떤 걸까? 복수의 대상은 점점 더 커지고 복수의 시기는 점점 더 지연된다. 작은 대상에 대한 즉각적인 복수는 진정하지도 완벽하지도 않다. 소설이란 진정하고도 완벽한 복수와 같다. 죽느냐, 쓰느냐, 그것이 문제인 것이다. 죽는 것도 복수고 쓰는 것도 복수다. 진정하고도 완벽한 복수는 그것밖에 없다. 그것만이 세계와 자신의 운명에 대한 근본적인 복수인 것이다.

"앞으로 세계문학에서……."

하고 희극은 말을 시작했다. 들고 있던 알루미늄 맥주깡통을 꽈드득 쥐어 우그러뜨리며 그는 말을 이었다.

"아마 소설을 쓸 수 있는 유일한 민족은 인디언뿐일 거야."

나머지 세 사람은 처연한 표정으로 그의 말을 들어주고 있었다. 하지만 희극은 자신의 소설론을 더이상 진전시키지 못했다. 세 사람이 기대했던, 인디언만이 소설을 쓸 수 있다는 이론의 타당한 증거를 내놓지 못하고서 그는 또 맥주깡통의 꼬투리를 잡아당겼다.

"브라질 원주민인 투피과라니 족은 이 세상이 두번째 창조됐다고 믿는다는 거야."

하고 희극은 자신의 소설론과는 영 엉뚱한 이야기를 시작했다.

"첫번째 세상은 이미 오래 전에 멸망해버렸고, 재창조된 두번째 세상도 쇠꼬챙이에 매달려 있는 닭처럼 위태로운 상태인데, 그 쇠꼬챙이가 쓰러지면 세상은 불길 속으로 곤두박질쳐 또다시 종말을 맞이할 거란 얘기지. 그러나 세상은 속성상 구원되게 돼 있어서, 인간이 자신의 잘못을 뉘우치고 기도와 춤으로 의식을 거행하면 악과 멸망에서 벗어나 동쪽에 있는 파라다이스로 갈 수 있다는 거야."

하고 희극은 방에서 흘러나오는 불빛에 눈을 빛내며 세 사람을 감동시키려 하고 있었다.

그래서 그들은 동쪽으로 동쪽으로 걸어갔고, 마침내 대서양을 만났다. 대서양으로 가로막힌 동쪽 끝에서 그들은 두 패로 갈라졌다. 파라다이스가 있는 바다 건너 저편의 동쪽으로 여행을 해야 한다는 부류와, 동쪽으로 동쪽으로 왔어도 파라다이스는 없고 바다만 있으니 방향을 잘못 잡은 것이라 믿어 해안선 훨씬 북쪽으로 이주하자는 부류였다.

"그들이라면 충분히 소설을 쓰겠구만."

웃으면서 묵호가 말했다.

"그래서?"

하고 두 시인이 거의 동시에 물었다. 한동안 고자누룩하던 방 안에서는 마르크스가 죽었니 살았니 하며 화제를 현학적으로 확대하고 있었다. 좌충우돌 갑론을박이 길게 이어지며 밀치락달치락 두꺼비씨름이 계속됐다. 다들 지친 게 틀림없었다.

"난 말이야. 나는 맑스에게 희망을 걸어본 적이 없기 때문에 허망을 느끼지도 않아."

하고 굵고 취한 목소리가 말했다.

"실패했다고, 실패했다라고 말할 수 있는 쪽이 훨씬 건강한 거야."

하고 쉿내 나는 목소리가 말했다. 그러고는 한참 있다가 쉿내 나는 목소리가 또 소리를 질렀다.

"그건 그렇게 인식론적으로 말할 수 있는 게 아냐!"

그러자 다른 목소리가 튀어나왔다.

"웃기지 마셔. 니가 언제 눈물 젖은 생라면을 씹어봤어!"

누군가 항변하는 듯했지만 새된 목소리는 단호했다.

"그게 바로 투사의 무덤이야. 그러한 가식으로 이룩할 수 있는 낙원은 없어!"

잠시 뒤 이번에는 카랑카랑한 여자 목소리가 들려왔다.

"어떻게 예술이나 문화 현상이 그렇게 십 년 이십 년 만에 완성 단계까지 도달할 수 있겠어요."

그 뒤에 또 무슨 말을 덧붙였는지 다들 한바탕 박장대소를 터뜨렸다. 웃음 끝에 굵고 술취한 목소리가 말했다.

"나을 수 있다면 나을 때까지의 아픔은 참아야지."

하는 말을 좇아,

"웃기지 마!"
하는 불퉁스러운 소리가 들렸고, 긴 한숨 소리도 들려왔다.

"말에서 떨어졌으면 재빨리 일어나 다시 말잔등에 올라타야 하는 거야."

방 밖의 네 사람은 술로 몸을 적시며 어둠 속에 앉아 새들이 어서 오기만을 기다리고 있었다.

"박수근이나 이중섭이만큼 인간적인 그림을 그린 화가는 없어."
하는 사날스러운 소리가 들리더니 다시 싸움이 붙은 모양이었다.

"술로 망하겠어요. 술로."
하고 아까 그 카랑카랑한 목소리의 여자가 외쳤다. 방 안의 술판은 팔십년 오월 광주에 와서 끝났다. 모두들 더 할말을 잃은 듯 서로를 부축하며 밖으로 몰려나왔다. 잡담과 끽연에 전 취한 몸을 어둠 속으로 밀어넣으면서 기다리던 새들도 만나보지 못하고 그들이 무리지어 떠나간 것은 밤도 아주 깊은 시각이었다.

매장이 나서서 그들을 배웅하는 동안 슬픔은 집필실 안에 괴어 있는 담배연기를 다 몰아냈고, 묵호와 희극은 벽난로에 불을 지폈다. 양초를 부러뜨려 넣고 신문지로 불쏘시개를 하여 그 위에 뽕나무 장작을 올렸다. 불기에 녹아흘러 번진 양초는 기름을 부은 듯 불땀 좋은 불길을 괄게 불어올렸다. 벽난로 앞에 무릎을 당기고 모여 앉아서 네 사람은 다시 새들을 기다리며 말도 없이 술을 마셨다.

막 자정이 지날 무렵 새들이 몰고 다니는 고물차 소리가 들려왔다. 그러나 문을 열고 들어선 사람은 새들이 아니라, 막걸리통을 들고 새들을 찾아온 두 명의 손님으로, 그중 한 사람은 매장이나 묵호에게 면식은 있으나 설면한 사이인 소쇄원(瀟灑園) 주인 되는 사람이었고 다른 한 사람은 모두에게 낯선 얼굴이었다. 소쇄원 주인은 새들의 생활

시간표가 꽂혀 있는 기둥에 붙어선 그 낯선 얼굴을 국악도라고 소개했다. 국악도는 벽난로 위에 놓여 있는 골동품 같은 대금과 단소를 여겨보고 있는 중이었다. 손님이 왔어도 네 사람은 여전히 말이 없었다. 세 사람은 찔끔찔끔 술을 마셨고 활자중독 증세가 있는 슬픔은 이 책 저 책 남의 시집을 뒤적이고 있었다. 그리하여 침묵이 마치 자신의 책임이라도 되는 듯 소쇄원 주인은 조바심치며 허둥대기까지 했다. 소쇄원은 음성적인 원림의 전형이고 명옥헌은 양성적인 원림의 전형이라는 설명으로부터 모두의 시선을 새들의 생활시간표로 이끌면서 거기에 적힌 풍욕(風浴)이라는 낱말에 대해 고풍스러운 해석을 하기도 했다. 어떤 허허로움, 슬픔, 가여움, 애처로움, 없음, 외로움, 안타까움, 아련함, 그리움, 아픔, 떨림 같은 것들을 그들은 다 그렇게 견디고 있었다.

"저는 맥주는 절대 안 마십니다. 특히 병맥주는 말입니다."
하고 그가 말했다. 모두는 미리 빙그레 웃어주었다.

"언제였던가, 아주 오래 전에 저는 빈 맥주병에 오줌을 눈 적이 있거든요."
하면서 그는 모두 어서 웃어주기를 기다리는 눈빛을 했다. 그래서 슬픔이 물었다.

"무슨 맥주였는데요?"

"그걸 잊어버렸기 땜시 전 무슨 맥주든 안 마신당게요."
하고 그가 먼저 웃었다. 뒤따라 좌중도 준비했던 웃음을 내놓았기 때문에 아주 유쾌해진 그는 곁에 앉은 국악도의 옆구리를 찔러 단소 한 자락을 청했다. 흙으로 빚은 조그마한 부처님은 가부좌한 채 서가 위에서 아래쪽을 내려다보고 있었다.

백호(白湖)가 황진이를 유혹하러 그녀의 집에 숨어들었다는 말은 처음 듣는 이야기였다.

"달밤이었습니다그려."

하고 골동품 같은 단소를 내려든 국악도는 아랫입술을 밀어올리며 분위기를 환기시켰다.

"가죽나무 높은 가지 위로 보름달만 휘영청 떠오른 송도의 달밤—"

하고 국악도가 잠시 무게를 싣는 사이,

"조오타!"

하고 소쇄원 주인이 추임새를 넣었다.

"마루 끝으로 나선 황진이가 섬섬옥수 희디흰 손을 뻗어 기둥을 어루만지며 만월을 바라보고 있을 시에, 담장 그늘 드리운 화단가에 숨어 그 산드러진 자태를 훔쳐보고 있던 백호는, 어흠— 품속에 든 단소를 꺼내어 이렇게 지그시 입술에 밀어붙이고서는……."

하면서 그는 취구를 아랫입술에 밀어붙였다. 손가락 끝으로 음공을 더듬고 입술을 꼼지락대면서 그는 말했다.

"숨을 불어넣는디—."

그는 눈시울을 내리깔았다. 그리고 가만히 숨을 몰아넣어 가늘고 서늘한 죽성을 밀어내기 시작했다. 너스레와는 달리 단소 가락은 가히 일품이었다. 청중은 단소 가락이 이끄는 대로 중세의 달밤으로 인도되어 달빛에 흠뻑 젖어들었다. 단소 가락은 만월대 헌함을 쓸고 가는 송악산 바람 소리로 시작하여 달빛을 찌르는 듯 달려가더니, 둥실둥실 떠오르다가도 휘몰아치고 휘몰아치다가도 잦아 가라앉으면서, 가녀리고 애절하게 끊어질 듯 이어져 황진이의 소고의 고름에 어린 달빛을 가만히 흔들면서, 그곳에서 멈추어 그곳에서 흩어져 사라졌다. 화려하고 섬세하면서도 곱고 높고 맑은 소리였다. 슬픔은 아주 넋을 잃은 모양이었다.

"요렇게 한자락 하고 났더니……."

하하, 하고 국악도는 혼자 웃었다.

"황진이가 요놈의 단소 가락에 홀딱 반하야 소리의 임자를 찾았으니……."

하하, 하고 그는 또 혼자 웃었다.

"그날 밤 백호는 황진이를 따먹었다아— 그러한 이야기올시다."

하고 말결 달던 소쇄원 주인이 마무리지었다. 슬픔은 고개를 숙이고 담뱃갑 은박지 뒷면에 시를 적어 연주자에게 건네주었다. 그러면서도 웃지 않았다.

한참 동안 그대로 있었다. 썩었는가 사랑아 사랑은 나를 버리고 그대에게로 간다. 사랑은 그대를 버리고 세월로 간다. 잊혀진 상처의 늙은 자리는 환하다. 환하고 아프다.

다른 사람은 모두 송도의 달밤으로 이끌려가 시제가 맞지 않는 이야기긴 하지만 명기와 재사가 펼치는 중세의 사랑놀음을 연상하였으나, 희극은 그렇지 못했다. 희극은 처음부터 고개를 꺾어들고 대꾼한 눈으로 보꾹과 도리를 쳐다보고만 있었다. 송도는 선친의 고향이었고 그러므로 곧 그의 고향이기도 했던 것이다. 돌아가시기 며칠 전, 희극의 아버지는 술취한 목소리로 희극에게 이렇게 말했다.

"임진강에 한번 놀러 가자. 거기 가면 개성의 송악산이 보인다. 아마 그 송악산에 오르면 고향이 보일 거야. 내 고향이. 네 고향도 바로 거기야."

희극의 아버지는 죽음을 예감하기라도 했던 걸까. 그러나 희극은 거절했다.

"싫어요."

그리고 아버지는 곧 세상을 떴다.

국악도는 채근에 못 이겨 대금을 들었으나 시원치 못한 악기 탓에 어깨를 몇 차례 떨다가는 내려놓았다. 그때까지도 새들은 오지 않았다. 새벽도 이른 한밤, 늦게 찾아왔던 두 사람은 단소 가락만을 그곳에 남겨두고서, 가지고 온 막걸리를 다 마시고 맥주깡통 하나씩을 더 비우고, 그리고 바라던 새들과의 만남은 포기한 채 어둠 속으로 고물차 소리를 부르릉거리며 떠나갔다. 뽕나무 장작은 벽난로에서 타고, 네 사람은 뿔뿔이 흩어진 채 나부라져 잠이 들었다.

샐 녘에 잠에서 깨어난 매장은 찬물을 마시고 벽난로 앞에 잠시 앉아 있다가 곧 밖으로 나왔다. 대기는 어둠을 걷어들이면서 품고 있던 푸른빛을 풀어내고 있었다. 탱자나무 울타리와 못 바닥, 산골짜기와 대숲만이 컴컴한 어둠에 덮여 있을 뿐이었다. 저편 하늘과 들에는 명암이 함께 어우러져 뒤엉켜 있었다. 매장은 담배를 피워물고 그 뒤엉킨 명암의 한가운데로 걸어갔다.

사랑하자고, 거부하지 말자고, 매장은 아직은 어두운 못둑을 걸어가면서 다짐했다. 머릿속은 아주 가뿐했다. 발에 밟히는 풀의 감촉을 느끼면서 그는 아버지를 사랑하는 마음으로 아버지를 이해하는 마음으로 세상을 보듬어안으리라 다짐하였다. 그는 어느새 논둑 한가운데서 있었다. 지친 몸을 추스르고 악착같이 살아가야지, 풀처럼, 돌처럼, 나무처럼, 이 땅에서 한살이를 거듭하는 그들처럼 꿋꿋하게 살아가야지, 하고 그는 생각하였다. 누구를 미워하기에 인생은 너무나도 짧다는 것을, 좌절하고 굴복하기에 인생은 너무나 찬란하다는 것을 그는 희번하게 밝아오는 들판에서 논둑을 덮은 풀을 밟고 서서 새삼스럽게 깨달았다. 한때는 불을 지피려 했기에 몸을 데었고, 한때는 물을 건너고자 했기에 몸을 적셨다는 사실을, 그리고 그러한 굴복을 통해 비로소 견뎌야 한다는 미립을 얻었다는 사실을, 자신도 역시 풀씨처럼 질긴 본성을 가지고 있다는 사실을, 그는 물러가는 어둠 속에 의연히 선 명옥헌을 바라보며 알았다. 산다는 것은 새로운 것을 품어 안는 일이고 새로운 것은 언제나 헌것에 뿌리를 내리고 있다는 사실을 그는 또한 싱싱한 풀냄새를 통해 깨달았다. 칠흑같이 캄캄한 밤중, 벌거벗은 알몸에 먹칠을 하고서 산 속에 버려진 빨치산 아우의 시신을 찾으러 다녔다는 인공(人共) 시절 아버지의 모습을 그는 그려보았다.

그러고도, 무섭도록 하릴없이 누군가를 미워하고, 한 사람도 제대로 사랑해보지 못한 지난날들이었습니다. 아무것에도 의지하지 못한 채. 그대여 용서하소서. 나를 위선자로, 방관자로, 그리고 홀로 피해의식에 젖은 방랑자로 만든 거리와 함께. 그리고 그대의 희고 따스한 맨가슴에 뱀처럼 살기 어린 제 머리를 끌어안아주소서. 너그러운 자비와 용서와 함께.

매장은 재빨리 두 손을 모아 미간에 대었다.

"아아, 사랑하게 하소서. 견디게 하소서……."

희부윰하게 밝아오는 하늘 한가운데서 별똥별 하나가 매장의 기도가 그칠 때까지 긴 꼬리를 끌며 불타고 있었다.

세상을 일사천리로 질주하는 것만이 생의 전부는 아니지, 하고 모아든 두 손 끝으로 눈물을 훔쳐내며 매장은 꼿꼿이 허리를 폈다. 그러므로 참된 기다림은 지정석을 확보한 쪽에서 오지 않고, 오히려 오른발이 지치면 왼발로 중심축을 옮겨가며 서서 가는 지친 여행자의 고단함에서 온다고 그는 자신을 다독였다. 견디기 힘든 그리움 같은 거, 노여움 같은 거, 그만 잊으라는 듯, 에잇, 잡것들 뭐가 그리 심각해, 야유의 손사래라도 보낼 듯한 그런 얼굴로. 그까짓 해묵은 상처 같은 거 치욕 같은 거야 한낱 엄살이고 사치라는 듯, 그리하여 삶엔 어떤 기적도 지름길도 있을 수 없다는 듯이, 그렇게 오랜 동안 매장은 시디

신 새벽의 들판 한가운데를 지키고 서 있었다.

매장이 눈물을 흩뿌리며 희부옇게 밝아오는 들판에서 서성이고 있을 때, 역시 매장만큼이나 여윈 묵호는 모대기 괭이잠에서 깨어나 눈을 감은 채 가만히 누워 있었다. 그는 귀를 기울여 소리를 듣고 있었다. 그 어떤 소리도 들리지 않는 절대 적막의 오랜 시간이 흐른 다음 그의 귀는 만귀잠잠한 어둠 속에서 들려오는 가느다란 소리를 느낄 수 있었다. 소리는 아주 가늘게, 그러나 또렷이 들려왔다.

잘랑잘랑잘랑—.

그 소리는 물소리였다. 물이 흘러가는 맑디맑은 소리였다. 묵호는 숨마저 죽이고 가만히 누워 그 맑디맑은 소리를 아주 오랜 동안 들었다. 그리고 그제야 그는 그 소리가 옥구슬이 우는 소리임을 알았다. 명옥헌 언저리 산기슭에서 못으로 흘러드는 작은 도랑물 소리였다. 깊은 밤에만 들을 수 있는 작고 고운 소리였다. 소리를 놓치지 않으려고, 그는 잘랑잘랑잘랑거리는 옥의 울음에 전신을 열어놓고 그 소리가 자신의 몸으로 흘러들어 넘치기만을 기다렸다.

사는 데 지친 것 같아요, 하는 여자의 음성이 잘랑대는 물소리 저편에서 들려왔다. 술도 들어가지 않네요. 술을 마시고 하늘을 보면 울고 싶어지고 부끄러워져요. 하늘 보기가 미안해져요, 하고 여자는 낮은 목소리로 속살거렸다. 가끔이 아니에요. 자주자주 죽고 싶어져요. 죽고 싶다는 생각이 유혹하면 정말 참을 길이 없다구요. 그래서 자주 죽은 듯이 누워 있곤 해요. 그 유혹을 속이려구요. 그렇게 죽은 듯이 누워 있다가 보면 정말로 내가 죽은 것만 같아져요. 내 몸이 붕 떠올라 천장보다도 더 높은 그 어디에서 웃고 있어요. 난 그럴 때 아, 이게 내 영혼이구나 하고 생각하면서 웃어요. 웃음이 나와요 선생님. 선생님, 영혼에는 꼬리가 있나요? 난 그래요. 꼬리가 있는 것 같애요, 하고 여자는 속삭였다.

묵호는 울고 있었다. 뜨거운 눈물이 볼과 턱을 적시며 흘러내렸다. 그리고 그의 의식 이면에서 흐르고 있는 나 아닌 듯한 목소리도 흘러넘치고 있었다.

선생님 손을 잡아봐요. 그렇게 죽은 듯이 누워 있다가 일어나면 꼭 섹스가 하고 싶어져요. 이상하죠. 어떤 남자든 상관없어요. 그렇지만 그 남자는 싫어요. 첫번째 남자 말이에요. 선생님 나도 예전엔 꿈이 있었어요. 내가 짠 털 스웨터를 입고 책이 많이 쌓인 방에서 등받이 높은 가죽의자에 앉아 공부 같은 걸 하는 그런 남자와 결혼해보고 싶었어요. 교수님이니 학자님이니 하는 건 아니라도 좋아요. 그냥 책을 보는 사람. 책을 볼 때 안경을 쓰는 사람. 그런 사람이라면 아이를 가져보고도 싶었어요. 선생님 손을 잡아주세요. 하지만 지금은 그냥이에요. 죽고 싶다는 생각만 자꾸자꾸 들어요. 죽는 게 뭘까요. 선생님, 선생님이나 나나 우리는 언젠가는 죽겠죠. 죽는 게 뭔지 그걸 알면 아마 사는 게 뭔지 그것도 알 수 있지 않을까요? 그래요. 정말 나는 지쳤어요. 이제는 눈물도 나오지 않아요, 하고 나서도 여자는 오래도록 굴럭거리며 늘키다가 천천히 잠이 들었다.

묵호도 잠이 들었다. 묵호와 매장이 함께 잠에서 깨어났을 때는 대낮이었다. 슬픔은 새들과 함께 만두국을 끓이고, 그리고 희극은 세면을 마친 멀쑥한 얼굴로 두 사람을 내려다보며 웃고 있었다. 불이 사위어버린 벽난로 옆에 눈을 뜨고 누운 채, 묵호와 매장은 자신의 입에서 몰칵 풍겨나는 문뱃내를 맡았다. 눈살을 찌푸리고 손등을 들어 눈자위를 비비면서 두 사람은 바닥에서 일어났다.

만두국을 먹다가 무슨 말 뒤엔가, 그 형형한 퉁방울눈을 곧추뜨며 새들이 말했다.

"술취한 민중이 더 무서운 거야."

그 말 뒤로는 다들 만두국만 퍼먹었다. 만두국을 먹고 나서 마당으로 나왔다. 어젯밤에는 미처 보지 못한 사과나무가 울타리 곁에 서 있었다. 사과나무는 볼그레하고 해쓱한 꽃송이와 푸른 잎사귀를 벋난 잔가지마다 흐벅지게 매달고 있었다. 그리고 보쟁기와 미래가 기대어 서 있는 새들의 집필실 바람벽 발치 붉은 흙 위에는 지난해 모종했던 접시꽃풀 어린 싹이 파란 햇잎을 펼쳐들고서 봄볕을 맞고 있다. 다섯 사람은 풍욕을 하러 사립문을 나섰다. 사립문을 나서던 슬픔이 하늘을 손가락질하며 소리쳤다.

"우리 까치가 날아간다!"

다른 사람은 모두 슬픔의 손가락이 가리키는 하늘을 바라보며 웃었다. 저쪽 들판 쪽에서 대숲 너머로 까치 한 마리가 날아가고 있었다. 새벽녘 잠에서 깨어 꿈결처럼 들었던 물소리를 되새기면서 묵호는 푸른 풀잎 사이 작은 도랑을 내려다보았다. 소리는 들리지 않았으나 맑은 물은 도랑을 지나 못으로 흘러들고 있었다.

못을 내려다보는 산자락에 명옥헌이 서 있었다. 지금으로부터 삼백오십여 년 전 명옥헌 주인은 세상을 등지고 칩거할 뜻으로 이 원림을 조영하였다 한다. 낮고 완만한 산 언덕 가장자리로 흘러내리는 도랑물을 이끌어다 못을 만들고, 그 못을 내려다보는 곳에 정자와 서재를 겸한 건물을 세우고, 그 주위에 소나무와 백일홍나무를 심었다. 그가 칩거를 뜻했던 이유가 공적인 사정 때문이었는지 사적인 사정 때문이었는지 거기에 대한 맹문은 전하지 않는다. 시원하고 양지바른 산 언덕, 전망이 툭 터진 이곳에 정자를 세운 저간의 사정이나, 산수를 벗하면서 평생을 유유자적하였음에도 서른여섯의 나이로 세상을 뜬 걸 보면 어쩌면 그의 칩거는 그의 허약체질에 이유가 있었는지도 또한 알 수 없다. 하여간 그리하여 오늘 다섯 사람은 그 선인이 심은 백일홍나무 아래에 갈서서 바람으로 몸을 씻으며 깊은 밤 잘랑거리며 우는 옥구슬 소리를 이야기하고 있다.

인공으로 꾸민 네모난 못에는 맑은 물이 얕게 괴어 있었다. 물방개와 물땡땡이는 물 속에서 놀고, 소금쟁이 한 마리와 물매암이는 수면에서 맴을 돌고 있었다. 정자 쪽 백일홍나무 그림자가 드리운 곳의 물풀 사이에는 올챙이떼가 깨알같이 떠 있다.

"때가 되면 연꽃이 핀단다."

하고 새들이 올챙이떼가 노니는 곳을 내려다보며 말했다.

"연꽃 필 때가 되면 자정도 지나서 가만가만 이 못가로 걸어나오지. 못가에 가만히 앉아서 연꽃잎 여는 소리를 듣는 거야. 연꽃은 대낮에는 꽃잎을 열지 않아. 어두운 밤 아무도 없는 시간, 고요함 속에서, 숨죽이고 귀기울이는 시인 앞에서만 가만히, 아주 가만히 꽃잎을 여는 거야."

슬픔이 놀란 눈을 했다.

"어떤 소릴까?"

"어떤 소릴까?"

하고 새들은 슬픔의 민낯을 쳐다보았다. 슬픔이 또 물었다.

"어떤 소릴까?"

"여인이 옷 벗는 소리지."

하고 새들이 대답했다.

"어두운 밤 치맛자락을 모아들고 이곳에 와 귀기울여보렴. 그럼 들을 수 있을 거야. 우주가 열리는 소리를."

물풀 사이에 걸려 있는 개구리알을 바라보면서 슬픔은 아무 말도 하지 않았다.

"연꽃은 백팔십 도 꽃잎을 여는 꽃이야. 연다기보다는 폭발하는 거지. 다 취하는 거야. 그런 까닭에 가장 아름다운 꽃이야. 진실로 아름다운 거야. 아름답다는 말의 어원처럼 나다움을 다 드러내는 거지. 사람들 말씀대로 진흙에 뿌리를 박고 있기 때문에 아름답다는 미덕은 연꽃만의 미덕은 아니잖아? 땅에 뿌리박고 있지 않은 꽃이 세상에 어디 있냐."
하고 맨 앞에서 걸어가던 새들이 뒤돌아보며 말했다.

"삼백오십 년쯤."

맨 뒤에 선 매장은 샐 녘 그가 홀로 걸었던 논둑으로 시선을 던지고 있다. 아름드리 백일홍나무와 소나무가 무리를 이룬 채 못을 에워싸고 있었다. 삼백오십 년쯤 된 백일홍나무들이 미끈한 몸통을 못가 둔덕에 박고 서서 못에 담긴 제 그림자를 굽어보고 있다.

"배롱나무에 꽃이 열거든 여기에 멍석을 깔고 술을 마시자."

새들이 명옥헌 곁으로 다가가며 말했다.

"꽃그늘에 앉아서 꽃멀미를 느껴보자꾸나. 다 취해서 활짝 열어보자꾸나."

"꽃나무 가지 꺾어 수놓고 먹자꾸나."
하며 희극은 아름다운 얼굴을 했다.

정자 곁에 있는 제 키보다 큰 동백나무 곁으로 다가간 슬픔은 동백나무 밑에 떨어진 꽃송이를 송이송이 주워 붉은 동백 꽃송이 수북한 두 손을 앞으로 내밀었다. 동백나무 둘레에는 풀포기에서 피어난 듯 수많은 동백 꽃송이가 떨어져 있었다. 땅에 떨어져서도 의연한 꽃, 꽃대에서 떨어지면서도 진하디진한 빛깔을 잃지 아니하는 꽃이 슬픔의 손바닥에서 가득 피어났다. 슬픔은 붉디붉은 꽃송이를 피워낸 한 그루 꽃나무같이 방시레 웃음을 띠고 있었다. 중건하여 반듯하고 깨끗한 명옥헌을 지나 몇 걸음 더 산기슭으로 오르자 아주 작고 네모난 못 하나가 또 나타났다. 그 작은 못에도 가운데에는 섬이 있고, 섬에는 당연히 꽃나무가 있었다. 작으나 크나 하나의 못, 하나의 세계, 하나의 우주였다. 새들은 앙증맞은 우주의 언저리, 아직 누구의 발길도 미치지 않은 풀숲으로 성큼성큼 걸어갔다. 그리고 뒤따라오는 네 사람을 기다리며 반석 위에 쭈그리고 앉아 담배를 물었다.

다섯 사람이 다 올라앉기엔 비좁은 화강암 반석, 그 측면에 '鳴玉軒' 이라는 행서체 석 자가 오른쪽에서 왼쪽으로 한 자 한 자 음각돼 있었다. 삼백오십여 년 전, 명옥헌 주인은 한 평 남짓한 좁고 낮은 이 반석에 그 글자를 새기고 그 위에 앉아 술을 마셨다 한다. 그는 무엇을 생각하였을까? 섬뜩한 감동이 다섯 사람을 사로잡았다. 그들은 바위 위에 쪼그리고 앉아 일제히 숨을 죽였다. 반석 곁으로는 도랑물이 흘러가고 있었다. 도랑물은 찔레덩굴 아래로 졸졸대며 흘러가는 가늘고 볼품없는 물줄기에 불과했다.

묵호의 귀에는 지난밤에 들었던 옥구슬 우는 소리가 또렷이 들려왔다. 맞은편 솔숲을 헤치고 지나가는 솔바람 소리와 어울려 반석 아래쪽 찔레덩굴 햇잎 사이로 바닥마저 드러나 보이는 볼품없이 작은 도랑으로 흘러내리는 가느다란 물소리였다. 그리고 또다른 소리 하나는 숨을 멈춘 자신의 전신에서 피어나는 떨림이었다. 하 수상한 시절 탓이었든, 자신의 허약한 심신 탓이었든, 이전에도 그 사람은 오늘 우리처럼 이곳에 앉아 솔바람 소리와 도랑물 소리와 그리고 제 온몸에서 울려나는 가냘픈 떨림을 들으면서, 그 소리를 통해 전 존재의 아우성을 들었을 것이라고 묵호는 생각하였다. 손가락 굵기만한 도랑물 소리를 들으며 산다는 것을 생각하고 지친 몸을 추스를 수 있었던 마음을, 그 가느다란 도랑물 소리에 자신의 존재와 삶의 의미를 투영할 줄 알았던 사람의 마음을, 묵호는 짚어볼 수 있었다. 작고 보잘것없는 것을 사랑하라는, 그러한 사랑으로 참고 견디라는, 그리하여 언젠가 손끝만 대어도 오르가슴에 이르는 그러한 대상을 만날 때까지 아름다움을 잃지 말라는 선인의 소리를 만지면서, 지쳐빠진 묵호는 자글거리는 마음을 다독이고 있었다.

산적떼에 볼모로 잡혀온 사또의 따님 같은 얼굴로 늘 속상해하던 아내와, 작은 손과 작은 발을 가진 돌이 갓 지난 딸아이를 묵호는 생각하였다. 그들과 헤어진 다음 남의 약혼녀를 겁탈하다시피 농락하고, 낮거리를 끝낸 뒤 바닷가에 나가서 부서지는 파도 앞에서 마구 울었다. 울면서도 아름답게 산다는 것이 무엇인가를 바다에게 거듭 되물어보곤 하였다. 어이없이 넓어만 가는 바다와 한없이 솟구쳐나오는 울음에도 지쳐 그는 이 남녘 도시로 내려왔고, 하숙집에 틀어박혀 밤낮 컴퓨터 게임을 하거나, 컴퓨터 화면에 나타나는 여자의 나신을 바라보며 자위행위를 하거나, 가끔씩은 수화를 자습하였다. 망월동으로 소풍 가는 농아학교 아이들 이야기를 소설로 쓰려고 그는 수화교본을 펼쳐놓고 서툰 수화를 익히고 있는 것이었다.

슬픔은 도이칠란드로 가겠다고, 가서 좀더 공부를 하겠다고 반석에 쪼그려앉은 채 말했다.

"왜?"

하고 새들이 물었다.

"몰라요. 뭔가 이유가 있긴 있겠지만."

하고 슬픔이 대답했다. 그러고는 한숨을 길게 내쉬었다.

"나도 나 자신에게 거듭 되물어보곤 했어요. 왜 떠나야만 하는가? 그러나 나 자신도 내게 뭐라고 또렷이 대답하지 못했어요. 변명 같지만 아무런 고민도 없이 떠나겠다 결정한 건 물론 아니에요."

"물론이지."

"어디로 가건 분명히 사연은 있어요. 설명할 수는 없지만. 그리고 그 설명할 수 없는 사연에는 많은 고민의 흔적이 담겨 있어요."

"그래도 무슨, 고민에도 설명할 무슨 이유쯤은 있을 게 아닌가?"

"그럼 비행기를 실컷 타보고 싶었다고나 하지 뭐. 그래요. 부웅 날고 싶어요. 아랫도리가 몽땅 녹아내리는 듯한 그런 상승감에 취해보고 싶어요."

"괴로워할 필요는 없다."

담배연기를 길게 내뿜으며 새들이 말했다.

"이 세상에는 기회주의자들이 더 많이 괴로워하지. 사색이 많으니까."

새들은 입술을 감쳐물며 거쿨지게 말했다.

"자신감을 가져. 자신감이야말로 이 세상에서 제일가는 마법이란다."

명옥헌에는 자연만 있는 건 아니었다. 사람도 물론 있었다. 그들이 반석에서 내려와 작은 못가를 지나 명옥헌 앞에 와 섰을 때, 목매기송아지를 몰고 나선 중늙은이가 까투리복숭아나무가 서 있는 실골목 모롱이를 돌아 사라진 다음, 다시 두 사람의 모녀가 나타났다. 요즘에도 저런 넝마 같은 옷을 입고 있는 사람이 있을까 놀라울 정도로 남루한 차림을 한 중년 여인과 딸이었다. 아홉 살이나 열 살쯤 먹어 보이는 딸도 남루하기는 마찬가지였다. 딸은 앞서서 어미의 손을 이끌며 막대잡이 노릇을 하였고, 어미는 딸의 손에 이끌려가면서 한 손에 든 검게 삭고 해진 대나무 광주리로 아이의 등과 엉덩이를 마구 후려치며 웃어대고 있었다. 딸은 한 손으로는 어미의 손을 이끌고 나머지 한 손으로는 대나무 광주리를 막으려 허공을 저으며 따라 웃었다. 그러면서 못가의 둑을 밟아 명옥헌 쪽으로 다가오고 있었다. 딸은 앞에 선 사람들을 보고는 잠깐 스스러운 몸짓을 했지만 낄낄대며 마구 후려치는 어미의 대나무 광주리를 피하느라 곧 타인의 존재도 잃어버린 듯했다. 어미는 맹인이었다.

모녀는 다섯 사람 앞을 지나쳐갔다. 못을 돌아 동백나무 아래쪽 동백 꽃잎이 수북이 쌓인 풀밭으로 가더니만 한데 엉겨 깔깔거리며 간질밥을 먹이기 시작했다.

슬픔이 말했다.

"저들을 봐. 아아아 행복하구나."

아려오는 가슴을 쓰다듬으며 묵호가 말했다.

"철없는 짐승 같구나."

동백나무 밑에서 일어난 모녀는 도랑을 건너느라 애를 쓰더니 둔덕을 엉금엉금 기어올라 드디어 너른 푸새밭으로 올라섰다. 다섯 사람은 눈먼 어미가 왜 딸의 등을 후려치면서 낄낄대고 웃어대는지 아무도 모른 채 그들의 소풍을 한없이 부러운 눈으로 바라보고만 있었다.

"야아, 술을 마시고 싶구나."

하고 희극이 말했을 뿐이다.

"나는 낮술을 마셔불면 해 보기가 미안해진당게."

하고 매장이 대답했을 뿐이다. 그들은 다 맹인 모녀를 지켜보고 있었다. 둔덕 위로 올라선 눈먼 어미와 딸은 푸새밭에서 뒹굴면서 다시 철없는 개새끼들마냥 때리고 왕왕거리고 더듬으면서 놀고 있었다. 누운 딸의 다리를 잡아당기면서 어미는 무어라 낮은 소리로 말했고, 딸은 발버둥을 치며 어미의 얼굴에 풀잎을 뜯어 던졌다. 그러고는 둘 다 벌러덩 풀밭에 드러누웠다.

"아아, 아름다워라 우리들의 삶이여!"

하고 새들이 기지개를 켜듯 해를 쳐다보면서 소리쳤다. 그러고는 갑자기 슬픈 얼굴을 하고서 터벅터벅 걸어 내려갔다.

그들은 다시 못가에 쪼그리고 앉아 눈먼 어미가 풀잎을 한줌 듬뿍 뜯어 풀밭에 누운 어린 딸의 머리 위에 흩뿌리는 광경을 바라보았다. 모녀는 하룹강아지처럼 풀밭에서 뒹굴고 버둥대고 물어박지르며 장난하고 있었다. 그렇게 오랜 동안 다섯 사람의 넋을 희롱하다가, 이윽고 정색을 한 채 쑥을 캐기 시작하였다. 어미가 딸의 등을 후려치던 삭고 해진 대나무 광주리에 쑥을 캐담고 있었다.

아아, 나도 작은 것을 사랑하면서 살고 싶다, 하고 묵호는 가슴을 쓸어내리며 탄식처럼 중얼거렸다. 추상적인 사랑과 형언할 수 없는 환상으로부터 헤어나 아주 작은 것, 아주 하찮은 것이라도 열렬히 사랑하면서 살아가고 싶다. 바라보기만 하여도 황홀한 대상을 만날 때까지, 그때까지는 견디리라. 손끝만 닿아도 오르가슴에 이르는 그러한 대상과 어울려 살기 위해서라면 아무리 힘든 삶일지라도 꿋꿋이 견디리라. 묵호는 한숨을 내쉬었다.

"아아아, 철없는 개새끼처럼 살고 싶다. 짐승처럼 살고 싶다."

하고 그는 한숨 끝에 말했다.

"개는 안 돼."

하고 못 속을 들여다보며 새들이 말했다.

"개는 인성(人性)이 있거든."

물장군 한 마리가 꼬리를 하늘로 뻗친 채 잠수하고 있었다.

"그럼 어쩌죠?"

하고 묵호가 난감하다는 얼굴을 했다.

"개는 안 돼. 개는 인성이 있어서."

새들은 무릎을 펴고 일어났다. 새들 대신 매장이 묵호의 질문에 대답했다.

"개보다는 벌레처럼 살어. 풀처럼 살어. 돌처럼, 나무처럼, 바람처럼, 이슬처럼 살란 말이여."

"개미 신랑과 코끼리 신부가 신혼여행을 갔거든."
하고 희극이 쪼그려앉은 묵호에게 쪼그려앉은 채 말했다. 그 때문에 다 웃기 시작했다. 웃음을 거두며 희극은 이야기를 계속했다.

"그런데 첫날밤 코끼리 신부가 그만 죽고 말았어. 신랑의 물건이 너무 커서 신부의 몸이 찢어져버렸던 거야. 그래서 신랑은 땅을 치며 울었지. 내가 살아도 못 살아, 내가 살아도 못 살아 하면서. 저걸 묻어 주려면 내가 살아도 다 못 살아 하면서."

희극은 다시 웃기 시작했다.

"그래서?"
하고 슬픔이 물었다.

"그게 끝이야?"
하고 묵호도 물었다.

"하하하 우습네."
하고 매장은 킬킬거리고 웃어댔다. 묵호는 담뱃불을 비벼끄면서 일어났다. 일어나면서 자신에게 물어보았다. 나는 지금 바람을 쐬는가, 바람으로 몸을 씻는가. 아니면 아예 바람과 함께 바람 속으로 사라지려 하는가.

올챙이는 오글거리고, 물매암이는 맴을 돌고, 봄바람은 불고, 눈먼 어미와 딸은 흙주접 들어 묵혀둔 묵정밭에서 쑥을 캐고, 그리고 다섯 사람은 새들의 고물차를 타고 명옥헌을 떠나갔다. 대숲 사이로 난 조붓한 언덕길을 넘어 커다란 은행나무 가까이 왔을 때 감나무 우듬지에 앉아 있던 까치가 하늘로 날아올랐다.

"슬픔아, 네 까치 저기 있다."
하고 운전대를 잡은 새들이 곁에 있는 슬픔에게 말했다.

대숲을 보며 매장은 아버지를 생각하였고, 신산한 인공 시절을 온몸으로 겪었던 아버지가 대숲속에서 찾아냈다는 빨치산 숙부에 대한 이야기를 회억하였다. 살가죽이 홀랑 벗겨진 채 대나무 사이에 매달려 있었다는 어린 빨치산의 새빨간 몸뚱이가 본 듯이 떠올라 그를 감쳤다. 무모한 세상이다, 형편없는 세상이다, 아아 무자비한 세상이다, 하고 매장은 중얼거렸다.

이혼당하고 돌아온 무모증의 시누이 이야기도 그렇지만, 희극은 줄곧 섹스에 대한 소재만을 생각하고 있었다. 논리의 끝에는 허무가 자리하고 있었고, 허무의 밑바닥에는 본능만이 남아 있었다. 본능만이 이 텅 빈 자리를 메울 수 있는 유일한 사상인가? 희극은 대숲 사이를 지나오면서 청청한 대숲으로부터 풍겨나는 진한 성욕의 냄새를 맡았던 것이다. 그러면? 하고 희극은 스스로에게 물었다. 왜 나는 소설가가 되었을까? 아니 왜 나는 소설을 쓰려 하면서도 자기의 과거를 숨기려 했을까? 소설은 사람들의 빗장 걸린 과거를 폭로하는 것인데 나는 이제껏 자기의 과거를 빗장 질러왔던 것이다. 빗장을 열고 내 내면에서, 내 과거에서 꿈틀대는 성욕을 자유롭게 풀어주자, 하고 그는 마음을 도슬렀다.

후산마을을 빠져나와 국도로 들어서기 직전 언덕바지에서 새들은 차를 멈췄다.

"어디로 가지?"
하고 그는 모두에게 물었다. 다들 가만히 저만의 상념에 젖어 말이 없었다. 새들은 고개를 돌렸다. 운전석 차창을 올리고 언덕빼기를 보며 그가 다시 물었다.

"저게 무슨 꽃인가?"

별꽃이었다. 노란색 민들레꽃과 노란색 솜양지꽃과 자주색 제비꽃 사이사이로 물기를 뺀은 풀잎에 조그마한 별꽃이 은하수처럼 흐드러지게 열려 있었다.

"별꽃……."

하다가 매장은 말을 멈추고 눈을 감았다. 별처럼 아름답던 사랑이여 꿈처럼 행복했던 사랑이여…… 눈앞으로 또하나의 별똥별이 긴 꼬리를 끌며 스치고 지나갔다.

"야, 예쁘다."

슬픔이 새들의 어깨 너머로 별꽃을 보며 말했다. 새들은 무언가 말을 하려다가 그만두었다. 묵호는 별꽃 무리를 보면서 엉겅퀴꽃을 생각했다. 그러나 엉겅퀴꽃은 그곳에 없었다. 농아학교 학생들이 망월동으로 소풍가는 날은 산에 들에 온통 엉겅퀴꽃이 피어 있는 날이다. 그날이 오면 붉은 엉겅퀴꽃을 닮은 아이들은 손짓으로 아우성치며 무덤 앞에 선다.

카스테라와 사이다를 사가지고 그들이 운주사(雲舟寺)에 도착한 때는 아직 해가 높은 이른 저녁 무렵이었다. 슬픔은 꼭 운주사를 다시 보아야 한다고 고집했고, 소쇄원이나 식영정(息影亭)에서 쉬고 싶었던 다른 사람도 멀리 떠나가는 그녀의 뜻을 받아주었다.

매장은 운주사 어귀, 목이 잘린 채 암벽에 기대어 있는 석불들 앞에 다시 섰다. 만감이 교차했고 감회가 새로웠다. 그는 가시 돋친 믿음 하나로 십여 년을 통과해온 자기 자신도 석불과 함께 이곳에 기대어 있다고 여겼다. 좀 낡은 비유이긴 하지만 강물은 결코 거슬러 흐르지 않고 바람은 만지거나 볼 수 없어도 여전히 존재하는 것처럼, 진실로 믿고 견디는 자는 외롭지 않고 두려울 수 없으리라는 것을 그는 지지

해왔다. 그리고 오늘 또다시 이 흐르지 않는 강가에 버려진 낡은 뗏목 앞에 와서 다짐하는 것이었다. 그 시절은 아무래도 좋았다. 결코 무너질 수 없는 기억의 탑 속에 거기 그대로 응결된 시간의 음각이여. 우린 저버렸으므로 잃을 게 없고, 그래서 더욱 탐하지 못한 새벽의 신비를 아주 오래 생각할 수 있었다.

처음부터 입을 만들지 않은 불상이나 세월의 풍화로 입을 잃어버린 불상이나 모두 침묵하고 있었다. 풍우에 마모돼 이목구비가 몽땅 문드러진 불상까지, 그들은 모두 가슴녘에 두 손을 모아얹고 말없이 암벽에 기대어 있었다. 꽃 같은 얼굴의 비구니가 그 곁을 지나쳐갔다. 요사채로 다가가며 수돗가에 빗자루를 들고 선 다른 비구니를 향해 팔을 들어 흔들었다. 비구니와 엇갈려 걸어나오던 할머니는 담배에 불을 붙이느라 걸음을 멈췄다.

"몸이 근질거려."

하면서 희극은 어깨를 긁적였다.

"털갈이를 하려나."

그러자 새들이 놀리는 투로 말했다.

"넌 봄에 털갈이를 하냐?"

"그런가?"

희극은 웃으면서도 여전히 어깨며 겨드랑이를 긁적였다. 벙시레 입을 벌리고 매장이 말했다.

"어제는 두통에 오늘은 소양증인가."

"아냐, 날개가 돋으려나 보다."

하고 슬픔이 말했다.

"날개가 난대도 무거워서 날기 힘들걸."

하고 묵호가 말했다.

"알았다 알았다."
하고 새들이 말했다.

"허물을 벗으려나 보다."

담배를 들고 걸어오면서 할머니는 연방 재채기를 해댔다. 다듬어 속살이 희게 드러난 자귀별 통나무 더미가 쌓인 작업장에서는 막대 패밥 태우는 불이 타오르고 있었고, 나무 타는 냄새가 바람에 실려 날아왔다.

"저 빵떡탑이나 요강탑, 이런 건 다 탑을 쌓은 게 아니야."
하면서 새들은 손을 들어 벌판에 흩어져 있는 여러 개의 탑을 가리켰다.

"이 탑들은 벌여놓은 거야. 그런데 그 벌여놓은 형태가 아주 재미있어. 북두칠성이 거울에 비친 모양, 딱 찍은 모양으로 늘어놓은 거야."

손을 거두어들인 새들은 석실 속에 앉아 있는 우직하게 생긴 불상 앞으로 돌아갔다. 그 불상의 생김새와 〈가루지기전〉 만화에 나오는 변강쇠의 생김새를 비교하며 유사점을 설명했다.

"영락없어. 영락없어."

커다란 코와 우람한 이마를 가진 불상이 석실 안에 앉아 두 손을 모아들고 있었다. 새들의 설명 때문인지 천에 덮인 모양으로 표현된 불상의 두 손은 발기한 남근이 천을 들치며 불쑥 솟아 있는 듯한 형상이었다.

"이걸 봐. 이 불상의 머리 모양이 꼭 귀두 같잖아."

고개를 주억거리는 다른 사람들 틈에 끼어 있던 슬픔은 새퉁스럽다는 표정을 지으며 낭창을 떨었다.

"귀두가 뭔데?"

"뭐라고?"

하며 새들이 돌아보았다.

"귀두가 뭔지 모른다잖아요."

하고 묵호가 대신 대답했다.

"아직 귀두를 보지 못했대요."

"슬픔아, 넌 귀두도 모르고 시를 쓰느냐?"

하고 새들은 슬픈 얼굴을 했다.

"그러고도 시가 되냐?"

하면서 희극도 묵호도 매장도 싱긋벙긋거렸다.

"보지 못했으니까…… 못 본 걸 어째."

하고 슬픔은 수삽스러워하면서도 완강히 저항했다.

"넌 어찌하여 귀두도 없는 남자랑 연애를 했느냐?"

하고 새들이 말했다.

"슬픔은 연애고 뭐고 그런 것도 모를걸요."

하고 얼마 전 아들을 낳아 아버지가 된 희극이 미혼인 슬픔 대신 슬픔의 처지를 옹호했다.

"그래 나중에 혼자 몰래 봐라."

하고 새들이 슬프게 말했다. 요강탑 뒤편 사시나무 그늘에는 머리가 떨어져나간 불상이 줄지어 서 있었다. 그 한쪽에 몸통에서 떨어져나온 불상의 머리가 한 점 놓여 있다.

"이게 뭘까?"

하고 새들이 말했다.

"이게 뭐라고 생각해?"

새들은 불두에 팬 구멍을 만지며 네 사람을 둘러보았다.

"뭔데요?"

하고 묵호가 물었다.

"알아맞혀봐."

다섯 사람은 정으로 쪼아 파낸 다섯 개의 자국에 대한 의견을 서로 달리하며 두 패로 맞섰다. 희극과 매장은 그 자국을 여자의 음부를 형용한 것이라 주장했고, 나머지 세 사람은 그렇게 단정하는 것은 억지라고, 아무것도 아닐 수 있다고 주장했다. 희극은 음부를 새긴 불두를 통해 본능의 힘으로 허무를 지탱하려 했던 견딤의 육성을 전해 들으라고, 매장은 기다림의 완성을 그렇게 꿈꾸었던 긴 침묵의 성채를 보라고, 오래 빼앗겼던 본능의 경련, 심연의 마지막 잉걸불이 다시 타오르기 시작하지 않느냐고 다른 사람의 몰이해를 열성적으로 성토했다.

이제는 소설을 쓸 수 있을 것 같다고 희극은 불현듯 느꼈다. 간밤에 쓴 소설을 퇴고하듯이 이제는 자신의 생에서 무엇을 덜어내고 무엇을 덧붙여야 할지 알 것 같았다. 퇴고한다는 것이 어색한 형용사와 불필요한 조사를 덜어내는 일이 아니라 진지하지 못하고 유치한 자신의 생을 덜어내는 일이듯이, 어느덧 자신의 삶이 되어버린 소설은 하루하루 자신을 사르는 과정이며, 그 과정을 통해 자신은 자신을 보다 선한 경지로 이끌어가고 있다는 사실을 알게 되었다.

그는 자신이 쓴 몇 편의 소설로 이 세상이 무릉도원이 되리라 생각하지는 않았다. 그럼에도 불구하고 기어이 소설을 쓰는 이유는 언제나 나라는, 그 자신으로부터 출발했다. 소설 창작이라는 노동을 통해 인간과 사회를 조금이라도 더 이해하며 자신과 이웃의 삶을 좀더 사랑하게 되고, 그러한 이해와 사랑의 토대 위에서 자신을 더 나은 경지로 이끌 수 있으리라 믿기 때문이었다. 그러므로 그에게 있어서 소설은 직업이자 세계 인식의 방법이며, 타인에 대한 애정의 표현인 동시에 자신에 대해서는 가혹한 수행의 방법이었다. 그리하여 그는 언제나 소설가라는 직업인의 공통된 형상을 떠올릴 때면 벌거벗은 한 마리 짐승의 모습을 머릿속에 그려냈다. 그 벌거숭이 짐승은 핏발 선 두 눈을 부릅뜬 채 꽁꽁 언 땅을 맨손으로 파헤친다. 그가 맨손으로 파헤치는 언 땅은 절망이라 부르는 삶의 실체였다. 그리하여 그가 절망의 맨 밑바닥에 이르렀을 때, 그곳에는 뜨거운 샘물이 펑펑 솟아오른다. 그 샘물의 이름을 사랑이라 한다. 아니 또다른 형태의 절망이라 해도 좋다. 중요한 것은 그제야 그 가엾은 짐승은 피범벅된 두 손을 뜨거운 샘물로 씻는다는 사실이다.

그리고 당분간, 그래 영원이 아니라 당분간 내 소설 속의 인물들은 나와 같이 묵새길 수 없는 본능의 떨림으로 하여 아파하며 기다리고 견딘다, 라고 희극은 중얼거렸다. 그러면서 그는 지난겨울 어느 날 산사에서 만났던 한 처녀의 이미지를 소설 속에 대입했다. 소설 속으로 이끌려들어간 그녀는 찬바람 속에서 두 볼을 붉게 물들이는 중이었다.

그녀는 눈을 뭉쳐 빙판 위로 던졌다. 눈은 덩이지지 못하고 깨어져 빙판 위에서 흩어졌다. 바람이 불어와 그 눈을 쓸고 갔다. 천왕문을 나서면서 나는 지국천왕의 이마를 쳐다보았고, 그녀는 땅을 내려다보면서 내게 말했다.

"미안해요."

산사 앞 겨울산은 눈에 덮여 있고, 졸가리 앙상한 나신의 나무들은 검은 몸으로 눈에 꽂혀 있었다. 야무진 여자였다. 그녀가 먼저 입을 열 줄은 생각도 하지 못했다. 나는 그녀의 코트에서 떨어진 단추 두 개를 가지고 있었다. 그 단추 두 개를 점퍼 주머니 속에서 만지작거리는 중이었다. 그녀가 완강히 반항할 때 떨어진 것이고 그녀가 울지도 않고 야무진 얼굴로 일어나 옷을 주워입을 때 내가 법당 바닥에서 주운 것이었다. 해탈문전에서 나는 어쩔까 하고 망설였다. 미안하다고 할까, 장난이었다고 할까, 아니면 사랑한다고 할까. 해탈이냐 본능이냐 하는 갈등과 그 갈등을 유발한 수치로 나는 추위도 잊고 있었다. 그리고 나무둥치 사이로 걸어가는 그녀의 섬연한 뒷모습을 비석을 보듯이 바라보았다. 그녀는 두 손바닥으로 귀를 감싸고서 눈 덮인 길을 걸어가고 있었다.

희극은 아직도 그녀의 목덜미에서 풍겨나던 진한 살냄새를 기억하고 있다. 그리고 그녀의 코트 단추 두 개는 쓰다가 포기한 소설 원고와 함께 책상 서랍 속에 들어 있다.

일행은 와불 옆에서 일어나 밥쇠 소리를 들으며 산길을 걸어내려왔다. 운주사를 벗어나 시내로 돌아가는 길에 길가 주막에 들러 막걸리를 마셨다. 술을 마시는 것이나 차를 마시는 것이나 꽃향기를 마시는 것이나 다 자아를 넘어서고자 하는 수련의 방법이라고 새들은 말했다. 그러면서도 자신은 마시지 않고 슬픔에게만 자꾸 권했다. 슬픔은 거듭 도리머리하며 새들의 정수리에 작박구리같이 돋은 새치 한 올을 어서 뽑아주고 싶다는 생각에 골몰해 있었다.

"이제는 괴로워하는 것도 저속하여 내 몸통을 뚫고 가는 바람 소리가 짐승 같구나."
하고 새들은 슬슬 어스름에 취해갔다. 설핏한 들녘에서 곱써레질하는 농부는 아직도 움직이고 있었다. 주막 곁의 낡은 초정(草亭)에 올라 앉아 그들은 이내가 내릴 때까지 묵호의 육보(六寶)와 육희(六喜)에 대한 세세한 해설을 듣고, 그러고도 시간이 남아 돈먹기 화투를 쳤다. 누가 따고 누가 잃어도 별 흥이 나지 않았다. 이찌 니 산 시 고 도리, 하면서 매장은 화투 석 장에 그려진 새 다섯 마리를 한 마리 한 마리 짚어 헤아렸다. 그러고는 화투짝을 밀쳐놓고 무연한 대지를 물들이며 밀려오는 어둠을 망연히 바라보았다.

"빨리 집으로 가야겠다."

불상처럼 무겁게 앉아서 새들이 말했다. 그러고는 아름찬 세상이 어둠에 묻혀가는 모양을 물끄러미 지켜보는 것이었다.

삶이란 얼마만큼의 굴욕을 지불해야 지나갈 수 있는 길인가. 어차피 우리도 이 세상에 세들어 살고 있으므로 고통은 말하자면 월세 같은 것인데, 언제 다시 올지 모를 이 세상을 지나가면서 내 뼈아픈 후회는 바로 그거다. 그 누구를 위해 그 누구를 사랑하지 않았다는 거. 그러므로 나는 아무도 사랑하지 않았다.

담뱃갑을 집어들고 새들이 먼저 자리에서 일어났다. 이윽고 어둠 속에서 새들의 고물차는 출발했다. 아무도 어디로 가는지 묻지 않았다. 저마다 깊은 상념에 젖어 길을 따라 달려가는 차 안에 놓여 있을 뿐이었다.

"소설을 써서 원고료를 받으면 너를 만나러 갈게."

하고 희극이 슬픔에게 말했다.

"팥시루떡을 해가지고."

"왜 팥시루떡이야?"

하고 슬픔이 물었다.

"응, 우리 아버지가 좋아하셨거든."

"흐음, 그래?"

하고 슬픔은 힘없이 웃었다.

"무인도로 간다더니?"

희극은 대답하지 않고 차창 밖을 내다보았다. 어둠은 순간에 짙어져 이젠 캄캄한 어둠밖에는 아무것도 보이지 않았다. 한정없는 어둠과 그 어둠에 투영된 자신의 모습을 바라보면서 슬픔은 혼잣소리로 말했다.

"잠깐이야…… 잠깐만이야."

지금의 나는 몇번째의 화신인가? 눈으로는 어둠 속을 더듬으면서도 매장은 그러한 의문에 빠져 있었다. 어째서 나는 이십세기의 끝, 코리아라는 얄궂은 나라에, 시인이라는 저주받은 몸으로 태어났을까?

매장에게는 우울한 추억이 있다. 십이 년 전 금남로에서 돌아오던 그날 밤에도 그는 캄캄한 어둠 속에서 시를 썼다. 시가 아니고서는 표현할 수 없는 세상이었다. 그리고 세월은 흐르고 흘러, 스물두 살의 청년이 서른네 살의 장년이 되었건만 여전히 그는 깊은 어둠 속에서 시를 쓴다. 이승의 삶과 저승의 삶을 거래할 수 있다면 자신의 삶 한 부분을 나누어주고 싶은 저승의 사람들. 그들의 절규가 어둠 속 허공에서 들려온다. 귀를 막아도 들려오는 그들의 소리가 있는 한 시를 쓰지 않을 수 없었다. 아픔이 시가 되듯이.

그때 한줄기 빗금으로 어둠을 찢으며 별똥별 하나가 떨어져내렸다.

"별이다. 별! 별이랑게!"

하고 매장은 튀어 일어나며 차창 밖 어둠 속을 손가락질했다. 엉거주춤 엉덩이를 일으킨 채 매장은 두 손을 모아 가슴에 대었다. 새들은 차를 멈췄다. 열쇠를 비틀자 툴툴툴 시동이 꺼지고 사위는 갑작스런 정적에 잠겼다. 엉거주춤 앉아 있던 매장은 다른 네 사람의 눈을 하나하나 들여다보면서 힘들여 말했다.

"……별똥별이어라……."

유리창을 내리자 어둠이 쏟아져들어왔다. 새들은 팔을 운전대에 올려놓고 매장을 돌아다보았다. 한 손으로는 가슴을 짚고 한 손으로는 어두운 하늘을 가리키며 엉거주춤 앉아 있는 매장의 눈을 들여다보면서 그는 머리를 흔들었다. 그리고 길게 한숨을 내쉬며 머리를 두 팔 위에 올려놓았다. 기대란 후회의 결과임에 틀림없다. 새들은 울고 싶었지만 눈물을 닦아내기 싫어 울기를 포기했다. 그래그래. 오류 없는 깨달음 없듯, 지나온 길을 뒤돌아보는 사람은 지금 후회하고 있는 사람이다. 그러나 아우야, 견뎌야 한다. 오늘 이 어둠을 견뎌야지 내일 아침 광명이 닥치더라도 서러워하지 않고, 우리가 지나왔던 밤을 추억하면서 산다는 것에 대해 무언가 말할 게 아니냐.

묵호는 가만히 앉아 명옥헌 못가로 흘러내리는 가녀리고 맑은 물소리를 듣고 있었다. 물소리는 온몸으로 흘러들어 넘치고 있었다. 어린 딸아이의 손을 잡고 고속버스에 오르던 아내를 그는 생각하고 있었다. 사랑하는 사람과 살아보고 싶었다. 아침마다 그 사람과 마주한다는 가슴 벅찬 희열 때문에 잠에서 깨어나는 그러한 삶을 살아보고 싶었다. 작은 것을 사랑하면서 살아가야지, 하고 다짐하면서 묵호는 가만히 손을 들어올려 자신의 두 볼에 대었다. 두 손으로 볼을 감싸쥔 채 묵호는 어두운 하늘을 쳐다보고 있었다.

어두운 밤에는 빛도 소리도 고스란히 살아 있다. 온갖 빛과 온갖 소리가 뒤엉켜 아우성치던 대낮을 보내고 적요만이 가득한 한밤, 가만히 눈과 귀를 열어보면 대낮에는 미처 보지 못했던 빛과 대낮에는 미처 듣지 못했던 소리가 있다. 그 청아한 빛과 소리는 비로소 어둠 속에서 한줄기 의미를 띠고 내 앞으로 스쳐지나간다. 이념과 열정만이 난무하던 시절을 떠나보내면서, 역사의 진실이라 믿었던 사상과 생애를 바치리라 맹세했던 사랑이 나를 모욕하고 조롱하는 이때, 나는 나의 삶을 지키기 위해서라도 무언가 사랑해야만 한다. 논리의 끝에는 허무와 본능이 놓여 있고, 허무와 본능의 밑바닥에서 나는 사랑을 만난다. 작은 것을 사랑할 줄 알아야 한다는 처절한 삶의 법칙을 만난다. 풍성할 때보다는 빈곤할 때, 화려할 때보다는 피폐할 때, 찬란할 때보다는 암울할 때, 대낮보다는 한밤에 나는 빛과 소리를 새로이 발견한다. 내가 간직해야 할 삶의 의미란 결국 작은 것을 사랑할 줄 알아야 한다는 지엄한 철학을 나는 오늘 나를 뒤덮고 있는 어둠 속에서 만나는 것이다.

새들은 운전대를 잡은 채 뒤돌아보았다. 지나온 길은 어둠에 묻혀 있었다. 그곳에는 가득한 어둠뿐이었다. 다들 귀기울여 무슨 소린가를 강구어 듣고 있었다.

우우우웅—.

"저게 무슨 소릴까?"

하고 묵호가 혼잣말로 물었다.

"무슨 소리?"

"저 소리."

"……."

"들어봐. 저 우우우웅 하는 소리."

우우우웅—.

새들이 그 소리를 들었다.

우우우웅—.

다들 그 소리에 귀를 기울였다. 등받이에 등을 살며시 기대며 새들이 속삭였다.

"우주음이야."

우우우웅—.

"뭐라고 해요?"

하고 슬픔이 새들의 눈을 바라보며 물었다. 새들은 가만히 머리를 흔들었다.

"사랑하는 사람들은 묻질 않어. 그냥 살어."

우우우웅—.

새들이 슬픔의 눈을 들여다보며 말했다.

"우주음이야. 우주가 네게 말하는 소리야. 들어봐…… 다시 처음부터 걸어오라, 말하고 있잖아."

새들은 천천히 클러치를 밟으면서 물음표처럼 생긴 열쇠를 야무지게 비틀었다. 고물차는 부르르 몸을 떨며 움직이기 시작했다.

그들은 어둠 속에서 다시 출발했다.

* 이 글에는 황지우의 시, 임동확의 시, 주인석의 소설, 허수경의 시에서 빌려온 많은 글귀가 곳곳에 흩어져 박혀 있다.

이야기하는 심미주의자의 편력 시대

강상희(문학평론가 · 경기대 교수)

『명옥헌』은 만화경 혹은 파노라마에 가깝다. 『명옥헌』에는 설화적 상상력을 발휘한 소설, 사소설류, 소설적 자의식 내지는 창작 방법론이 드러나는 소설 등이 혼재되어 있다. 이 소설들은 제각각 자기의 완결성을 주장하기 때문에, 한두 가지의 독법으로 소설집 전체를 꿰는 것은 불가능한 일이다. 하지만 이 다양한 성향들이 최근의 마르시아스 심에게 통합되어 있음을 어렵지 않게 깨닫게 된다. 『명옥헌』에서 우리는 온전히 '이야기하는 심미주의자'가 되기 위해 작가가 겪어야 했던 소설적 편력들을 만난다.

1. '이야기하는 심미주의자'의 탄생

마르시아스 심이 최근에 가장 관심을 기울이는 문제는 미(美)의 소설적 탐구인 것으로 보인다. 이러한 탐구는 가볍게 생각하면 그의 첫 소설집 『묵호를 아는가』(1990)의 연속으로 생각될 수도 있다. 언뜻 단편 「묵호를 아는가」 「묘사총」 「수채화 감상」 등을 통해 선보였던 농도 짙은 서정미가 환기되기 때문이다. 잘 알려진 것처럼 서정성은 한국소설의 과거와 미래를 말할 때마다 보편적인 요건으로서의 서사성과 더불어, 작가들이 계승해야 할 우리 소설 특유의 덕목으로 꼽혀왔다. 『묵호를 아는가』는 그 특유의 덕목을 보기좋게 이어받은 경우로 오랫동안 기억되어왔다.

그러나 그의 최근 작품들을 주의깊게 읽어보면 심상대 시절의 『묵호를 아는가』와는 상당히 다른 특징들을 발견하게 된다. 그는 단편

「미(美)」(1999)에서처럼 서정을 끌어안되 집착하지 않고 그것을 '이야기' 속에 골고루 배분하는 절정의 솜씨를 보여주고 있다. 그는 이제 언어와 언어의 그림자인 이미지에 대한 집착으로부터 벗어나 소설적 상황 전반을 통어하는 폭넓은 심미안과 서술의 힘을 획득한 것처럼 보인다. 이 심미안과 서술의 힘으로 헤아리는 미의 개념은 넓고, 깊다. 그는 연작소설집 『떨림』(2000)에 실린 단편 「샌드위치」에서 화자의 입을 빌려 이 넓고 깊은 미에 대해 말하고 있다.

> 언젠가 나는 사람들이 미(美)라고 부르는, 그것이 무엇인가 하고 곰곰이 생각해본 적이 있다. 그리하여 나는 그것이 인간의 원초적인 본능과 그 본능으로 빚어지는 욕구로부터 출발한다는 사실을 알았고, 그와 함께 그것은 종국에 모호함이라는 벽을 짚어보고서야 그 막다른 골목을 되돌아 나온다는 사실을 알았다. 이러한, 말할 수는 없지만 있는, 이러한 어떤 것이 그것이 아닐까 하고 나는 생각하였다. 어쩌면 누군가도 나처럼, 이 모호함의 가치에 대하여 생각해본 사람은 없을까 궁금하다.(『떨림』, 71쪽)

그는 미란 명증한 감각성과 모호함이 혼성된 것이라는 사실을 소설집 『떨림』을 통해 선명하게 드러내고 있다. 마르시아스 심이 파악한 미란 요즘 회자되는 말로 표현하면 양가성ambivalence의 영역에 속하는 상태 내지는 상황일 수 있다. 양가성은 이것도 저것도 아닌 모호함과 이것이면서 동시에 저것이 되는 순환성으로 말미암아, 통일성·일관성을 지향하게 마련인 우리를 난처하게 만든다. 하지만 놀랍게도 우리는 거기에서 잠정적인 진실을 만나곤 한다. 마르시아스 심은 바로 이러한 양가적 성향을 지닌 미를 소설적 형상으로 탐구하는 이야기꾼이다. 『떨림』을 흔히 성애 소설이라고 부르지만 이는 일면적인 파악이 되기 십상이다. 『떨림』은 성(性)이라는 타자성otherness을, 삶의 이질적인 삽화가 아니라 인간 정체성의 필수적인 줄기로 파악하고, 그것이 미의 발원지임을 통찰한 소설집이라고 할 수 있다. 이 발원지와 연결된 삶을 둘러싼 "모호함의 가치"에 대한 소설적 통찰은 우리가 일찍이 만나기 어려웠던 경우가 아닌가 싶다.

마르시아스 심이 최근에 보여주는 이러한 소설 세계는 결코 우연의 산물이 아니다. 그는 여기에 도달하기 위해 수많은 소설적 모험과 방랑을 하지 않을 수 없었다. 이 소설집 『명옥헌』은 바로 내면적인 심미주의자가 어떻게 기지와 통찰에 넘치는 심미적 이야기꾼으로 탈바꿈하게 되었는지, 강원도 토종 심상대가 왜 마르시아스 심이라는 혼성hybrid 이름으로 바뀌게 되었는지를 보여주는, 모험과 방랑의 편력기라고 할 수 있다.

2. 현대적 우화의 의미

『명옥헌』은 심상대가 쓰고, 마르시아스 심이 펴내는 소설집이다. 그래서일까, 1989년부터 2000년도 초반까지 창작 · 발표된 작품들을 수록한 이 소설집은 그 주제나 경향의 일관성이 적은 편이다. 이 소설집은 『묵호를 아는가』 뒤로 나온 『사랑과 인생에 관한 여섯 편의 소설』(1998), 『떨림』, 『늑대와의 인터뷰』(2000)에 싣지 않은/못한 소설들의 묶음이다. 기간(旣刊)된 네 권의 소설집이 그 나름의 통일성과 일관성을 갖춘 조화로운 건축물에 비유된다면 『명옥헌』은 만화경 혹은 파노라마에 가깝다고 말할 수 있다. 『명옥헌』에는 설화적 · 신화적 상상력을 발휘한 소설, 1990년대 현실 비판의 소설, 한동안 유행했던 후일담 계열의 소설, 사소설(私小說)류, 소설적 자의식 내지는 창작 방법론이 드러나는 소설 등이 혼재되어 있다. 이 소설들은 제각각 자기의 완결성을 주장하기 때문에, 한두 가지의 독법으로 소설집 전체를 꿰는 것은 불가능한 일이다. 하지만 우리는 이 다양한 성향들이 최근의 마르시아스 심에게 통합되어 있음을 어렵지 않게 깨닫게 된다. 『명옥헌』에서 우리는 온전히 '이야기하는 심미주의자'가 되기 위해 작가가 겪어야 했던 소설적 편력들을 만난다. 그 편력의 맨 앞자리에 '신금오신화' 연작이 놓여 있다.

'신금오신화' 연작은 표제가 이미 상상력의 방향과 밀도를 예견케 한다. 이 연작은 말할 것도 없이 김시습의 한문소설 『금오신화』에 연결되어 있다. 돌아가신 정병욱 교수가 "아니꼽고 역겨운 현실을 반대했던 모반인(謀叛人)"의 전형으로 꼽았던 김시습, 그리고 "애정 갈등과 번민을 통해 봉건적 질곡에서 해방되려는 인간의 참모습"을 보여준 『금오신화』라는 원형적인 허구는 안팎의 모순에 시달리던 1980년대 후반의 경험적 현실과 결합되어, 흥미로운 현대적 우화로 다시 태어난다.

이 소설집에 싣지는 않았지만 마르시아스 심은 『금오신화』의 「만복사저포기」 「이생규장전」 등을 구성 모델로 삼아 「신금오신화 제1편」을 쓴 적이 있다. '처녀 귀신을 사랑한 청년의 이야기'라는 부제가 달린 이 소설에서 작가는 의도적으로 관습적이고 과장된 수사를 사용하며, '전설의 고향'을 연상케 하는 예측 가능한 이야기 전말을 보여준다. 그러나 그러한 요소들만을 보게 되면 자칫 이 소설의 강렬한 주제 의식을 놓칠 염려가 있다. 작가는 이런 관습적인 수사와 모티프 곳곳에 분단으로 인해 고통받는 민족 현실의 암유(暗喩)를 배치해두고 있다. 예컨대 처녀를 만날 수 없게 된 청년이 읊는 시에 나오는 "더러운 코리아"나, 결말 부분의 "남북으로 흩어진 채 버려져 있던 처녀의 뼈"라는 식의 표현은, 이 소설 곳곳에 나오는 시들에 부여한 조잡한 현대성(유행가 가사의 차용 등)과 어울려 현실 비판의 기능을 수행한다. 이처럼 설화의 상투성과 작가의 장난기, 분단 현실에 대한 울분이 뒤섞여 있는 이 소설은 결코 녹록하지 않은 문제를 제기한다. 다만 전기적(傳奇的) 모티프가 뛰어난 비유적 기능을 수행한 『금오신화』에 비해 「신금오신화 제1편」의 비유적 기능은 그다지 충분한 편은 아니다. 소설의 몸이 작가의 마음을 따라주지 못하고 만 셈이다. 분단된 민족 현실에 대한 작가적 관심은 마르시아스 심이 『묵호를 아는가』에서부터 은유적으로 견지해온 바인데, 「압록강 풍경」이라는 우화적인 소설에도 이 관심이 투영되어 있다. 「압록강 풍경」은 무정물(無情物)의 눈을 통해 이산 가족의 비애를 다룸으로써 색다른 이야기의 매력을 발산한다. 하지만 동화스러운 발상과 서술로 감당하기에는 이 주제가 너무 무겁고 또 명백한 데가 있어 보인다. 마르시아스 심의 특징이 '모호함의 가치'를 통찰하는 데 있다고 믿기 때문이겠지만, 주제 의식의 명백함은 종종 그의 소설의 매혹을 약화시키는 구실을 하지 않았는가 생각된다.

「신금오신화 제3편」도 사정이 비슷하다. '열두 신장이 잡된 도깨비를 꾸짖은 이야기'라는 부제가 달린 이 소설은 김지하의 「오적(五賊)」이 소설 쪽으로 이동한 것처럼 보이기도 한다. 마당놀이의 현대적 변용을 통해 통렬한 시대 비판을 감행한다는 점에서 김지하의 「오적」은 마르시아스 심의 선행(先行) 텍스트인 셈이다. 계몽에의 의지(직설적인 연설!)와 공분(公憤)이 시대 상황과 결합되어 있어 우화의 다의성(多義性)은 벗어났지만 그 대신 시대 상황이 달라도 읽히는 매혹 또한 감소됐다고 할 수 있다. 하지만 이 소설의 묘미가 서술 상황의 독특함에 있음을 파악하고 나면 이러한 판단은 어느 정도 불식된다. 이 이야기는 바로 "정신병원 근방에 살 때" "복화술사"로부터 들은 것이다. 말하지 않음과 말함이 교묘하게 결합되고, 이야기의 진리성도 '정신병원'이라는 인접 공간의 연상 작용 때문에 결정 불가능한 것으로 읽히게 된다. 작가의 의욕이 소설 장치 뒤켠으로 한 걸음 물러서게 되면서 이 소설은 이제 꽤 복잡한 의미의 층위를 확보하게 된다. 모호함 속에서 의미가 스스로, 여명처럼, 미(美)처럼 천천히 드러나도록 하는 방식, 마르시아스 심의 최근 소설에서 만나고 있는 방식이다. 저돌적인 이야기들인 '신금오신화' 연작에도 바로 그 씨앗이 깃들여 있는 것이다.

「마르시아스」는 그 씨앗의 존재 근거를 짐작게 해주는 소설이다. 신화적 상상력을 통해 구성된 소설적 공간에서 작가는 미적인 것의 근거와 더불어 작가의 존재 근거를 탐색하고 있다. 그는, 예술가란 신과 맞먹는 자리에 서 있다는 것, 예술가는 신이자 인간이고 동물이며, 또 그 모두가 아닌 예술가 자신이라는 해석을 내놓는다. 저돌적인 이야기의 세계를 감싸는 낭만주의적인 예술관(문학관)이 마르시아스 심이라는 이름으로 다시 태어나는 지점이라 할 수 있을 것이다.

3. 미—시대와 실존의 공명

『명옥헌』에 실린 소설들 가운데는 설화적 상상력에 근거한 우화 형식으로 시대 상황과의 접목을 시도한 것도 있지만, 그보다 더 구체적인 소재나 분위기로써 시대의 흔적을 담으려 한 작품도 있다. 표제작인 「명옥헌」이나 「감방일기」 등이 그 예인데, 어느 정도 후일담 소설의 일반적인 특징을 지니면서도 이 작가 특유의 광학(光學)을 엿보게 하는 경우이다. 「명옥헌」은 희망과 전망을 잃어버린 1990년대 초반 문인들의 내면 세계와 마음의 흐름을 여로 형식에 담아 서술하고 있다. 실제 인물을 곧 떠올릴 수 있는 명명법이라든지 곳곳의 요설과 공담(空談) 등으로 무게를 덜어보고자 하지만 이 소설은 시종일관 둔중하다. "어떤 허허로움, 슬픔, 가여움, 애처로움, 없음, 외로움, 안타까움, 아련함, 그리움, 아픔, 떨림 같은 것들을 그들은 다 그렇게 견디고 있었"기 때문이다. 작가가 결국 그리고 싶었던 것은 이러한 내면의 기미(幾微)들이었을 것이다. 하지만 언어로써 그 기미들을, 그 질감들을 모두 복원하는 일은 불가능에 가까울 터, 이 소설이 분위기를 통해 그 기미들을 소묘한 것은 어느 정도 필연적이었던 셈이다.

중편 「명옥헌」에는 작가 특유의 광학이 몇 군데 서술되어 있는데, 이러한 서술 내용이, 미네르바의 올빼미처럼 혼돈의 시대 상황 끄트머리에서 깊은 성찰을 통해 얻어진 것이라는 사실은 주목할 필요가 있다. 왜냐하면 마르시아스 심이 미의 탐구자로 나선 것이 역사적 진공 상태 속에서 관념적으로 감행한 비약이 아니라 시대와 실존의 상호작용을 통해 도출한 귀결이라는 점을 밝혀주고 있기 때문이다. 작가의 대용 인물인 '묵호'는, 항상 되물어왔던 "아름답게 산다는 것이 무엇인가"라는 물음을 다시 떠올린다. 그것은 자신의 내부와, 시대라는 그릇 안에서 동시에 공명(共鳴)하는 물음이었던 것이다. 우리는 '삶의 아름다움'에 대한 작가의 물음이 최근에 미에 대한 근본적인 물음으로 화했음을 알고 있다. 마르시아스 심은 이 근본적인 물음을 언제나 특정한 '상황' 속에서 던지지만, 상황 외부의 어떤 지경으로 확장될 여지를 반드시 열어놓는다. 그가 탐구하는 미란 구체적인 미, 감각적인 미이면서 동시에 그것으로부터 확장되는 추상적인 미인 것이다.

시대의 상흔이 새겨져 있지만 「감방일기」는 「명옥헌」과는 꽤 다른 소설이다. 일기라는 고백 형식으로 진정성을 확보하려 하고 있지만, 이 형식은 상당히 난처한 것으로 생각된다. 앞에서 「신금오신화 제3편」이 간접화의 방식을 통해 설화적 이야기의 난감함을 상쇄했다고 말했지만, 「감방일기」는 반대로 간접화의 방식을 사용하지 않았기 때문에 수용하는 데 난처함을 초래한다고 할 수 있다. 「감방일기」는 경험 형식인가, 허구 형식인가, 양자의 혼합 형식인가? 경험 형식은 아니라고 생각되고, 따라서 양자의 혼합 형식 역시 아닐 터이고, 허구 형식이라면 일기를 그대로 노출하지 않는 간접화가 필요했을 것이다. 「요시코의 편지」와 비교해보면 「감방일기」의 난처함이 설명되고, 마르시아스 심의 매혹이 어디에 있는지 좀더 명료하게 파악될 수 있을 것이다.

「요시코의 편지」는 작가와 작중 인물 사이의 거리가 거의 없다. 작가는 자기 스스로 작중 인물로 나서서, 그가 한 일본 여성 독자와 주고받은 편지를 중심으로 이야기를 서술하고 있다. 특히 소설 속에 나오는 묵호에 가보고 싶어하는 여성의 마음을 헤아리는 작가의 서술은 상당히 감동적으로 읽힌다. 그녀가 진정으로 가고 싶어했던 곳이 "산다는 것을 대수롭지 않게 여기는 곳이었는지도 모르겠다"는 결말 부분의 서술은 경험과 허구가 적절하게 조화된, 혹은 경험과 허구를 분간하지 않아도 무방한, 이 소설 형식의 자연스러운 귀결이라고 생각된다. 최근에 발표된 그의 소설을 읽어보면 아마 이 점이 보다 뚜렷해질 것이다. 어느 작가나 마찬가지이겠지만 마르시아스 심의 심미안과 서술의 힘은 "모호함의 가치"를 밝혀줄 알맞은 소설 형식과 만날 때 가장 빛이 난다.

4. 작은 절망과 큰 희망

「감방일기」가 난처한 데가 있다고 말했지만 이 소설에는 쉽게 잊혀지지 않을 대목 또한 있다. 화자는 "어머니 말을 잘 들으면 자다가도 떡이 생긴다"는 말을 대학 시절의 진짜 경험을 들어 설명하면서 그 말이 "철학적 결론"으로 머릿속에 들어와 박혔다고 쓰고 있다. 내게는, 폭소를 자아내는 이 부분을 쓰기 위해 벼르고 있는 장난기 가득한 작가의 얼굴이 떠오른다. 장난기라고 표현했지만 주로 긴장, 갈등 내지는 비극성을 띤 장면에 주로 출현하곤 하는 마르시아스 심의 유머는 그의 소설 읽기를 종종 경이로운 체험으로 바꾸어놓는다. 그는 비극성과 웃음을 버무림으로써 독자로 하여금 모호하지만 웅숭깊은 심리 상태를 체험하게 만든다. '신금오신화' 연작에서 사용된 패러디와 패스티쉬 또한 그 심리 상태를 유발하는 효과를 지니고 있다. 긴장, 갈등, 비극성 속의 유머나 패러디, 패스티쉬가 모두 이중 음성을 특징으로 하듯이, 마르시아스 심이 불러일으키는 웃음 속에는 항상 그것과 대조되는 심리 상태가 수반된다. 「말끝 이어가기 놀이」도 그러한 경우에 속한다. 제목 그대로 한 문장의 꼬리를 물고 다음 문장을 쓰는 일종의 소설 유희를 하고 있다. 하지만 이 유희 밑바닥에는 유리병 속의 파리 같은 삶의 비극성에 대한 자괴, 문장의 연속성과는 달리 불연속적으로 고립된 현대적 삶에 대한 비감이 가로놓여 있다. 아마도 마르시아스 심이 일가를 이루게 될 소설 미학의 한 부분은 이 웃음과 관련될 것이다.

그 웃음의 복합성은 당연히 수사학의 문제만은 아니다. 그것은 이 작가의 세계관과 미학 전체에 관련된 사항일 것이다. 짧은 이야기

「재님 보아라」에는 진짜 즐거워하는 인물이 나온다. 애절한 눈빛으로 무엇인가를 알려주려 하는 광인을 통해 화자는 돈오돈수인지 돈오점수인지 모를 삶의 비의를 깨닫는다. 그것은 광인이 "그렇게도 애달피 알려주려 했던 '그 무엇'" "어눌한 짐승의 소리로 간곡히 전해주려 했던 '그 무엇'"이다. 그러나 '그 무엇'은 언제나 '그 무엇'으로 남는다. 삶의 비의를 깨닫고자 하는 의문만 있을 뿐, 해답은 없다는 것이 바로 삶의 비의인 것이다. 이 비의의 한 자락을 마르시아스 심은 '미의 탐구'를 통해 "간곡히 전해주려" 하는 것은 아닐까.

그 비의 전달의 방식으로 소설을 선택하고, 또 소설로써 그 모호한 비의를 내보일 수 있는 것은 그가 심미주의자의 절망과 이야기꾼의 절망을 어느 정도 경험했기 때문에 가능한 일이 아닌가 싶다. 이미지와 상징 속에서 비의 엇비슷한 것만을 보게 마련인 심미주의자, 끝나면 그뿐인 이야기의 휘발성을 아는 이야기꾼의 절망을 어느 정도 경험했기에 그 둘을 결합시킨 매혹적인 소설 세계를 펼칠 수 있게 된 것은 아닐까. 심미주의자의 절망이 그로 하여금 '신금오신화'류의 이야기 세계를 탐하게 만들고, 이야기꾼의 절망이 처녀지 『묵호를 아는가』에 비장된 심미주의를 갈고 닦게 만든 것은 아닐까. 그는 「작가와 작품과 독자의 관계에 관한 소묘」에서, 항상 이야기하지 않으면 안 되는 운명을 부여받은 작가의 모습을 제시하고 있다. 이 모습은 바로 마르시아스 심의 자의식이 빚어낸 형상일 것이며, 심미주의자가 느끼는 콤플렉스의 형상일 것이다. 물론 마르시아스 심은 지금 이 형상을 뛰어넘은 자리에 서 있다. 그러나 우리는 그가 이 자리에 서기 위해서 이 『명옥헌』의 편력 시대를 거쳐야 했다는 사실을 기억하지 않으면 안 된다. 작가 마르시아스 심의 현재적 성취와 미래적 가능성의 모든 씨앗이 바로 이 『명옥헌』에 파종되어 있기 때문이다.

| 작가의 말 |

내 예술가로서의 본능에 바침

나는 쓴다.

글을 쓸 때나, 그렇지 않을 때나 항상 나를 휘몰고 다니더니, 이제 내게 문득 '유머'를 던져주면서, 남을 위해 울어보라고 권하는 내 예술가로서의 본능에 감사한다. 그러므로 나는 내 위에 몸을 숙이고 있는 『명옥헌』의 눈동자에 반사된 내 모습의 아름다움을, 내 예술가로서의 본능에 바치는 것이다.

1

'내 문장'을 쓰기보다는 될 수만 있다면 '그 작품의 문장'을 써보고 싶다. 우선은 '그 장면의 문장'부터 써보려 한다.

위 글은 소설가 상허(尙虛) 이태준(李泰俊)의 수필집 『무서록(無序錄)』에 실린 짧은 글이다. 이 짧은 글은 이로써 완성된 한 편의 작품으로, 굳이 그 제목을 밝히자면 '명제 기타(命題其他)' 중 일 편인 「文章」이다. 그러니까 이 간이(簡易)한 작품의 장르는 수필인 셈이다.

내가 이 글을 인용한 이유는, 이 글이야말로 내 글을 이해하는 중요한 전형이기 때문이다. 우선은 이 글의 내용 그대로, 나는 어떠한 글이든 글은 그만의 리듬이 있다고 여긴다. 내 모든 글이 다 저마다의 색채를 가진 까닭을 이 글이 가장 단순하고 쉽게 설명하고 있다. 또

한 가지는 이 글이 가지고 있는 구조의 장쾌(壯快)함이다. 내용이 틀을 만드는 게 아니라 틀이 내용을 담는다는 말은 일찍이 선현들이 갈파한 바 있다. 나도 그렇다고 생각한다. 어떠한 글이든 글은 저만의 구조를 통해서 내용의 뜻을 명료하게 전달한다. 글의 장단(長短)과 글의 형식은 학술적 분류가 아니라면 상업적 포장의 필요에 따라 나뉠 뿐이다. 소설에 있어서도, 길고 짧음과 구조와 소재에 대한 분별이나 규정이란 소설의 본질과는 상관없는 일이다.

선대의 인류가 우리에게 물려준 가장 숭고한 문학적 유산은, 문학이 무엇인지, 문학이 어떠해야 하는지, 아무도 규정해주지 않았다는 점이다. 내가 문학이 영원하리라 믿는 까닭이야말로 이렇게 개성과 유연성의 가치가 존중되고 있는 문학의 특성 때문이다. 문학만이 아니라 모든 창조 행위의 생명력은 개성과 유연성으로 이루어진 다양성에 있다.

그렇다면 글의 주제는 어떠한가? 내가 늘 '영혼의 울림' 이나 '미적 세계관' 이라 부르는 소위 '관념' 은, 글쓰는 이의 입장에서 보자면 문장과 구조를 특정짓는 글쓰기 이전의 문제다. 그러므로 나는 소설에 있어서, 관념이 이야기를 이끌어오기보다는 이야기가 관념을 불러낼 수 있도록 소설가 자신이 자신의 관념을 통제할 줄 알아야 아름다운 소설을 쓸 수 있다고 믿는다. 글은 바로 생리작용이기 때문이다.

나의 미적 세계관은 단순하고 또한 일관성 있다. 그런데도 읽는 이들이 내 소설을 방종과 난봉으로 곡해하는 까닭은, 그것이 위에 인용한 상허의 글과 같은 수필이 아니라 소설이기 때문이다. 소설의 특성상 상징과 은유라는 현학적 통로를 통해 나의 미적 세계관을 드러내기 때문이다. 또한 그러한 장르의 특성에다가 앞에 말한 개성과 유연성을 극대화하면서, 내 그때그때의 생리에 충실하려 애쓰기 때문이다.

나는 애쓰고 있으나 이해받지 못한다 하더라도 어쩔 수 없는 일이다. 논설가가 아니라 소설가인 나로서는 독자에 대한 겸허함은 이쯤이 최선이다. 내 예술가로서의 본능과 내가 생각하는 소설의 본질을 훼손하면서까지 세상과 결탁하고 싶지는 않다.

그러므로 나는 오늘 『명옥헌』이라는 이 소설집을 단지 내 예술가로서의 본능에 바칠 뿐이다.

2

"강물이 대답했지요. '내가 나르시스를 사랑한 이유는, 그가 내 위에 몸을 숙였을 때, 그의 두 눈동자에 반사된 내 모습을 볼 수 있었기 때문이야.'"

또 한 편의 글을 인용한다. 위 글은 앙드레 지드가 자신의 책 『변명』에 실은 오스카 와일드에 대한 회고담 가운데 일절로서, 오스카 와일드가 그에게 들려준 우화의 한 토막이다. 자타가 공인하는 나르시시스트였을 뿐만 아니라 쾌락주의와 헬레니즘의 숭배자였던 오스카 와일드는, 글을 쓰기보다는 이러한 형태의 재기발랄한 우화를 창작해 사람들을 감동시키곤 했었다.

내가 이 오스카 와일드의 재치 있는 말을 여기에 옮긴 까닭은, 그에 대한 흠모의 감정도 한몫 했겠지만, 무엇보다 이 말의 유쾌함 때문이다. 이 말을 빌려 내 삶의 태도와 문학의 관계, 그리고 실로 팔 년 만에 출간하게 된 내 소설집에 대한 감회를 적기 위함이다.

이제 『명옥헌』이라는 표제로 출간하는 이 소설집은 실은 이미 팔 년 전에 완성된 원고였다. 그때 출간했더라면 다른 제목이 붙었겠지만, 지금에는 이전에 포함시켰던 두 편의 작품을 빼고, 1994년 초에 발표한 「명옥헌」과 2000년 초에 발표한 「마르시아스」라는 작품을 추가했다. 「마르시아스」는 이왕 사용하고 있는 '마르시아스 심'이라는 내 필명의 의미를 설명하기 위하여 맨 앞에 배치했고, 나머지는 대강 창작순을 따랐다. 그러나 초교와 발표 사이에는 많은 교정과 보완 작업이 있었기 때문에 다른 이들에게 게재 순서란 별 의미가 없을 것이다. 두 편은 등단 이전에 쓴 작품이고 나머지는 이후의 작품으로, 이번에 출간을 준비하면서 일부 교정이 있었다. 그러나 이번 교정에서는 미흡함을 보충하기보다는 은유를 희석하여 가능한 독자들의 이해를 돕기 위해 배려했다. 그 예로 '것'이라는 형식명사의 사용 빈도가 높음에도 손대지 않았다.

내 소설은 언제나 내게만 명작이다. 내 소설관과 생리작용의 소산인 그것은, 그래서 다른 이들에게는 한심한 글로 읽히기 일쑤다. 이 소설집에 실린 대부분의 작품도 그렇다. 하지만 나는 내 작품에 감동하지 않을 수 없다. 내 소설에는 바로 내 모습이 정확하게 투영돼 있기 때문이다. 내 소설에 드러나 보이는 치기와 오만이야말로 나의 가장 숭고한 에너지며, 방종으로 보이는 일탈과 파격이야말로 내 예술관의 핵심이자 삶의 태도다. 오스카 와일드의 말처럼 '예술가는 두 번 다시 같은 짓을 시작하지 않으며, 그렇지 못한 경우는 예술가로서 성공하지 못했기 때문'이라고 나는 생각한다.

이제 보니 나는 1991년에서 1993년에 걸친 이 년여의 광주(光州) 생활 동안 겨우 단편소설 세 편을 썼다. 「감방일기」 「압록강 풍경」 「무릉도원」이 그들인데, 그 가운데 「무릉도원」을 다시 읽으면서 눈물을 흘렸다. 나로서는 가장 힘든 시절 가장 힘들게 쓴 작품이었으므로 힘들어하는 내 모습이 선명하게 비치고 있었다. 이 작품을 쓴 뒤 나는 광주를 떠나 고향으로 돌아갔고, 다시는 글을 쓰지 않고 살아가려는, 그런 생각을 하기도 했었다. 그 뒤 고향에서 어렵게 어렵게 쓴 작품이 「명옥헌」인데, 이 작품에 드러나 보이는 휘청거림과 떨림은 당연히 당시 내 모습이다.

그 시절 내 모습에 대해서는 말하고 싶지 않다. 내 소설의 은유와 상징처럼, 다른 이들로서는 내 삶의 환희와 절정, 그리고 고통과 번민을 내게서 들을 권리가 없다. 그들이 내게서 직접 들을 수 있는 것은 단지, 대부분 허세로 이루어진 나의 유머다. 오스카 와일드는 '연민'이라고 표현한, 쾌락주의자에게 주어지는 마지막 쾌락이며 생의 기미를 흘낏 훔쳐본 유미주의자의 슬픔을 나는 '유머'라고 한다. 그러나 적어도 여기에서만큼은 유머리스트의 역할을 사양하겠다. 아마 이 글이 나르시시스트로서의 마지막 글이 될지도 모르기 때문이다.

나는 쓴다.

글을 쓸 때나, 그렇지 않을 때나 항상 나를 휘몰고 다니더니, 이제 내게 문득 '유머'를 던져주면서, 남을 위해 울어보라고 권하는 내 예술가로서의 본능에 감사한다. 그러므로 나는 내 위에 몸을 숙이고 있는 『명옥헌』의 눈동자에 반사된 내 모습의 아름다움을, 내 예술가로서의 본능에 바치는 것이다.

2001년 2월

마르시아스 심

문학동네 소설집
명옥헌

초판인쇄 | 2001년 3월 2일
초판발행 | 2001년 3일 8일

지 은 이 | 마르시아스 심
책임편집 | 김현정 김이선
펴 낸 이 | 강병선
펴 낸 곳 | (주)문학동네
출판등록 | 1993년 10월 22일 제22-188호

주 소 | 136-034 서울시 성북구 동소문동 4가 260번지 동소문빌딩 6층
전자우편 | editor@munhak.com
하이텔 : podo1
천리안 : greenpen
전화번호 | 927-6790~5, 927-6751~2
팩 스 | 927-6753

ISBN 89-8281-365-9 03810
* 잘못된 책은 바꿔드립니다.
www.munhak.com